该著作是国家社科基金项目：当代女性诗歌转型变革研究（项目编号：12BZW099）结项成果；

该著作出版得到吉林省社会科学基金项目：废名作品通论（项目编号：2022B187）的资助。

光明社科文库
GUANGMING DAILY PRESS:
A SOCIAL SCIENCE SERIES

·文学与艺术书系·

现代性与中国当代女性
诗歌转型研究

赵 彬 | 著

光明日报出版社

图书在版编目（CIP）数据

现代性与中国当代女性诗歌转型研究 / 赵彬著 . --
北京：光明日报出版社，2023.12
ISBN 978 - 7 - 5194 - 7692 - 2

Ⅰ.①现… Ⅱ.①赵… Ⅲ.①妇女文学—诗歌研究—
中国—当代 Ⅳ.①I207.22

中国国家版本馆 CIP 数据核字（2023）第 250251 号

现代性与中国当代女性诗歌转型研究
XIANDAIXING YU ZHONGGUO DANGDAI NÜXING SHIGE ZHUANXING YANJIU

著　　者：赵　彬

责任编辑：许　怡　　　　　　责任校对：王　娟　贾　丹
封面设计：中联华文　　　　　责任印制：曹　净

出版发行：光明日报出版社
地　　址：北京市西城区永安路 106 号，100050
电　　话：010-63169890（咨询），010-63131930（邮购）
传　　真：010-63131930
网　　址：http：// book. gmw. cn
E － mail：gmrbcbs@ gmw. cn
法律顾问：北京市兰台律师事务所龚柳方律师

印　　刷：三河市华东印刷有限公司
装　　订：三河市华东印刷有限公司
本书如有破损、缺页、装订错误，请与本社联系调换，电话：010-63131930

开　　本：170mm×240mm
字　　数：279 千字　　　　　　印　　张：16.5
版　　次：2024 年 4 月第 1 版　　印　　次：2024 年 4 月第 1 次印刷
书　　号：ISBN 978 - 7 - 5194 - 7692 - 2
定　　价：95.00 元

内容摘要

本书将当代女性诗歌作为一个整体现象放在现代性的视野中进行研究分析，探索当代女性诗歌写作在二十世纪九十年代转型的社会政治经济文化心理原因，探寻二十世纪九十年代转型期女性诗歌写作的题材内容、思想倾向、艺术技巧特点、规律、发展趋势。在现代性、时代性、女性、诗性、技术性五者构成的逻辑关系中，对当代女性诗歌写作在二十世纪九十年代所呈现出断裂、转型、多元化的发展态势展开论述。从而既突出当代女性诗歌在二十世纪九十年代转型的外在时代性因素：大众消费文化时代的来临，转型的内在写作主体因素和诗歌自身的本体因素，又突出了转型的技术性因素，现代工具理性主义的技术性因素，并指出现代性是其转型背后的根本因素。而正是在现代性这个根本因素的作用下，中国当代女性诗歌在现代性、时代性、女性、诗性、技术性五者构成的逻辑关系中，从二十世纪八十年代发生、发展，到二十世纪九十年代走向转型变革，以及进入二十一世纪以来，将这种转型变革继续深化、细化、扩大化，而呈现出"现代性的五副面孔"（马泰·卡林内斯库《现代性的五副面孔》），即先锋、颓废、媚俗、现代主义与后现代主义多元并存的局面。

同时又将其放在二十世纪九十年代诗歌、"五四"新文学传统、新诗传统的大的历史框架中，在传统与现代与当代构成的历史对话中，对其进行现代性的历史回溯。指出它与"五四"新文学传统、新诗传统以及二十世纪九十年代诗歌之间的断裂与重合、延续与变异，以及从先锋到边缘的关系。从而力图对当代女性诗歌写作在二十世纪九十年代的转型与变革，进行整体、宏观性的学理考察、分析、阐释与总结。

赵彬《现代性与中国当代女性诗歌转型研究》书稿序文

刘中树

　　赵彬的《现代性与中国当代女性诗歌转型研究》，是国家社科基金项目：中国当代女性诗歌转型与变革研究（项目基金号为：12BZW099）的结项成果。

　　这部著作主要是将中国当代女性诗歌作为一个整体现象放在现代性的视野中进行研究分析，探索女性诗歌写作在二十世纪九十年代转型的社会政治经济文化心理原因，探寻当代女性诗歌写作的题材内容思想倾向、艺术技巧特点、规律、发展趋势，在现代性、时代性、女性三者构成的逻辑关系中，对当代女性诗歌写作在二十世纪九十年代所呈现出的断裂、转型、多元化的发展态势展开论述。从而既突出当代女性诗歌在九十年代转型的外在时代性因素：大众消费文化时代的来临；又突出了转型的内在因素：女性自身的现代性冲突，并指出现代性是其转型背后的根本因素。同时又将其放在当代诗歌、"五四"新文学传统、新诗传统的大的历史框架中，在传统与现代以及当代构成的历史对话中，对其进行现代性的历史回溯。指出它与"五四"新文学传统、新诗传统以及当代诗歌之间的断裂与重合、延续与变异以及从先锋到边缘的关系。从而力图对当代女性诗歌写作进行整体、宏观性的学理考察、分析与阐释。

　　这部著作的突出特点是采用现代性的理论视角，全面深入而系统地对中国当代女性诗歌的断裂、转型、深化进行现代性理论透视与研究，在现代性话语自身逻辑演绎中探索中国当代女性诗歌写作在九十年代的发生、发展，以及其所呈现的断裂、转型、多元化的发展趋势，即在现代性、时代性、女性三者构成的逻辑关系中，对女性诗歌写作在九十年代所呈现出的断裂、转型、多元化的发展态势展开论述。

　　在赵彬看来，现代性话语自身演绎逻辑，是推动中国当代女性诗歌在二十世纪八十年代中后期发生发展，并在九十年代以后发生断裂、转型与深化的根本因素。

具体而言，现代性和国家性、民族性、阶级性、消费性、个人性、女性之间存在着一种逻辑上的内在互动性的关系，但是由于中国的特殊国情，现代性在中国首先呈现为国家性、民族性、阶级性的宏观革命叙事话语。只有到了国家民族革命解放事业完成、政治阶级斗争结束、商品经济发展、政治重心转移、大众消费文化来临的二十世纪八九十年代，现代性才从国家性、民族性、阶级性的宏观革命叙事话语转变为一种体现个人性、消费性的微观叙事话语，并与女性自身发生联系。这就是以身体写作为标志的当代女性诗歌的崛起，因此女性诗歌是女性话语崛起的标志。所以，女性与现代性之间的话语演绎逻辑就是现代性—国家性、民族性、阶级性—消费性—个人性—女性。

但是随着现代性的进一步发展，随着大众消费文化时代的正式来临，时代开始转型，女性在二十世纪九十年代放弃了与男性的对抗而将目光投入广阔的日常生活，并在对日常生活审美呈现的同时展开对个体内在生命的沉思，从而使二十世纪九十年代的女性诗歌写作发生了一种断裂性质的转型，摆脱了单一的性别对抗，呈现为一种多元化的写作态势。一方面呈现为一种形而下的后现代主义平面狂欢性媚俗写作，一方面呈现为一种形而上的现代主义深度写作，进而走上了一条综合性的美学道路。

由此可见，现代性与女性的直接相遇产生了女性诗歌，而现代性的进一步发展，即由现代性理念所直接导致的以后现代主义为核心的大众消费文化时代则又使得女性诗歌写作在二十世纪九十年代呈现出一种深刻的断裂与转型，使当代女性诗歌在美学上呈现出一种追求有别、倾向不同、尺度不一、斑驳错杂、差异丛生的以后现代主义为主，兼有现代主义与后现代主义倾向的综合性、多元化美学写作态势。所以现代性与女性相遇的结果不仅诞生了美丽奇异的女性诗歌，而且在根本上促使了当代女性诗歌写作在九十年代的进一步发展、深化与转型。现代性是使女性诗歌诞生和转型的根本因素，而由现代性导致的二十世纪九十年代以后现代主义为核心的大众消费文化时代，则是当代女性诗歌在九十年代转型的直接因素。

赵彬在对中国当代女性诗歌思想发展脉络做了上述精神勾勒之后，又将当代女性诗歌放在中国当代诗歌和"五四"新文学革命传统、新诗革命传统中进行观照，并进而得出结论：中国当代女性诗歌与"五四"新文学革命传统、新诗革命传统以及当代诗歌之间呈现为一种断裂与重合、延续与变异以及从先锋到边缘的关系。概而言之，当代女性诗歌是对"五四"新文学革命传统的一次遥远回应，是"五四"新文学革命传统在当代的回声，是革命文学在当代的变异。

这样，就在历史与现代、当代与传统之间的宏大历史视域中，对中国当代女性诗歌写作做了一次全方位的现代性学理透视与宏观历史扫描，为中国当代女性诗歌的转型与变革做了一次现代性的学理溯源，推导出了现代性和国家性、民族性、阶级性、消费性、个人性、女性、诗性之间的内在逻辑演绎关系，对中国当代女性诗歌的转型、变革与未来发展趋势，在现代性的视域下，做出了清晰透彻具有说服力的学理分析与阐释。

由于本书第一次采用现代性话语，全面深入而系统地对中国当代女性诗歌的断裂、转型、深化进行现代性理论透视与研究，即在现代性话语自身逻辑演绎中对中国当代女性诗歌写作在九十年代发生、发展，并呈现断裂、转型、多元化的发展趋势展开全面深入而系统的综合论述。因此，这部著作将不仅是赵彬个人阶段性的学术研究成果，也将是当代诗歌领域里，尤其是当代女性诗歌研究领域里一个标志性的学术研究成果。

由于诗歌是一个时代人们精神生活的窗口，因此研究当代女性诗歌的转型变革，不仅可以透视当代诗歌所发生的变化，亦可以窥视历史转型期人们在社会心理、价值观念、思想意识等方面发生的变化。在这个意义上，本书不仅是当代诗歌与当代女性诗歌研究领域里一个重要的标志性学术研究成果，还有着跨越学科的社会学、历史学的研究价值与社会意义。鉴于上述原因，我对赵彬的《现代性与中国当代女性诗歌转型研究》一书的出版，感到特别喜悦与欣慰。

赵彬在博士阶段致力于探究"中国现代新诗的语言和形式"问题，出版有专著《中国现代新诗的语言和形式》（中央编译出版社，2020）。她在结束"中国当代女性诗歌转型与变革研究"后，又将研究视野从当代女性诗歌扩展到整个当代诗歌，目前正在进行的是整个中国当代诗歌转型与变革的研究，这种专心致志、潜心研究的治学精神、学术气质是值得称扬的，期待赵彬的中国当代诗歌研究硕果累累，取得优异成绩，谨以此为序。

赵彬《现代性与中国当代女性诗歌转型研究》书稿序文

张福贵

如果说，二十世纪对人类来说是个惊心动魄的世纪，人类在许多领域都发生了重要的变化，而其对中国而言，更有着不同寻常的意义。正是在这个时期，中国的经济文化开始发生急剧转型，历史进入以后现代主义为特征的大众消费文化时代。急剧的历史转型导致了许多社会领域的变迁，迅速到来的大众消费文化引起了人们在社会心理、思想价值观念、行为方式等方面的变化。二十世纪九十年代诗歌领域所发生的转型性质的断裂性先锋写作，正是这种巨大社会历史变化的一个投影，而当代女性诗歌写作的转型，正是这种断裂性先锋写作的一个表征。因此从当代女性诗歌写作的窗口，不仅可以窥视到历史转型期人们在社会心理、价值观念、思想意识等方面发生的变化，还可以透视到当代诗歌所发生的变化。

在这个意义上，探索当代女性诗歌写作的转型，探讨女性诗歌写作在当代转型的社会政治经济文化心理原因，探讨当代女性诗歌写作的题材内容思想转型倾向、艺术技巧特点、规律、趋势，以及当代女性诗歌和"五四"新文学传统与当代诗歌之间互相影响、断裂与重合、从先锋到边缘的关系，并对当代女性诗歌做出及时的反思、评价与总结，就显得尤为必要。

正是在这个意义上说，赵彬的这本《现代性与中国当代女性诗歌转型研究》无论在社会学意义上，还是在诗歌领域里，都显得尤为重要。并且，我个人还认为赵彬的这本《现代性与中国当代女性诗歌转型研究》，不仅是她个人在学术方面的一个阶段性的标志性学术成果，还将是中国诗歌这个领域、特别是中国当代女性诗歌写作研究方面的一个标志性的学术成果。

赵彬的《现代性与中国当代女性诗歌转型研究》这本著作，主要是将中国当代女性诗歌作为一个整体现象放在现代性的视野中进行研究分析，探索女性诗歌写作在二十世纪九十年代转型的社会政治经济文化心理原因，探寻当代女性诗歌写作的题材内容思想倾向、艺术技巧特点、规律、发展趋势，在现代性、时代性、女性三者构成的逻辑关系中，所呈现断裂、转型、多元化的发展态势，并对当代女性诗歌写作在二十世纪九十年代所呈现的发展态势中展开论述。从而既突出当代女性诗歌在二十世纪九十年代转型的外在时代性因素，大众消费文化时代的来临，又突出了转型的内在因素，女性自身的现代性冲突，并指出现代性是其转型背后的根本因素。同时又将其放在当代诗歌、"五四"新文学传统、新诗传统的大的历史框架中，在传统、现代与当代构成的历史对话中，对其进行现代性的历史回溯，指出它与"五四"新文学传统、新诗传统以及当代诗歌之间的断裂与重合、延续与变异以及从先锋到边缘的关系。从而力图对当代女性诗歌写作进行整体、宏观性地学理考察、分析与阐释。

因此本书主要是从现代性的理论视角，对中国当代的女性诗歌从发生发展到断裂转型与深化，做出现代性的学理阐释与分析。本书第一次用现代性话语，全面深入而系统地对中国当代女性诗歌的断裂、转型、深化进行现代性理论透视与研究，在现代性话语自身逻辑演绎中探索中国当代女性诗歌写作在二十世纪九十年代的发生、发展，并探索其呈现的断裂、转型、多元化的发展趋势，也在现代性、时代性、女性三者构成的逻辑关系中，对女性诗歌写作在二十世纪九十年代所呈现出断裂、转型、多元化的发展态势展开论述。

赵彬认为现代性话语自身演绎逻辑，是推动中国当代女性诗歌在二十世纪八十年代中后期发生、发展，并在二十世纪九十年代以后发生断裂、转型与深化的根本因素。因为在赵彬看来，现代性和国家性、民族性、阶级性、消费性、个人性、女性之间存在着一种逻辑上的内在互动性关系。但是由于中国的特殊国情，使现代性在中国首先呈现为国家性、民族性、阶级性的宏观革命叙事话语。只有到国家民族革命解放事业完成、政治阶级斗争结束、商品经济发展、政治重心转移、大众消费文化来临的二十世纪八九十年代，现代性才从国家性、民族性、阶级性的宏观革命叙事话语转变为一种体现个人性、消费性的微观叙事话语来与女性自身发生联系。这就是以身体写作为标志的当代女性诗歌的崛起，因此女性诗歌是女性话语崛起的标志。所以，女性与现代性之间的话语演绎逻辑就是现代性—国家性、民族性、阶级性—

消费性—个人性—女性。但是随着现代性的进一步发展，随着大众消费文化时代的正式来临，时代开始转型，女性在二十世纪九十年代放弃了与男性的对抗而将目光投入广阔的日常生活，并在对日常生活审美呈现的同时展开对个体内在生命的沉思，从而使二十世纪九十年代的女性诗歌写作发生了一种断裂性质的转型，摆脱了单一的性别对抗，呈现为一种多元化的写作态势，即一方面呈现为一种形而下的后现代主义平面狂欢性媚俗写作，一方面呈现为一种形而上的现代主义深度写作，进而走上了一条综合性的美学道路。

由此可见，现代性与女性的直接相遇产生了女性诗歌，而现代性的进一步发展，是由现代性理念所直接导致的，以后现代主义为核心的大众消费文化时代的来临则使女性诗歌写作在二十世纪九十年代呈现出一种深刻的断裂与转型，还使当代女性诗歌在美学上呈现出一种追求有别、倾向不同、尺度不一、斑驳错杂、差异丛生的以后现代主义为主，而兼有现代主义与后现代主义倾向的综合性、多元化美学写作态势。所以现代性与女性相遇的结果不仅诞生了美丽奇异的女性诗歌，而且在根本上促使了当代女性诗歌写作在二十世纪九十年代进一步发展、深化与转型。现代性是使女性诗歌诞生和转型的根本因素，而由现代性导致的二十世纪九十年代以后现代主义为核心的大众消费文化时代的到来，则是当代女性诗歌在二十世纪九十年代转型的直接因素。

因此，正是在二十世纪九十年代这种现代性导致的以后现代主义为核心的大众消费文化时代的来临所造成的一个消费化、个人化、女性化的时代语境里，当代女性诗歌写作在二十世纪九十年代才会发生断裂与转型；叙事才会取代抒情而成为二十世纪九十年代现代性的先锋诗歌理念；个人化才会成为二十世纪九十年代女性诗歌乃至二十世纪九十年代诗歌的主导写作倾向；日常生活才会以消费时代的美学观念为审美标准来呈现。也正是在二十世纪九十年代这种特殊的时代转型语境里，作为诗人的个体，翟永明才会从面向性别的写作转向面向词语的写作，宣布只将作品献给无限的少数人；王小妮才会要重新做一个诗人，宣布只为自己的心情，做一个诗人；尹丽川才会以学院的出身而写出极端个人化而惊世骇俗的《为什么不再舒服一些》。

以上，就是赵彬对中国当代女性诗歌思想发展脉络的一个精神勾勒。之后，赵彬又将其放在中国当代诗歌和"五四"新文学革命传统、新诗革命传统中进行观照时，她进一步发现中国当代女性诗歌与"五四"新文学革命传统、新诗革命传统以及当代诗歌之间呈现为一种断裂与重合、延续与变异以及从先锋到边缘的关系。当代女性诗歌是对"五四"新文学革命传统的一次遥远回应，是"五四"新文学革命传统在当代的回声，是革命文学在当代的变异。

这样，赵彬就在历史与现代、当代与传统之间的宏大历史视域中，对中国当代女性诗歌写作做了一次全方位的现代性学理透视与鸟瞰式的宏观历史扫描，从而得出了令人心悦诚服的推导与结论，并将这种推导论证凝结成这本标志性的著作——《现代性与中国当代女性诗歌转型研究》。因此，无论是作为老师，还是作为同行，我都对这本书的出版感到由衷的欣慰与喜悦。因为，这不仅是她个人阶段性的学术研究成果，还将是当代诗歌领域里，尤其是当代女性诗歌研究领域里一个标志性的学术研究成果。它无论对诗歌研究本身，还是对研究中国当代历史发展转型的社会状况，都有重要的认识与参考价值，有着跨越学科的社会学、历史学与文献学的研究价值与社会意义。正是在这个意义上，我对赵彬的这本《现代性与中国当代女性诗歌转型研究》的出版感到特别的喜悦与欣慰。

而且，更令人欣慰的是，在我指导下完成的赵彬的博士论文《新诗的语言和形式》在2014年出版后，也已再版，因此，作为导师的我，喜悦与欣慰的心情是不言而喻的。这两本书的出版与再版，无疑是对其著作本身学术价值最好的肯定、认同与证明，同时也是对作为指导老师的我的一个最直接、最有力的认同、肯定、证明与评价。

如果说赵彬的《现代性与中国当代女性诗歌转型研究》不仅是她个人阶段性的学术研究成果，还是女性诗歌领域里，尤其是当代诗歌研究领域里一个标志性的学术研究成果；那么，由我指导她完成的博士论文《新诗的语言和形式》，同样不仅是她个人阶段性的学术研究成果，还将是中国现代诗歌领域里，乃至整个诗歌研究史上的一个标志性的学术研究成果。因为，它尝试性的探索并力图解决回答了整个古今中外诗歌史的一个难题，即诗歌韵律是如何产生，以及诗歌语言和日常语言的差异及其成因。这也应该是它再版的重要原因。

赵彬从硕士学习期间，就开始从事诗歌方面的研究。那时，她做的是诗人个体研究，即废名诗歌研究，由于在该研究中显示了一定的学术潜力，她因此而留校。她在攻读博士学位期间，则由诗人个体研究，跨入对中国现代诗学整体进行的宏观研究——新诗的语言与形式方面问题的探索，在完成这个博士课题研究之后，又直接进入北京大学做博士后，并在合作导师陈晓明的指导与建议下，从现代跨入当代，即对二十世纪九十年代女性的诗歌进行专项研究。

　　在完成二十世纪九十年代女性诗歌研究以后，赵彬旋即将研究视域拓展到整个当代女性诗歌的研究，并获得国家社科基金批准立项，并已圆满结项，此书是其结项成果。目前，她又将研究视野从当代女性诗歌扩展到整个当代诗歌，正在进行的是整个中国当代诗歌转型与变革的研究。回溯赵彬简短的学术历程，应该说，她正一步步走向进步与成熟，走得非常踏实。对于她在学术上取得的不断进步，作为她的导师，我感到由衷的高兴与欣慰。让我们共同期待赵彬在诗歌研究方面取得更大的突破与进步，为中国现代与当代诗歌的写作与批评，做出更大的个人贡献。谨以此为序。

目 录
CONTENTS

第一编

01

| 总　论 |

第一章

现代性思想特征及其作用影响

第一节　现代性思想特征及其作用影响（一）

一、现代性起源及其思想简述

现代性的起源与确切含义无论在社会学上还是在历史学上，一直都是一个有巨大争议的难题。尽管如此，综合各派学说争论的观点，我们现在所使用和理解的现代性更倾向于这样一种解释：它是指启蒙时代以来的"新"的世界体系生成的时代。也就是说现代性首先体现的是一种时间维度上的含义，即是一种时刻保持前瞻性、一种持续进步的、合乎理性、合乎科学性、合乎目的性，能够推动社会朝向良性合理进步发展的动态性的时间观念。这是现代性的首要的特征。现代性在时间上标志着的是一个能够推动社会朝向良性发展而面向无限未来，向未来敞开着的社会时代。在这个面向无限未来的"新的"社会时代里，新的合乎理性、合乎科学、合乎社会良性发展目的性的社会组织制度、法制体系、世俗化价值观念、生活规则、文化审美等认知方式都将被重新确立起来。在这个意义上，现代性在起源上与资本主义密切相关，它标志着一种新的社会价值观念体系的确立，标志着一场巨大的社会变革和文化思想精神的变革。

综合上述解释，我们可以说，现代性的起源与西方欧洲启蒙主义思想运动和资本主义兴起有着直接密切的关系。可以这样理解，启蒙主义思想为现代性提供了理论思想资源基础，现代性将其进一步扩充完善形成了自身的现代性思想体系，并以这一思想体系为资本主义兴起提供了理论萌芽、思想准备、社会准则，资本主义则为现代性这一思想学说体系展开了社会实践基础。简而言之，现代性以启蒙主义思想为基础，又为资本主义的兴起在思想上"立法"，为其合理发展提供思想理论准则与社会公约。因此现代性深受启蒙主义思想影响，又与资本主义兴起密切相关。

所以，启蒙主义"反对宗教神学蒙昧，宣扬理性与科学；反对封建专制，倡导民主与法治，尊重人的个性自由平等、世俗生活权力、自然人性欲望"的思想就构成了现代性思想的最初来源，并成为其重要内容，以后又在此基础上，经过各个学派不断发展、扩充，使其发展至今变得日益复杂、丰富而趋于不确定性、复杂性。由于现代性是一个始终在发展着的动态性的时间概念，使其发展至今，不断深化、扩充，变得日益复杂，变成一个复杂不定、框架庞大、随时处于生长发展变化的状态过程中，因而是一个悬而未决的问题，但是尽管如此，为了我们认识与论述问题的方便，我们大体还可以从以下几个维度去认识和论述它。

二、时间维度上的现代性

从时间范畴来看，现代性，首先是一种线性的时间观念，它是一种直线型的时间观念，它标志着一种不可逆转性、一种断裂性。在这个意义上，现代性又可被称为：不可逆转的断裂性直线型线性时间观。简称"线型时间观"，这应当是现代性最本质的一种特征。这种直线型线性的时间观，使它要求无限地"向前"，产生一种前瞻性，进而必然造成一种与此前不同的一种断裂性，造成不断激进性质的变革而产生不同的历史分期。可见时间维度上的现代性，强调的是一种断裂性，这种断裂性既是它外在的存在方式，也是它的内在精神特征，并且它也代表着处于不断运动中的激进性质的变革与转型。站在这种断裂性、不断运动、不断变革、转型的现代性意义上而言，现代性就意味着断裂性，意味着运动性、革命性、创造性，意味着不断激进性质的先锋性变革与转型。

因此，现代性这种线性的时间观又可称为不断变革、不断转型、始终变化、始终推向前进而保持前瞻性的断裂性的动态的线型时间观。这就是时间范畴的现代性。所以，时间维度上的现代性，意味着一种不可逆转的前进性。这种不可逆转的前进性，就意味着现代性必将产生一系列接连不断的变革与转型性，意味着与此前、与传统的一种断裂性。而这种断裂性先锋性的变革与转型其根本性出发点，则是建立在为推动社会合理发展与良性进步的基础之上。现代性也就是以这个良性初衷和终极目的而为新的社会体系"立法"的。

在这个意义上，现代性无限发展着的、无限面向未来的、时刻保持前瞻性的、始终前进着的动态性的线型时间观，又充满了诱惑力、充满了青春性质的激情性和浪漫主义的色彩，因而也充满诗意、充满诗性的梦想和神奇的创造力，充满理想主义的激情，它也必然和诗、和艺术紧密地联系在一起。它必因这种时间维度上的无限前瞻性的转型与变革而创造一系列诗意传奇、浪漫的想象，从而创造一个用现代性理念和诗意梦想而构筑的现代性的新天地、新时空、新世界，一个面向无限未来，一个时刻敞开着的充满诗意和梦想的未来新世界。因此，在这个无限面向未来的意义上，在这种前瞻性的动态性时间观的意义上，现代性又意味着一种无限的可能性、变化性、机遇性、挑战性与冒险性。所以在时间维度上的现代性又可以说是一个机遇与挑战并存、发展与冒险同生、可能与险象相伴的概念。

而面对时间维度上现代性的这种两面性，如何能扬长避短、取利去弊、化险为夷、不走偏锋、始终立于不败之地，则也许需要审时度势，恰当适时地采取一种柔性的力量，以柔克刚、以退为进、以守为攻，以一种诗性的智慧来协调处理，方能恰到好处地缓解和平衡两方面的矛盾与冲突，而使现代性朝向一种和谐的方向发展，以保持现代性自身的生态平衡，使它在社会各个领域造成的断裂性的急剧变革与转型不至于失衡、失偏而产生不良后果。这是现代性这种始终前进着的动态性线型时间观始终要面对和考虑的问题，否则会因产生不良社会后果而与最初改良社会的初衷理想相违背。

而现代性自身的发展历史也许恰好证明了这样的问题与预见性的判断。同时，它也正是现代性自身目前亟待解决与突破的问题。在全球化日益严重的今天，这个问题已显得迫在眉睫，它似乎关乎着人类自身的存亡而不可忽视。因为现代性时间维度上两面性的矛盾冲突造成的弊端已经在全球各个领域里引起了一场全球性的、普遍性的灾难与危机，诸如地理环境问题、自然气候问题、国际政治军事冲突与争端、经济金融危机、人口与粮食等问题。可以说，这些问题的产生，在本质上的原因，归根结底，都与现代性自身这种无限向前、不可逆转的、始终发展着的动态性直线型时间观有关。这也是现代性这种线性时间观自身的特性决定的。在这个意义上，也可以说，现代性将因自己这种动态性不可逆转的线性时间观而终究革了自己的命。历史和时间正在证明这一点。

三、社会学维度上的现代性

于社会学意义而言，现代性必然导致整个社会的一体性的现代化过程，即工业化、城市化、科层化、世俗化、市民社会、民族主义和民族国家等一体化的历史进程。而这种社会各个方面、各个领域一体化的历史进程，即整个社会的现代化过程必然造成与传统相断裂的急剧社会转型与变革。

这是因为现代性这种线性时间观，决定它总是追求一种断裂性质的激进性的社会变革和创新，这种断裂性质的激进性的社会变革和创新，也必然将引起整个社会各个方面都全部趋向一种现代性的发展，这种现代性也即合乎目的性、合乎理性、合乎科学性、合乎技术性、合乎法度性，在某种意义上，这种合乎目的性、合乎理性、合乎科学性、合乎技术性、合乎法度性的现代性思想，正是它传承启蒙主义思想精神的表现与结果。而现代性变革的目的，即是要在整个社会各个方面都创建一个更为合乎目的性、合乎理性、合乎科学性、合乎技术性、合乎法度性的社会机制，这就是社会领域里的一体性现代化，这种一体性的现代化，必然导致社会的全面变革与转型。所以，现代性必然导致整个社会的一体性的现代化过程，即工业化、城市化、科层化、世俗化、市民社会、民族主义、民族国家等一体化的历史进程。在这种意义上，一体化也可以理解为现代性遵循理性与科学原则所创造的一种普遍性或说普遍化。

在某种意义上，现代性又总是标志着这样一体化的进程：政治、经济、社会和文化过程之间存在着复杂的一体化的互动关系，即世俗政治权力的确立和合法化，现代民族国家的建立，市场经济的形成和工业化过程，传统社会秩序的衰落和社会的分化与分工，以及宗教的衰微与世俗文化的兴起。这就是现代性在社会学上产生的重要意义，即它造成了整个社会各个方面的现代化，即导致整个社会一个全面性的一体化的现代化的过程。而归根结底，这种由现代性所导致的整个社会全面性的一体化过程，是由现代性本身那种动态性的断裂性的线性时间观所决定和导致的。因为这种动态性的断裂性的线性时间观导致它永远处于一种不断运动、不断变革创新的永恒性运动中。而推此及彼，如果把现代性造成的这种全面性的一体性的现代化思维，从整个社会推及全球，它必造成全球的一体性的现代化，即全球化。所以现代性所造成的现代化的终极目的必然是全球化，即现代化的终端结果就是全球化。这就是现代性的一体性现代化逻辑思维导致的结果。因而，在这种意义上，一体化就可以理解为现代性遵循理性与科学原则所创造的一种普遍性或说普遍化。

所以，现代化就是一体化。现代性的一体性现代化思维逻辑，也就是一体化的思维逻辑。或者换句话说，一体化的逻辑思维模式即是现代性的逻辑思维模式。简单说，现代性即是一体化，一体化也就是现代化，现代性就是通过这种一体化的思维逻辑实现它的所谓"现代化"。所以现代化也可被称为"一体化"，也即在现代性思维所及的各个领域里的一体性的、一致性的、全面性的现代化。这就是现代性的一体化思维逻辑。所以，现代性创造的这种一体化也可理解为普遍性、普遍化。

因而，当现代性这种一体化的思维逻辑作用于全社会时，它就导致整个社会各个领域里一致性、一体性、全面性的社会变革与转型；当它作用于全球时，它就导致全球各个国家大至社会政治、经济、文化思想、气候，小至社会个人、家庭生活等方面的变革与转型；当它作用于作为个体的个人时，它就导致个人性的全方位的现代性变革与转型；当它作用于诗歌时，它就导致诗歌从本体性质观念、内容形式、艺术手法到审美艺术风格等方面全方位的现代性变革与转型。总之，现代性就是通过这种一体化思维逻辑实现它的所谓"现代化"变革转型。

而这种现代化转型与变革的目的与方向就是：革新传统、革新过去、把握当下、创新梦想、面向未来，使一切朝向一种合乎目的性、合乎理性、合乎科学性、合乎技术性、合乎法度性的现代性思想的方向发展。所以，现代性导致的现代化总是与一体化、断裂性、革命性、创新性、运动性、转变性即转型，联系在一起的。当现代性、现代化作用于社会领域时，就意味着由这种永恒的、持续性运动着的创新性而导致不断激进社会变革所制造的断裂性质的转型与变革。而现代性这种永恒、持续性的运动性、革命性所导致的与传统相断裂的整个社会领域里一体化的、全面性的、综合性的现代化转型与变革，则是由现代性那种不可逆转的断裂性直线型线性时间观导致。

四、科学技术物质维度上的现代性

从科学技术物质层面看，现代性体现为一种科学性、技术性；体现为一种以科学性、技术性为特征的高度发达的社会科技物质文明；体现为一种以科学性为特征的技术主义思想。在这种意义上，我们可以说：现代性就是一种技术主义。技术主义，甚至可以说就是现代性最重要的基本特征与现象之一。因为，从物质的层面上看，现代世界就是一个技术化的世界，技术的自行运作规定着现代世界的基本状况。这也就是马克斯·韦伯（Max Weber，1864—1920）为什么会认为：工具理性主义，也即技术主义，是现代性的一个核心理念和特征。在现代世界，技术已经超出了单纯的工具性意义，完全按照自己的逻辑自我发展、自我超越，展现为一个不断进化的体系。人类只有融到这一体系之中，生存才是可能的。正是站在这种意义上，工具理性技术主义在现代性社会中被强调到了一个无以复加的地步，它已经完全取消了神学宗教的信仰，而成为一种新的科技"宗教信仰"，即"科学技术主义拜物教"。

在这种新的现代性的"科学技术主义拜物教"教义里，它突出强调了作为手段、工具和媒介的技术性的重要性、有效性，由此形成了一种科学性的技术主义思想思潮，工具理性主义思想思潮。这充分体现了现代性传承启蒙主义思想：注重理性与科学的思想特征。站在现代性这种高度重视作为手段、工具和媒介的技术性属性思想层面而言，现代性就可被理解为"科学性""技术性"，甚至是手段性、"工具性"、媒介性。同时，也正是在现代性这种高度重视作为手段、工具和媒介的技术性属性思想层面而言，我们可以说，正是现代性的这种高度科学性、技术性创造了现代社会高度发达的科技物质文明。在这种意义上，现代性也正是通过这种科学技术主义思想，通过以这种高度的科学技术作为手段、工具和媒介，才得以实现它高度发达的现代社会科技物质文明，也即以依赖作为手段、作为工具、媒介的技术，才得以实现它的现代化。因而，以工具理性主义为核心的技术主义思想成为现代性的一个核心理念和特征。

而归根结底，现代性这种高度发达的社会科技物质文明和技术主义的兴盛，是由现代性那种不可逆转的断裂性直线型动态性的时间观导致的。正是这种不可逆转的直线型动态性的时间观导致现代性永不停息、永恒进取、无限超越、无限向外与向前的前瞻性，这种前瞻性就构成了现代性的一个突出的外倾视角。正是这种无限超越、无限向外与向前的前瞻性外倾视角，使它必然以外在物质层面的科学技术为重要手段实施它的现代化，来进一步实施其社会学意义上一体化的转型与变革，即现代化的转型与变革、物质层面科技文明的高度发达以及技术主义的兴起、媒介技术手段的高度发达。以至于技术主义成为现代性社会的一个突出性特征。在某种意义上，现代性社会正是以它高度发达的技术性著称，构成技术主义思想的技术主义手段、工具与媒介甚至成为衡量它是否具备现代性的一个突出标志。因为没有科学技术的高度发展，现代性就失去了它赖以实现其现代化的手段工具与媒介。所以，在这个意义上，科学技术主义又被称为"工具理性主义"。现代性也正是仰仗科学技术、媒介工具技术的发展，才得以实现它以高度发达社会物质文明为特征的"现代化"。也正是在这个意义上，高度发达社会物质文明被称为"科技物质文明"。在这个层面上，科技就等于物质。在现代性的意义上而言，科技就是物质的别名。所以现代性思想的突出特征之一即是科学技术主义、工具理性主义，强调理性和科学的至尊地位，甚至称科学技术就是第一生产力。科学技术主义、工具理性主义就成为现代性的一个重要核心理念。所以，现代性无限向前的线型时间观导致其前瞻性的外倾视角，直接促使了现代社会物质科技文明的发达与技术主义的兴盛。

技术主义思想、工具理性主义思想的兴盛就导致社会趋向一种技术主义思想向度的转变，同时由这一种转变而引起了一系列连锁性的转型与变革，如当现代性技术主义思想作用于社会时，必然导致社会从以人工劳力为主转向以科技为主要社会生产力的转型与变革，从而在客观上造成科技的发展、兴盛，并进而引导整个社会朝向现代高度发达的物质科技文明的转型与变革；当现代性技术主义思想作用于社会个体的个人时，必然导致个人行为向注重手段、工具的技术主义思想、功利主义思想的转型与变革，什么搞关系、走后门、建立人脉……诸如此类，都是现代性的技术主义思想作用于个人时而发生演变作用的结果；而当现代性技术主义思想作用于文学，特别是作用于诗歌时，就导致了文学和诗歌的现代性技术主义向度的断裂性转型与变革，即从注重"写什么"转变为"怎么写"，从注重内容、题材到注重形式手法技巧，从文学本体论转向创作论，从主题题材论走向形式主义，从艺术走向技术，从平面一维纸面写作走向立体多维网络写作，而出现了网络文学、网络诗歌，从而引起文学，尤其是诗歌从本体观念内容到艺术形式手法、审美感知方式与风格的全方位转型与变革。

具体针对诗歌而言，当现代性技术主义思想作用于诗歌尤其是中国当代女性诗歌时，它的技术主义思想就引起了诗歌技术主义写作向度的转型与变革，即使诗歌从艺术走向技术；从纸媒写作走向网络写作。从而引起了诗歌从本体观念内容到艺术形式手法、审美感知方式与风格以及写作、传播手段等综合性的全面技术主义向度的转型与变革，使当代女性诗歌从一种面向性别的写作转为面向诗歌本体、面向词语、面向修辞技术性的写作，完成了从"女性"到"诗歌"写作的转型，从"一种概念型的写作走向一种更加技术性的写作"（翟永明语）。

五、自身相状属性维度上的现代性

从现代性的自身相状属性上来看，现代性体现为一种时刻在生长变化中的运动性、变化性、创新性、变革性、不确定性。或者我们用齐格蒙特·鲍曼（Zygmunt Bauman，1925—2017）的术语描述它最为恰当："流动性"，也即现代性在自身相状属性上来看，体现为一种动态性的"流动性"，即"流动的现代性"。在某种意义上，现代性自身相状属性上的"流动性"恰好准确地表达了现代性时刻处于一种永不停息的生长发展变化、时刻追求变革、创新与时尚的一种变动不居的动态型过程状态。因此"流动性"就是现代性自身相状属性的一种最好的描述。

在这个意义上，现代性永远处于过程中，处于一种未完结的状态，一种永远未竟的状态，一种永远在路上、永远在探索、永远在创新、永远面向未来、永远不被凝固、永远未定型、永远在线、永远青涩、永远处于发展中的青春状态。因而现代性才能历经风雨、历经发展而常创常新，充满了永不衰竭的青春魅力。它也正是以这种永不停息、追求不止、常创常新的"流动性"，充满了青春的创造性，创造了现代性自身常青的"生命"和"无限伸展的诗意"，而使现代性永远处于一种变动不居神性诗意青春生命创造过程状态，永不枯竭。永远以一种革命性的、创新性的陌生化面孔，带给人以革命的新奇与诗意，而使所到之处，都带来了现代性的创新变革与转型。通过一种新的现代性叙事为历史重新命名，而使历史焕发出新的生机，展现出现代性的新面目，创造出新的世界，新的历史时空。

在这种意义上，现代性的"流动性"就代表着变化性、创造性、新奇性，它使现代性永远充满了一种创新的冲动，永远朝向一种异于自己的方向发展，永远否定正在成为"过去"的"传统"，永远构成对过去的一种否定，而对未来充满一种无限极的憧憬与仰望。因此，在这种流动性的意义上，现代性就代表着诗性，代表着创造性，代表着传奇性，代表着梦想性。它随时伸展、变化、创造、流动着，充满了永恒的生命性、创造性、生长性、传奇性、梦想性，现代性以它的这种变动不居的"流动性"创造了种种诗意的传奇，铸就了一座座现代性的梦幻空间"造梦场"，让传统的枯枝在衰败中焕发出新芽，在梦想中起死回生，而创造了种种现代性的奇迹，铸就了种种现代性的"造梦空间"，在新的现代性的梦幻般的时空世界中书写现代性历史的新篇章。

并且，现代性的这种流动性的诗意和传奇就在于，它能超越种种界别与局限的束缚而引起一种系列性、连锁性、跨越性的变革与转型，这种变革与转型的系列性、跨越性、连锁性就是现代性流动性的最具体的表现。而正是这种系列性、连锁性、跨越性的变革与转型，创造了一种新的思想理念和现代性的时空世界。如当现代性的理念开始风靡世界时，它就导致了系列性、连锁性、跨越性的变革与转型：如从全球化的变革到个别国家的变革，从个别国家的社会性变革到个人观念的变革，从个人观念的变革又导致了具体生活行为实践衣食住行、风俗习惯、思想理念等方面系列性、跨越性、连锁性的变革；如针对一个国家而言，当现代性思想作为政治意识形态的核心理念时，它就导致了一个国家从政治到经济，从经济到文化，从文化又到个人生活，从宏观到微观，从局部到个体等方面，都发生了系列性、跨越性、连锁性的变革与转型，而形成了一种现代性的"新气候"。而这种变革与转型的系列性、跨越性、连锁性就是现代性流动性的最具体表现，也正是这种系列性、跨越性、连锁性才构成了现代性的流动性，同时，也正是这种系列性、跨越性、连锁性的流动性，才成就了现代性的诗意和传奇，使现代性的转型与变革充满了青春梦想与创造的诗意色彩而具有传奇性和超越性。

如果把这种体现现代性流动性的系列性、跨越性、连锁性，具体运用到中国当代女性诗歌的变革与转型时，就会得到更为清晰的说明与阐释。如当现代性与当代女性诗歌相遇时，它就引起了当代女性诗歌从本体观念内容到艺术写作手法、文体形式、审美感知方式与艺术风格以及写作传播方式等系列性、跨越性、连锁性的转型与变革。使小说、戏剧、散文等综合性因素同时走入诗歌，使当代女性诗歌乃至当代诗歌在诗歌观念和艺术形式上都发生一种异质性、叙事性的变革，而成为一种综合性、多元化、跨文体的写作，朝向一种非诗化的方向发展，对于"诗"与"歌"在传统经典的含义属性上，实施了一种双向的反叛与背离，进而使当代女性诗歌和当代诗歌最终走向朝向自身的解构，走向散文化、边缘化、非诗化。这就是现代性流动性的"系列性、跨越性、连锁性"所造成的必然异质化的后果。如果我们反观其身，回过头来再把这种体现现代性流动性的系列性、跨越性、连锁性，具体运用到现代性自身时，我们就会发现：正是这种现代性的系列性、跨越性、连锁性的流动性，引起了现代性自身从现代主义、先锋派、颓废、媚俗艺术到后现代主义的系列性、跨越性、连锁性现代性转型与变革。而现代性这种由"现代主义、先锋派、颓废、媚俗艺术到后现代主义"的系列性、跨越性、连锁性现代性转型与变革，恰好构成了现代性发展的五个阶段，也即马泰·

卡林内斯库（Matei Calinescu）所说的"现代性的五副面孔"①。

　　所以，当现代性的流动性作用于整个世界时，就引起了全球性的系列性、跨越性、连锁性现代性转型与变革；当它作用于国家时，引起了整个国家社会的系列性、跨越性、连锁性现代性转型与变革；当它作用于个人时，引起了个人的系列性、跨越性、连锁性现代性转型与变革；当它作用于中国当代女性诗歌时，就引起了中国当代女性诗歌的系列性、跨越性、连锁性现代性转型与变革；当它作用于现代性自身时，就引起了现代性自身从现代主义、先锋派、颓废、媚俗艺术到后现代主义的系列性、跨越性、连锁性现代性转型与变革。总之，现代性自身相状属性上的"流动性"以其"系列性、跨越性、连锁性"为运动特征，而导致了系列性、跨越性、连锁性的现代性转型与变革，而使其自身充满了创造性、变革性、传奇性与梦想性的诗意色彩。而归根结底，现代性这种自身相状属性上的"流动性"特征，则是由现代性自身那种不可逆转的动态性直线型的时间观所决定的。正是现代性自身那种不可逆转的动态性直线型的时间观，使其无限向前、永远流动，充满了永不停息、永远向前、永远追寻、永远创造的精神，而导致了系列性、跨越性、连锁性的现代性转型与变革。

第二节　现代性思想特征及其作用影响（二）

一、文化美学精神维度上的现代性

　　从文化美学精神的维度上看，现代性那种不可逆转的断裂性直线型时间观，必然会造成一种异于传统的审美感知方式和与传统相反的审美情感，而形成异于传统的文化美学精神，而与传统美学观产生断裂，形成一种不可逆转的断裂性。因为时间范畴的现代性，或说时间维度上的现代性，由于其不可逆转的直线性、无限向前的前瞻性，就意味着一种断裂、一种变革，意味着一种历史分期、一种超越。它必然造成一种心理的断裂感、残缺感、非规则性、不连续性。这种断裂感、残缺感、非规则性、不连续性也就形成了现代性的外在文化美学精神特征和审美感知方式。同时，这种断裂性，使其必

---

①　马泰·卡林内斯库. 现代性的五副面孔 [M]. 北京：商务印书馆，2002.

然强调当下此时此刻的意义，而不断地向前，产生一种对于未来的无限前瞻性，这就使其必然注重现世、当下世俗化意义的重要性，而产生一种媚俗的功利主义倾向，而具有媚俗性；同时由于其不断向前的前瞻性，就不可避免产生一种时刻追求时尚、追求变化、追求创新、追求新奇、追求前进与超越的先锋性，和因无限向前而产生精神上的焦虑。所以"焦虑"，注定是现代性的另外的一个负产品，也是现代性的另一个"心理精神特征"。革命性、先锋性、媚俗性、创新性、新奇性、断裂性、残缺性、非规则性、不连续性，就这样构成了现代性外在显现的一些文化美学精神特征和审美感知方式。

并且，由于现代性断裂性的线型时间观念，就使时间不断地被切割，产生了一种异于传统的相对性的时间意识，使时间成为一种外在于人的异物，人不再拥有时间、支配时间，而成了时间的弃儿，时间构成了对人的一种外在性压抑，人仿佛时刻飘浮游离于时间之外。于是，现代性直线型断裂性的时间观改变了传统人和时间物我一如的和谐关系，而造成了人和时间之间形成了一种紧张、对立、分裂性的关系，从而形成了紧张、对立、分裂性的现代性精神心理特征，这就是现代性的时间观所造成的紧张、对立、分裂性的现代性精神心理。由此，也就形成了现代人紧张、对立、分裂性的人格心理特征。由于人不再是拥有时间，而是外在于时间，受时间支配，时间断裂化、碎片化，这就造成了人的一种漂泊无依、没有归属感，而必然产生一种现代性的孤独、寂寞、彷徨无助与忧郁苦闷的心理，进而产生一种现代性的精神上的颓废感、压抑感、割裂感、分裂感或说碎片化的感觉。

所以，孤独、寂寞、彷徨无助与忧郁苦闷的心理和精神上的颓废感、压抑感、割裂感、分裂感、碎片化的感觉，以及前面所说的焦虑，就构成了现代性典型的文化美学精神、审美情感色彩特征。并且，由于它们的存在，就必然促使一种颓废主义、媚俗主义、消极厌世主义、注重现世世俗感官享乐的末世主义之风盛行。而当这些颓废主义、媚俗主义、消极厌世主义、注重现世世俗感官享乐的末世主义之风渗透进文学领域里时，就必然造成文学的世俗化倾向，导致俗文学的出现，造成文学写作的个人化、随意化、世俗日常生活美学的兴起、感官写作的盛行、行为艺术的出现、无深度的后现代主义文本的流行，造成深度的消解、意义的解构、崇高的抛空等一些消极的文学写作现象出现并流行，诸如文学领域里的美女写作、身体写作、感官写作、青春写作，诗歌领域里以假乱真的个人化写作、口语化写作、日常生活美学的兴起，等等。这一切都是上述颓废、媚俗、消极厌世以及注重现世世俗感官享乐的末世精神投射的体现与结果。也即是现代性的文化美学精神、审美感知方式、美学情感在文学诗歌作品中的精神投射，及其所产生的必然性负效应。而归根结底，这种现代性的文化美学精神、审美感知方式、审美情感是由现代性这种不可逆转的直线型动态性的时间观所决定的。

如果我们把现代性这种不可逆转的直线型动态性的时间观与中国传统文化那种无限轮回性质的圆形的静态时间观相对应比照时，我们就会在对比中，对现代性的文化美学精神特征，特别是其审美感知方式和审美情感特征，有更加清晰明了的认识。同时在对比中，也会更加深化我们对中西两种时间观以及由此产生的文化美学精神的体悟和认识。

现代性是一种不可逆转的直线型时间观，那么当它与中国传统圆形的时间观文化相遇时，其线性时间观念，所必然造成的一种鲜明的断裂性，就与传统轮回性质的圆形时间观念产生了冲突，导致了一系列连锁性的变化、变革。如果说传统那种轮回性质的圆形时间观念，是天地与我并生，万物与我合一，它几近于一种无时间性。在这种轮回性质的圆形无限性的、连续性的、轮回性的、永恒持续性的时间观念里，时间基本上内化人的意识，人可以掌控时间、支配时间，时间被人所拥有。在这种时间观念里，时间和人的关系里，是物我一如，人是时间的主人，人与时间同在，时间内化于人的意识中。

由于这种圆形的时间观念，时间是内化于人的意识，人在时间之内，所以时间对人不构成压抑。在这种内化于人的意识的圆形时间观的意义上而言，时间就是作为主体的人内在自我主体的意识之流，所以这种圆形的时间观就标志着一种封闭的、静态型的时间观念。与之相应的是，这种内化于人主体意识的封闭型的、静态圆形时间观，它所产生的必然是一种悠闲或说闲适的心态。因为在这种时间观念里，人是时间的主人，时间是内化于人的意识，就是人内在自我主体的意识之流。并且在这种类似圆形的、生生不息、永恒持续不断、无尽轮回性的、封闭性的、持续时间之流里，它产生的是一种持续性，或说连续性的、永恒性的、和谐完美自足的心理，并由这种连续性的、永恒性的、和谐完美自足的心理，而产生一种和谐性的、连续性的、永恒性的、和谐完美自足的美学。为了方便起见，我们称之为：和谐型美学。连续性的、永恒性的、和谐完美自足就是这种和谐型美学的精神特征。

这样，这种连续性的、永恒性的、和谐完美自足和谐美，就形成了一种集体无意识而积淀在世世代代人们的心里，形成一种原型，并以原型的力量，形成了一种精神上的家园意识，积淀在人们的心里，形成了一种虚拟无形的精神世界，以一种看不见的方式，时刻作用与影响着人们的心理与情感，给人们带来慰藉与力量，滋养着人们的心灵与情感。因此传统圆形的时间观念所产生的静态和谐型美学，它的重要功用在于，给人们提供了一个内在的隐形的看不见的心灵精神家园，它像一个巨大的隐形的场域，幽然地发出和谐之光，时刻抚慰和滋养着人们的精神心理情感，使人们陶醉于其中，恬适安然，甚至是乐而忘返。所以传统轮回性的圆形时间观在美学文化上，给人们塑造了一个精神上的、隐形的"桃花源"。

综上分析，传统轮回性的圆形时间观是一种相对封闭、静态型的时间观，它产生的是一种悠闲、恬适、安然的心态，形成的是一种以持续性的、永恒性的、和谐完美自足为精神特征的和谐型文化美学，这种完美自足的和谐型美学的重大功用是在于给人们提供了一个抚慰人们精神情感的心灵家园。

这样，当现代性这种直线型断裂性的动态时间观与传统圆形和谐静态型时间观相遇时，也即传统与现代相遇时，传统的圆形时间观就遭到了现代性直线型时间观的切割、破坏和异化，而造成了一种断裂、残缺和破损，产生的这一种具有破坏性质的非规则性、不连续性、碎片性使传统丧失了和谐与完美。于是传统那个以封闭自足完美和谐的精神家园世界，就遭到现代性的解构和破坏，不复存在，而变成了分崩离析的碎片性文化世界。顷刻间，使人失去了那个完美自足的精神家园。断裂性、残缺性、非规则性、不连续性、碎片性也就以这样现代性的美学精神取代了传统连续性的、永恒性的、和谐完美自足的和谐型美学精神，而与传统连续性的、永恒性的、和谐完美自足的和谐型美学精神特征相迥异。于是，这种断裂性、残缺性、非规则性、不连续性、碎片性，也就必然产生了与之相应的一种割裂性，或说分裂性的现代性审美情感心理，使人失去了时间维度意义上的精神家园，仿佛成了时间的弃儿，而染上了一种孤独、寂寞与忧郁的现代性审美心理情绪。这种孤独、寂寞与忧郁的心理情绪也就这样取代了传统那种连续性的、永恒性的、和谐完美自足的和谐型美，而成为现代性的一种典型审美情绪。这就是现代性的结果。

进而言之，当现代性美学文化精神上的这种断裂性、残缺性、非规则性、不连续性、碎片性审美感知方式，以及孤独、寂寞与忧郁苦闷的美学情绪投射到全世界时，它就造成了一种全球性的人文主义危机和文化美学精神危机，导致了全球性的文化美学思想精神的变革与转型，并渗透到各个领域里，特别是在文化，尤其是文学诗歌艺术领域里。因为在任何国度，文化、文学诗歌艺术都是一个时代人们精神生活的窗口。如当现代性美学文化精神上的这种断裂性、残缺性、非规则性、不连续性、碎片性审美感知方式，以及孤独、寂寞与忧郁苦闷的美学情绪投射到中国时，它就导致了中国二十世纪九十年代的人文主义精神危机，导致了中国当代文学和诗歌的后现代主义转型，使中国当代文学从注重"写什么"转变为"怎么写"，从注重内容、题材到注重形式手法技巧，从文学本体论转向创作论，从主题题材论走向形式主义，从艺术走向技术，从平面一维纸面写作走向立体多维网络写作，而出现了网络文学、网络诗歌，从而引起文学，尤其是诗歌从本体观念内容到艺术形式手法、审美感知方式与风格的全方位的后现代主义转型与变革。

　　比较有代表性的后现代文学作品有很多，诸如王朔的"痞子文学"系列：《过把瘾就死》《你以为你是谁》《一半是海水、一半是火焰》《我是流氓我怕谁》，以及像残雪的《山上的小屋》之类的先锋文学系列、美女作家写作、身体写作等，诗歌方面，尤其是当代女性诗歌方面后现代主义转型之作，如尹丽川的《为什么不再舒服一些》《正名》《什么样的回答才能让你满意》《献给第三者》《公正》等，安琪的《任性》《像杜拉斯一样生活》《人人皆可为圣贤，人人皆可为暴徒》《与哈姆雷特有关的几个问题》《一首诗该有多长》《明天会出现什么样的词》，陆忆敏的《可以死去就死去》，蓝蓝的《让我接受平庸的生活》，娜夜的《幸福不过如此》，翟永明的《咖啡馆之歌》《祖母的时光》等。可以说，在这些转型了的文学与诗歌作品中，都折射着断裂性、残缺性、非规则性、不连续性、碎片性的现代性的文化美学审美感知方式，以及孤独、寂寞与忧郁苦闷，甚至是变态心理情感精神特征。可以说，这些都是现代性文化美学精神情绪在其中的精神投射。而归根结底，这种现代性美学文化精神上的断裂性、残缺性、非规则性、不连续性、碎片性的审美感知方式，以及孤独、寂寞与忧郁苦闷的现代性文化美学情绪，都是现代性那种不可逆转的直线型动态的时间观所导致的。正是现代性那种不可逆转的直线型动态的时间观，使现代性因无限向前而产生精神焦虑走向极端，进而陷入现代性的巨大虚空幻影中，于是在经历了焦虑、先锋以后，迅速陷入了颓废、媚俗、后现代主义的状态。

　　这尤其在当代女性诗歌中表现得特别明显。如当代中国女性诗歌正是在经历了现代主义的焦虑、先锋的激进之后，很快陷入了一种激进后的颓废、媚俗、多元并存的后现代主义状态，从而使中国当代女性主义诗歌完整经历了由现代主义、先锋派、颓废、媚俗艺术到后现代主义的现代性的五个阶段，即现代主义、先锋派、颓废、媚俗艺术、后现代主义，也就是马泰·卡林内斯库所说的"现代性的五副面孔"（马泰·卡林内斯库《现代性的五副面孔》）。所以，归根结底，现代性这种美学文化精神上的断裂性、残缺性、非规则性、不连续性、碎片性的审美感知方式，以及孤独、寂寞与忧郁苦闷的现代性文化美学情绪，都是由现代性那种不可逆转的直线型动态的时间观所导致而形成的，也即文化美学精神维度上的现代性的断裂性、残缺性、非规则性、不连续性、碎片性的审美感知方式，以及孤独、寂寞与忧郁苦闷的现代性文化美学精神情绪，正是现代性直线型时间观作用与影响的直接后果。

二、思想文化精神维度上的现代性

由文化美学精神维度上的现代性的断裂性、残缺性、非规则性、碎片性的审美感知方式，以及孤独、寂寞与忧郁苦闷的现代性文化美学精神情绪，及其产生的颓废、媚俗、消极厌世、注重现世世俗感官享乐，以至于末世之风盛行等一系列负效应；更为重要的是由于现代性转型在全球各个领域里，如国家政治、经济、文化和社会生活以及自然地理、人文环境等各个方面所产生的诸多弊端，它们合在一起，造成了一种全球性的人文主义危机和文化美学精神危机，就使得在现代性内部产生，或者说滋生了一种对现代性自身的反思性思想文化精神态度与力量，也即对现代性自身的反叛、反思，即反现代性的思想文化态度。进而形成了现代性的另一种思想文化精神维度：反思性精神，即现代性的反思性思想文化精神态度。

现代性的这种思想文化上的反思性精神态度，就使其随时充满了反叛性精神，使所到之处，都发生了剧烈的冲突与激变、剧变，而引起了断裂性质的先锋性现代转型与变革，并直接促使现代性在经历了现代主义、先锋的激进之后，陷入了一种激进后的颓废、媚俗、后现代主义多元化状态，即现代主义、先锋派、颓废、媚俗艺术、后现代主义同时并存。这就是由现代性的这种思想文化上的反思性精神态度所导致；同时，从更根本性的原因来说，也是由现代性不可逆转性、断裂性直线型线性时间观所决定的。正是现代性那种不可逆转性、断裂性的直线型线性时间观，使其不可逆转性、无限地向前而必然形成了现代性的五个阶段，即现代主义、先锋派、颓废、媚俗艺术、后现代主义，也就是马泰·卡林内斯库所说的"现代性的五副面孔"（马泰·卡林内斯库《现代性的五副面孔》）。

在这种意义上，可以说一部现代性的历史，也就是一部由其反思性冲突而造成不断变革与转型的历史。因而现代性就是革命性、变革性、转型性，现代史就是变革史、革命史、转型史。或者更干脆地说，现代就是冲突，就是变革，就是转型。因为现代性的本质就是时间、历史上的断裂性，这种时间、历史上的断裂性必然造成不断的冲突、变革与转型。因此，现代性的这种内倾性的反思性精神所造成的冲突，必然引起种种因冲突而带来的激变、剧变，而导致一系列的变革与转型。所以，归根结底，现代性的这种不断变革与转型，就是由现代性的这种内倾性的反思性态度精神所决定的。

现代性的这种内倾性的反思性向度，表明现代性在精神上时刻存在着一种对自身的反思、批判与调整革新的精神态度。也就是说，现代性不仅在社会学的维度上时刻保持向前、向外革新革命的外倾视角维度；同时，在思想文化美学精神的维度上，也存在一个时刻向内自我反思、批判与调整革新、革命的内倾视角维度。这内外两个视角维度表明：现代性本身即在社会学维度和思想文化美学精神上存在着一种不可调和的冲突性、矛盾性。社会学的外倾视角使现代性要一直向外、向前，向着一种异于过去、异于此刻、异于当前，而面向无限的未来，向着一种异化自己的方向发展，保持一种时刻进步的前瞻性；思想文化美学精神上的内倾视角使其要不断地向内、向后、向过去，要保持自身不被异化的稳定、和谐性状，使其充满了回顾性、怀旧性，怀乡意识，而要回到过去、回到传统、回到往昔那个没有被异化的心灵精神家园。

现代性正是在这内外两种截然相反的视角构成的矛盾性冲突中前进着。于是，现代性的这种自我反思性精神，它不仅造成了外在世界的革命，也必然造成内在世界的冲突与革命，并在这种双向革命造成的不可调和的冲突与矛盾中，从最初一步步地转型与变革走向最终造成自身解构与消亡的后现代主义。这样就在客观上，促使现代性由最初的现代主义、先锋派、颓废、媚俗艺术，而走向最终解构自我的后现代主义。现代性这两种内外截然相反的视角构成的文化精神上的矛盾冲突性，就使得现代性不仅因这种外倾视角革了别人的命，也最终因其自身的内倾视角而革了自己的命。简单说，现代性，不但革了别人的命，也最终革了自己的命。同时，也正是在这个意义上，马克思才说：资产阶级是自己的掘墓人，或者说资本主义在其自身发展运行逻辑上，已经直接为自己准备了掘墓人。因为资产阶级是奉现代性为圭臬的，所以它必然要遵行现代性的这个逻辑，因而不可避免地、必然和现代性一起，走上现代性自我解构与消亡的道路。

现代性在以其激烈的变革与转型，给别人制造"造梦场"的同时，也让自己在现代性的梦魇中走向幻灭与消亡。这是现代性自身不可逆转的断裂性直线型线性时间观所导致的必然性的逻辑结果，即现代性的后果。因为物极必反，现代性这种无限前进、不可逆转的直线型时间观决定它最终必将走向自身极端性的悬崖，而消亡毁灭于自身意义解构后的巨大虚空幻影之中。现代性的这种内倾性的反思性文化精神，是由其自身追求理性、民主与科学的思想精神所决定的；而归根结底，是由其自身那种不可逆转的动态性直线型时间观所决定的。无限动态直线性的向前必然导致走向自身极致的绝境，而在一个恰当的时刻，适时收手与放手，急流勇退，才会不失明智，才会绝处逢生而立于不败之地。因此标志西方文明的现代性这种无限向前的动态性直线型时间观，还是充满青春期盲目冲动性而欠缺智慧性的。

这也与梁漱溟在《中国文化要义》中比较中西两种文化文明的观点相类似。在这个意义上，我们也可以把以现代性这种直线型为代表的现代西方文明文化称为"青春型文化"，而把以圆形时间观为代表的中国传统文化称为"圆熟型文化"或"成熟型文化"。那么当把这两种不同类型的文化做对比时，我们就会发现：在一个终极意义上来看，以圆形时间观为代表的中国传统文化，在终极的智慧上，要优于、胜于以这种直线型为代表的现代西方物质文明文化，也即代表中华精神文明的传统文化的"圆熟型文化"要优于代表西方文明的现代性直线型的"青春型文化"。因为直线型"青春型文化"只是通往理想彼岸世界路途中间的一个中间站、一个过程，而不具有终极性的智慧与意义，不能决定终极的成败与胜负，就像直线只是无限圆形轨迹上的一个点，因而它必然有自身不可避免的局限性。

从一个终极长远的眼光考量，还是代表中华精神文明的传统文化的"圆型文化"，即"圆熟型文化"更适合人类社会终久的和谐发展，因而是一种更富于智慧型的文化，它应当是人类社会发展道路的一个最佳合理选择。因为代表中华精神文明的传统文化的这种"圆型文化"，即"圆熟型文化"，它奉行的是中道，即中庸之道，属于一种不偏不倚圆融和谐的静态型文化。这亦如目下我们对现代性进行反思时，所应该考虑与抉择的。目下，全球性经济危机、政治军事冲突、国际争端、自然地理环境气候的失调、全球性突发性的各种性质的灾难，正是现代性只着眼于当下、追求急功近利、缺失终极长远智慧的后果，也是其不可逆转的直线型时间观导致急剧断裂性的变革与转型，而呈现出的断裂性、破坏性、非连续性、不规则性、残缺性在政治、经济、军事、自然地理环境气候等诸多领域里的一种表现。所以，人类已经到了一个应当对现代性自身进行反思、省思的阶段了。同时，这种反思、省思也是现代性思想文化精神态度上的反思性所决定和要求的，它并没有超出现代性自身所设定的发展逻辑。在这个意义上，思想文化精神维度上的现代性的自我反思性精神态度又充满了柔软温馨而诗意的人文精神。

同时，这种反思、反省精神，也是现代性思想文化精神态度在社会诸多领域里的一个体现。因此，我们可以大胆地推测和预见：现代性反思的结果，必然使西方回头转向东方，转向中国华夏古老的精神文明去探索寻求人类社会发展终极和谐之路，人类未来发展的方向与希望是寄托在东方，在于东方古老华夏文明富于智慧性的中国传统文化，在于东方奉行不偏不倚中道之圆融无碍静态和谐型的中国华夏传统文化。这亦如历史学、人类学家汤因比和池田大作在探索人类未来社会和谐之路中所表达的观点，也是拿破仑等一些西方预言家及宗教学家所共同做出的先哲性预见，如斯宾格勒就在其《西方的没落》一书中，预言了西方文明终将走向衰落。所以未来的西方是一定会在现代性的反思文化精神指引下，而调转船头转向东方、转向中国来学习探求人类国家和社会发展的终极和谐之路。

在这个意义上，如果说，在先远的过去，唐僧是抱着谦虚的态度往邻国天竺去取经，走的是一条西行之路；那么在不远的未来，我们也会自豪地看到将有络绎不绝来到东方向古老华夏文明的中国来学习的学习者，学习中华传统和谐文化，学习人类和谐发展的东方的诗性智慧。他们将和世界一起走向东方，走向中国，走一条东行之路，向东方来"取经"，向中国来"取经"。关于这一点，我们可以拭目以待，时间和历史将会对这种预见做出最好的证明、无言的证明。所以历史的发展，从终极的意义上看，走的是一条循环之路。明白这点，我们就可以宠辱不惊、得失无忧，动看云卷云舒，静观闲庭落花，随缘不变、不变随缘，以不变应万变，以万变应不变，而无时无处不自在，随时随地无挂碍。

好，现在让我们收手，把目光拉回来，看看现代性这种内倾性的反思性文化精神态度是怎样在所到之处引起一系列的现代性的转型与变革的。也就是说，现代性这种内倾性的反思性文化精神是如何发挥它的现代性的作用的，即是如何在所到之处引起一系列的现代性的转型与变革的。现代性自身那种不可逆转的直线型动态性时间观决定了其内倾性的反思性文化精神态度，这种内倾性的反思性文化精神态度就在其所到之处引起一系列的现代性的转型与变革。如当现代性理念风行于全世界时，它的富有强烈理性、科学与民主性的自我反思精神，就引起了以西方资本主义国家为代表的全世界一系列国家的现代性质的自我反思，并很快引起了一种群体性的对现代性自身的文化反思与讨论，形成了一股全球性的批判反思现代性文化的思潮，代表性著作如安东尼·吉登斯（Anthony Giddens，Baron Giddens）的《现代性的后果》、查尔斯·泰勒（Charles Margrave Taylor）的《现代性之隐忧》、尼尔·波兹曼（Neil Postman）的《娱乐至死》、李惠斌的《全球化与现代性批判》、何中华的《社会发展与现代性批判》等。这股全球性的批判反思现代性的文化思潮很快掀起了一场全球性的现代化革命，导致了一场全球化的现代性转型与变革。

而当现代性理念与中国相遇时，就促使了中国对自身一系列现代性质的文化反思，而导致了中国在近代一百年以来一系列现代性的转型与变革，如洋务运动、戊戌变法、辛亥革命、旧民主主义革命、新民主主义革命、民族革命、国家革命、社会主义革命……一直到今天一系列因遭遇现代性的反思而引起的转型性质的社会革命。所以，如果说，鸦片战争对中国而言是一场军事侵略，不如说是一场文化侵略，因为正是鸦片战争使中国人遭遇了现代性而引起了自身的文化反思，致使中国走上了一条现代化的道路，导致了中国社会朝向现代性方向的变革与转型。

而具体针对诗歌，尤其是针对中国当代女性诗歌而言，当现代性理念与中国当代女性诗歌相遇时，就引起了从诗人创作主体到诗歌本体、从写作技术到传播技术的系列性的现代性反思，并由此引起了中国当代女性诗歌在二十世纪八九十年代的诞生转型与变革，使中国当代女性诗歌经历了现代主义、先锋派、颓废、媚俗艺术、后现代主义五个阶段现代性的转型与变革。特别是在经历了现代主义、先锋的激进之后，陷入了一种激进后的现代主义、先锋派、颓废、媚俗艺术、后现代主义同时并存的后现代主义多元化状态，也就是马泰·卡林内斯库所说的"现代性的五副面孔"，在中国当代女性诗歌发展历程上的具体过程实践演绎。

而具体展开来说，当现代性与中国当代女性在二十世纪八九十年代相遇时，不仅引起了性别意义上的中国当代女性诗歌的诞生，而且直接引起诗歌创作主体：女性自身的现代性反思与冲突，而进行了一场"去性化"的变革与转型，即直接导致了中国当代女性诗歌在二十世纪九十年代发生的变革与转型：从一种面向性别的写作走向一种面向词语的写作，从而完成了从"女性"到"诗歌"本体性的转型；而现代性与中国当代女性的相遇不仅引起诗歌创作主体的反思与变革转型，也令诗歌本体受到现代性理念的冲击，并引发了诗歌本体的现代性反思，而导致了诗歌本体自身观念的变革，即用叙事的观念取代了传统的抒情观念，使诗歌从抒情走向叙事，使小说、戏剧、散文因素同时介入诗歌，而使诗歌从情感走向意识，呈现出现代主义与后现代主义两种文本同时并存的跨文体、综合性、多元化写作状态，从而引发了诗歌本体的观念性的变革与转型；而当现代性在技术主义层面与中国当代女性诗歌相遇时，它就在技术主义思想与技术主义手段两个层面，引发中国当代女性诗歌创作的反思、变革与转型，使中国当代女性诗歌不仅在本体观念上，而且在具体诗歌写作艺术技法和具体写作传播媒介技术上，都发生了一场技术主义向度的现代性的变革与转型。即使中国当代女性诗歌在诗歌表达观念上从情感走向意识；在诗歌具体写作技术和传播媒介技术上，从艺术走向技术，从纸媒走向网络，从"一种概念型的写作走向一种更加技术性的写作"；在诗歌艺术手法与文体形式上，用叙事取代抒情，从而使中国当代女性诗歌写作呈现出一种综合性、跨文体、多元化的审美态势。

这样，就进而使中国当代女性诗歌从诗歌本体观念到艺术形式手法、审美感知方式与风格以及写作传播手段媒介技术等一系列方面都发生了一场综合性的现代性的全面性转型与变革，而彻底实现了女性和诗歌的"现代化"。使中国当代女性和中国当代女性诗歌在这场现代化的变革中，完成女性自身和诗歌自身的双向现代化转型，即从传统走向现代，从现代走向当代，又从当代走向后现代，并最终经历了从现代主义、先锋派、颓废、媚俗艺术到后现代主义的现代性的五个阶段的转型与变革。而使中国当代女性和中国当代女性诗歌都同时具有了现代性这五个阶段的综合性特征，也就是拥有了马泰·卡林内斯库所说的"现代性的五副面孔"（马泰·卡林内斯库《现代性的五副面孔》）。

综上所述，我们相信中国当代女性和中国当代女性诗歌在经历了现代性这个大熔炉五个阶段的冶炼之后，会使女性和诗歌自身在经过这种现代性的历练之后，终究走向成熟，趋向完美。这正如当代著名女诗人翟永明在《再谈"黑夜意识"与"女性诗歌"》一文中所说："无论我们未来写作的主题是什么（女权或非女权的），有一点是与男性作家一致的：我们的写作是超越社会学和政治范畴的，我们的艺术见解和写作技巧以及思考方向也是建立在纯粹文学意义上的，……我们有理由相信，中国当代'女性诗歌'在历经璀璨与浮沉、喧嚣和彷徨之后，终究会出现'洗尽铅华'的成熟阶段。"①

① 翟永明. 纸上建筑·完成之后又怎样 [M]. 上海：东方出版中心，1997：236.

第二编 02

| 概　论 |

第二章

概论：现代性与当代女性诗歌转型

第一节　现代性的逻辑演绎：
现代性—时代性—女性—诗性—技术性

一、当代女性诗歌转型变革时间界定

当代女性诗歌写作的转型变革，主要是指二十世纪九十年代女性诗歌写作的转型变革。因为当代女性诗歌写作的转型变革，主要发生在上个世纪的九十年代，也即二十世纪九十年代。因此，当代女性诗歌写作的转型变革，即是指二十世纪九十年代女性诗歌写作的转型变革。

虽然二十世纪九十年代以来的当代女性诗歌，进入新世纪以后，仍然呈现一种多元化发展的繁荣景观，在某些方面，也表现了与此前九十年代的一些细微不同和差异，如传播媒介的变化，网络女性诗歌的热兴，女性诗人数量的飙升，叙事化、口语化的深入扩大，跨文体多元化表现手法的进一步采用，传统、乡村、自然题材的重返……但这一切并没有大的本质性，以及出现打破格局性的变化。它与此前二十世纪九十年代女性诗歌那种群体断裂性的整体现代性变革与转型，仍无法相比。

可以说，进入新世纪以后的当代女性诗歌，基本上仍是秉承二十世纪九十年代变革转型的精神遗绪，并没有明显本质的变化与转型，仍然是在二十世纪九十年代变革转型格局基础上的深入拓展，是上一次变革的进一步深化、细化、激化与扩大化。在这个意义上，可以说转型至今尚未彻底结束。因此，我们说，中国当代女性诗歌的转型与变革，主要就是二十世纪九十年代女性诗歌写作的转型与变革。本书所指的当代女性诗歌转型变革，在时间的意义上，也就是指二十世纪九十年代女性诗歌的转型与变革。为方便起见，我们简称：九十年代女性诗歌转型与变革。

二、现代性与女性：现代性—国家性、民族性、阶级性—消费性—个人性—女性—诗性—技术性

从大的时代、历史因素方面来说，二十世纪九十年代女性诗歌写作的转型与变革，是在特定的历史情境下，即是在二十世纪九十年代那个历史急剧转型变革的特殊社会时代情境下发生的。因为任何时代的诗歌都不能脱离特定的时代历史语境，在某种意义上说，诗歌正是大历史语境变革催生下的产物，它是时代即将变革的先知，如果说诗人是夜莺，那么，诗歌就是时代最敏感的那根神经，必将传达出时代变革的先声，是一个时代社会政治经济文化意识形态的大历史语境的精神投影。

因此正是二十世纪九十年代，转型变革了的社会政治经济文化意识形态的大历史语境，是社会、时代、历史的转型，造成了诗歌的转型，这正是当代女性诗歌在二十世纪九十年代转型的社会时代历史原因，即二十世纪八九十年代中国社会，在政治经济文化意识形态方面的急剧历史转型的这种大历史语境变革转型造成了中国当代女性诗歌在九十年代的转型，也即"九十年代女性诗歌写作的转型"。

而追寻这种大历史语境的转型，即二十世纪八九十年代中国社会在政治经济文化意识形态方面急剧历史转型变革的原因，它又是现代性理念激进演变的结果。正是现代性的理念，作为中国现代民族国家的一种核心政治理念，作用于国家意识形态，导致了中国二十世纪八九十年代在政治经济文化意识形态方面的急剧的社会历史转型，而这种社会历史转型又直接推动了当代女性诗歌在九十年代的转型。所以现代性是当代女性诗歌在九十年代的转型的根本原因。

我们知道，中国自鸦片战争开始就遭遇了现代性的问题，从此现代性与中国国家、中华民族的现代化问题相伴始终。它使中国作为一个国家/民族在迈向现代化的进程中充满了不断地激进性质的断裂与变革。这种现代性作为政治意识形态的核心思想，它最初作用于文学的直接结果就是，使文学呈现出一种"国家/民族"的宏大叙事话语。这尤其体现在启蒙文学与革命文学的叙事话语中，它直接表现为民族救亡、国家解放、阶级革命的宏观叙事话语，因此这种现代性就直接演绎并体现为国家性、民族性、阶级性。

然而随着国家民族革命解放事业的完成、政治阶级斗争的结束，随着现代化的进一步深入发展，中国开始进入以经济发展为中心的经济建设时期。

尤其是在二十世纪八十年代中期以后，特别是在九十年代，市场经济高速发展，使中国提前进入了一个以商品消费性为主的大众化消费文化时代，同时加之西方后现代文化思潮在彼时的大量介入，又在客观上加速了这一进程。于是消费性取代国家性、民族性、阶级性而成为现代性在商品消费时期的主流经典代表话语。政治意识形态话语开始发生转型，从一种宏观政治话语时期进入微观政治话语时期。与之相应的是文学中关于国家/民族的宏大叙事话语开始瓦解松动，而代之以个人性话语。这种个人性话语的最早、最鲜明的文学表征是在二十世纪八十年代中后期崛起的以女性躯体写作为鲜明特征的女性先锋诗歌写作。这种以躯体写作为特征的女性先锋诗歌写作标志着女性开始浮出历史地表，标志着女性话语的诞生。因此女性话语正是属于这样一种意识形态转型期的微观政治话语，它的直接产生标志就是二十世纪八十年代中后期女性诗歌的诞生。这也就是为什么在女性诗歌创作中会充斥着大量的反本质主义的个人性话语。这种个人性话语标志着女性自我性别意识开始觉醒，它隐含的意识形态含义是性别政治将取代阶级斗争政治，同时也将预示着一个个人化、女性化时代的即将到来。

由此我们可以看出：正是现代性使中国作为一个国家/民族在实现现代化的过程中出现的在二十世纪八九十年代由政治重心向经济重心的转移和西方文化思潮的大量介入所造成的特殊社会政治文化历史情境，才为女性浮出历史地表，重新审视自己，审视自我与他者、与世界的关系，提供了最佳的社会物质文化语境。女性只有在现代性提供的这种特殊社会政治历史文化情境中，才能走出男性话语的遮蔽，摆脱国家民族的宏大叙事话语，开始浮出历史地表，进而"从黑夜走向白昼"（翟永明）。而在革命战争年代，女性意识只能演绎为民族意识、国家意识、阶级意识，而淹没在国家/民族的宏大叙事中。女性在当时即是民族性、国家性、阶级性，女性解放即表达为人民解放、国家解放、民族的独立、革命的胜利，女性话语也被理解为上述的革命话语。女性意识的表达被压抑在当时的革命形势下，遭到了淡化处理。新中国成立以后的50年代到70年代，女性几乎进入了一个"无性化"的时期，女性解放意识仍无法得到彰显。

因此，虽然女性在二十世纪初的"五四"时期就已遭遇现代性的问题，但现代性真正与女性自身发生交锋，促使女性自身性别意识的觉醒，使女性能够对性别话语建构中的自我进行认识，却是始于二十世纪八十年代中后期，并成熟于二十世纪九十年代。由于这种女性意识的大范围觉醒作为二十世纪九十年代的一种突起的时代现象，它使二十世纪八十年代中后期，尤其是二十世纪九十年代以来的时代几乎成为一个女性化的时代。这可以从女性诗歌的出现与兴盛、女性刊物的创立、女性会议的召开、女性专业机构的设立，尤其是新世纪网络技术传媒兴盛以后，女性诗人作家队伍的空前壮大、女性诗歌技术主义向度的转向、女性诗歌创作的繁荣兴盛、女性诗歌创作技术性的提升等方面都可以看出。而女性诗歌则成为女性化时代的先锋话语，成为女性自我性别意识觉醒的标志。因此现代性在女性问题方面投射的结果就是通过女性诗歌的先锋话语造就了一个女性化的时代，开启了女性自我性别意识的觉醒。在这个意义上，现代性就可以理解为女性。由此可见，现代性在塑造现代中国民族国家和现代化个人方面的话语演绎逻辑就是现代性—国家性、民族性、阶级性—消费性—个人性—女性—诗性—技术性。由此可见，从现代性—时代性—女性—诗性—技术性的发展深化关系来看，现代性、女性和女性诗歌之间一体化的关系，是现代性内在逻辑演绎的必然性结果。

第二节 现代性视野中的女性诗歌：
诞生、发展、变革与转型

一、现代性与女性诗歌：诞生与转型

从前面女性和现代性之间的内在逻辑关系中，我们可以看出，女性诗歌是现代性与女性相遇的结果和产物，正是现代性在二十世纪八十年代与女性的直接相遇才催生了二十世纪八十年代中后期女性诗歌的诞生与崛起。但是女性诗歌写作在二十世纪九十年代却呈现出与二十世纪八十年代不同的美学色彩，尤其在二十世纪九十年代呈现出一种深刻的断裂与转型，呈现出一种综合性、多元化的美学写作态势。如果说二十世纪八十年代中后期崛起的以女性身体写作为鲜明特征的当代女性先锋诗歌写作，带有鲜明的性别对抗政治色彩，它隐含的微观意识形态含义是性别政治将取代阶级斗争政治。但是在二十世纪九十年代以后，随着现代化的深入发展，也即市场商品经济进一步的完善与成熟和西方后现代文化理论思潮的深入人心所导致的大众消费文化时代的正式来临，随着女性对自身现代性和诗歌本身现代性的双重思考，以及现代性理念在技术主义思想层面的进一步深化，当代女性诗歌写作在二

十世纪九十年代开始却已经削弱了二十世纪八十年代中后期那种激烈的性别对抗色彩，从而发生一种深刻的断裂，实现了一种全面的现代性转型。

这就是二十世纪九十年代以来的当代女性诗歌写作已告别了八十年代中后期高昂、单调的性别对抗而进入了一个激情和词语磨合的时期，并在激情和词语的磨合过程中，转入对日常生活的散文化、口语化的抒写和个体内在生命的沉思；从一种面向性别的写作，转向面向词语的写作；从过去的集体对抗转向个人化的抒写；从抒情走向叙事；从情感走向意识；从艺术走向技术；从纸媒开始走向网络。这样，由于诗歌本体观念的变革，就使小说、戏剧、散文等综合性因素同时走入诗歌，使当代女性诗歌乃至当代诗歌在诗歌观念和艺术形式上都发生一种异质性、叙事性的变革，对于"诗"与"歌"在传统经典的含义属性上，实施了一种双向的反叛与背离，就使当代女性诗歌朝向一种非诗化、散文化的方向发展，进而使当代女性诗歌呈现出现代主义与后现代主义两种文本同时并存的跨文体、综合性、多元化写作状态。而随着现代性激进化的深入发展，又推动了当代女性诗歌进入 21 世纪以后，在传媒方式、写作方式、表现方式和艺术风格技巧等方面，进一步走入深化、细化、扩大化、激进化的转型与变革。

由此可见，现代性与女性的直接相遇产生了女性诗歌，而现代性的进一步发展，即由现代性理念所直接导致的以后现代主义为核心的大众消费文化时代的来临则又使得女性诗歌写作在二十世纪九十年代以后，呈现出一种深刻的现代性断裂与转型，使二十世纪九十年代以来的当代女性诗歌在美学上呈现出一种追求有别、倾向不同、尺度不一、斑驳错杂、差异丛生的以后现代主义为主，而兼有先锋、颓废、媚俗、现代主义与后现代主义倾向的综合性、多元化写作态势，而呈现出马泰·卡林内斯库所说的"现代性的五副面孔"（马泰·卡林内斯库《现代性的五副面孔》）。

所以，现代性与女性相遇的结果不仅诞生了美丽奇异的女性诗歌，而且在根本上促使了女性诗歌写作在二十世纪九十年代以来的进一步发展、深化与转型。现代性是使女性诗歌诞生和转型的根本因素，而由现代性导致的二十世纪九十年代以后现代主义为核心的大众消费文化时代的到来，则是当代女性诗歌在二十世纪九十年代转型的直接因素。

二、大众消费文化时代来临与当代女性诗歌变革转型

由当代女性诗歌发生发展变革与转型的情况，我们可以说，正是在二十世纪九十年代以来这种现代性导致的以后现代主义为核心的大众消费文化时代来临所造成的一个消费化、个人化、女性化的时代语境里，由于女性自身和诗歌本体都遭遇了现代性的冲突与变革，由于现代性理念在技术主义思想层面的进一步深入，我们才会深刻地理解当代女性诗歌写作在二十世纪九十年代所发生的现代性断裂与转型，我们才会理解为何叙事会取代抒情而成为二十世纪九十年代以来，当代女性诗歌写作的现代性先锋诗歌理念；诗歌为什么会从抒情走向叙事；从情感走向意识；从艺术走向技术；从纸媒开始走向网络；个人化何以会成为二十世纪九十年代以来的当代女性诗歌，乃至整个当代诗歌的主导写作倾向；口语化为什么会成为这个后时代的主导诗歌语言观而大行其道；日常生活为何会成为消费时代的美学观念而得以审美的呈现。

正是在二十世纪九十年代以来，这种特殊的时代转型语境里，我们才会理解作为诗人的个体，理解翟永明为什么从面向性别的写作转向面向词语的写作，宣布只将作品献给无限的少数人；王小妮为什么要重新做一个诗人，宣布只为自己的心情做一个诗人；尹丽川为什么会以学院出身却写出极端个人化而惊世骇俗的《为什么不再舒服一些》；以及安琪为什么会宣称"完美的人已经厌倦/在文明中文明已显得多余"（安琪《关于错误的一句话》）。并且，随着现代性激进化的深入发展，进入 21 世纪以后，翟永明、蓝蓝以及至今仍备受命名争议的所谓"新红颜"等一些诗人在诗歌书写题材上为什么要重返传统与自然；"梨花体"教主赵丽华，为什么要在口语、庸俗中"高蹈"和"自溺"；余秀华为什么要"穿越大半个中国去睡你"……

归根结底，这些二十世纪九十年代以来的当代女性诗歌，所呈现的以后现代主义为主，而兼有现代主义和后现代主义的多元美学特征，是现代性所隐含的相对主义时间观念，即线型的历史性世俗化非永恒的时间观念所造成的严重焦虑而产生虚无和颓废等消极精神心理的表现，它是身处这个物质鼎盛的大众消费文化时代的人们复杂矛盾精神生活的投影和表征。同时也是现代性的自身矛盾，即社会物质与其精神文化心理之间存在的不可调和的分裂性矛盾冲突所构成，也就是由前面我们所说的现代性自身内倾和外倾两个视角的矛盾冲突构成的。

因为，作为一个社会学概念，现代性必然导致一个现代化的过程，即工业化、城市化、科层化、世俗化、市民社会、民族主义、民族国家等历史进程。在某种意义上，现代性又总是标志着这样一种一体化的进程：政治、经济、社会和文化过程之间存在着复杂的互动关系。世俗政治权力的确立和合法化，现代民族国家的建立，市场经济的形成和工业化过程，传统社会秩序的衰落和社会的分化与分工，以及宗教的衰微与世俗文化的兴起。因此，这就必然导致社会物质存在与精神文化心理之间存在着尖锐的冲突与矛盾，使作为文化或美学的现代性与作为社会范畴的现代性处于对立之中。

正是在这种对立与冲突的现代性意义上，来看二十世纪九十年代在大众消费文化来临时，中国当代女性诗歌写作所呈现出的后现代主义转型以及现代主义的深思、虚无与后现代主义的驳杂相间、多元共存的写作态势，也就获得了美学上的合理性解释。因为这正是物质社会范畴的现代性与精神文化美学上的现代性之间存在的必然断裂性的冲突体现，也是二十世纪九十年代开始，以市场商品消费为主的大众消费时代的到来，必然导致当代女性诗歌在二十世纪九十年代开始产生断裂、转型与分化，导致二十世纪九十年代以来的当代女性诗歌，乃至九十年代以来的当代诗歌，和整个二十世纪九十年代以来的当代文学，整体上的向后现代主义向度转型。

因为无论在任何时代，艺术尤其是诗歌，总是一个时代人们文化心理和精神生活的表征，这正如加布里埃尔·德西雷·拉韦尔当（Gabridl Désiré La-verdant）在《艺术的使命与艺术家的角色》中所言："艺术是社会的表现，当它遨游于至高境界时，它传达出最先进的社会趋向；它是前驱者和启示者。"① 因此透过诗歌这个窗口，人们必可以窥视到时代精神生活的心理动态和征象。而在历次文学变革中，诗歌又总是充当变革话语的先锋，并且在拉韦尔当看来，艺术家就是社会变革的先锋。

正是在这种现代性的先锋意义上，我们就会理解了处在转型期的二十世纪九十年代以来，大众消费文化时代里的当代女性诗歌写作，必然呈现出后现代主义媚俗艺术所特有的颓废特征，即游戏词语、抛却深度、丢弃意义而注重当下肉体感官瞬时享乐的波普美学倾向，而与传统诗歌美学相断裂，实现了一种全面转型与分化。同时又带有现代主义的玄思与空灵、迷惘与超脱，因而使二十世纪九十年代以来的当代女性诗歌写作，在总体上，必然呈现出深思与游戏、虚无与颓废、厌倦深度追求而注重瞬时感官享乐的现代主义与后现代主义多元共存的综合性美学倾向。

---

① 马泰·卡林内斯库. 现代性的五幅面孔［M］. 顾爱彬，译. 北京：商务印书馆，2002：115.

如果从现代性所隐含的相对主义的时间观念来看，二十世纪九十年代以来的当代女性诗歌中，所出现的后现代主义的媚俗倾向的颓废写作，正是一种由相对的时间历史意识导致的断裂性、非连续性的文化哲学美学观念的体现。正是这种非连续性的文化哲学美学观念，导致了一种形而下的后现代主义书写，它使得一切艺术，在后现代主义盛行的大众消费文化时代里，包括诗歌都要遵守大众文化的流行书写准则，即遵守市场消费文化流通的原则：注重快感和瞬时美的展示，寻找相关性，使之具有消费意义上的生产性乃至再生产性，充当意义和快感流通的媒介，在互文性的语境关系中展示它潜在丰富的含义，而成为大众快餐文化里生产者式的文本。因为这种由现代性相对时间历史意识导致的断裂性、非连续性的文化哲学美学观念将意味着：事物不再以同以往一样的方式被感知、描述、表达、刻画、分类和认知了。因此，正是进入大众消费文化的美学抒写语境里，尹丽川的《为什么不再舒服一些》才展示了它作为一个大众文化文本的丰富而又贫乏的意义而不再惊世骇俗；我们也才理解了安琪何以要越过《奔跑的栅栏》而《任性》地《像杜拉斯一样生活》；身体写作何以在二十世纪九十年代会发生变异，从一种性别对抗的先锋话语转变为追求快感的青春写作。

当然二十世纪九十年代，西方后现代文化思潮大量译介到中国，更是直接为女性诗歌创作者提供了思想理论话语资源。主要是雅克·德里达（Jacques Dewida）的解构主义，米歇尔·福柯（Michel Fousault）的关于身体政治、权力话语的学说理论，吉尔·德勒兹（Gilles Delevze）和菲利克斯·加塔利（Felix Guattari）的身体生产欲望理论，以及女权主义的"女人不是天生的而是社会文化造成的"［西蒙娜·德·波伏瓦（Simonede Beauvior）《第二性》、凯特·米勒特（Kate Millelt）《性政治》］，反对菲勒斯文化、抒写身体［埃莱娜·西苏（Hélène Gixous）"阴性书写"］，建构女性话语［露西·伊瑞格瑞（Luce Irigaray）"女人话"《非单一的性》］，并认为"话语就是权力""个人的就是政治的"等学说观点，同德里达的反传统、反中心、反形而上、解构一切二元对立，福柯的关于身体政治、权力话语等后现代主义理论结合在一起，形成了以后现代主义为特征的后现代主义的女权主义理论。这些理论都直接为二十世纪九十年代以来的当代女性诗歌写作，消解一切意义和价值，而呈现媚俗化身体快感写作提供了思想话语理论资源。

但是，随着二十世纪九十年代以来，当代女性诗歌中身体写作的泛滥，这种形而下的媚俗颓废写作，虽然在快感的瞬时展示中呈现一种令人眩晕的惊颤美，却在眩晕过后使人感到生命中无法承受之轻，于是一部分二十世纪九十年代以来的当代女性，很快从这种注重快感展示的媚俗写作中超拔出来，而直接陷入了对现代性的深刻省思，对自然和世界、时间和生命本身的思考，对传统和乡愁的深情眷顾与回望，从而使二十世纪九十年代以来的当代女性诗歌写作，在呈现一种形而下的断裂性的后现代主义媚俗倾向写作的同时，又呈现出一种注重生命追寻的形而上的现代主义精神特色，呈现出一种现代主义的回归趋向，从而使二十世纪九十年代以来的当代女性诗歌写作在美学上呈现出一种现代主义与后现代主义共存的综合性趋向。

随着二十世纪语言学的转向，二十世纪九十年代以来的当代女性诗人，在思想和实践中对语言认知世界的可能性、语言自身的本质进行了深入探寻，从而使二十世纪九十年代以来的当代女性诗歌，在整体上，又呈现出迅速从二十世纪八十年代的面向性别的写作转向面向词语的写作，从过去的集体对抗转入对个体内在生命和时间本质的沉思，在现代性尽端怀念传统，在城市中遥望乡村彼岸，在喧嚣中找寻诗意的乡愁，在快餐文化时代体味诗意之慢。同时，在日常生活散文化的抒写中，展示生活的虚空、命运的无常与时间的碎片性和时空的多维性。这在翟永明的《咖啡馆之歌》《盲人按摩师》《在春天想念传统》以及王小妮的《活着》《晴朗》《西瓜的悲哀》等诗作中都有体现。

综合上述，我们就可以深刻地发现：现代性同时并存的两个因素，即作为文化或美学的现代性与作为社会范畴的现代性是怎样深刻地影响了当代女性诗歌写作诞生与发展、变革与转型。在一定意义上，我们完全可以说，女性诗歌，尤其是当代女性诗歌，就是现代性与女性相遇的结果和产物，正是现代性在二十世纪八十年代与女性的直接相遇，使女性自身遭遇现代性的冲突与变革，才催生了二十世纪八十年代中后期女性诗歌的诞生与崛起。

也就是说，是现代性与女性的直接相遇产生了女性诗歌，而随着现代性的进一步发展，即由现代性理念所直接导致的以后现代主义为核心的大众消费文化时代的来临，又使诗歌本体和女性自身，同时遭遇现代性的冲突与变革。更为重要的是，以后现代主义为核心的大众消费文化时代的来临，使得作为文化或美学的现代性与作为社会范畴的现代性处于对立之中，导致社会物质存在与精神文化心理之间的冲突与矛盾愈加尖锐对立，这就必然使得当代女性诗歌写作在二十世纪九十年代以后，又呈现出一种深刻的现代性断裂与转型，使二十世纪九十年代以来的当代女性诗歌在写作上，呈现出现代主义和后现代主义两种诗歌文本，在美学上呈现出一种追求有别、倾向不同、尺度不一、斑驳错杂、差异丛生的以后现代主义为主，而兼有现代主义与后现代主义倾向的综合性、多元化写作态势。所以现代性与女性相遇的结果不仅诞生了美丽奇异的女性诗歌，而且在根本上促使了当代女性诗歌写作在二十世纪九十年代以后的进一步发展、深化与转型。现代性是使女性诗歌诞生和转型的根本因素，而由现代性导致的二十世纪九十年代的，以后现代主义为核心的大众消费文化时代的到来，则是当代女性诗歌在二十世纪九十年代转型的直接因素。这就是现代性与女性、女性诗歌之间的内在逻辑关系。

第三节　批评的转型：现代性一体化的必然结果

一、批评的转型：现代性导致的一体化转型

由于现代性导致二十世纪九十年代，以后现代主义为核心的当代大众消费文化时代的来临，导致了当代女性诗歌从本体观念内容到艺术写作手法、文体形式、审美感知方式与艺术风格以及写作传播方式等系列性、跨越性、连锁性的转型与变革。这种现代性的系列性、跨越性、连锁性的转型与变革，就使小说、戏剧、散文等综合性因素同时走入诗歌，使当代女性诗歌乃至当代诗歌在诗歌观念和艺术形式上都发生一种异质性、叙事性的变革，对于"诗"与"歌"在传统经典的含义属性上，实施了一种双向的反叛与背离，而成为一种综合性、多元化、跨文体的写作，而使当代女性诗歌朝向一种非诗化、散文化、边缘化的方向发展，特别是出现了在外在形式上非常容易令人混淆的现代主义和后现代主义两种诗歌文本。这就必然导致诗歌批评观念的转型，诗歌批评必将从传统被动消极的单一审美鉴赏型时代转入到积极主动多维分析综合阐释型的时代，从传统单一的批评观，走向后时代多元化的批评观。这样就由文化思想的转型导致了诗歌写作和诗歌批评的转型。

归根结底，这种时代文化思想变迁导致的诗歌创作与批评的转型，是由社会学意义上的现代性理念，所要求政治经济文化思想意识形态一体化，所导致的必然性结果。而现代性的一体化发展逻辑在本质上又是由现代性那种无限向前不可逆转的动态性线型时间观导致的。因此从二十世纪九十年代以

后，当代诗歌批评，尤其是当代女性诗歌的批评，也必将转型，它将以现代性的综合分析阐释话语代替传统的单一审美鉴赏话语，以后时代里多元化的批评观取代传统单一性质的一元化批评观。

二、新的批评观念的确立：从写作的转型导致批评的转型

由于诗歌写作转型，使当代女性诗歌在写作上呈现出了现代主义和后现代主义两种诗歌文本，也即在美学上呈现出一种追求有别、倾向不同、尺度不一、斑驳错杂、差异丛生的以后现代主义为主，而兼有现代主义与后现代主义倾向的综合性、多元化写作态势。这就必将导致批评的转型，它要求批评者必须更新既有的观念，与时俱进，跟上时代，跟上诗歌，在思想文化和心灵精神上，真正进入当下时代多元化的思想文化场域，即以后现代主义为核心，兼有现代主义与后现代主义的多元文化共生的，大众消费文化时代的思想文化场域，及时充实更新自己的思想与文化诗学理念。

因此，这种特殊的时代文化语境必然要求诗歌批评者，面对当代文坛中、诗歌中多元化的写作状态，尤其是当代女性诗歌中同时并存的现代主义深度文本和后现代主义无深度文本，两种不同类型的诗歌文本，必须以不同类型的思想文化理念，采取相应不同的批评尺度与标准，展开丰富的想象，积极主动地与之进行多维度的交流与对话，给出准确恰当的判断与批评，才不会造成批评与创作的错位与脱节。

尤其是面对当代诗歌，特别是当代女性诗歌中，以深度著称的现代主义类型诗歌文本时，它要求批评必须在多维的对话与差异中阐释分析作品丰富而又复杂的内在意义，并且现代主义类型诗歌文本多维的含义是在对话和阐释中不断生成，永无终结，而处在一种流动的期待状态，这就对批评者提出了一种较高的挑战。

它要求批评者必须摆脱既有的传统阅读思维习惯，从一种消极被动的阅读批评状态进入一种积极主动的阅读批评状态，才会在文本构成的多重对话中，分析阐释文本潜在的丰富含义。这无论是针对二十世纪九十年代以来的当代女性诗歌中存在的作者式的文本，还是生产者式的文本，都同样奏效。或者，更深一步说，它不仅适用于当代女性诗歌的批评，也同样适用于当代诗歌的批评，更扩而言之，也适用于整个当代文学文化的批评。这在另一种意义上说，也是社会学意义上的现代性一体化所导致的必然性结果。

综合上述，我们就可以深刻地发现：现代性，现代性同时并存的两个因

素，即作为文化或美学的现代性与作为社会范畴的现代性是怎样深刻地影响了当代女性诗歌写作和批评的变革与转型。

而当我们经由上述逻辑推理分析和全面综合性的阐释，我们就理顺了现代性与女性、女性诗歌、女性诗歌批评之间的内在逻辑关系。而当我们把握这个现代性的逻辑线索，厘清它们之间的内在关系，我们就可以面对当代女性诗歌、当代诗歌，乃至整个当代文坛多元发展、众声喧哗、鱼目混珠、纷乱复杂的文学事实现状，而处变不惊，坐怀不乱，身在其中、心在境外，平心静气，一目了然，快刀斩乱麻，兵来将挡，水来土掩，举重若轻，做出合理合情到位的文学批评与阐释，使得一切问题都迎刃而解。而不至于在眼前的大众消费文化快餐时代里，面对类似文化快餐式的后现代诗歌文学文本，而扼腕慨叹：世风日下，人心不古，诗不伦，歌不类，传而不统，一切不复已；或互相攻讦，互不相融，争辩不休。反而可以审时度势，随机应变，具体情况、具体分析，好处说好、孬处说孬，尺度不同，尽显公道，从而息止无益之喧闹。

三、多维视角观照下的当代女性诗歌写作

当我们以现代性视角来观照当代女性诗歌写作时，我们就会明白：二十世纪九十年代为什么会成为当代女性诗歌写作的重要转折点，当代女性诗歌写作为什么会在二十世纪九十年代发生断裂性的变革与转型。这正是现代性政治经济文化意识形态一体化的逻辑使然，是大的时代社会历史语境在诗歌领域投射的必然性结果。当大的时代历史即将变革时，诗歌，自然首当其冲；诗人，尤其是女性诗人自然是率先感知，因为诗人是敏感的夜莺，是时代的先知，他们拥有最敏感的神经，最先感知到时代变革之痛。因而女性诗人能开风气之先，以现代性断裂性的变革转型来开启当代女性先锋诗歌写作，引领时代变革之风骚。于是，二十世纪九十年代，就必然会成为当代女性诗歌写作的转折点。

而当我们脱离了对二十世纪九十年代开始转型变革的，当代女性诗歌的单一分析，而将断裂性的当代女性现代性先锋诗歌，放到当代诗歌写作中的视野时，我们会发现当代女性断裂性的现代先锋诗歌写作，是整个当代诗歌写作的一面镜子，从中可以透视到整个当代诗歌的精神发展面貌和所发生的断裂性变化，当代女性诗歌断裂性的现代先锋写作的特征，在一定程度上即是整个当代诗歌写作的特征。在一定意义上，当代诗歌的先锋性特征是以当

代女性诗歌的意义来命名的。当代女性诗歌是当代诗歌的一面旗帜，它的先锋性写作直接推动了当代诗歌写作朝向高度个人化的倾向发展，加速了当代诗歌写作走向边缘化，并且增大了边缘化的程度。可以说，正是当代女性诗歌的先锋性写作使当代诗歌迅速从中心走向边缘。当代女性诗歌出于其性别视角，使其在写作起步之初面临的是男性话语的压抑和挑战，因此这是一种面向男性的写作。随着女性主义话语的确立，女性诗歌写作迅速从面向男性的写作转变为面向词语的写作、面向诗歌本身的写作。相对于当代诗歌而言，当代女性诗歌又是一场从边缘到中心的运动，所以当代女性诗歌和当代诗歌之间又存在着一种互动的关系。当代女性通过诗歌写作来反抗性别压抑和社会政治制度的压抑，而当性别压抑解除后，女性和男性一样仍然面临着共同的社会政治压抑和对存在本身的迷惘与困惑，这种同一性的压抑与困惑必将使当代女性诗歌最终消融于当代诗歌中，而使它从反男性中心的意识形态性质的女性主义写作走向解构一切二元对立的反本质主义写作，因此当代女性诗歌和当代诗歌之间又是一种既对立又统一的关系。

当我们将当代女性诗歌放在整个"五四"新文学传统中观照时，我们更会发现当代女性诗歌写作，无论是就它所标举的女权意识，还是就艺术表现上高度个人化、散文化的现代性先锋写作特征而言，都并非凭空而起，而是"五四"新文学革命传统在当代的回声，是当代诗歌对"五四"新文学革命传统的一次遥远回应，也是"五四"新文学传统在当代断裂性的承续与变异。

发端于二十世纪初的"五四"新文学革命，限于当时特定的历史条件，革命者们提出的一些重要革命内容，如女性解放、个性自由、诗体解放等，在当时并没有得到充分的实现。女性解放和诗体解放的主题很快淹没在民族救亡、阶级革命、国家解放的巨大历史洪流中。女性在当时即是国家性、民族性、阶级性。只有在二十世纪九十年代在我国经济文化发生转型和后现代文化思潮大量涌入的条件下，女性才得以摆脱政治经济文化的重负，开始反思自我、解放自我、重塑自我、实现自我，实现世纪初的解放梦想，并以一种高度口语化、散文化的先锋诗体表达这种解放意识。因此无论是当代女性诗歌在思想内容上所表达的女权意识，还是在文体形式方面的高度个人化先锋写作倾向，都是对"五四"新文学革命传统、新诗革命传统的跨代回应。只是与二十世纪初女性解放侧重于婚姻、教育、就业、恋爱上的平等和侧重于争取文化思想和人格方面的独立不同，世纪末的女性解放意识表现在对女性群体话语权利的争夺，从对社会政治思想层面的认同，发展到文化心理意识层面的认同，从对"民族/国家"的宏大叙事转变为对躯体感官欲望的抒写。因此当代女性诗歌又是在对"五四"新文学传统承续的基础上，产生的当代变异。如果从时代为女性提供的背景关系意义而言，从"五四"时代到二十世纪九十年代以来的当代，女性实际经历了一个从"化女性"到"女性化"的时代经历，而且正是在二十世纪九十年代以来的当代，这个充分"女性化"了的时代里，女性诗歌才能从最初崛起的叛逆激进状态，发展到成熟、深入并走向转型分化，而呈现一种兼容并包的综合性、多元化美学写作态势。

诚然，国内已有不少研究者从各个角度，揭示总结了当代女性诗歌的转型变革趋势，并指出其转型变革种种表现与倾向，但将当代女性诗歌作为一个整体现象放在现代性视野下，对其转型与变革进行全面系统的综合性考察研究与学理考察，目前国内这方面的研究尚待展开，并且当代女性诗歌的转型变革研究尚处在结论性阶段，而没有进入深入系统阐释、全面考察、综合学理分析阶段，即对当代女性诗歌转型变革趋势的现代性渊源以及身体感官媚俗写作出现的深层原因缺少进一步的现代性学理阐释。

尤其是相对于二十世纪九十年代女性诗歌创作的转型，面对二十世纪九十年代以来，当代诗歌领域里，同时并存的现代主义深度文本和后现代主义无深度文本，两种不同类型的诗歌文本，由于批评话语严重滞后，批评者理论思想过于陈旧，造成了创作与批评的错位脱节，对话缺失，而不能以不同类型的思想理论文化理念，采取相应不同的批评尺度与标准，给出准确恰当的判断与批评。特别是面对以深度著称，隐含着丰富意义的现代主义类型文本，由于批评观念的滞后、对话的缺失，而无法展开深入的批评与阐释。或者，虽然有一定的理论分析，也是浅尝辄止，并不全面和深刻。这样就使得创作与批评各说各话，彼此隔膜，对话无法展开和深入，使处于变革与转型期的当代女性诗歌创作不能得到恰当准确的阐释与评价。进一步的结果，就是使诗歌创作与批评方面的一些弊端不能得到及时发现和纠正，长处与优点也不能得到及时认可、鼓励与发挥，也即不能使当代女性诗歌以及当代诗歌得以扬长避短，朝向良性态势方向发展。

针对这种研究状况，本书力图采用现代性的理论视角与批评话语，试图将当代女性诗歌写作作为一个整体现象，放在现代性的视野中来对其在二十世纪九十年代以来的转型与变革，进行全面系统的考察研究与现代性的学理分析阐释，在现代性、女性、时代性、诗性、技术性五者构成的逻辑关系中，来对当代女性诗歌在二十世纪九十年代的发展、演化、断裂、转型深化，展开综合论述。从而既突出当代女性诗歌在二十世纪九十年代转型的外在时代性因素——大众消费文化时代的来临；又突出了转型的内在因素和技术性因素——女性自身的现代性冲突、诗歌本体的现代性革新，以及诗歌写作和传播方面技术性的变革，并指出现代性是其转型背后的根本因素。同时又将其放在当代诗歌、"五四"新文学传统、新诗传统的大的历史框架中，在传统、现代与当代构成的历史对话中，对其进行现代性的历史回溯。指出它与"五四"新文学传统、新诗传统以及当代诗歌之间的断裂与重合、承续与变异，以及从先锋到边缘的关系。从而力图对当代女性诗歌在二十世纪九十年代的转型与变革，进行全面系统的现代性宏观学理考察、分析与阐释，以重新梳理它与当代诗歌，和"五四"新文学传统、新诗传统之间的关系，以力求平息当代女性诗歌，乃至当代诗歌的诸多非议与争端，而给予客观公允的现代性学理阐释，也进而填补此方面研究的不足与空白。但由于时间关系，以及本人学养和水平有限，本书还存在着纰漏与不足，敬请专家指正。

第三编

03

| 别　论 |

第三章

大历史的语境：大众消费文化时代的来临

第一节　对女性写作的再界定：女人写作、
女权主义写作、女性写作

一、大众消费文化时代来临与二十世纪九十年代女性诗歌写作转型

二十世纪对人类来说是个惊心动魄的世纪，在许多领域都发生了重要的变化。而二十世纪九十年代对中国而言，有着更不同寻常的意义。正是在这个时期，中国的经济文化开始发生急剧转型，历史进入以后现代主义为特征的大众消费文化时代。急剧的历史转型导致了许多社会领域的变迁，迅速到来的大众消费文化引起了人们在社会心理、思想价值观念、行为方式等方面的变化。二十世纪九十年代诗歌领域所发生的转型性质的断裂性先锋写作，正是这种巨大社会历史变化的一个投影，而二十世纪九十年代女性诗歌写作的转型，正是这种断裂性先锋写作的一个表征。因此从二十世纪九十年代女性诗歌写作的窗口，不仅可以窥视到历史转型期人们在社会心理、价值观念、思想意识等方面发生的变化，亦可以窥视二十世纪整个九十年代诗歌所发生的变化。

在这个意义上，探索二十世纪九十年代女性诗歌写作的转型、探讨女性诗歌写作在二十世纪九十年代转型的社会政治经济文化心理原因、探讨二十世纪九十年代女性诗歌写作的题材内容思想转型倾向、艺术技巧特点、规律、趋势，以及二十世纪九十年代女性诗歌与"五四"新文学传统与二十世纪九十年代诗歌之间互相影响、断裂与重合、从先锋到边缘的关系，并对二十世纪九十年代女性诗歌做出及时的反思、评价与总结，就显得尤为必要。而进行这项工作的前提，就需要首先对女性写作这个重要的概念进行必要的界定，因为二十世纪九十年代女性诗歌写作在大的范围内是归属于女性写作这个范畴。由于女性写作和妇女运动密切相关，因此，我们有必要对妇女运动做一下简要的概括性回溯，并在这种回溯中来厘清和梳理女性写作和妇女运动的关系，理解女性写作的不同含义及其鲜明的政治色彩。

二、女性写作与妇女（女性主义）运动

女性写作实际是妇女运动或说女性主义运动的产物。它是伴随着世界范围内妇女运动，伴随女性主义浪潮的高涨、女性权利的崛起而出现的，它尤其和第二次女性主义浪潮运动相关。关于女性主义运动主要有"两次浪潮说"和朱丽亚·克里斯蒂娃（Julia Kristeva）的"两代说"。按照"两次浪潮说"，第一次女性主义浪潮产生于19世纪后半叶，主要发生在欧美，以要求妇女政治上的平等，争取妇女选举权为主要内容，关注焦点是妇女集体的政治、社会权益。第二次女性主义浪潮发生于二十世纪六十年代，这一次运动规模宏大涉及欧美各个发达国家，尤其以法国和美国为代表。它的主要主张是消除两性差别，要求公共领域对妇女全面开放，改变女性的附属地位，它的关注焦点集中在女性个体生理、心理的体验上，提出的一个重要的口号就是"个人的就是政治的"。并且这一次女性主义浪潮直接促进了当代女性主义理论的诞生。如被奉为女性圣经的波伏瓦的《第二性》，强调女人不是天生的，而是社会造成的；被视为文化女性主义开山之作的凯特·米勒特的《性政治》，强调性行为在文化含义上的政治属性。

而法国女性主义者，克里斯蒂娃的"两代说"，主要体现在她在《妇女的时间》中相关阐述。她在《妇女的时间》中认为，第一代女性主义运动植根于国家的社会政治生活中；二十世纪六十年代末出现的新一代女性主义运动不再局限于社会、政治层面的认同，而将注意力转移到主体内在的文化和心理层面。由此可见，无论是"两次浪潮说"还是克里斯蒂娃的"两代说"，都表明女性主义运动具有鲜明的政治特征和社会实践性。因此，这种以倡导女性主义为核心的妇女运动必将最终导致文学领域里的女性写作实践活动，并且来源于女性主义运动的女性写作这一概念必然含有鲜明的政治性。两次妇女运动浪潮中所积累的实践经验和思想理论正为女性文学批评和女性写作提供了坚实的历史基础和必要的话语理论资源，女性写作的兴起与发展就正是妇女运动在文学领域里的表现。

同时，在两次女性主义运动中，按照不同的地域、政治理论主张或方法论等，还产生了不同女性主义流派的划分，如常见的重视社会实践的英美女

性主义、重视文化地位的法国女性主义。按照伊莱恩·肖瓦尔特（Elaine Showalter）所说："英国女性主义批评基本上是马克思主义的，它着重在压迫；法国女性主义批评基本上是精神分析的，它着重在压抑；而美国女性主义批评是文本分析的，它着重表达。"① 还有一种比较常见的分法是将女性主义分为：自由女性主义、社会主义女性主义、激进女性主义、后现代女性主义以及其他女性主义等。其中自由女性主义致力于两性间的平等和公正，倡导理性，质疑传统，主要研究框架是女性的理性与情感问题；社会主义女性主义主要致力于在公众领域和私人领域解决、克服私有制经济结构所造成的对妇女的异化和阶级压迫问题；激进女性主义强调两性之间的生理差异、宣扬女性生理特质的优越性，是一种基于女性生理差异而建立起来的女性本质主义，它主要侧重在自然、文化层面来关注解决女性问题；后现代女性主义则以后现代主义去政治、反主体的解构理论为核心，反对一切差异，它不仅解构了男性的主体理论，而且也解构了女性自身的主体理论，因此是一种反本质主义的女性主义，它强调身体、感官、直觉，特别注重话语理论的建构，认为话语就是权力，力图用一套新的话语取代一套性别话语。这些不同的女性主义流派话语为女性写作提供了相关的思想指导和话语理论资源，形成了女性写作不同阶段的写作风貌，并直接促使了女性写作在不同阶段的转型。

三、对女性写作的界定

有必要首先说明的是，"女性写作"的观点是由法国女性主义者埃莱娜·西苏在《美杜莎的笑声》（1975）中首次提出来的。她说妇女"必须写妇女，促使妇女开始写作。暴力把妇女从写作那里驱赶开来，如同把妇女从自己的躯体驱赶开来一样——出于同一原因，依据同样的法规，由于同样致命的目的。妇女必须把自己写进文本——就像通过自己的奋斗嵌入世界和历史一样"②。西苏认为写作是一个载体，女性也是个载体——生产和再生产生命。在这个意义上写作是女性的。西苏强调：写作，这一行为将不但实现妇女解除对其性特征和女性存在的抑制关系，从而使她得以接近其原本力量；这行为还将归还好的能力与资格、她的欢乐、她的喉舌，以及她那一直被封锁着

---

① SHOWALTER E. The New Feminist Criticism: Essay on Women, Literature and Theory [M]. New York: Pantheon, 1985: 248.

② 张京媛. 当代女性主义文学批评 [M]. 北京：北京大学出版社，1992：188.

的巨大的身体领域；写作将使她挣脱超自我结构，在其中她一直占据一席留给罪人的位置。因此她提倡一种可以使妇女摆脱菲勒斯中心语言的女性写作。从中我们可以看出，女性写作不仅带有鲜明的政治色彩，而且女性写作的实践必然与女性躯体和欲望相联系。

而关于女性写作这一概念的界定是在与其相关的概念的比较区别中来进行的。关于女性写作，经常有这样三个概念与其密切相关并混淆。这就是女人写作、女权主义写作、女性主义写作。首先女人写作，是指抛开写作内容，而单就写作主体的性别而言的写作，在这种写作中往往是缺少鲜明的性别意识，主要是模仿男性传统的主导价值观念、艺术标准。事实上，中国国内与女性写作最相关的两个词就是：女权主义写作和女性主义写作。十分明显的是，这是强调性别与权利的写作。而实际上女权主义与女性主义并不是我们本国的词汇，而是外来词，它们同源于英文词"feminism"。如果按照"feminism"一词的直译，无疑它应该译为女性主义。但是人们根据"feminism"一词主要张扬的政治主张和倾向，在二十世纪初就已将其意译为"女权主义"。由此可见，女权主义应该与女性主义等同，它们都强调由性别差异而带来的政治性。无论是女权主义写作，还是女性主义写作，它们都强调写作的政治性。在这个意义上"女性主义"一词的"性"字应该包括"权"字，女权主义也就是女性主义。

但是根据妇女解放运动不同时期的阶段性情况和女性写作不同时期的阶段性特点，女权主义和女性主义以及相应的女权（女性）主义写作和女性写作，又在实践中存在着具体的差别。实际上针对妇女解放运动而言，女权主义和女性主义代表了妇女解放运动的两个不同时期。女权主义代表了妇女早期为争取政治经济文化物质利益待遇方面与男性的平等而斗争的时期，而当强调"女性主义"一词的时候则代表了进入后结构主义所强调的性别话语理论建构时期。因此早期的女权主义代表了妇女运动的政治行为斗争阶段，而女性主义则代表了妇女运动的性别话语理论建构时期。而关于女权（女性）主义写作和女性写作的微妙差异，则见于美国女性主义文学批评家伊莱恩·肖瓦尔特根据女性亚文化的共性，对妇女创作三个阶段的划分。肖瓦尔特在《她们自己的文学：从勃朗特到莱辛的英国女性小说家》中提出女性亚文化的观点。她认为女性写作是出于一种共同的心理和生理体验：青春期、行经、性心理的萌动、怀孕、分娩和更年期闭经等女性特有的生理过程体验及作为女儿、妻子和母亲的社会角色的独特心理体验等。这种不同于男性的共同体验使她们紧紧地结合在一起，形成一种非自觉的文化上的联系，自然形成一种女性亚文化。她根据这种文学亚文化的共性，将妇女作家的创作分成以下三个阶段。

（1）"女人气"阶段（feminine）：这是一个较长期的模仿主导传统的阶段，这也是一个将主导传统的艺术标准及关于社会作用的观点内在化（internalization）的阶段；

（2）"女权主义"阶段（feminist）：这是一个反对（protest）主导标准和价值，倡导（advocacy）少数派的权利、价值和自主权的时期；

（3）"女性"阶段（female）：这是一个自我发现（selfdiscovery），一个摆脱了对对立面的依赖而把目光投向内心，寻找同一性的过程。①

由此可见，女权（女性）主义写作实际上侧重于强调写作行为的政治性，倡导一种反男权主流价值观念，而宣扬女性作为一个特殊的性别群体，从身体生理到精神意识同样优越的一种对抗性、批判性的反意识形态写作；而女性写作则是抛弃了与男性的对抗，而将目光投向所有差异存在的领域，并在写作中对造成诸种本质差异的社会文化政治心理因素进行反思与纠正，从而必然形成追求同一性的一种反本质主义写作。根据中国妇女解放运动情况和女性诗歌创作特点，笔者认为，肖瓦尔特对妇女创作的划分同样适合中国女性诗歌创作情况，也就是说中国女性诗歌创作同样存在"女人气"阶段（即女人写作阶段）、女权（女性）主义阶段、女性写作阶段，并且女性诗歌写作在实际中又存在着广义和狭义之分。

针对二十世纪九十年代而言，女性诗歌创作既然在九十年代已经实现了一种断裂性的转型，这种断裂性的转型实际上就是一种"去性化"的转型，因此二十世纪九十年代女性诗歌在主体上自然已越过了女人写作阶段和女权（女性）主义写作阶段，而进入了肖尔瓦特所说的"女性"写作阶段。但是当我们提起女性诗歌写作的时候，因为习惯势力的原因，我们在更多的时候，指的是一种女权（女性）主义写作，这似乎是约定俗成力量的结果。因为相对于女权（女性）主义写作而言，"女性"写作是它的高级阶段。因此作为"女权（女性）主义"意义上的女性诗歌写作，它主要侧重强调的是一种性别经验和性别意识的写作，并且它侧重的是一种女性话语理论意识的建构；

---

① SHOWALTER E. A Literature of Their Own: British Women Novelists from Bronte Lessing [M]. Princeton: Princeton University Press, 1977: 11-12.

而当强调"女性"意义上的诗歌写作的时候，它主要侧重的是一种有意消除差异，而寻求同一性的反本质主义写作。这实际上是对女性诗歌写作所做的一种狭义上的分法。广义上的女性诗歌写作通常既包括女权（女性）主义写作，又包括狭义上的"女性"写作，并且以女权（女性）主义写作为主。这也就是我们为什么会在更多的时候，将女性写作理解为女权（女性）主义写作，说女性写作带有很强的政治性的原因，这正是在广义上使用女性写作这一概念。有必要说明的是，本书也正是在女性写作的广义范畴上来使用女性诗歌写作这一概念，并用它来观照女性诗歌写作在二十世纪九十年代所发生的变化。正是站在女性写作的广义范畴立场上，我们才发现了女性诗歌写作在二十世纪九十年代所发生的断裂性的转型，即从女权（女性）主义写作走向女性写作，实现了从"女性—诗歌"的本体转型，从而从一种意识形态性质的写作回归到一种诗歌本体的写作。并且，正是这种转型和回归，使女性诗歌写作在二十世纪九十年代走向深化与成熟。

第二节　经济文化转型与二十世纪九十年代女性诗歌写作转型

一、转型原因概说

当代女性诗歌写作在二十世纪九十年代的转型，首先从根本上说，是现代性因素。现代性的理念，作用于国家意识形态，使政治意识形态话语开始发生转型，从一种宏观政治话语时期进入微观政治话语时期。现代性作为中国现代民族国家的一种核心政治理念，使中国从传统计划型经济社会进入以市场商品经济为主导的现代型的大众消费文化社会，导致了中国二十世纪八九十年代在政治经济文化意识形态方面的急剧的社会历史转型。而这种社会历史转型又直接推动了当代女性诗歌在九十年代的转型，也即二十世纪九十年代女性诗歌写作的转型。而现代性的深入发展，又推动了当代女性诗歌进入新世纪以后，走入深化、细化、扩大化、激进化的转型与变革。所以，现代性是当代女性诗歌在二十世纪九十年代转型的根本原因。

女性诗歌从诞生到转型是在现代性、时代性、女性、诗性，四者所构成的逻辑关系中展开的。因此，现代性、消费性、个人性、女性与女性诗歌之间存在着一种内在的互动关系。在一定的时代意义上，现代性就是消费性，就是个人性，就是女性。而女性诗歌则是现代性与女性直接相遇的产物，现代性的进一步的发展则导致了它的转型。因此，现代性与女性的相遇不但诞生了女性诗歌，而且直接促使其转型。

其次，当代女性诗歌写作在二十世纪九十年代转型的直接原因，是时代的因素，即大众消费文化时代的来临，直接创造了一个个人化、女性化的时代，进而导致女性诗歌的转型。再次，是女性自身的因素和诗歌的本体因素，即女性自身的现代性反思冲突与觉醒，和诗歌的自身现代性观念变革，合力促成了当代女性诗歌在二十世纪九十年代的转型与变革。最后，西方后现代文化理论的介入也在外在条件上促使了二十世纪九十年代女性诗歌写作的转型，它直接为二十世纪九十年代女性诗歌写作提供思想话语理论资源，并促使其发生转型。

二、二十世纪九十年代经济文化转型：消费化、个人化、女性化时代来临

二十世纪九十年代中国经济高速发展，中国经济文化开始转型，历史进入以后现代主义为特征的大众消费文化时代。这种以后现代主义为特征的大众消费文化，创造了一个真正个人化、女性化的时代，为女性提供了特殊的历史机遇。

历史进入二十世纪九十年代，中国经历了二十世纪八十年代的改革开放，以市场经济为主导的商品经济得到充分发展，中国正从传统计划经济社会进入以市场商品经济为主导的现代型的大众消费文化社会。二十世纪九十年代经济的高速发展在中国是个不争的事实。这从中国的商业、农业、工业、尤其是以电子通信技术业的迅猛发展中都可看出。中国八十年代发生的"第三次技术革命"与"第四次技术革命"使我国的电力工业、汽车工业、化学工业、农业，尤其是电子通信技术、生物技术以及海洋航天技术得到飞速发展，从而导致了生产力水平的极大提高和物质的过量生产，使中国迅速实现了工业、农业、商业、科技等方面的现代化，进入了现代化国家行列。同时，随着工业化、城市化、科技化步伐的加大，市场化、商业化的突飞猛进的进展，直接刺激了消费的大幅度增长，客观上推动了商品经济的发展，使中国提前进入了现代化的商品消费社会。与之相应的是，我们进入了一个大众消费文化为主的时代。

这表现在二十世纪九十年代经济的高度发展不仅使我国从传统计划经济

社会走向市场消费社会，更重要的是它引发了国人社会心理、价值观念和行为方式方面的变革，而迎来了一个后现代的个人化时代。二十世纪九十年代，中国商品市场经济代替传统计划经济，国家宏观调控能力减弱，商品经济遵从个人化的市场交易调控规则，这样伴随着商品市场经济的繁荣和高速发展，导致一部分地区、一部分个人先富起来，使二十世纪九十年代中国经济发展呈现一种不平衡状态。一方面，在一些大中城市代表个人化倾向的都市化步伐加快，现代化经济高度发展；另一方面在一些偏远落后地区依然保持着传统社会的政治、经济、文化情境。二者构成一种鲜明的反差，形成一种冲突、富有张力的文明情境，使中国的现代化又呈现出一种破碎、零乱、非中心、不完整、个人化的后现代文化图景。这一切又都加速了国人社会心理、价值观念和行为方式方面的变革。因此，经济的发展转型必然连带着政治文化的一体化发展转型，于是在二十世纪九十年代政治文化意识形态开始瓦解、松动，由单一化逐渐走向含义包容、复杂多样的多元化暧昧情境。正是这种复杂多元的社会政治、经济、文化情境，催生出了与以商品经济为特征的大众消费时代相对应的后现代主义文化，使二十世纪九十年代的中国飞速地完成了经济文化的转型，使中国进入了以商品经济高度发达为特征、后现代主义文化盛行的个人化时代，也即"大众消费文化时代"。

而追根溯源，二十世纪九十年代这种商品经济高度发达的个人化性质的大众消费文化正是现代性理念所追求的现代化的表现，正是现代化理念在经济方面投射的结果，它正是我们长期以来所追求的现代化目标在经济方面的实现。这种经济方面的现代化即体现在由工业化、城市化、市场化、科技化所导致的个人化、消费化方面。而这种由一系列经济方面的高度现代化所导致的个人化的大众消费文化时代，也必将引来一个女性化时代的到来。在某种意义上，女性化正是个人化的一种表现。

二十世纪九十年代，由经济高速发展导致了生产力水平的极大提高，使机器可以代替人力，使相当一部分人可以从劳动中解脱出来，这样客观上造成了劳动力的解放，尤其是女性可以从家庭生育的重负中解脱出来，而走向社会，进入各个行业领域，尤其是文学创作领域，而与男性比肩齐眉。使由性别差别带来的社会职业歧视、压抑现象大大降低，甚至在相对的意义上，这种性别差别和女性因性别差别而造成的歧视、压抑已经降低到了尽可能小的程度，从而在客观上也增添了二十世纪九十年代的女性化色彩，使女性依靠体制进行职业写作成为可能。另一方面，这种由经济高速发展造成的劳动力的解放，不仅几乎消灭了在社会职业领域的性别差别及其所造成的压抑，它也催生了市民社会有闲阶层的诞生，二十世纪九十年代的一部分女性诗歌写作者就属于这种体制外市民社会中的有闲阶层。正是这种经济与时间的双重宽余与有闲，从而形成了一种休闲心态，为二十世纪九十年代的女性进行创作，尤其是诗歌创作提供了在时间、物质和心态上的最基本的可能性条件，使二十世纪九十年代的女性开始对工作、家庭以及人生、世界中存在的诸多问题进行反思和写作。同时商业利益的驱动、男性文化暗藏的纵容、现代出版印刷业的发达与机制的宽松，也为女性的写作与传播提供了便利的条件。

正是在二十世纪九十年代中国经济文化发生转型的特殊历史机遇下，才使二十世纪九十年代的女性摆脱了种种社会历史文化因袭的沉重负累（如以往的阶级革命、民族救亡、国家解放、经济建设）和家庭生育的重负，有机会浮出历史地表，摆脱以往传统一切社会政治意识形态话语的控制，对个体自我作为一个以性别为特征的弱势阶级以及周遭的一切进行进一步深入的反思，并率先在诗歌中尝试后现代主义的先锋创作，开个人化诗歌先锋写作之先河，从而促使二十世纪九十年代女性诗歌写作的进一步深化发展和转型。因此，正是在二十世纪九十年代特殊的政治经济文化情境中，女性才从八十年代中后期的压抑呐喊状态，走向二十世纪九十年代真正个性化的自我发展时期。可以说，相对以往历史上的女性而言，再也没有哪个历史时代上的女性，比生活在二十世纪九十年代的女性，更为幸运和风光，她们可谓生逢其时，风光独具。正是在这个意义上说，二十世纪九十年代也是一个女性化的时代。

当然，由于经济文化转型造成的特殊的后现代政治经济文化情境，而使二十世纪九十年代呈现出的强烈女性化色彩，只是二十世纪九十年代成为女性化时代的重要原因之一。此外，二十世纪九十年代的女性化色彩还与女性在二十世纪九十年代自身现代性思想意识的觉醒、深化有着直接的关系。在二十世纪九十年代女性自身的独立自主意识加强、自我性别意识高涨，女性在各个领域都加强了自身作为独立性别群体的合作，女性注重在各方面提高自身作为一个性别群体的整体综合素质。它表现在各种女性刊物的创立、女性专业机构的设立、女性会议的召开、女性诗人作家队伍的壮大、女性创作质量的提升，以及女性在各个领域的突出表现和取得的卓越成绩等方面。同时二十世纪九十年代的女性化色彩还与西方后现代主义文化理论，尤其是后现代女权主义理论的介入与兴盛所带来的影响有着密切、直接的关系，关于这一点，我们将在后面详细论述。这样，由于二十世纪九十年代经济文化转型造成的后现代复杂政治经济文化情境和女性自身在二十世纪九十年代的思想意识的觉醒深化以及西方后现代文化理论，尤其是后现代女权主义理论影响的综合作用，就使女性意识的大范围觉醒、深化作为二十世纪九十年代的一种突起的时代现象，而使二十世纪九十年代几乎成为一个女性化的时代。

三、消费化、个人化、女性化时代来临与九十年代女性诗歌转型

二十世纪九十年代，这种个人化、女性化的后现代大众消费文化的时代背景，在大的历史社会时代语境上，为女性在二十世纪九十年代的充分发展，为二十世纪九十年代女性深入诗歌创作，提供了一个最佳的外在时代氛围。二十世纪九十年代女性诗人也正是在这种最佳的、个人化、女性化的社会时代语境里，抛却了形而下的性别问题的思考而走向了对个体内在生命和时间等形而上问题的沉思，并在这种沉思中，使二十世纪九十年代女性诗歌写作在思想内容和艺术层面上完成现代性的转型，使自我和诗歌写作艺术同时走向成熟。

虽然女性诗歌是产生于二十世纪八十年代中后期的一种现象，但它并不表明那个时期是个女性化的时期，更不代表女性力量在那个时期崛起。相反，它正表明那个时期是个非女性化的时期。换句话说，女性诗歌在二十世纪八十年代中后期那种激烈的性别对抗性，正在相对的意义上说明，女性在二十世纪八十年代中后期仍然存在着严重的来自性别的压力，女性权力、女性解放在社会上并没有得到充分的实现。因为有压抑，才有呐喊，有不平，才有抗争，而诗歌正是不平和抗争的表现，话语正是对立和差别的产物。这正是索绪尔语言学的重大揭示之一。因此女性诗歌在二十世纪八十年代中后期的出现，只是女性力量即将崛起的一种先锋话语，它所要呼唤和昭示的正是一个即将到来的女性化时代——二十世纪九十年代。在更进一步的意义上说，崛起于二十世纪八十年代中后期的女性诗歌正是在为即将到来的女性化时代——二十世纪九十年代鸣锣开道。因此它在崛起时的二十世纪八十年代中后期，首先进行的必然是一种揭示和铲除性别领域里存在的一切压抑的政治意识形态性质的写作，而只有在真正女性化时代——性别压抑基本消除了的二十世纪九十年代来临之后才能进行真正诗歌本体意义上的写作。这也就是为什么女性诗歌在真正女性化时代——二十世纪九十年代来临后，却淡化了它的性别色彩，而实现了一种从女性到诗歌的本体转型。

在某种意义上，二十世纪九十年代女性诗歌这种由性别倾向淡化消解而构成的转型，似乎使女性诗歌对自身所具有的性别政治含义构成了一种反讽、颠覆和解构，因此这种转型实际上是一种去性化过程。但是在另一方面，正是这种去性化才使二十世纪九十年代女性诗歌写作从差异走向认同，从一种政治意识形态性质的写作回归到真正诗歌本体的写作，而最终消融于二十世纪九十年代诗歌写作。因此，女性诗歌写作在二十世纪九十年代的这种去性化转型，在诗歌本体的意义上，正是它走向成熟的标志。这种去性化的转型，实际上实现的就是从"女性—诗歌"的转型。由于诗歌是语言的艺术，因此这种去性化导致的转型之一必然是朝向诗歌词语修辞的转型，即体现为二十世纪九十年代女性诗歌从一种性别意识的觉醒过渡到诗歌语言意识的觉醒。这也就是以翟永明为代表的二十世纪九十年代的女性诗歌写作为什么是一种面向词语的写作，面向诗歌本身的写作，以及女性为什么在二十世纪九十年代要宣称："我是女性，但不主义。"①

另外，去性化造成的另一种重要转型是女性身体写作在九十年代发生了变异。这种变异体现在，身体写作从一种单一标举性别差异的政治写作转变为含义多维的身体写作，即追求快感的青春写作、女性意义上的诗性身体写作、对抗技术主义异化意义上的先锋写作。当然，二十世纪九十年代女性诗歌这种去性化不仅导致词语修辞学倾向的转型和女性身体写作的变异，还导致其他方面书写的变异转型。而综合起来说，二十世纪九十年代女性诗歌的转型主要表现在：二十世纪九十年代的女性诗歌已告别了二十世纪八十年代中后期高昂、单调的性别对抗而进入了一个激情和词语磨合的时期，并在激情和词语的磨合过程中，转入对日常生活的散文化抒写和个体内在生命的沉思；从一种面向性别的写作，转向面向词语的写作；从过去的集体对抗转向个人化的抒写，身体写作从过去的单一化走向多元化。从而使二十世纪九十年代的女性诗歌写作呈现出一种表面沉寂而实际上却是现代主义与后现代主义共存的多元化写作态势，并在这种多元化的写作态势中走向成熟，成为一种现代性的时代先锋写作。这样，二十世纪九十年代女性就是在二十世纪九十年代——这个千载难逢的大的社会历史时代语境下，充分利用二十世纪九十年代这种个人化、女性化的后现代大众消费文化的时代背景，通过对人生和艺术的深刻思考与卓绝努力，使二十世纪九十年代女性诗歌在思想内容和

---

① 崔卫平. 我是女性，但不主义 [J]. 文艺争鸣，1998（6）：8.

艺术创作的双重层面上实现了一种现代性的转型。

由上述分析，我们可以看出，正是由于二十世纪九十年代经济文化的转型，导致了大众消费文化时代的来临，大众消费文化时代的来临，又导致了一个个人化、女性化时代的来临，进而导致了二十世纪九十年代女性诗歌的转型。这表明在某种意义上，文化时代的消费性、女性与女性诗歌之间存在着一种内在的互动性关系。而二十世纪九十年代经济文化转型从根本上说，是现代性理念追求导致的结果。因此导致这种文化时代的消费性、个人性、女性与女性诗歌之间内在互动关系的，就是现代性。现代性、消费性、个人性、女性之间存在着一种内在的必然性逻辑关系，同时，这也是现代性所追求的历史化的一种表现。在这样的意义上说：现代性就是消费性，就是个人性，就是女性。因此现代性必然导致一个个人化、女性化的大众消费文化时代的到来。同时这种由现代性导致的必然性逻辑关系也暗示着女性诗歌的必将出现与转型。因为诗歌总是某种意识形态的先锋话语，而现代性、消费性、个人性、女性之间的逻辑关系正是在以追求现代性为核心，建立现代中国民族/国家的过程中层层展开的。当然二十世纪九十年代女性诗歌转型还与女性自身在二十世纪九十年代思想意识的现代性觉醒深化以及西方后现代文化理论，尤其是后现代女权主义理论影响的综合作用有着密不可分的直接关系。这一点，我们将在后面展开详细论述。

四、现代性视野中的消费性、个人性、女性、女性诗歌之间的互动关系

确切说，中国自鸦片战争时就开始遭遇现代性的问题。而中国现代民族国家的建立则始于"五四"时期，从此现代性与中国国家/民族的现代化问题相伴始终。它使中国作为一个国家/民族在迈向现代化的进程中充满了不断的激进性质的断裂与改革。这种现代性作为政治意识形态的核心思想，它最初作用于文学的直接结果就是，使文学呈现出一种国家/民族的宏大叙事话语。这尤其体现在启蒙文学与革命文学的叙事话语中，它直接表现为民族救亡、国家解放、阶级革命的宏观叙事话语，因此这种现代性就直接演绎并体现为国家性、民族性、阶级性。

然而随着国家民族革命解放事业的完成、政治阶级斗争的结束，随着现代化的进一步深入发展，中国开始进入以经济发展为中心的经济建设时期。尤其是在二十世纪八十年代中期以后，中国市场商品经济开始兴起，特别是在二十世纪九十年代，市场经济高速发展，使中国提前进入到一个以商品消

费性为主的大众化消费文化时代，同时加之西方后现代文化思潮在此时的大量介入，又在客观上加速了这一进程。于是消费性取代国家性、民族性、阶级性而成为二十世纪八十年代中后期，特别是二十世纪九十年代，现代性在商品消费时期的主流经典代表话语。政治意识形态话语开始发生转型，从一种宏观政治话语时期进入微观政治话语时期。与之相应的是文学中有关国家/民族的宏大叙事话语开始瓦解松动，而代之以个人性话语。这种个人性话语的最早、最鲜明的文学表征便是在二十世纪八十年代中后期崛起的以女性躯体写作为鲜明特征的女性先锋诗歌写作。这就是女性诗歌写作作为一种群体的现象，为什么会在二十世纪八十年代中后期，突然出现在我国诗坛上。

二十世纪八十年代中后期这种以躯体写作为特征的女性先锋诗歌写作标志着女性即将开始浮出历史地表，标志着女性话语的诞生，标志着女性作为一种群体力量，在微观政治的意义上，即将开始登上历史舞台，同时也标志着一个个人化、女性化时代的即将到来。这也就是为什么在二十世纪八九十年代的女性诗歌创作中会充斥着大量的反本质主义的个人性话语，它意味着微观政治将取代宏观政治，个人性话语将取代宏大话语，历史将在二十世纪九十年代进入一个个人化、女性化时代的后政治时期。在这一时期里微观欲望政治、性别政治将取代宏观阶级斗争政治。因此，二十世纪九十年代女性化、个人化时代的出现，正是现代性导致文化时代的消费性使然。在这样的意义上，现代性就是消费性、就是个人性、就是女性，由现代性导致的现代化，就是消费化、个人化、女性化。正是由现代性导致的现代化，才出现了时代文化的消费化、个人化、女性化，它们都是现代化的不同侧面表现而已。在某种更深刻的意义上，消费化、个人化、女性化，它们都暗示着现代性所必然导致的某种非历史化倾向，暗示着历史的终结与主体的解构，暗示着人和社会将陷入历史解构的巨大虚空与混乱迷惘之中。

由此我们可以看出：正是现代性使中国作为一个民族/国家，在实现现代化过程中出现的在二十世纪八九十年代由政治重心向经济重心转移和西方文化思潮大量介入所造成的特殊社会历史文化情境，才为女性浮出历史地表，重新审视自己，审视自我与他者和世界的关系，提供了最佳的社会物质文化语境。只有在二十世纪九十年代这种特殊的社会政治文化历史情境，女性才能走出男性话语的遮蔽，摆脱国家/民族的宏大叙事话语，浮出历史地表，进入一个真正女性化、个人化的自我发展时代，并最终"从黑夜走向白昼"（翟永明），从对抗走向成熟，并进而导致女性诗歌写作从二十世纪八十年代中后期诞生发展到二十世纪九十年代走向转型成熟。而在革命战争年代，女性意识只能演绎为民族意识、国家意识、阶级意识，而淹没在"民族/国家"的宏大叙事中。女性在当时即是民族性、国家性、阶级性，女性解放即表达为人民解放、国家解放、民族独立、革命斗争，女性话语也被理解为上述革命话语。女性意识的表达被压抑在当时的革命形势下，遭到了淡化处理。新中国成立以后的五十年代到七十年代，女性几乎进入了一个无性化的时期，女性解放意识仍无法得到彰显。

因此，虽然女性在二十世纪初的"五四"时期就已遭遇现代性的问题，但现代性真正与女性自身发生交锋，促使女性自身性别意识的觉醒，使女性能够对性别话语建构中的自我进行认识，却是始于二十世纪八十年代中后期，并成熟于二十世纪九十年代。并且由于二十世纪九十年代女性自我意识的成熟，直接导致了二十世纪九十年代女性诗歌写作的转型。因此现代性在女性问题方面的投射结果就是通过女性诗歌的先锋话语造就了一个女性化的时代，开启了女性自我性别意识的觉醒与成熟。在这个意义上，现代性就可以理解为女性。由此可见，现代性在塑造现代中国民族国家和现代化个人方面的话语演绎逻辑就是现代性—国家性、民族性、阶级性—消费性—个人性—女性。

这样，在现代性的意义上看，女性诗歌在二十世纪八十年代中后期的异军突起，正是一种必然现象，它是社会即将变革、转型象征的先锋话语。而女性诗歌在二十世纪九十年代的进一步发展、成熟与转型，也同样是一种必然的现象，它是历史已经开始转型而进入后政治时代的一种微观意识形态话语的标志与产物，因此，正是时代的转型导致了诗歌的转型。所以，在现代性的意义上，我们可以看出，女性诗歌的诞生与转型，从根本上说，正是现代性在特定的时代与女性相遇的结果与产物。现代性与消费性、个人性、女性、女性诗歌之间存在一种内在的互动性关系。正是现代性导致的大众消费文化时代的萌芽与出现，也即一个个人化、女性化时代的萌芽与出现，才使女性自我性别意识的复苏从二十世纪八十年代中后期的觉醒，走向二十世纪九十年代的充分自觉与成熟，进而导致女性诗歌在二十世纪八十年代中后期崛起，而在二十世纪九十年代走向成熟与转型。因此现代性是使女性诗歌诞生和转型的根本因素，而由现代性导致的二十世纪九十年代以后现代主义为核心的大众消费文化时代的到来，则是女性诗歌在二十世纪九十年代转型的直接因素。所以，现代性与女性相遇的结果不仅在二十世纪八十年代中后期诞生了美丽奇异的女性诗歌，而且在根本上促使了女性诗歌写作在二十世纪九十年代进一步地断裂性发展、深化与转型，并在这种断裂性的发展、深化与转型中走向成熟。

第三节 西方后现代文化理论介入与
二十世纪九十年代女性诗歌转型

一、女性诗歌：历史转型和后时代的话语标志

现代性的追求必然导致西方文化的介入，传统文化的衰落。因为现代性在中国的起源与发展无疑是西方影响的产物。现代化在某种意义上，也就是西化。而西方后现代文化理论（包括后现代女权主义）在中国介入主要是始于二十世纪八十年代中后期，而兴盛于二十世纪九十年代。它是西方自二十世纪六十年代以来兴起，至二十世纪八十年代中期达到其鼎盛的一个哲学文化思潮，它广泛涉及哲学、文学、艺术和大众文化。它的总体理论特征是：（1）反对整体和解构中心的多元论世界观；（2）消解历史与人的人文观；（3）用文本话语论替代世界（生存）本体论；（4）反（精英）文化及其走向通俗（大众化或平民化）的价值立场；（5）玩弄拼贴游戏和追求写作（本文）快乐的艺术态度；（6）一味追求反讽，黑色幽默的美学效果；（7）在艺术手法上追求拼合法，不连续性，随意性，滥用比喻，混同事实与虚构；（8）抒写身体等。

这股后现代文化思潮自二十世纪九十年代以来在中国迅速蔓延，在中国当代文化生活的各个领域都产生了空前的影响，它来势之猛，使我们仿佛在一夜之间，仓促地跌入了一个眼花缭乱、前所未有的被称为"后"的多元化时代。如果说，这个被称为"后"的文化时代，在文学上有什么重大影响意义和标志的话，就是它直接促使了当代文学的重大转型（这种转型始于1985年）和女性诗歌的诞生。因此，女性诗歌是后现代主义文化思潮的产物，后现代主义文化理论思潮对女性诗歌的兴起、发展产生了重要影响，起到了推波助澜的作用。在这个意义上，女性诗歌也是历史转型、我们即将进入一个新的"后"时代的话语标志，它的出现和兴盛表明：后时代将是个个人化、女性化的时代。所以，套用吉登斯的话说，"虽然我们还没有生活在后现代的社会氛围之中，但是，透过女性诗歌，我们已经能够瞥见那不同于现代制度

所孕育出来的生活方式和社会组织形式的缕缕微光"①。因此，在这个意义上，后现代主义，也可以说就是个人主义，就是女性主义。后现代主义就是这样和女性、女性主义、女性诗歌之间结下了不解之缘。它和女权主义，一方面让女性在二十世纪八十年代中后期浮出历史地表，即女性诗歌在二十世纪八十年代中后期兴起；另一方面让女性在二十世纪九十年代走向成熟，即女性诗歌在二十世纪九十年代走向转型。因此，这就是后现代主义和女性、女性诗歌之间的关系。

二、西方后现代主义文化理论和女性诗歌及其转型

这些后现代主义文化理论庞大芜杂，而对于女性诗歌产生意义的主要是以德里达的解构主义、福柯的关于身体政治、权力话语的理论等为代表的后现代女权主义理论。德里达主要通过颠覆传统语言文字秩序来揭示、批判现实中一切二元对立等级制的虚伪性，指出先验的存在是不可能的，并不存在先验的本源和意义，并不存在一个高高在上的等级，存在的只是幻想中话语差异的无限迂回游戏。因此真理是不能抵达的，普遍主义是虚幻的，本质和绝对是不存在的。真实的，只是差异间的一种相对运动，一种虚妄游戏的过程，是一种话语的无限否定性异延活动。现实的世界只能是话语游戏的无限分解运动，也即禅宗所说的名言戏论。用德里达的话说，"意义的意义是能指对所指的无限地暗示和不确定地指定，……它的力量在于一种纯粹的、无限的不确定性，这种不确定性，一刻不停地赋予所指以意义，……它总是一次又一次地进行着指定和区分。"② 这也就是德里达称之为"撒播"的生成过程，抗拒一切外在强加的结构束缚，而具有一种反中心的、不确定的动态性。这样，就通过对中心的解构，对在场的扬弃，颠覆了包括男女在内的，一切强调优势对立的传统二元对立等级制度，从而解构批判了西方传统的形而上学主义，而强调一种多元性、差异性、他者性、边缘性、异质性的存在，为消解男女间二元对立导致的性别压抑提供了思想理论基础。因为在所有的二元对立中，无论是东西方，男女间的等级对立也许是最为严重的。

按照西方传统形而上学的隐喻和策略，男女之间的二元对立建构出了两组置男性于优先地位而置女性于劣等地位的对立品格。这一图式包括理性与

---

① 吉登斯. 现代性的后果 [M]. 田禾，译. 南京：译林出版社，2000：46.

② 凯尔纳，贝斯特. 后现代理论 [M]. 张志斌，译. 北京：中央编译出版社，2004：27.

情感、果敢与被动、强壮与柔弱和公共与私人等一系列二元区分。这些都是策略性的对立，将男子置于等级制中的优等位置，而置妇女于卑贱位置，并视女性为从属性别。这种意识形态话语最早可以追溯到柏拉图（Plato）和亚里士多德（Aristotle）那里，它为男子对妇女的统治提供了借口，把妇女们捆绑于家务劳役之中，排除于公共生活和理性与客观性声音之外。正因为有这些意识形态机制，因而以攻击普遍主义、本质主义、基础主义以及二分法思维模式为目标的解构主义、后结构主义或后现代理论，就与女性主义话语理论产生了共鸣，它对多元性、差异性、他者性、边缘性以及异质性的强调，深深吸引了被边缘化、被排斥到理性、真理和客观性声音之外的女性们。它从理论上说明了这种性别偏差存在的不合理性，使人看到这种对立的思想意识包含着的是一种先验的错觉。因此，以德里达为代表的后现代理论为女性对现代性和现代话语的一种批判，提供了最为有力的哲学思想批判武器。

德里达的这种解构思想在介入我国后，不但促使了标举性别意识的女性诗歌在二十世纪八十年代中后期的诞生（如女诗人伊蕾最为典型，她创作出了一系列欲突破男女二元对立界限的诗作，这些诗作代表性的有《被缚的苦恼》《我是谁》《我的意义不确定》《巴拿马封锁线》《主体性》等，从这些诗作名字和其中抒写的内容上看，它们简直就是对德里达解构理论的诗学演绎），而且直接使女性诗歌中的性别批判写作在二十世纪九十年代产生变异转型并走向深化和成熟。使二十世纪九十年代女性诗歌由一种性别意识的觉醒走向性别意识的消解，由一种激烈的宣扬女性性别优势的性别对抗写作转变为淡化性别差异，试图消解性别倾向的无性别写作。如女诗人张烨在其二十世纪九十年代的《无性别写作》中写道："白昼和黑夜不过是一种秩序/形状不同，之间没有玻璃/世间的万事万物是一个整体/创造的轮子是没有性别的，只有无穷无尽的生命痕辙。"并且这种无性别写作在二十世纪九十年代又进一步演化、发展到走向性别差异的认同与回归。如匡文留在《男人的光芒》中写道："既然仅有女人构不成世界/我便构不成自己/男人啊/以你生命的神髓完成我的一半/以你的博大精深创造着天宇/我发育健长的过程/就是你荫护热爱滋润的过程/就是你与日月同辉的过程/我完美的成熟/是你的杰作。"这样，就使女性诗歌在这种对性别差异的认同与回归中走向深化和成熟。

而福柯的后现代理论主要是通过对现代理性、知识形式、社会制度、权力形式以及主体性的置疑、反思展开批判。他指出这些东西表面上看起来似乎是天经地义、自然而然的，实际上却是权力与统治的偶然的社会历史建构的产物，权力已经像毛细血管一样渗透到人们社会生活的各个文化、心理、意识思想层面，它无处不在，因此，这是一种微分的谱系学权力系统。福柯强调现代理性通过社会制度、话语和实践等方式对个人的统治，即通过建构系统的知识体系和话语对各种经验形式进行分类和整理来实施，这种系统的知识体系和话语就是与社会实践参差交织着的语言话语系统。正是在社会话语实践中，通过话语的述行力量，即在推论中反复强调，不断建构，形成制度，建立各种知识体系，使人们接受并遵从，从而使权力的实施变得合法化，使客体对象的个人变得易于管理和控制。如人们说"你是一个女人"，这句话实际意味的不仅仅是性别属性的判断，更是意味着指向一种行为力量的实践行动。因此"你是一个女人"的话语述行力量意味着"你"将履行女人所应该践行的一切，诸如生孩子、顺从丈夫、遵守妇道等。由此可见，知识是权力话语的产物，话语具有巨大的隐蔽力量。在福柯那里，话语具有了本体论的内涵。话语是构成知识的方式，各种话语不仅是思考、产生意义的方式，更是构成它们试图控制的那些主体的身体的本质，无意识与意识的心智活动以及情感生活的要素，无论身体思想或是情感，它们只有在话语的实现中才有意义。人类的一切知识都是通过话语而获得的，我们与世界的关系只是一种"话语"关系。"话语"也不是通常理解的一种"中介"，而在本质上福柯界定为人类一种重要的活动，即话语的实践。而话语的这种最大力量就在于，它在反复实践而形成的话语制度中，建构了一个虚妄的、易于管理的、规训的主体。这正是福柯理论的另一个重大贡献。

因此，透过福柯的理论，我们看到：我们拥有的这个现代理性意义上的社会性主体，是话语制度建构的产物，它是一种虚妄的社会性话语产物。不是我们真实生理和灵魂意义上的自己，它已打上了太多的社会化的暴力印迹，也正是在这个意义上说，雅克拉康（Jacques Lacan）认为语言是一种暴力行为。而我们从一出生，就已经进入了语言这个暴力系统，遭到了它的异化，也即社会化，而进入一种社会性的、主体性的建构过程。没有人能逃脱，因为语言是我们这个社会化世界的通行证，人类的所有行为都成了现代话语"帝国主义"和权力/知识体制的控制对象。并且由这种话语制度，又通过学校、医院、社会公共教育等一系列公共机构体制，形成发展出了规训性的政治技术，从而强化了话语权力的政治效果，并将之扩充到整个社会领域，最终渗透到日常生活空间中。话语就是这样，通过一种无处不在的力量，强制地将个体塑造成规训的社会化主体。它使权力弥散在整个社会场域中，构筑着个人的主体性和他们的知识与快感，对躯体进行殖民统治，既占用它的力量，同时又诱使它臣服和顺从。它不仅规训了个体的认同、欲望、躯体，也规训了个体的"灵魂"。因为"规戒"的最终目标和结果是"规范化"，通过对精神和肉体的改造来消除所有社会的和心理的非规则性，生产出有用且驯服的主体。

因此，这个被规训的主体，在很大程度上（尤其是在福柯二十世纪七十年代以后的著述中），就是指承载着我们肉体、灵魂精神以及欲望的身体，尤其是性等重要欲望。这种对身体的规训也就主要体现在对性等重要欲望进行文化性的文雅压抑。因为无论是基督教还是现代性，在对人的深层本质的认识上都有着连续性，即二者都认为个人本质的最深层真理就是性。正是在这种对性等重要欲望的文雅压抑规训中才产生了西方基督教的文化和文明的连续性。福柯认为西方文化的连续性即体现在它始终把欲望视为一种需要用道德去加以规范的强大力量，而非连续性则体现在这种规范的手段方式上的不同。因此，权力也就正是通过各种形态的性话语来严格地雕琢着性躯体，它以躯体为目标来生产知识和主体性。性躯体的生产过程就是使躯体在一个规范化的网络里接受雕铸的过程，这个权力网络限定并控制着整个知识体系——快感体系。但权力不是通过对性的压抑来起作用，而是通过对性和"具体性本质"的主体的推论性生产来起作用。"对性的利用本身要求……以一种越来越精微的方式繁衍、改造、吞并、创造和穿透躯体，并以越来越广泛的形式控制大众。"① 为此，福柯呼吁要通过微观政治解构这个被社会化了的、尘封着的主体，要解除文明在我们身上的锁链和重压。进一步说，也就是，他呼吁要通过微观的话语政治和生物性政治实现这种解构，建构新的主体性形式和新价值的形式。他的话语政治主要是通过反话语的规则来实施对传统话语的颠覆。它主要通过颠覆原则、非连续性原则、特殊性原则和外在性原则来进行，这些原则可被概括为四个概念："事件""系列""规则性"和"存在的可能条件"，它们分别同传统的"创造""统一""本源性"和"意识"相对立。这样就对传统话语构成了解构和颠覆，拆除了形而上学的深度模式。而生物性政治主要是通过创造新的欲望形式和快感形式来重塑躯体，这样通过培养新的躯体和快感，就有可能颠覆规范化的主体认同和意识形式。

这样，由于福柯的话语权力和身体政治理论对传统社会的颠覆性，就直

---

① 凯尔纳，贝斯特. 后现代理论 [M]. 张志斌，译. 北京：中央编译出版社，2004：62.

接为处于边缘和弱势地位的女性进行写作，尤其是身体写作提供了反叛的思想理论话语依据。它不仅使女性诗歌在二十世纪八十年代充满了大量的批判、反思性的对抗话语、倒置话语，如唐亚平的"我们修房子，然后进进出出/我们造船开路，然后来来回回/我们垒砌，然后上上下下/我在家里出生入死，就该我绕着锅边转"（唐亚平《主妇》）中，对女性身份的反思与抱怨，以及在《一个名字的葬礼》中对女性身份的彻底话语解构，和伊蕾的"朋友，我要告诉你/你的一切渴望都是天经地义的"（伊蕾《给我的读者》）中，对女性欲望的正义话语伸张；而且也使二十世纪九十年代女性诗歌中的身体写作消解了意识形态性质的政治对抗，而转变为一种追求青春快感、弘扬生命本能的身体写作，并且在这种写作中充满了对主体社会化身份的话语解构，如伊蕾的《三月的永生》、尹丽川的《为什么不再舒服一些》。这正是福柯的微观政治中的话语政治和生物政治理论的诗学演绎。而二十世纪九十年代女性诗歌话语政治最激进的产物就是中国第一份女性诗歌刊物《翼》的创立。如周瓒在《翼》的创刊号（1998）的前言中，这样对创刊的宗旨进行表述："女性写作，首先是写作行为的确认，是写作力量的汇聚和增强的意识，是把为女性传达她内在的、深切的生命经验与精神向往视为旨归的努力。女性写作，以一种'策略化的本质'（斯皮瓦克语）立场，关注不仅仅由于生理，而且更是由于社会历史和文化所塑就的性别差异及其对女性心理和创造历程的影响，继而达到对包括性别差异在内的文化反思与批判之目的。"由此，我们不难从其中看出，女性诗歌写作蕴含的鲜明话语政治意味色彩。

由福柯的这种权力话语理论、身体政治理论、主体身份建构理论，尤其是微观话语政治、生物性政治理论，我们就会理性地理解认识女性诗歌何以会在二十世纪八十年代中后期出现，而在二十世纪九十年代转型，以及身体写作何以会成为女性诗歌写作的逻辑起点，并在二十世纪九十年代产生变异，又在变异之后，产生去性化倾向（即去除身体写作中的政治化倾向）。这样福柯就在理论上阐明了女性诗歌中，标举性倾向的身体写作出现并存在的合理性，以及去性化出现的同样合理性，并且福柯本人对此问题也亲自做过阐述。他在一次访谈中这样说：

> 妇女解放运动的真正力量并不在于她们的性的特殊性，以及要求与此相关的权利，而在于从性的机器内部运作的话语中分离出来。这些运动确实是作为对性别的特殊性的要求从十九世纪产生的。结果怎样呢？

最终会形成一场真正的去性化运动，把性从中心转移出来，呼唤文化的新的形态、话语、语言等，它们不再与她们性别僵硬地附着和粘连在一起。在最初的阶段，她迫于政治需要不得不进行这种依附，这样她们的声音才能被人们听到。妇女运动中具有创造性和活力的因素正在于此。①

这里福柯从反面指出了这种身体写作存在的合理性和其积极的政治意义，它是性别政治斗争在特定历史阶段的产物。但是基于女性主义正由边缘位置向中心过渡的现实情况，福柯又策略地提出了"去性化"的建议。并且二十世纪九十年代女性诗歌身体写作的发展变异转型又确实在实践中印证了福柯去性化理论的先见性和正确性。福柯不愧为一代大家。

在后现代主义理论中，与女性主义理论相关的还有德勒兹和加塔利。他们二位共同倡导微观欲望政治，批判现代话语与制度对欲望的殖民。提倡通过躯体与欲望的解放来促成社会的彻底变革与解放，指出欲望在本质上是革命性的，是积极的、富有生产性的。欲望是一部机器：它生产万物（"联盟关系"及现实本身），它以一种非连续性流动和"间断性流动"（break-flow）而运行，总是在制造与（局部）客体以及别的欲望机器的连接。欲望是一种非表意符号系统，透过它，无意识之流在社会领域中得以产生，欲望是由无意识以各种类型的综合而引发的情感与力比多能量的持续生产。作为一种自由的生理能量，欲望追求包容性的而非排外性的关系，同物质流及局部客体建立随机的、片段性的、多样化的联系。不存在任何欲望的表达主体，也没有任何确定的欲望对象，"欲望的唯一客观性就是流动"。并且他们在《反俄狄浦斯》中指出不同社会体制尤其是资本主义社会都通过对欲望的"辖域化"（即通过驯服和限制欲望的生产性能量来压抑欲望的过程）来加强其统治，而"解辖域化"或"解码"（即将物质生产和欲望从社会限制力量这枷锁下解放出来的过程）则将会使欲望摆脱限制性的心理与空间界限，而使主体获得解放，产生无限的能量。因此，德勒兹和加塔利呼吁解域化的躯体，并将其称为"无组织躯体"。无组织躯体即是指一个摆脱了它的社会关联、它的受规戒的、符号化的以及主体化的状态（如同一个"有机体"），从而成为与社会不关联的、解域化了的躯体，因此它能够以新的方式进行重构而放射出新的

① FOUCAULT M. Power/Knowledge：Selected Interviews and Other Writings，1972—1977 [M]. ed. Gordon C. Brighton：Harvest，1980：219-220.

生命能量。

德勒兹和加塔利他们还有一个重要的观点：倡导在日常生活中实现一种微观欲望政治。他们认为传统理性主义宏观政治对欲望、文化以及日常生活领域熟视无睹，而岂不知这些领域恰恰是主体被生产和被控制的地方，也是法西斯运动的发源地。因此他们呼吁在日常生活中用一种微观欲望政治来取代阶级斗争政治，并进而指出在真正的阶级斗争到来之前，必须具备一个重要的先决条件——创造出革命的欲望形式。因为人的主体性的产生过程既然是一种政治行为，那么，反过来，改变人们的日常生活和欲望形式就成了具有潜在激进后果的政治行为，这样就解构了政治与日常生活、主体与客体之间的传统对立，使政治和革命得以在日常生活和躯体欲望等微观层面展开。这种对日常生活微观欲望政治的倡导、对躯体欲望的热情肯定，就对日常生活的审美呈现、对女性的身体抒写提供了一种激进的话语理论和哲学基础。它使二十世纪九十年代女性诗歌的身体抒写从二十世纪八十年代的意识形态写作转变为追求快感的青春写作，并使二十世纪九十年代女性诗歌从最初对个人内心情感和性别政治的狭隘关注走向广阔的日常生活，在日常生活的抒写中出现了一种注重微观意识呈现的个人化写作倾向，从而开二十世纪九十年代个人化诗歌写作之先河。这样就在理论上客观地造成了二十世纪九十年代女性诗歌写作的转型。关于身体写作的变异可以以尹丽川的《为什么不再舒服一些》，以及唐丹鸿的《看不见的玫瑰的袖子拭拂着玻璃窗》、贾薇的《掰开苞米》《老处女》等诗为代表；而关于日常生活审美呈现的转向除了上述身体快感写作以外，更主要的是以翟永明、王小妮、安琪、路也、穆青、赵丽华等人诗作为代表。而关于二十世纪九十年代女性诗歌的个人化倾向转型，二十世纪九十年代女性诗歌的现代主义与后现代主义共存的多元化美学写作态势即是其明证。关于这一点，我们将在第三章专门论述。

当然，德里达、福柯、德勒兹和加塔利，他们的后现代学说思想本身存在着许多共同点，这些共同点综合概括起来的总体理论特征即是反对整体和解构中心的多元论世界观；消解历史与人的人文观；用文本话语论替代世界（生存）本体论；反（精英）文化及其走向通俗（大众化或平民化）的价值立场；玩弄拼贴游戏和追求写作（本文）快乐的艺术态度；一味追求反讽、黑色幽默的美学效果；在艺术手法上追求拼合法，不连续性，随意性，滥用比喻，混同事实与虚构，抒写身体等。由于他们的理论在总体上具有共性的相似特征，所以他们的后现代思想文化理论共同推进了二十世纪九十年代女性诗歌的发展与转型。但他们在不同问题上的侧重点、角度方法和深度层次不同，如德里达注重文本话语政治、福柯注重权力话语政治和身体（主体）话语政治、德勒兹和加塔利强调微观欲望（身体）政治，因此他们女性诗歌对其吸收利用也就有所不同和侧重。这里虽然福柯、德勒兹和加塔利都强调身体政治，但福柯的身体是一个被社会化了的被动性的"主体"，而德勒兹和加塔利的身体却是一个充满了主动性、生产性、创造性的"无组织躯体"。这样就使他们在相同中又有所殊异，因而女性诗歌的写作对其理论的吸收自然有所偏颇和侧重，从而导致女性诗歌呈现出二十世纪八九十年代的不同写作分期，使女性诗歌写作从发生、发展走向断裂性的变异、转型，并在变异转型中走向深化和成熟。

三、女权主义理论和女性诗歌转型：从被书写的身体到书写的身体

女权主义理论与后现代主义理论在内容上有着亲缘的关系，女权主义由于深受后现代主义理论影响而发展成一个新的流派——后现代女权主义。而对女性诗歌发生影响的也主要是后现代女权主义理论，它主要是在妇女运动的第二次运动浪潮中形成的。后现代女权主义理论的主要代表人物是埃莱娜·西苏、露西·伊瑞格瑞、凯特·米勒特、朱丽亚·克里斯蒂娃以及佳亚特里·斯皮瓦克（Gayatri C. Spivak）等。如果说在二十世纪八十年代中后期，女性诗歌写作主要表现了一种以身体写作为标志的性别意识的觉醒，那么二十世纪九十年代的女性诗歌写作则从这种性别意识的觉醒过渡到语言意识的觉醒，突出了女性写作的女性化语言意识特点。而造成二十世纪九十年代女性诗歌写作这种重大转型，直接为其转型提供思想理论话语资源的就是以埃莱娜·西苏、露西·伊瑞格瑞等为代表的法国后现代主义的女权理论。在这些后现代主义女权理论中直接体现了对语言意识的关注和重视，她们普遍认为造成父权制压抑的根源在于语言，因此攻击父权制就应该首先摧毁父权制的语言，建构女性自己的语言话语体系。她们认为传统的象征父权秩序的理性语言是一种二元对立性质，充满排他性、同一性、片面性的语言。因此她们呼唤建立一种包容差异性的双性同体的女性特有的诗意语言。这种语言拒斥理性、反对逻辑，充满差异、流动、想象和变幻。这就是埃莱娜·西苏的"阴性书写"和伊瑞格瑞的"女人话"。

埃莱娜·西苏"阴性书写"的思想观点主要出自她的《美杜莎的笑声》。在这部著作中她认为：女人要摆脱加在她身上既定的秩序，就得为自己注入

新意义。而写作是一种根本性的改变主体的颠覆性力量，她认为社会变革必然是主体的变革，而语言则是控制着文化和思维方式的力量，要推翻父权制控制，就要从语言的批判开始。"一切事情都是转向字词，并且只能是字词……我们必须以字词来看待文化……没有一个政治反思可以不去反思语言。因为我们一出世就生活在语言中，语言对我们说话，执行它的法则。只有在诗意的写作中，通过对语法的颠覆，在语言内部寻求相对于性别规则的自由，生命的奥秘和连续感才会出现。"因此，西苏认为，要抵抗二元对立的书写方式，只有发展被压抑的一元的原型——阴性。她追求一种新的"阴性的形式"，它不似"阳性的形式"那样，依赖征服与控制，它可以接受"混沌"（chaos），尊崇、颂扬差异。阴性书写遵循的"逻辑"与传统逻格斯之义不同，男性的语言与身体之间是割裂的、分离的；而女性的语言是同她的身体密不可分。因此在这种"阴性书写"中，她采用身体书写的方式，用语言飞翔，也让语言飞翔。因为飞翔是妇女的姿势。正如西苏所说：她不是在"讲话"，她将自己颤抖的身体抛向前去，……她在飞翔；她是在用自己的身体支持她言说中的"逻辑"。她的身体在讲真话，她在表白自己的内心。事实上，她通过身体将自己的想法物质化；她用自己的身体表达自己的思想，……她将自己的经历写进历史。由此可见，阴性写作是一种自由的写作，它与身体的自由相连，是一种充满诗意的身体写作。西苏以富有诗意的语言来描述女性的这种阴性写作状态，"女人是性感的，她是性感的混合体：空中的游泳者。在飞翔中，她不固守自我。她可以消散，巨大而惊人，充满欲望。她有能力成为其他人，成为与她不同的其他女人，成为他，成为你"①。因此这种"阴性书写"的语言，不是囊括，而是运载；不是克制，而是实现。它无拘无束，充满了变革的活力。

西苏认为，"阴性书写"的身体语言实际上是在女人、语言与身体之间建立了一种动态性的诗意关系。在这种充满动态性的诗意阴性身体书写语言中，没有主体对客体征服、排斥与压制的关系，它与阳性写作"非此即彼"的二元对立法则不同，阴性写作是一种包容性的、互相吸引性的施予性写作。这种写作就使西苏对德里达的学说做出了创造性的发挥。当德里达等男性解构主义学者，在文字和文本的延异游戏中，看到的是意义的"不可能性"。西苏却用她的"阴性书写"，在差异和矛盾的运动中，创造一种意义的"可能

---

① 张京媛. 当代女性主义文学批评 [M]. 北京：北京大学出版社，1992：206.

性"。并且西苏认为，女性写作能够保持不断前进的飞翔姿态，但它既不排斥什么，也不压抑什么，而只是在语言中飞翔，也让语言飞翔，即"她的声音并不接收，包括任何东西，只管夹带而已；而且它不压抑可能，而是创造可能"。正是这种巨大的包容性创造出新的女性写作实践，它使男女二元对立的消解成为"可能"，它使意义无限丰富、流动、变幻，而不再单一、对立、僵化、静止。

　　而伊瑞格瑞的"女人话"理论主张，主要来自她的《非单一的性》。在《非单一的性》中她认为要打破菲勒斯中心的同一逻辑，只有让被压抑的女性重新寻找一个主体的位置，寻找她们自己的语言。因为"我们如果不发明一种语言，如果我们不寻找我们身体的语言，那么为我们故事伴奏的手势将会太少了。我们将厌倦那总是重复的几套，而没有让我们的欲望表达出来，没有实现"①。由此可见这种属于新的语言的"女人话"是与女性的身体、独特的性征相连，因而也属于一种女性化的身体语言。而且这种"女人话"的语言特征，是散漫的、流动的、多元的，她将触觉的多元性和液体般的流动性作为"女人话"的风格。她写道：

　　　　在"她"的自身内隐藏着另一个他者。正因为这样，人们说她神经质、不可捉摸、心浮气躁、变幻莫测——更别提"她"的语言恣意发挥，杂乱无章，让"他"摸不着头绪。对理性逻辑而言，那些矛盾的话语似乎是疯话，带着先入为主观念的人是听不进这种语言的。她在陈述时——至少在她敢于开口前——女人不断地修正自己。她刚说到的闲事、感慨、半个秘密，刚起个话头，一转身，就又从另一个话头开始说苦道乐了。人们必须以不同的方式来聆听，才能听出"弦外之音"：这个意义在过程中总是迂回曲折，不断地拥抱字词，同时又抛开它们，以免被固定、僵化。……如果出现了较大的偏离，他会停下来，从"零"——她的身体——性器官重新开始。②

　　因此，这种"女人话"永远不能定义为任何东西，它的最大特征是意义

①　IRIGARAY L. This Sex Which Is Not One ［M］. PORTER C, BURKE C, trans. Ithaca：Cornell University Press，1985：24.

②　IRIGARAY L. This Sex Which Is Not One ［M］. PORTER C, BURKE C, trans. Ithaca：Cornell University Press，1985：28-29.

不定、无中心、跳跃、隐秘、模糊，而在是与不是之间，充满了不确定性。这种非理性的"女人话"言说方式永远在滚动、变化之中。正是这种"女人话"的不确定性特征使之具有一种包容性，像女性语系的包容双性的母亲一样，伊瑞格瑞这样描述这种女人话："在我们唇间，你的和我的，许多种声音，无数种制造不尽的回声的方法在前后摇荡。一个人永远不能从另一个人中分开来。我/你，我们总是复合在一起。这怎么会出现一个统治另一个、压迫另一个的声音、语调、意义的情况呢？一个人不能从别一个中分开，但这也并不意味着它们没有区别。"① 正因为这种"女人话"具有包容对立双方于一体的功能，就消解了父权制坚持的男女二元对立，否定了父权制对女性的统治和压迫。

由上述埃莱娜·西苏"阴性书写"和伊瑞格瑞的"女人话"理论，我们可以看出，它们体现了一种强烈的语言意识：要建立一种不同于父权制二元对立式理性语言的女性语言话语系统。这种女性语言属于一种诗意的身体语言，它主要在女性、身体、语言之间建立一种充满动态性、和谐性的诗意关系。因此这种语言，它充满了诗意性、包容性、差异性、流动性、情感性和变幻性。简单说，它是一种非理性的语言，它具有反理性逻辑思维的特征，是一种真正诗性的语言。它通过身体抒写的方式将女性、诗歌、语言真正和谐地统一在一起。这是一种充满动感节奏、富有韵律的语言，并且它充满了声音和表情，是一种最高写作境界的语言，是一种真正意义上的女性写作。在这种写作中，性别的差异必定被忘却和忽略，而进入一种双性同体的状态，即西苏所说的创作最佳境界：愈来愈无我，而且渐有你。这样西苏这种"阴性书写"和伊瑞格瑞的"女人话"理论，就直接导致了我国二十世纪九十年代女性诗歌词语修辞学的转向，使我国二十世纪九十年代的女性诗歌从一种性别意识的觉醒过渡到一种语言意识的觉醒，从面向性别的写作转向为面向词语的写作，并试图建立一种真正的女性诗歌语言。

我国绝大多数女性诗人都在二十世纪九十年代表现出了对诗歌词语的关注和热情。如王小妮强调语言对激情的节制，翟永明倡导词语与激情共舞，说"我对词语本身的兴趣超过了以往任何时期"②，"汉语所提供给我的词汇

---

① 格罗兹. 性别颠覆：三位法国女权主义者［M］. 悉尼：艾伦和尤温出版社，1989：132.
② 翟永明. 面对词语本身［J］. 作家，1998（5）：94-95.

和符号都使我感觉到汉语空间的无穷魅力"①；唐亚平说"语言已成为人类文明的自然。诗是语言的自然。诗人成全了诗，诗成全了语言，语言成全了诗人……我希望我的诗能把语言组织起来，我的语言能把事物组织起来——创造一个世界"②；海南说"词已经成为我的护身符"。而直接倡导在女性、身体、诗歌和语言之间建立起和谐关系的则是翟永明和唐亚平，如翟永明强调女性身体的敏感度能够穿透时间和空间、理性和感性直达事物本质，并述诸语词直接表现出来（见翟永明《完成之后又怎样》）。关于这一点，我们将在下一章的翟永明专节中展开论述。而这方面典型的例子还可以以女诗人唐亚平为代表，唐亚平曾明确将她的女性身体诗学表述为一种"怀腹诗学"。并认为"整个女性的方式天生是诗意地拥有世界的方式"③。她在关于语言的表述中，明确地表述了关于身体、诗歌、语言和女性之间的关系。她说："一切从身体出发，……把身体作为语言的根据用诗召唤世界，……女性本来是一种归宿，女诗人在组织语言的过程中也安排了语言的归宿，从而唤起诗的归宿，存在的归宿感—— 一种怀腹入睡式混沌暧昧的归宿感。……我的身体能触类旁通，我的诗能把语言组织起来，我的语言能把事物组织起来造成世界。"④

也许正是在这种女性身体诗学的指引下，唐亚平在二十世纪九十年代创作了大量的关于女性身体诗学感悟的诗句。如她的《孤独的风景》中"温暖的季节来到心中/使我四肢发芽/浑身是柔韧的静"；在《情绪日记》中有"从丝绸上溜走的女人/悄然无影/过去的日子款款而来/听植物的心脏跳动如莲"；在《形而上的风景》之一和之三中分别有"一条河从身上经过/源远流长在风中领受缘分""浑身上下一气贯通/乐而不淫哀而不伤；在《镜子与笔》中"我的四肢与笔画融为一体/在某个瞬间完成一生的使命/让每一个字光芒四射/那些笔画禾苗般生长/露珠滴翠"；在《镜子之二》中"我每天喂养镜子/养植一脸花草"……这些都是典型的女性身体诗意话语。其实，唐亚平这种通过女性身体的直觉抒写来完成对宇宙自然人生的诗性感悟，从而在诗歌、语言和女性、身体之间建立起内在统一性的诗学倾向，早在二十世纪八十年代末期就已露端倪，如她在1988年创作的《身上的天气》中有"我身

① 翟永明. 纸上建筑 ［M］. 上海：东方出版中心，1997：243.
② 唐亚平. 黑色沙漠 ［M］. 沈阳：春风文艺出版社，1997：224-225.
③ 唐亚平. 黑色沙漠 ［M］. 沈阳：春风文艺出版社，1997：221-222.
④ 唐亚平. 黑色沙漠 ［M］. 沈阳：春风文艺出版社，1997：224-225.

上气象万千/摸不准阴晴/一场细雨湿不透心手上的天气晴朗/戒指之光普照手相"。可以说，正是这种诗性语言意识的觉醒，这种在女性、身体和诗歌、语言之间统一和谐意识的强调，不仅使女性在性别意识上获得了一种诗性的彻悟和回归，使女性最终放弃了与男权抗争的对抗话语和倒置话语，彻悟了"世界啊！我因为爱你而成为女人"（唐亚平语），而且大大提高了二十世纪九十年代女性诗歌写作的艺术品质，将女性和女性诗歌在二十世纪九十年代推向成熟的境地，从而实现了一种真正意义上的女性诗歌写作。而朱丽亚·克里斯蒂瓦在《妇女的时间》中表述的"妇女的时间是一种不同于男性线性的时间观念"，则直接对翟永明的时间观念产生影响，使其在二十世纪九十年代创作出非线性时间观念的《咖啡馆之歌》这样的后现代性诗作。当然王小妮对于诗歌词语敏锐的直觉也使她的诗歌语言富有非逻辑化的特征，这一点，我们将在王小妮的专节中论述。但王小妮的这种非逻辑化的直觉诗歌语言特点，似乎更多来自个人诗歌的悟性，而非西方后现代女权主义女性语言理论影响。

第四章

内在的冲突：女性自身的反思

第一节　翟永明：“面向词语的写作”

一、翟永明和女性诗歌

作为一个诗人，尤其是女性诗人，翟永明好像注定是为一个特定时代而生，为一个特定时代的女性诗歌而生。在她的身上承载着巨大的历史使命、时代使命和女性命运转折的重托，个人的、民族的、历史的、时代的、家国的、女性的，这种种解放、转折的重任和使命通通汇聚在她一个人身上，压抑着她那个“软得像水的白色羽毛体”的女性身体，使她迫不及待地寻找着诗歌的喉咙去歌唱，去呐喊，去向同样作为《女人》的《母亲》《独白》那《生命》的《预感》，这就是作为史诗性质的组诗《女人》的精神由来。恰如《预感》中所说：“穿黑衣的女人翼夜而来／她秘密的一瞥使我精疲力竭……我看到了忘记开花的时辰／给黄昏施加压力。”又如《生命》中：“你要尽量保持平静，窗户落下一阵呕吐似的情节……身体波澜般起伏／仿佛抵抗整个世界的侵入……一切正在消失，一切正在透明。”而最为狂放、大胆、直接的示意还是组诗中的《独白》：

独白

我，一个狂想，充满深渊的魅力

偶然被你诞生。泥土和天空

三者合一，你把我叫作女人

并强化了我的身体

我是软得像水的白色羽毛体

　　你把我捧在手上，我就容纳这个世界
　　穿着肉体凡胎，在阳光下
　　我是如此炫目，使你难以置信

　　我是最温柔最懂事的女人
　　看穿一切却愿分担一切
　　渴望一个冬天，一个巨大的黑夜
　　以心为界，我想握住你的手
　　但在你的面前我的姿态就是一种惨败

　　从此，预示着女性即将浮出历史地表，进入一个新的女性化的时代。这就是翟永明组诗《女人》及其后序言《黑夜的意识》所蕴含的巨大历史象征意义。1984 年女诗人翟永明发表组诗《女人》及其序言《黑夜的意识》，标志着女性诗歌的诞生和女性自我意识的觉醒与确立。翟永明在序言中说：

　　　　作为人类的一半，女性从诞生起就面对着一个完全不同的世界，她对这世界最初的一瞥必然带着自己的情绪知觉，甚至某种私下反抗的心理。她是否竭尽全力地投射生命去创造一个黑夜？并在各种危机中把世界变形为一颗巨大的灵魂？事实上，每个女人都面对自己的深渊——不断泯灭和不断认可的私心痛楚与经验——远非每一个人都能抗拒这均衡的磨难直到毁灭，这是最初的黑夜，它升起时带领我们进入全新的一个有着特殊布局和角度的，只属于女性的世界。这不是拯救的过程，而是彻悟的过程。……女性的真正力量就在于既对抗自身命运的暴戾，又服从内心召唤的真实，并在充满矛盾的二者之间建立起黑夜的意识。①

　　这篇序言在女性诗歌写作史上具有划时代的意义，被认为是女性主义的宣言书。从此女性诗歌和翟永明的名字紧紧联系在一起，而翟永明则成为女性诗歌的头羊和重镇。女性诗歌正是在她的手中开启、诞生、发展、转型并走向成熟。因此，翟永明的出现，无论是对女性，还是对女性诗歌来说都有着重要的意义。在某种意义上，正是她用诗歌为我们开创了一片女性的天空，

---

　　① 张清华. 中国新时期女性文学研究资料 ［M］. 济南：山东文艺出版社，2006：70.

使我们进入了一个后现代的女性化时代。女性诗歌注定要在她手中开启并走向成熟。因此翟永明和她诗歌的出现标志着我们进入了一个新的划时代的历史时期。而最先意识到翟永明这种对于诗歌史和时代历史的重大意义的是敏感的诗评家唐晓渡。唐晓渡在《女性诗歌：从黑夜到白昼》中认为组诗《女人》的问世，标志着女性主体意识的确立，也标志着女性诗歌的诞生。他在该文中首次使用了"女性诗歌"这个概念，并对女性诗歌做出了阐释：

　　　　真正的"女性诗歌"正是在反抗和应对这种命运的过程中形成的。追求个性解放以打破传统的女性道德规范，摒弃社会所长期分派的某种既定的角色，只是其初步的意识形态：回到女性自身，基于独特的生命体验所获具的人性深度而建立起全面的自主自立意识，才是其充分的表现。真正的"女性诗歌"不仅意味着对被男性成见所长期遮蔽的另一世界的揭示，而且意味着已成的世界秩序被重新阐释和重新创造的可能。①

　　在该文中，唐晓渡还预言：女性诗歌将通过翟永明而进一步从黑夜走向白昼。也许作为一个男性的诗歌评论家，却首先从翟永明的诗歌中发现了蕴含的重大性别意义，这本身就是一种有意味的现象。在某种意义上，它似乎是对唐晓渡自身的性别角色构成了一种颠覆和反讽。因此，这种现象本身就含有一种反讽和悖论的意味。从此唐晓渡开始对翟永明展开长达十年之久的关注。如果站在翟永明诗歌所具有的性别政治意义、时代转型意义和诗歌本身的艺术性意义的角度，那么，唐晓渡的这种关注，与其说是对翟永明的关注，不如说是对其自身性别政治意义变化的关注，对其所处时代变化的关注，对诗歌艺术本身的关注。因此，当他关注翟永明所创作的具有性别政治象征意义的女性诗歌的时候，他实际上表明了一个男性，对于时代即将转型，对于我们即将进入的一个以性别政治取代阶级政治的后政治时代、一个女性化时代的敏感、惊异与莫名的骚动。如他在该文中所说："翟永明的这个组诗出现于'文革'后又经历动荡而终于稳步走向开放的1984—1985年间，正透露出某种深远的消息。"这种"某种深远的消息"无疑就是时代即将转型进入一个异于男性性别的女性化时代、一个个人化的大众消费文化时代的消息。可

①　唐晓渡. 女性诗歌：从黑夜到白昼——读翟永明的组诗《女人》[J]. 诗刊，1987（2）：58-60.

见，唐晓渡作为一个诗人和评论家是何等敏感。同时，站在诗评家的角度，他的这种关注与敏感又表明他对女性诗歌艺术起点的由衷惊喜与嘉许。

但是唐晓渡对翟永明诗歌的这种侧重于性别意识的关注与肯定，随着时间的推移，随着翟永明诗歌写作技艺的不断提高，很快就被证明他在揭示其性别意识价值意义的同时又遮蔽了其作为诗歌本身的艺术价值。如果说，他当时的评价带有特定时代的意识形态性，并且组诗《女人》也确实具有强烈的意识形态性。因此它在二十世纪八十年代尚可被接受，那么在二十世纪九十年代，这种评价由于已不能恰当概括翟永明诗歌创作的艺术价值而显得不合时宜，这主要是因为伴随着时代的转型，女性自身也正经历一场内在的冲突和现代性的反思，在这种剧烈的自身内心冲突和现代性的反思中，使以翟永明为代表的女性诗歌写作在二十世纪九十年代实现了一种去性化的转型，即从一种面向性别的写作转向为一种面向词语的写作，并且正是通过这种去性化转型，使女性诗歌实现了一种诗歌本体意义的转型，即从"女性"到"诗歌"的转型。因此，正是女性自身的内心冲突和现代性的反思，造成了以翟永明为代表的女性诗歌写作在二十世纪九十年代发生了转型。而这种内在冲突和现代性的反思主要体现在对女性诗歌中高昂的性别意识的反叛上，因而它的转型是通过冲突—反思—去性化的过程来实现的。

二、冲突—反思—去性化—转型

翟永明的"黑夜意识"在二十世纪八十年代末很快刮起了女性意识的黑色旋风，伴随着时代的过渡与转型的加剧，一大批女诗人开始通过身体写作来宣泄她们性别的压抑之情，结果造成了女性诗歌中身体写作的媚俗化倾向和性意识的泛滥，进而造成诗歌写作艺术上的粗制滥造和模式化倾向，从而使女性诗歌的发展陷入困境和危机而面临严峻的艺术考验。对此，翟永明首先进行了自身的反思与艺术纠偏。她在二十世纪八十年代末就已警觉到女性自身写作的局限性给女性诗歌带来的灾难性后果及艺术上的戕害。她在1989年的《"女性诗歌"与诗歌中的女性意识》一文中说：

> 女性自身的局限也给"女性诗歌"带来灾难性的后果。……没有经过审美处理的意识，没有用艺术的眼光观察与现实接触的本质，更没有有节制地运用精确的诗歌语言和富于创造与诗意的形式，因而丧失了作为艺术品的最重要的因素。"女性诗歌"正在形成新的模式。固定重复的

题材、歇斯底里的直白语言、生硬粗糙的词语组合，毫无道理、不讲究内在联系的意象堆砌，毫无美感、做作外在的"性意识"倡导等，已越来越形成"女性诗歌"的媚俗化倾向。不知何时起，更形成了一股黑旋风。……如果说我开了个很不妙的头，那么这种群起而攻之的"黑"现象仍使我担心和怀疑，它使"女性诗歌"流于肤浅表面且虚假无聊。①

于是出于对情感过度宣泄、性别写作媚俗化倾向的警觉，翟永明进一步表达了对女性诗歌中女权主义的厌离而倡导去性化，呼唤一种纯粹意义上的诗歌文本创作，并将这种去性化的写作直接导向朝向诗歌文本自身的写作。翟永明在1995年的《再谈"黑夜意识"与"女性诗歌"》一文中说：

> 我不是女权主义者，因此才谈到一种可能的"女性"的文学。然而女性文学的尴尬地位在于事实上存在着性别区分的等级观点。"女性诗歌"的批评仍然难逃政治意义上的同一指认。…… 尽管在组诗《女人》和《黑夜的意识》中全面地关注女性自身命运，但我却已倦于被批评家塑造成反抗男权统治争取女性解放的斗争形象，仿佛除了《女人》之外我的其余大部分作品都失去了意义。事实上"过于关注内心"的女性文学一直被限定在文学的边缘地带，这也是"女性诗歌"冲破自身束缚而陷入新的束缚。……必须承认当代"女性诗歌"尚未完全进入成熟阶段，1986年至1988年"女性诗歌"有过短暂的绚丽阶段，同时也充斥了喧嚣与混乱。近几年"女性诗歌"归于沉寂，究其原因，除了在命运及生活的重压下导致的部分女诗人退出写作，更重要的也在于女诗人正在沉默中进行新的自身审视，亦即思考一种新的写作形式，一种超越自身局限，超越原有的理想主义，不以男女性别为参照但又呈现独立风格的声音。女诗人将从一种概念的写作进入更加技术性的写作。②

正是这种对女性自身局限的觉悟和对诗歌艺术品质的倾心追求，使翟永明在二十世纪九十年代迅速从一种概念化的写作进入一种更加技术化的写作，

---

① 翟永明. 纸上建筑·完成之后又怎样［M］. 上海：东方出版中心，1997：232.
② 翟永明. 纸上建筑·完成之后又怎样［M］. 上海：东方出版中心，1997：235-236.

从女权主义的面向性别的写作转向"面向词语"的写作、"面向心灵"① 的写作，使她在完成"写什么"以后进一步思索"怎样写"和"写得怎样"。②从而使诗歌摆脱了过去那种单一意识形态性质的对抗性的性别写作而进入了一个激情与语言和技术相磨合的时期。可以说，翟永明的诗歌写作注定要在二十世纪九十年代这一阶段走向成熟。如果说，二十世纪八十年代中后期，充斥在她诗歌中的是身体的修辞学，那么盛行在她二十世纪九十年代诗歌中的则是回归到艺术自身的诗歌词语的修辞学。因此在她二十世纪九十年代的诗歌与诗论中突出了对诗歌词语修辞的关注。如我们在前一节提到的：她倡导词语与激情共舞并说，"我对词语本身的兴趣超过了以往任何时期"③，"汉语所提供给我的词汇和符号都使我感觉到汉语空间的无穷魅力"④。而她二十世纪九十年代诗歌中的诗歌词语修辞学主要体现在以下几方面。

一是对诗歌语言的节制，对分寸感的把握。这种对语言的节制、对分寸感的追求，使翟永明在二十世纪九十年代的诗歌创作从一种激情隐秘又狂放的宣泄过渡到一种艺术的缩减、内敛与节制。如她在《篋中短语》中曾这样说："人人都在谈论技巧，事实上，它关系到诗人处理文字的能力和方式，对语言的裁剪和安排。我更相信诗人对文字的控制能力和分寸感，在诗中，那'差之一毫，失之千里'的就是一个诗人的分寸把握之所在。如果没有这种把握分寸的直觉，诗人本身就不存在了。"⑤而她的这种对诗歌语言的节制、对分寸感的把握与追求，体现之一是她二十世纪九十年代女性诗歌中短诗的大量盛行，在二十世纪九十年代翟永明迅速从组诗和长诗的创作进入到短诗的创作；体现之二是干净利落、亲切练达的口语在其二十世纪九十年代诗歌中大量出现，这方面的例子比比皆是，不胜枚举；体现之三是白话口语、成语与古语杂糅入诗，效果亦庄亦谐、优美自如，诗歌语言运用进入化境。如翟永明在二十世纪九十年代诗中大量运用成语、引用或化用古诗古句，如《脸谱生涯》中的"穿云裂帛的一声长啸——做尽喜怒哀乐"，"穿云裂帛"和"喜怒哀乐"放在此语境里贴切至极；《编织行为之歌》中反复运用并贯穿"唧唧复唧唧，木兰当户织"，既在复沓的节奏中散发着古典诗词的雅趣，又

---

① 翟永明. 纸上建筑·完成之后又怎样 [M]. 上海：东方出版中心，1997：196.
② 翟永明. 纸上建筑·完成之后又怎样 [M]. 上海：东方出版中心，1997：233.
③ 翟永明. 面对词语本身 [J]. 作家，1998（5）：94-95.
④ 翟永明. 纸上建筑·完成之后又怎样 [M]. 上海：东方出版中心，1997：243.
⑤ 翟永明. 纸上建筑·完成之后又怎样 [M]. 上海：东方出版中心，1997：190.

在古典雅趣的诗意氛围中蕴藏着一种现代诗歌的优美纯净和回味的绵长悠远。从而使她二十世纪九十年代的诗歌创作在语言实践中取得了独树一帜的卓绝成就。

二是诗歌语言叙事化倾向的出现。叙事化倾向，即用叙事取代过去的自白语调，是翟永明二十世纪九十年代诗歌写作一个重大关键性的转变。由于叙事化策略的采用，使翟永明可以同时将小说、戏剧和散文化的手段综合性地糅合在一起，这样就扩大了其诗歌的表现领域和功能，增强了诗歌的艺术含量和可读性，使翟永明在诗歌创作上真正步入一种现代派诗歌的专业化写作状态，标志着她在诗歌技艺上已走向成熟。翟永明曾表述由于戏剧性因素的引入、小说般客观陈述方式的采用使她在处理二十世纪九十年代的新题材如《咖啡馆之歌》时，获得了成功的语言风格转换和前所未有的自由与信心。它带走了她过去写作中受普拉斯影响的自白语调，而带来一种新的细微而平淡的叙说风格。① 她在《咖啡馆之歌》中，最为显著地运用了叙事化这一策略。在诗中她用叙事创造了一种戏剧性的冲突，在这种戏剧性冲突中，诗歌各种成分之间互相错位，整个诗歌无法构成一个完整的一致的思想情境，反而不断消解其整体性，从而表现了现代人彼此之间毫不相干和互相隔绝而无法达成一致的生活情态。在作品中，作品的"一致性"仅仅维系于抽象的地点（域外某一咖啡馆）、时间（从下午到凌晨）和事件（阔别多年的朋友聚会）；而本应为此提供主要保证、从一开始就由一支歌曲暗示出来的怀旧主题，却因聚会者始终找不到相关的新鲜话题和恰当的交流方式，以及由此产生的、横亘在"我"和交谈者之间无可逾越的心理距离而变得支离破碎、软弱无质、涣散无形。可以说，翟永明正是采用这种叙事化的策略，并且也只有这种叙事化的策略带来的戏剧化效果才能表现现代人的这种本真的支离破碎的生活状态。这种状态正如约翰·多恩（John Donne）所言：一切皆支离破碎，所有的一致性均已不复存在。② 翟永明这种叙事化风格在《重逢》《莉莉和琼》《祖母的时光》以及《乡村茶馆》《小酒馆的现场主题》等作品中也都不同程度上有所体现。它标志着翟永明在现代诗歌创作上已走向成熟。

三是对女性写作、诗歌写作的词语本质有了更深的体悟。这种体悟体现在她在诗歌、语言、身体、女性之间体悟到了一种和谐、统一的内在联系。

---

① 翟永明. 纸上建筑·完成之后又怎样［M］. 上海：东方出版中心，1997：243.

② 凯尔纳，贝斯特. 后现代理论［M］. 张志斌，译. 北京：中央编译出版社，2004：7.

这种内在联系是男性功利的语言所不具备的，也是后现代女权主义欲以颠覆父权制而力图建构的具有包容性的非逻辑性的女性话语。如果说在二十世纪八十年代，翟永明诗歌中的身体写作在其自身的主观意图中，更多的是想作为一种身体修辞学而存在，那么二十世纪九十年代，随着时代转型的完成，翟永明已从二十世纪八十年代那种作为手段和策略的意识形态话语意图转化为建构一种真正女性意义上的身体语言的诗性话语意图，如上一节翟永明关于"女性身体直觉敏感度"的论述，并且，她甚至将女性意识直接理解为一种女性身体化了的，也即直觉化了的诗性的词语写作意识。她在与臧棣、王艾对话而成的《完成之后又怎样》一文中曾明确表述说："我认为女诗人作品中的'女性意识'是与生俱来的，是从我们体内引入我们的诗句中，无论这声音是温柔的，或是尖厉的，是沉重的，或是疯狂的，它都是出自女性之喉，我们站在女性的角度感受世间的种种事物，并借词语表达出来，这就是我们作品中的'女性意识'。"①而最能说明她这种对女性写作、诗歌写作的词语本质体悟的则是她题名为《一个词》的一首诗，全诗如下：

一个词

一个男孩教给我一个词

他把它分为：床上用语

生活用语　书面用语

那个男孩不知道

当我使用它　我关掉了它的属性

就像我喷出眼泪

却关掉它的液囊

世界上有这不为我知的词

它却在我的身体里发出尖叫

我知道这尖叫有多高　知道

它快于风的速度

却不知道　它重于空气的发作

要将我带到什么地方

---

① 翟永明. 完成之后又怎样［M］. 北京：北京大学出版社，2014：240.

我使用它　就像机器使用它的性能

太多的男孩呵，教给我这个词

而我　教给他们这个词的变化

　　由此可见，这正是一种富于直觉性质的女性特有的身体诗性语言，是一种不同于男性充满功利性、排他性的二元对立性质的语言，它是一种非逻辑化的女性诗意语言。在这种语言里，它包容一切差异，摧毁一切界限，充满了魔力无穷的变幻，能发出声音，能变换方向，能携带着情感，能在刹那间见到永恒，能在手掌里看到大千世界无限，而将时空打成一片。它既是埃莱娜·西苏的"阴性书写"，也是伊瑞格瑞的"女人话"。这样，翟永明就使诗歌、语言、身体在真正"女性"的意义上建立起和谐、统一的内在联系，使诗歌在真正的女性身体语言中找到归宿，实现一种真正意义上的诗性回归，并在这种回归中完成了诗歌本体意义的转型，即由"女性"到"诗歌"的转型。但是，这里有必要说明的同样是两个加引号的女性，但二者内在含义截然不同。前一"女性"是一种神性意义上、诗性意义上的女性；而后一"女性"则是指政治意识形态意义上的"女性"。而在《一个词》一诗中，翟永明要为词语去蔽的不仅仅是语词的政治意识形态性，更是词语的逻辑性、理性以及由其导致的功利性、狭隘性等一切尘障。她要通过这种女性化、直觉化、诗意化的去蔽，让语言彻底恢复到它最初诗意的、女性化的，像身体融通无碍性一样的、无分无别的状态。当然，这是一种最高境界的语言，是一种禅宗境界的语言，它已挣脱了所有的束缚，在这种境界里，语言因恢复了它禅意的诗性生命而游走无碍，尽显女性诗意的神通。

　　当然最敏感地意识到翟永明在语词上这种诗歌本体意义转变的，或者更确切说意识到翟永明这种诗性意义的、女性诗人属性转变的，还是诗评家唐晓渡，这就是唐晓渡的那篇《谁是翟永明》。这似乎是个很有意思的现象，这里同时也再次证明唐晓渡的敏感性。而之所以说这是一个有意思的现象，是因为翟永明第一次是从性别意义的角度被唐晓渡认识，而第二次才是在诗性意义而不是在性别主义的意义上来认识评价作为女性诗人的翟永明。虽然两次都是女性诗人翟永明，但在内在含义上却已发生了微妙的质的变化。在这种微妙的质的变化中暗含的正是翟永明诗歌同时也是二十世纪九十年代女性诗歌写作的转型，即由一种政治意识形态性质的写作转变为一种诗歌本体意义的写作，即面向诗歌本身的写作，面向词语的写作。也许正是缘于翟永明在二十世纪九十年代诗歌写作的这种转型，同时也是出于诗人和评论家的一种本具的真诚和惭愧之情，唐晓渡在继《女性诗歌：从黑夜到白昼》之后，在十年之后的二十世纪九十年代才再度撰文《谁是翟永明》。对自己十年前对翟永明的不当评论进行了纠偏，并对翟永明诗歌，尤其是二十世纪九十年代以来的诗歌所具有的艺术价值给予了高度肯定，同时在肯定中又带着诗评家兼同行的赞赏与偏爱。如他在该文中所说：

> 一九八六年我写了《女性诗歌：从黑夜到白昼》一文。据我所知，这篇首先评论《女人》的文章也最早涉及了"女性诗歌"的话题。这么说倒不是要标榜自己有"为风气先"之功，而是意在将它当作一个案例，以揭示有关"女性诗歌"的讨论从一开始就存在的问题。……整整十年后，在"女性诗歌"似乎早已成为一个不争的事实，而"女性诗歌"的队伍也早已蔚为大观的背景下重读这篇文章，我发现我犯了和那位朋友相似的错误：……这个错误由于在试图给出关于"女性诗歌"的定义时缺少更有效、更充分的诗学考虑，并且仅仅以"男性成见"为唯一参照而显得格外不可原谅。……有一点翟永明当时或许没有意识到，或许比谁都清楚，那就是：尽管她可以写出更成熟、更优秀的作品，但像《女人》这样充满神性的诗将难以复得。

并且在接下来的后文中，唐晓渡对翟永明二十世纪九十年代以来诗歌艺术的进展，给予了细致的分析论述和高度的评价。这样，由唐晓渡的两次评论和翟永明诗歌转变的自身具体实证，我们可以看出：翟永明正是通过内在的冲突和自身的反思，在二十世纪九十年代诗歌创作实践中自觉进行了诗歌词语艺术方面的努力和实践，并在创作实践中，产生了迅速的转变，从一种面向性别的写作转向一种面向词语的写作，取得了一系列重要的实绩。如她在经过短暂的艺术沉潜之后，迅速完成从组诗《女人》到《咖啡馆之歌》的转换，创作出《咖啡馆之歌》《我站在横街竖街的交叉点上》《盲人按摩师》等与此前截然不同的断裂性的现代先锋诗作，以简约精致的语言直达事物本质的核心，从一种情绪的铺张过渡到一种艺术的节制。将九十年代女性诗歌的写作真正在实践中推向了超越性别的高度而成为时代的先锋写作，为女性诗歌美学大厦的建造打下了坚实的地基。这正如翟永明在《献给无数的少数人》中所言："我希望我的诗歌之锹在写作时能刨开意象和词汇的浮土，不断挖下去，就接触到事物的核心，它们像砂架卵石一样，坚实，有力，滤干了多余的水分，因此成为美学大厦的最可靠的地基。"①

第二节 王小妮："重新做一个诗人"

一、王小妮和她九十年代以来的诗：个人化

在中国当代诗人中，尤其是女诗人中，也许，没有哪一个人比王小妮更为独特，更为个人化。如果说翟永明因为禀受着时代的使命，身上有着太多的时代光影和印痕，而使她和她的诗无法不属于一个特定的时代，那么王小妮则是过分内倾的个人化写作，她的诗作更属于她自己。属于她自己，也就更属于诗，她因为属于自己而成全了诗，因为更属于诗而成全了一个诗人的真正的自己。这个"诗人的自己"，就是她个人化的写作风格。二十世纪九十年代，有那么多诗人的写作，述诸个人化，为了寻求到真正的自己；可是却也有那么多的诗人在寻求自我的个人化中沉迷于过程本身，而"忘记了生命的来路"，成为一个个"迷途的女人"（翟永明），在那热烈地讴歌着感官和躯体，道德和名誉的海上，不仅有鲜花，也有欲望的篮子。然而选择鲜花的注定要在美的讴歌中得到升华和超拔；提起欲望篮子的，终会因沉重而坠落和下滑。在二十世纪九十年代的中国诗坛上，太多的诗歌写作者、文学写作者都在个人化的迷途中，因过分沉醉个人化而丧失自我并坠落和下滑，只有少数的幸运者能够在欲海中撩开迷雾而得以超拔，瞥见"哈尔盖上空那点点的星光"（西川《在哈尔盖仰望星空》），而在道德的海上采摘到真正诗歌的鲜花。

在这个意义上，王小妮二十世纪九十年代孤军奋战的个人化写作，显然属于得到超拔的少数幸运者，因而她的个人化写作是一种真正意义上的个人化，一种没有迷失于路途而抵达了终点的个人化，一种最终被实现了的个人化。这种个人化使她既置身于时代中又逃逸于时代外；使她既在红尘闹市里平凡地生活，又在日常生活的琐碎细节里安静地写作和思索。思索："只为自

---

① 翟永明. 纸上建筑·完成之后又怎样 [M]. 上海：东方出版中心，1997：194.

己的心情，去重新做一个诗人。"这思索，意味着她和不成熟的过去做一个诀别，一种写作方式和个人生活方式的诀别。从此她将《紧闭家门》《在白纸的内部》《通过写字告别世界》而彻彻底底地进入个人化的写作和生活的境界，而不再在乎什么。而只在《最软的季节》里《活着》去静静地欣赏在《晴朗》中成长并盛开着的《十枝水莲》，体悟"怎样沉得住气/学习植物简单地活着"，在《我爱看香烟的排列形状》里"伸出柔弱的手/托举那沉重不支的痛苦"，从而成为一个"在一个世纪末尾，意义只发生在家里"的《不工作的人》，"久坐不动/成为全身平静的寺院"的《不反驳的人》。这就是王小妮和她二十世纪九十年代以来个人化风格的诗。

二、冲突、转型与剧变

二十世纪八十年代的王小妮还不能算一个十分出色的诗人，如果用徐敬亚的话来说："如果王小妮停留在二十世纪八十年代初——她，甚至还不是诗人，不够诗人。"（徐敬亚《一个人怎样飞起来》）但是二十世纪八十年代的《印象》《风在响》等诗已经预示了一个诗人"最初的真诚与清新"（徐敬亚语）而使她"奔走在阳光里"。并且正是这"最初的真诚与清新"，当高度个人化、女性化的大众消费文化的二十世纪九十年代来临的时候，王小妮个人内在的诗性天赋就与这个千载难逢的女性化时代相遇合，而在诗歌写作上发生了一种断裂性的现代转型。使其始而产生"忽然的阴影与迷乱"，继而表现了"超然的放逐与游离"（徐敬亚语），而最终成就了她二十世纪九十年代以来独树一帜的个人化诗歌风格。这"忽然的阴影与迷乱"无疑就是她处于特定历史时代转型期，内心的自我反思与冲突；"超然的放逐与游离"则是冲突与时代转型的结果造成了其诗歌的个人化转型。这样正是时代的转型造成个人内心的冲突，而当个人天赋的才情与个人化、女性化时代偶然相逢时，就注定铸就了诗人个人化诗歌风格的必然转型，这就是王小妮和她二十世纪九十年代以来诗歌转型的原因。

二十世纪八十年代中后期，是女性主义高标独举、标新立异、高举旗帜而自我张扬和叫嚣的时刻。时代扬起的女性主义波澜，迅速地波及了每一个女性内心的琴弦，它让女性真正思索自我和性别的关系与含义。它自然也不可避免地触及了王小妮那时刻在沉思着的心灵，正是这种沉思泛起她内心的波澜与冲突，于是有了《应该做一个制作者》中的这样一些诗句："我写世界/世界才低着头出来/我写你/你才摘下眼镜看我/我写一个我/看见头发阴郁该剪了/能制作的人/才是真正的了不起"。(王小妮《应该做一个制作者》)这些诗句,微微地透露出了王小妮的女性主义意识。然而这种女性意识只是表现为她心中理智的清醒、自觉与独立,并未演变成女权主义行为艺术的身体写作。相反,这种女性主义的思想在她那里,好像只是偶尔划过她心灵天空的一道闪电,她既然不需要策略性张扬性别意识的身体写作,因而也就无须再经历女性主义写作必经的阶段——去性化写作。作为一个女性诗人,她就这样无须付诸性别写作的行动,就轻轻地在思想上超越了那个性别政治含义上的女性化的自己,女性主义差异与认同的过程在她思想里是以闪电的速度完成的。她并不关心那个作为性别含义上的小我的自己,而真正关心的是去掉所有性别政治属性与含义的大我的自己。这样就使她轻轻地化解了女性主义撞击带来的内心冲突,而只剩下时代巨变泛起的内心波澜。

面对二十世纪九十年代市场经济高速发展的商品化造成的感性化社会,王小妮敏锐地感觉到了时代已不再适应群体歌唱的集体写作,而进入了一个微观、多元的个人化发展阶段,以往那种宏大写作已不能表现当下泥沙俱下的复杂社会现实,时代已经进入了一个非诗化的时代,诗歌正面临着一场重要的变革。在这个时代里,诗与非诗、伪诗良莠不齐地混杂在诗坛上,诗坛现状正如舒婷的诗所言:"伟大题材伶仃着脚/在庸常生活的浅滩上/濒临绝境。"(舒婷《伟大题材》)于是要适应时代,而又不被这个高度物化而疯狂的时代所同化,就只有改变和突破以往的诗歌观念和写作方式套路的束缚而采取个人化的经验表述方式。这正如她对徐敬亚所说的:"我感到了一种套路,按照这样写下去,我可以写很多,但我一首也不想再写了。"于是,她决定不再采取那种面向时代的那种集体歌唱性质的宏大诗歌写作,而是采用个人化的写作方式,让诗歌回到广阔的日常生活世界里,在诗与思的双向沟通拷问中,在形而下的时代里,展开个人与生活、与时代、与人生、与世界的一场形而上的对话。这就是时代转型剧变导致的王小妮等诗人的个人化诗歌风格转型巨变。这似乎是一条更为艰难的路,但是,她已下定决心:只为自己的心情,重新做一个诗人。

三、个人化:语言对激情的节制

诗人的天性是注定充满激情而为时代歌唱,因为她是为美而生的。但是二十世纪九十年代现代性转型过渡仓促、急速所造成的暧昧、晦涩、迷离的复杂多元化时代情境,已经对美、对诗自身构成了一种嘲弄和解构,使诗的歌唱因没有对象而无的放矢。于是时代既已不再适合歌唱，没有为歌唱提供必要的美学前提，一个诗人最明智的选择，也是最无可奈何的选择便是更新既有的诗歌观念，以达到语言对激情节制的目的。正是这种内在诗歌观念的变革形成了王小妮二十世纪九十年代个人化写作的风格。当然更新既有诗歌观念的变革以达到语言对激情的节制，也是所有二十世纪九十年代现代派诗人所共同追求的一项诗歌写作原则，也是构成二十世纪九十年代诗歌个人化的一个重要内容。在更大的意义和范围上说，它还是现代派诗歌的一个重要美学纲要、观念。这个问题我们将在后面的章节中论述。因而王小妮的语言对激情节制的个人化写作风格既是她个人的，也是整个时代的；既是二十世纪九十年代整个中国诗歌现代性转型的断裂性表征，也是现代主义诗歌观念的一个核心内容。王小妮以语言对激情进行理性节制的个人化写作风格主要体现在如下方面：

（1）更新既有诗歌观念，用叙事取代抒情。事实上，反抒情也是二十世纪九十年代诗歌的一个共同特征。叙事化的语言是王小妮二十世纪九十年代诗歌的一个重要特征。正是叙事化使王小妮二十世纪九十年代的诗歌有效地抵制了激情的宣泄，而使其诗歌具有一种陌生化的冷静性的陈述性特征。这种陌生化的冷静性的陈述性特征就客观上在诗歌和读者之间造成了一种新的现代意义上的陌生化审美距离，从而使诗歌形成一种现代诗歌特有的张力美。这种张力正体现在：这种现代性陌生化审美距离的存在，让读者智性的思索走入诗中，使读者和诗人，透过诗意的智性思索，在诗与思之间展开一场意义多维度的对话。同时诗歌也就是在这种多维度的对话、释义中，将时代以及个人复杂、多元、暧昧、迷离的情境和心态巧妙含蓄而又婉转地揭示出来，如王小妮在二十世纪九十年代以后创作的《从北京一直沉默到广州》就是典型例子。

《从北京一直沉默到广州》通篇采用叙事的语调，叙述了从北京到广州的一路上，诗人的所见所闻、所思所想。诗中的北京和广州一北一南两个城市，既是地理位置上的实际城市，又是人生旅途起点和终点的象征，因而它们在诗中既是实指又是虚指。整个诗歌表面叙述的是从北京到广州一路上的旅途遭逢以及在旅途过程中的沉思，而实际上暗示的是人一生的奔波和遭逢，暗示着人生的短暂、仓促。在这样短暂的犹如从北京到广州一样瞬间就可走完生死的同一条人生旅途里，人却活在不同的存在维度层面上。这不同层面的存在方式是通过在相同和不同的时间里，而将不同和相同空间生活情态的对比性展现而揭示出来的。如在相同的时间里，不同国度的中国以外的人却可过着花园般的形而上的富足优雅的智者生活，而绝大多数中国人却为世俗生计所累，无暇顾及生死等形而上问题的思索（诗中"这么远的路程/足够穿越五个小国/惊醒五座花园里发呆的总督/但是中国的火车像个闷着头钻进玉米地的农民"）。但是如果把时间从当下的时代中抽离出来，而将其推回古代，这样以在不同的时代里来看人的生活存在的情态，其对比性就更为鲜明。如在物质文明远不如现在发达的古代，人们却在艰苦的条件下苦读深思而以苦为乐，以悟道为乐，过着超越的精神生活。而相反在物质富足的当下时代里人们却为金钱利禄所累，不再对生命进行形而上的追思，而迷失于作为路途的过程里，忘却了生命的来路和目的，实在令人哀叹（诗中"这么远的路程/书生骑在驴背上/读破多少卷凄凉的诗书/火车顶着金黄的铜铁/停一站叹一声"）。这样就通过古今中外不同时空的生活情态的对比揭示出当下中国人普遍麻木、不觉悟，迷失于过程和当下，而缺少形而上的终极思考的心态情状。正是这种心态使得有人麻木、寂寞地死去（诗中"有人沿着铁路白花花出殡空荡的荷塘坐收纸钱"），而更多的人则快乐、盲目地追逐着（诗中"更多的人快乐地追逐着汽笛进城"），只有极少数的人在保持智者的追问和沉思（诗中"总要有一个人保持清醒/总要有人了解/火车怎样才肯从北京跑到广州"）。从而暗示出了短暂的人生里有人清醒、有人麻木不觉悟，有人贫穷、有人富足，有人郁闷、痛苦，有人快乐追逐的各种生活情态和复杂多元的心境。而关于人生短暂、仓促则是通过下列诗句来暗示的：

> 在中国的火车上
> 我什么也不说
> 人到了北京西就听见广州的芭蕉
> 扑扑落叶。
> 车近广州东
> 信号灯已经裹着丧衣沉入海底

这里的"扑扑落叶"与"信号灯"一听觉意象与一视觉意象，一动一静相对照，就惟妙惟肖地暗示出生死不是两茫茫，而是近在咫尺，甚至我们的起点就是我们的终点。生命的短暂、仓促和无常性，就可由此窥见一斑。然而在如此短暂、仓促、无常的世间，人却是如此的麻木、不觉悟，执着于当下和现世的物质欲望追求，两相对照，反讽意味何等鲜明。而"在中国的火车上/我什么也不说"则与标题的"从北京一直沉默到广州"相对应。尤其是其中"不说"与"沉默"相对。在某种意义上说，它也是全诗的主要基调。这种由"不说"构成的"沉默"实际上也并非含义单一，而是意味深长。它实际是与当今的话语权力喧嚣所造成的浮躁相对。众所周知，当今是个话语帝国争夺的时代，因为话语象征着权力。但是这种对话语权力争夺所造成的话语喧嚣，并没有给人带来深刻的反省和智慧，相反带来的只是浮躁和迷惘。而从北京到广州的一路沉默却让诗人在不经意的瞬间体悟到如此厚重、深刻、多重的道理。于是诗人在这里让我们看到了话语和沉默的较量：只有当语言沉默时，心灵的智慧才会涌现，而日常的话语喧嚣则遮蔽了存在的意义。当日常的语言沉默时，心灵的智慧便会发声；当心灵沉默时，爱就会化作滚滚的力量穿越千山万水、穿越大江南北，穿过时间、穿过空间，到达每一个需要它的地方。这就是诗中"我乘坐着另外的滚滚力量/一年一年南北穿越/火车不可能靠火焰推进"的含义。于是在这里就透过诗与思，让我们在形而下的时代里和诗人展开一场关于形而上问题的对话。因此通过上述分析和阐释，让我们看到：这种现代性叙事诗歌观念造成的结果是它敞开了一种多维度的阅读空间，在这种多维度的阅读空间里，诗人与读者通过诗与思的过程形成了一种有效的对话。这样传统诗歌阅读中读者被动的阅读状态就因面临着挑战而改变。这种改变就是：从一种消极被动性的阅读走向积极主动性的阅读，从而形成了新的诗歌阅读格局。这正是传统诗歌所不具备的。这是一种典型的作者式文本。在这里，这种作为现代性诗歌观念的叙述，它与日常单一性的表意性叙述不同，它不指向叙事的可能性，相反它指向的是叙事的不可能性。正是在这种不可能性中，它打破了意义的单一性，而造成意义的歧义与含混多元性，进而形成一种多维阅读与阐释的空间，使诗歌意义处在一种永远的流动生成性的过程中，而期待着读者随时的走进、阅读，并在深入性的阅读中与作者展开一场多维度的心灵对话。在这种对话中诗歌的意义不断得到生产和增值，这样就使诗歌的意义处在永无完竭的生产性中。这就是诗歌观念更新化的直接结果。它所产生的正是一种现代性的、综合性的、多维度的诗意效果。

（2）诗歌语言的口语化风格。在王小妮二十世纪九十年代以来的诗中，触目可见的是大量简洁、亲切的日常口语。这种口语化修辞的采用一方面拉近了诗歌和读者的距离，另一方面形成了一种亲切、含蓄的诗歌风格。这是因为王小妮的口语并不是没有经过提炼的口语，而是经过了特殊的艺术加工，经过诗人诗思提纯、过滤后的口语。因此她诗歌中的口语并不等同于一般意义上完全生活化的口语，而是既带着个人的直觉，又渗透着艺术性的浸润，常常让人觉得既在读者的意中，又出乎读者的意外，却又不落俗套。她诗中口语的运用总是有一种诗思的天然巧趣，仿佛信手拈来，却又恰如其分，非它不可。如在《一个少年遮蔽了整个京城》中"吃半碟土豆已经饱了/送走一个儿子/人已经老了"，再如《他们把目的给喝忘了》中"老远跑我家来的朋友/把目的给喝忘了"，以及上面《从北京一直沉默到广州》中的"扑扑落叶"等，运用得简直是别有生趣，而又亲切自如，不落俗套。当然，这样的例子在王小妮二十世纪九十年代以来的诗中比比皆是。这表明她口语化的运用已达到游刃有余、得心应手的地步，在口语化写作方面已达到成熟境地。王小妮的这种口语化风格在二十世纪九十年代的诗人中是独具特色的，她在口语化方面所达到的境地，也非一般诗人所能企及。这是因为她在语言方面体现了一种天赋的直觉和悟性。

（3）诗歌语言富于直觉的非逻辑性特征。王小妮是一个专心于诗歌写作的人，用她自己的话说，她是一个"写字的人"。但是她又是一个在诗歌语言方面有着良好直觉和悟性的人。阅读她二十世纪九十年代以来的诗歌，我们会发现，在她的诗中，常常有一些句子，让你觉得是神来之笔。它不是来自理性的格式化思维，而是来自非逻辑性的下意识的直觉思维。这就让王小妮的写作，在众多九十年代女性诗人中乃至九十年代诗人中显得技高一筹，而具有无法替代的独特性优势。如她形容春天的短暂和仓促："春天跟指甲那么短"，再如她在《晴朗》中写晴朗是如此的短暂，也就是削两只土豆的时间，并且对晴朗的直感是"晴朗/正站在我的头顶/蓝得将近失明"以及上文《从北京一直沉默到广州》中的"人到了北京西就听见广州的芭蕉扑扑落叶"等。这种诗性的直感使她的诗歌语言有一种像"水晶薄片一样精粹透明"（王小妮《那不是我的雪》）的透射力，往往在当下的瞬间就能锋利地直视和抵达事物的核心要害。王小妮在《我的纸里包着我的火》中说："写诗，就是在意识云海那最锋利的边缘上行走，在云那片最薄的皮肤上，飘然如同神子。"并在接受木朵采访时说："诗意只发生在瞬间"，"诗的忽隐忽现和某种潜在暗中连通，不经意间就启动"，"我们只能感觉诗，却难以说清它。常常有一个句子突然冒进来，今天感觉它可以含的诗，明天它就苍白如水了。诗正是以这种飘忽不定吸引人"。这正是对诗歌创作中直觉活动和运用的最好说明。当然这种直觉活动只有在像王小妮那样一个善于保持静默、拥有一颗平常心的诗人那里，才能频频发生。因为这种直觉是一种最高境界的思维活动，它来源于心灵的智慧。而这种智慧只有当日常的语言沉默时，它才会像灵感一样迸发和涌现。普通日常语言的理性思维则遮蔽了它的存在。正是在这个意义上，黎巴嫩诗人纪伯伦（Kahlzl Gibran）才会认为：诗是迷醉心怀的智慧，智慧是涌现在心里的诗。

（4）个人化还体现在她超然于性别之争，放逐于世俗之外，不受任何时尚流行的理论影响，而只回到个人最真实的内心世界。在个人内心世界里，对世界和自我、个人与生活展开深刻的对话与思考。在这样的意义上，王小妮不是活在现实话语的世界里，她是活在一个用诗歌文字进行思索的世界里，她是以诗之思的方式存在着。因此在她那里看不到时代激烈的话语喧嚣，看不到女性的性别话语之争和歌咏不完的爱情，也看不到时代盛行的感官写作，而只看到"一个意义只发生在家里"，一个"像清风一样活着，像村前静静的流水那样，只把水围绕着自己的家园"（徐敬亚语）的王小妮。也许正因此，它才造就了王小妮那平常人的平常心态，才成就了一个真正的诗人，使她能在瞬间让诗的灵感化成飘飞的文字，在诗与思的天空里载歌载舞，而成为二十世纪九十年代以来，诗坛上，一个最具个人化的女性诗人。

四、回到日常生活

回到日常生活，在日常生活中展开个体化的思考，进行个人化写作，是王小妮诗歌在二十世纪九十年代的一个重要转向。同时也正是在日常生活的转向中，王小妮不仅完成了她诗歌写作的个人化转型，也完成了她对人生、世界、生活等形而上问题的思考。二十世纪九十年代剧烈的时代转型，使许多诗人放弃了以往对时代宏大政治意识形态的写作，放弃了讴歌式的集体抒情，而将思考和写作放在日常生活的微观层面，用客观的叙事语言将激情节制在个人化日常生活经验的表述上。这也正是王小妮在二十世纪九十年代诗歌转向日常生活层面的原因。但是正是在向日常生活经验转化的这一过程中，却使诗歌呈现了不同的写作境界，显示了个人不同的诗歌旨趣与追求，个人化的差异也正是在日常生活这一微观层面上展开。同是日常生活的个人化经验表述，有人沉醉于肉体感官的形而下抒写；有人沉迷于后现代的词语消费性游戏；有人彻底放弃了对诗歌的严肃思考，而致力于一种娱乐性的、无目的性的意义解构和深度的削平。而王小妮诗歌的日常生活转向则不同凡俗，有着自己鲜明的个性化。因此她的日常生活转向主要体现在如下两个方面。

　　王小妮二十世纪九十年代诗歌的日常生活转向之一体现在她平民化的取材上。二十世纪九十年代随着国家政治中心建设向经济中心建设的转移，宏大社会政治主题的伟大题材已让位于普通日常化的个人经验表述，平民化取材正是这种个人化表述的最真切的来源。王小妮在二十世纪九十年代个人化经验表述几乎都是在平民化取材中展开的，如她在二十世纪九十年代创作的《西瓜的悲哀》，它题材的来源——买一个西瓜回家，只不过是日常生活中一个最普通、最平常的生活细节。然而就在这个日常生活中普通得人人皆知的生活细节里，诗人却让思索走入其中，从中透视、感悟到人生的命运也正像此刻西瓜的悲哀一样：被一种莫名的力量牵引着，变幻无常而丝毫不能做主，从而赋予了它不平凡的意义。再如《一个少年遮蔽了整个京城》，它取材于送儿子去京城上学，这个最为普通的一件小事。然而却在这个普通的小事里，将母亲对儿子那份真挚的亲情挥洒得淋漓尽致。将一份普通的亲情放大到遮蔽了整个京城，以至于"吃半碟土豆已经饱了/送走一个儿子/人已经老了"的地步，这既是艺术的夸张，也是亲情真实的再现。当然这样的例子在王小妮二十世纪九十年代以来的诗歌中随处可见。如《看望朋友》《回家》《活着》《坐在下午的台阶上》《火车经过我的后窗》《他们把目的给喝忘了》等。由王小妮这些日常平民化取材的小诗，我们可以看出，诗人在日常生活中，无时无刻不在思索，她正是通过这种诗思的方式来在日常生活中完成她对人生、世界、生活以及命运的形而上思考。这些小诗也正是她思索的智性结晶。同时也正是在这种思索中，她体悟到了个体存在和人生世界的关系，从而使她真正回到了个体意义上"素色里"的自己，这种深刻的感悟可见于她后期的《月光白得很》。可以说，以思索的深刻透彻，而让普通的日常生活焕发出诗意的光彩，使王小妮在二十世纪九十年代同是日常生活的抒写中，显得出类拔萃。这种思索的深刻境界无人可与之相提并论，在这一点上，作为一个女诗人，她显得尤为独特。

　　王小妮二十世纪九十年代诗歌的日常生活转向之二体现在她平民化视角处理感情的方式上。这并不是说王小妮是一个感情淡漠的人，相反，王小妮是一个感情细腻而深厚的人。她是一个善于把激情克制在内心里、克制在文字中的人，用她的话说就是"我的纸里包着我的火"。当然，这也是二十世纪九十年代女性诗歌写作转型，致力于用语言节制激情的诗歌美学原则的体现。王小妮这种平民化视角处理感情的方式，最典型地体现在她的《和爸爸说话》一诗中。在这样一个生离死别的重大题材里，诗人冷静地抑制住了哀痛之情的正常宣泄，她将深刻的悲伤转移到诗歌叙事性的文字里，在平淡的诗歌叙事中让其得到有效的克制和缓解，让不能在现世里永恒的亲情在文字创造的另一度空间里通过她的叙说而无限绵延，从而将生死无常带来的悲痛与伤悼因这份平静的叙事而轻轻击碎和瓦解。王小妮这种平民化视角处理感情的方式在另一种更深刻的意义上说，来源于她对人生生死无常的透彻和明达，也许正是这份透彻和了悟，使她始终拥有一种平常人的平凡心态，使她能最终采用平民化的视角，用最朴素的语言去淡化生活中的沧桑与不幸，从而更为和谐地看待和处理人和世界、人和生活、人与自身及他人的关系。这样正是在日常生活的平淡抒写中，王小妮回到了一个诗人的本色的自己，在完成诗歌转型的同时，也化解了她与世界、与时代、与自我的冲突，完成了一种精神的飞越与灵魂的超拔。

第三节　尹丽川："为什么不再舒服一些"

一、关于尹丽川及其诗歌概说

也许，对于一个一向喜欢传统诗歌的阅读者和评论者而言，当他或她最初试图对尹丽川及其诗歌进行阅读、阐释并评论时，他或她会感到一种言说的困难。但是，当他或她因此想放弃或说越过尹丽川而对二十世纪九十年代以来的女性诗歌创作做以评价、总结的时候，作为一个公正的诗歌评论者，他或她又一定会觉得失去了作为一个评论者最起码的、最基本的学术良心和评论前提：公正性。这种公正性来源于对当代诗歌史原生态面貌的最基本的尊重。尽管尹丽川因其惊世骇俗的下半身诗歌写作而在当代诗坛上备受争议，甚至是被妖魔化，也尽管她从二十世纪九十年代末期才开始诗歌创作，但是一个批评者的直觉、理性和经验会潜在地告诉她：尹丽川，绝对是当代诗歌，尤其是当代女性诗歌史中一个不可以越过和忽略的人物，忽略她，将意味着会造成特定时段诗歌史论的偏颇和失实。相反，尹丽川和她的诗歌正代表了二十世纪九十年代以来女性诗歌写作转型和当代诗歌转型的另一种态势，甚至在某种意义上说，只有她才更好地体现了解构主义的写作精神。而任何简单粗暴的否定或不加分析的肯定赞扬，都将有失批评的公正。于是，作为一个公正的批评者，我决定走近她，和她站在同一文化理论背景的起点上，用她的方式去理解她，然后再拉开和她的距离，把她放在二十世纪九十年代以来的大的历史时代文化语境下，超越种种成见的束缚而尽力对她和她的诗歌做出最为贴切、恰当，也是较为公正性的评论和阐释，以还原其诗歌本来的面目和创作意图。

客观地说，尹丽川能出现在二十世纪九十年代末的中国当代诗坛上，绝非偶然。在某种意义上，她正是这个以解构主义为代表的后文化时代里的特殊文化产儿，她好像是应时而生的西方后现代文化理论的实践代言人。在尹丽川身上聚集了成为当代先锋派人物的最佳条件。众所周知，尹丽川出身于北大西语系兼攻电影，又修法国文学并留学法国。因此在她身上综合聚集着当今时尚文化的多种因素：学院出身、西语专业、女性、青春、才华、感性、美貌、擅长诗歌兼攻电影（个人才华、高雅文化与大众传媒影视图像文化为代表的通俗文化的最佳结合）、留学法国——解构主义、女权主义、后现代主义发源地、大本营。于是，天时、地利、人和的条件她都具备，成名对于她，可以说，只差她轻轻一出手。因而她能轻易在骤然间因轻言妄发而一举成名，也就是情理之中的事。至于她的诗歌引起的巨大争议，客观上讲，主要原因在于，大众在文化背景和审美立场上与尹丽川存在着一段相当的距离。当然，这样说，并非表明笔者对她的诗歌有多么推崇和赞同，而只能是一种客观上的学术理解；也更不代表她的诗歌在艺术上取得了多高的成就，或说有多么深厚的文化底蕴，实际，她的创作本意也并非在此。而只能说，尹丽川的诗歌乃至其人，只是二十世纪九十年代、一种特定文化时段的特定文化现象和产物。在更深刻的意义上说，尹丽川的诗歌在本质上是对传统诗歌艺术观念和现代主义美学文化观念的一种刻意反叛、颠覆和解构，她的诗歌在更深的意图里，是作为一种反二元对立文化观念的一种策略和手段，并且还不仅止于此。因此，她的诗歌是拒绝释意和解释的。反讽、嘲弄、颠覆与解构是其诗歌的主要特色。进一步说，尹丽川诗歌的意义不发生在文本本身的层面上，而发生在一种互文性语境关系中。正是在一种互文性语境关系中，她文本的潜在文化意义才开始进入一种生产性的流通环节。

因此，若想理解她的诗歌，我们必须理解当代大众文化。所以当我们走进尹丽川诗歌的同时，我们在客观上也就走进了当代大众文化。正是在走进、深入当代大众文化的理论视野中，尹丽川的诗歌才会显露出它作为一个不同于传统文本的，而是生产者文本的丰富而又贫乏的意义。尽管我们在地理时空上，共同生活在一个二十世纪九十年代以来的当代大众文化视域中，然而我们不得不承认：有时候，我们因个体文化涵养带来的差异而造成的文化心理隔膜是那么大，大得足以让我们身处一处，而形同陌路；共处一室，而同床异梦。因而我们不能理解尹丽川的诗，就像别人无法走进我们的梦。在这个意义上说，不是"人在我梦里，我在人梦里"（戴望舒），而是我们都在各自不同的梦里。那么就让我们在走进和理解尹丽川诗歌的过程中，更新我们的文化和诗歌的观念，让尹丽川的诗和我们的梦在大众文化的期待视野中融合在一起，求同存异，然后再伴随着我们理论和认识的飞升，而轻轻地超越它。如果说，"期待是绝对必要的"（西苏语），那么超越与回归也是注定迟早要发生的。只不过这个过程是漫长的，漫长到可能不止我们的一生。然而无论如何，理论已经让我们看到了那个光明的前景，这已足够让我们感到欣慰了。让我们还是回到尹丽川的诗歌文本中来，让我们透过尹丽川的诗歌文本，在二十世纪九十年代女性诗歌和当代大众文化视域中和她展开一场诗歌与文化的对话，以更好理解二十世纪九十年代女性诗歌和当代历史文化的转型以及它们与现代性之间的深刻内在关联。

二、尹丽川和身体写作：从被书写的身体到书写的身体

如果说翟永明以女性的身体写作在二十世纪八十年代中后期掀开女性诗歌写作的序幕，那么尹丽川在二十世纪九十年代的身体写作，则是在另一层面上对其断裂性的延续与变异。可以说，二十世纪八十年代中后期女性诗歌中的身体写作是缘于女性千百年来内心性别的积郁和压抑。那么二十世纪九十年代以"70后"为代表的女性诗歌中的身体写作，则不存在这样一个单纯的性别压抑的理论前提。因而其身体写作，也就不再主要指向性别政治的含义，而是一方面朝向社会化主体的解构，一方面朝向青春快感的追求与展示。它在解构社会化主体（躯体）的过程中，摧毁一切二元对立等级制的观念和思维模式，同时，建立一个健康、清新、革命性的自由躯体。因而二十世纪九十年代的女性诗歌中的身体写作在内在含义上已发生了一种变异，它已从一种单一维度的性别对抗的意识形态写作，发展到一种多维度的身体写作。因此二十世纪九十年代女性诗歌的身体写作要完成的实际工作是要通过对身体的去魅，进而消除人们头脑观念中的一切二元对立等级制观念思想的束缚，同时重建个人化的身体。因此身体写作只是突破口，它更多的是作为一种思想革命的行为、手段和策略。它在去除身体上过多的社会化印迹、社会化观念结构束缚的同时，要还给人们一个健康、清新、充满生产性、充满活力的

非本质化、非主体化的自由性躯体。它要把一个作为社会化符号的身体改造转换成一个个体诗学意义上的自由躯体，它要让这具社会化的躯干在解构化的同时，找到它个体灵魂的归属。因此，如果二十世纪八十年代女性诗歌中的身体写作主要是"破"，那么二十世纪九十年代女性诗歌中的身体写作就是"破中有立、破立结合、破旧立新"。正是在这样的意义上，我们才开始走进并理解尹丽川和她以身体写作而著称的诗歌。而导致以尹丽川为代表的女性诗歌身体写作在二十世纪九十年代发生这种转型和变异的原因无疑是西方后现代文化理论思潮的影响，这种西方后现代文化理论思潮主要是以德旦达为代表的解构主义、福柯的权力话语理论和主体化理论、德勒兹和加塔利的微观欲望政治以及无组织躯体理论。还是让我们在尹丽川的诗歌中来看一下，这些理念、观念思想是如何感性地渗透在她的诗歌中，她是如何用诗歌来图解、演绎她头脑中的这些理论观念形态。首先让我们来看她那首可以说是最为"臭名昭著"的《为什么不再舒服一些》一诗。

为什么不再舒服一些

哎　再往上一点再往下一点再往左一点再往右一点

这不是做爱　这是钉钉子
噢　再快一点再慢一点再松一点再紧一点
这不是做爱　这是扫黄或系鞋带
喔　再深一点再浅一点再轻一点再重一点
这不是做爱　这是按摩、写诗、洗头或洗脚

为什么不再舒服一些呢　嗯　再舒服一些嘛
再温柔一点再泼辣一点再知识分子一点再民间一点

为什么不再舒服一些

可以说，正是这首诗，让尹丽川在惊世骇俗、迅速提高知名度的同时，也让她备受争议。如果说，尹丽川写作并发表这首诗需要相当的勇气，那么评论和阐释这首诗无疑也需要相当的勇气，同时更重要的是需要相当的理论功底和新颖的诗歌理论观念，否则批评和阐释皆将因理论贫乏和思想观念的陈旧而无法进行并展开对话，因而有失公正性。这首诗可以说是对德里达为代表的解构主义写作精神的最典型实践。

首先，全诗从题目到具体的诗句都充满了否定性的疑问追寻。它为了一种存在于先验想象中而不在场的终极性快感和意义，始终进行一种否定性的寻找。即不断地在寻找（在诗中体现为频繁出现的"再……一点"的句式），不断地在否定（在诗中体现为反复出现的"这不是……这是"句式），不断地在超越，不断地在探寻，却始终无法抵达那幻想和想象中的快感和意义的终点和彼岸。这样，就在词语差异的无限否定性的延宕游戏中瓦解了诗歌文本，使整首诗变得松散、零乱、重复，而丧失了表意的可能性，使诗歌陷入了在场与不在场的差异体系的替代游戏中，最终成为一场词语的游戏。进而对先验的快感、意义进行了反讽性的颠覆和解构，从而揭示出存在的荒诞性、虚无性。它要最终表达的是：预设的快感、意义是不存在的，它只存在我们的幻想里，而真实存在的只是一种对快感、意义寻找的过程。同时，诗中通过对"上一点"与"下一点""左一点"与"右一点"……"一点"构成的相反、相对"一点"的不断否定和替代，对二元对立的等级制观念进行了嘲讽性的颠覆与解构，从而解除了包括男女、优劣、高下、诗与非诗、民间与官方等一切二元等级差别带来的压抑和束缚。同时它亦是德里达所说的文字散播能力的一种体现。

这正是典型的德里达式解构主义精神的文本写作。因为在德里达看来，先在的意义本来就是不存在的。词语实际也没有一个终极、先验的中心或意旨，而只是无限否定性的区分和延宕。为了追求幻想中的终极意旨，词语总是通过对自身的否定而向不是它自己的，即差异性的领域开放，它总是不断地在制造着新的差异，而却最终无力抵达那个幻想中的意义彼岸。因此，词语的指意作用实际是语言的差异性的无尽游戏性的替代活动，除了一种否定性的动态过程，它无力指向任何存在以及表意的可能性。因此，散播就是一切文字固有的能力，它不表达任何固定的意义，只是不断地、无奈地对本文进行瓦解，暴露本文的松散、零乱、重复、破碎，进而使文本意义最终瓦解。因此，叙事在这首诗里就不再指向一种表意的可能性，而是指向一种不可能性。并且尹丽川在这里采用叙事作为诗歌主要表达策略、手段，本身就是一种后现代主义打破诗与非诗二元对立观念的一种行为表现。在这个意义上，它本身就是对传统诗歌观念的一种解构性消解。这正如尹丽川所在下半身诗刊的同仁李师江所言："下半身"的出现意味着营造诗意时代的终结。"

　　让我们再在身体写作的层面上，同时也是在大众文化、先锋文化的含义层面上，对这首诗进行解读。其实，也正是在身体写作这个意义层面上，才使大众文化和先锋文化因拥有一种共同的平面感性诉求而具有了历史巧合的相关性，找到了共鸣点，而颇具历史意味、喜剧性地融合在一起。无疑这首诗是以身体写作而闻名的。如果说，上述解构主义的行文作风是这首诗引起人们注意的一个重要原因，那么，对身体性快感的公然追求和大胆抒写，则是这首诗引起人们注意、招致苛责的另一个更重要的原因。这首诗里表现的身体写作已完全不同于二十世纪八十年代那种性别对抗意识上的身体写作，而是一种对社会化主体（躯体）进行解构的写作，一种追求个人性身体快感的青春写作。它是福柯和德勒兹与加塔利的权力话语、主体话语理论、微观欲望政治学理论的诗学话语实践。正是站在社会化主体解构的层面上，因此它首先要通过话语政治解除覆盖蒙蔽在身体上的一切社会学意义，即温柔、泼辣，知识分子与民间等代表的正统与邪恶、规矩与淫乱等社会学观念的束缚，继而通过生物性政治——身体欲望快感的追求，实现这种解构，以建构新的主体性形式和新价值的形式，从而让身体回到纯粹个人化无组织的充满生机和活力的生产性状态。这正是福柯和德勒兹与加塔利的身体学理论。我们前文说过，按照福柯的主体性建构理论，我们的身体是被一套官方话语建构和规训了的社会化的主体，这样的躯体主要是由官方权力话语建构起来的社会学躯干、符号。因此要摧毁它，就必须通过微观的话语政治和生物性政治实现。而这种话语政治主要是通过反话语的规则来实施对传统话语的颠覆。它主要通过颠覆原则、非连续性原则、特殊性原则和外在性原则来进行，这就是尹丽川为什么会以与官方正统话语相对抗的所谓淫邪的话语来表达自己的身体快感需求。这正是一种典型的福柯式的反规则式的对抗性的倒置话语。而福柯的生物性政治主要是通过创造新的欲望形式和快感形式来重塑躯体，这样通过培养新的躯体和快感，就颠覆了规范化的主体认同和意识形式。这就是学院出身的尹丽川为什么会公然书写对身体的快感追求，这正是为建构一种非社会化主体的躯体进行强烈的呼吁和正名。尹丽川有一首诗的名字就叫《正名》，诗中的主要意图和表达手段亦如出一辙。这样，就通过微观的话语政治和生物性政治解构了这个被社会化尘封了的主体，从而解除了文明在我们身上的锁链和重压。

　　如果说福柯的身体还主要是一具被动性的社会化躯体，那么德勒兹与加塔利更为激进、更富有生产性的身体学理论则为尹丽川进行身体青春快感的书写在理论上助威。德勒兹与加塔利认为我们的身体蕴藏着无限的潜在能量，它有无量潜在的生产力有待开发，它是一部欲望的机器，它以一种非连续性流动和"间断性流动"（break-flow）而运行，总是在制造与（局部）客体以及别的欲望机器的连接，同它们建立随机的、片断性的、多样化的联系。因此不存在任何欲望的表达主体，也没有任何确定的欲望对象，是一种非表意符号系统。这就是尹丽川这首诗拒绝欲望表意的另一内在深层原因。同时，"欲望的唯一客观性就是流动"，透过它，无意识之流在社会领域中得以产生，欲望是由无意识以各种类型的综合而引发的情感与力比多能量的持续生产。因此欲望在本质上是充满革命性和积极性的，它生产万物（"联盟关系"及现实本身）。所以，德勒兹和加塔利呼吁对躯体进行"解辖域化"或说"解码"，使身体从社会限制力量这枷锁下解放出来，使欲望摆脱限制性的心理与空间的界限束缚，摆脱它的社会关联与受规戒的、符号化、主体化的状态（如同一个"有机体"），使真正的个人化主体获得解放，产生无限的能量，而回复到一种"无组织躯体"的状态，进而使它能够以新的方式进行重构而放射出新的生命能量。同时，德勒兹和加塔利他们还倡导在日常生活实践中实现这种微观欲望政治。他们认为日常生活的领域恰恰是主体欲望被生产和被控制的地方，而传统理性主义宏观政治却对日常生活领域熟视无睹。因此他们呼吁要在日常生活中用一种微观欲望政治来取代阶级斗争政治，并进而指出在真正的阶级斗争到来之前，必须先创造出革命的欲望形式。因为人的主体性的产生过程既然是一种政治行为，那么，反过来，改变人们的日常生活和欲望形式就成了具有潜在激进后果的政治行为，这样就解构了政治与日常生活、主体与客体之间的传统对立，使政治和革命得以在日常生活和躯体欲望等微观层面展开。

由此，我们就不难理解尹丽川何以以学院出身而一再张扬青春身体快感的追求与解放，写下了类似上面《为什么不再现舒服一些》那样一系列富有挑战性、颠覆性的诗歌，如《正名》《挑逗》《玫瑰的痒》《什么样的回答才能让你满意》《奸情败露》《笑声作证》《献给第三者》《掩藏》《妈妈》《公正》等。这种身体写作的诗歌书写本身就是后现代理论倡导的一种个人化的行为艺术，她正是要用这种行为艺术摧毁瓦解当代人们头脑里那种根深蒂固的社会化主体的文化观念，以造成一种彻底的解域化的诗性行为。这正如她在《挑逗》一诗中写下的："女人越坚贞呵，我越要挑逗你们的男人。"诗人严力在《随想新世纪》中也认为："时代需要的诗性行为比诗更迫切，每一个诗人不是要产生更多的诗而是诗的行为，把诗变成行为本来就是写诗的最终目的……总之，要动起来，运动起来，活动起来，人数上增加起来。"因此尹丽川正是要用这种矫枉过正的诗性行为来希冀、呼吁彻底解除人们身体上的一切社会学压抑和束缚，解构现代话语与制度对欲望的殖民，从而让身体回复到充满健康、活力和生机的无组织躯体状态。这正如德勒兹与加塔利在《千高原》中所发出的呼吁："发现你的无组织躯体。弄清如何去造就它？这是一个关乎生死，关乎青春与衰老，关乎悲伤与快乐的问题。一切都将从这里上演。"同时也正是在这个层面，我们更深地理解了梅洛·庞蒂（Maurice Merleau-Ponty）的身体表述：世界的问题，也可以从身体的问题开始，就在于一切均现存地存在着。

正是对身体的这种先锋思想观念，使尹丽川决定从诗性行为的身体写作入手以实现一场微观欲望政治革命，她加入了倡导身体形而下书写的下半身民间诗歌刊物阵地当中。尹丽川这种身体学的先锋思想观念也就集中体现在她所代表的下半身诗歌刊物的思想理念中。如她和下半身同仁在宣言中的表述：

> 我们先要找回身体，身体才能有所感知。在有感觉到来的那一刻，一个人可以成为另一个人。一个忘掉诗歌和诗人身份、忘掉先验之说、能指所指，全身心感受生活新鲜血腥的肉体，还每个词以骨肉之重的人。这是一场肉体接触——我们和周遭面对面，我们伸出手，或者周遭先给我们一个耳光。如果我疼了，我的文字不会无动于衷。如果我哭了，我的文字最起码会恶毒地笑。
>
> 我们的身体已经不能给我们一个感官世界，我们的身体只是一具文化科学符号，在出生之前就丧失了基本功能，在出生之后竟渐渐习惯了这种丧失。不要怕回到彻底的肉体，这只是一个起点。①

> 所谓下半身写作，追求的是一种肉体的在场感。注意，甚至是肉体而不是身体，是下半身而不是整个身体。因为我们的身体在很大程度上已经被传统、文化、知识等外在之物异化了，污染了，已经不纯粹了。太多的人，他们没有肉体，只有一具绵软的文化躯体，他们没有作为动

---

① 尹丽川. 再说下半身. 下半身（创刊号）[J]. 民间诗刊，2000：119-120.

物性存在的下半身，只有一具可怜的叫作"人"的东西的上半身。而回到肉体，追求肉体的在场感，意味着让我们的体验返回到本质的、原初的、动物性的肉体体验中去。我们是一具具在场的肉体，肉体在进行，所以诗歌在进行，肉体在场，所以诗歌在场。仅此而已。

我们只要下半身，它真实、具体、可把握、有意思、野蛮、性感、无遮拦。

我们更将提出：诗歌从肉体开始，到肉体为止。

只有肉体本身，只有下半身，才能给予诗歌乃至所有艺术以第一次的推动。这种推动是唯一的、最后的、永远崭新的、不会重复和陈旧的。因为它干脆回到了本质。①

写作意味着激情、疯狂和热情，同时意味着整个肉体的完全投入。

不再为"经典"而写作，而是一种充满快感的写作，一种从肉身出发，贴肉、切肤的写作，一种人性的、充满野蛮力量的写作。②

在此我们就可以更鲜明地看出尹丽川个人化的身体诗学。诚如她所言："这只是一个起点"，而其真正目的则在于通向未来革命性的解放和自由。因为我们周遭的现代性发展现实结果已经经由德勒兹与加塔利的先哲之口在《反俄狄浦斯》中告诉我们：

我们今天生活在一个客体支离破碎的时代，那些构筑世界的砖块业已土崩瓦解……我们不知道再相信有什么曾经一度存在过的原始总体性，也不相信在未来的某个时刻有一种终极总体性在等待着我们。③

由此可见，尹丽川的个人化身体诗学蕴含着深刻的现代性反思，它并不是一种简单、粗暴、平庸、肤浅的对诗歌和身体的率性践踏和解构，而是蕴藏着深刻的现代性的讽喻和忧思。的确，现代性从"五四"最初作为宏大话

---

① 沈浩波. 下半身写作及反对上半身［M］//杨克. 2000 中国新诗年鉴. 广州：广州出版社，2001：544-547.

② 朵渔. 我现在考虑的"下半身"［M］//杨克. 2000 中国新诗年鉴. 广州：广州出版社，2001：564-565.

③ 凯尔纳，贝斯特. 后现代理论［M］. 张志斌，译. 北京：中央编译出版社，2004：98.

语的国家性、民族性、阶级性到二十世纪九十年代微观话语的消费性、个人性、女性，以至最后就只剩下了一个赤裸裸的、感官躯体的"性"。这个"性"却因为所指被悬空，而"左一点""右一点""上一点""下一点"，却怎么也找不到，最终成为一个失去了终极指向的空荡荡的能指间差异的游戏迂回。因此尹丽川在此对性的反讽、颠覆、解构性的游戏写作，实则完成的是"反性化"。正是在这种反性化写作中，来完成对现代性的深刻反思与批判，因此，反性就是反现代性。她正是要通过这种对性和快感的极限性的追求而完成一种对性的反讽和颠覆，并在对性的反讽和颠覆中达到对现代性的反讽、颠覆和解构。而其这种深刻的现代性讽喻和反思在她的《为了这一眼》中有着更为鲜明的体现。

她的诗歌写作一上来就是这种后现代主义的反文化理性的无深度写作，并且以媚俗的身体写作起笔。因为现代性的标志之一就是一种断裂性、一种当下性，一种对传统文化的随时随地的反思与批判性上。因而现代性的先锋主义就是以媚俗文学的面孔出现的。这就是英国文艺理论家马尔科姆·布雷德伯里（Malcolm Brodbum）所说：先锋主义同流行文化发生了意义重大的融合现象。① 同时，也正是在这样的层面上，她身体写作的诗歌同注重快感宣泄展示、反抗传统理性文化、解构社会化主体的当代大众快感文化诉求发生共鸣而联系在一起，成为大众快感文化的典型文本，也即一种生产者式的文本：拒绝深度阐释而注重平面快感宣泄与展示，在快感宣泄与展示中隐含并完成对正统官方文化的反讽、戏谑、嘲弄性质的颠覆与解构。因为当代大众文化正是建立在一种对官方正统文化的反叛、解构、戏谑、嘲弄、反讽、颠覆的解构主义文化精神的基础上，而宣扬身体感官的解放、快感的宣泄与展示。尹丽川因而也就在这种意义上，同当代大众文化具有一种不谋而合的内在相关性，而成为反传统、反官方、反理性，而追求当下瞬间身体感官快感的当代时尚大众文化的代言人和先锋文化人物。

如当尹丽川和她的《为什么不再舒服一些》在女权主义者之间流通时，它代表对男权文化价值观的叛逆和挑衅；当它在一些男性中间流通时，它是获得窥视快感的对象；而对众多被压抑的女性来说，尹丽川以她的《为什么不再舒服一些》则又成为赋予权力与获得解放的行为人。这样文本本身就具

---

① 王春元，钱中文. 英国作家论文学［M］. 汪培基，等译. 北京：生活·读书·新知三联书店，1985：569.

有大众文化所赋予的一种外在性的多重性的生产性意义，成为大众文化典型的生产者式的文本。而作为文本对象本身，它的意义，也即文本的内在意义，则是贫乏的。它真正的意义在于一种媒介化的意义，也即文本本身充当了流行文化、意义和快感流通的社会中介。它的主要功能在于在文本的互文关系中引起意义和快感的流通，所以大众文本是行为人、资源而不是对象。在这种意义上说，尹丽川和她的《为什么不再舒服一些》所代表的这种大众文化的生产者式的文本是被使用、被消费、被弃置的，作为诗歌文本本身它几乎没有值得深刻挖掘的内在深度性的文本意义，它本身在文本的意义上是贫乏的。正是在大众文化维度的意义上，尹丽川和她的诗歌才显示出丰富而又贫乏的意义，也正是在大众文化这种反传统、反官方、反理性，而追求当下瞬间身体感官快感的这一共同诉求点上，先锋文化和大众文化才发生共鸣并融合在一起，而以一副媚俗性的面孔出现。

可以说，在后现代时代，媚俗艺术代表着一种即时性的原则——即时获得、即时见效、令人惊颤的瞬时美。而后现代这种注重当下性的媚俗艺术产生的根本原因在于现代性所隐含的相对性的线性时间观念意识。由于这种线性的时间意识导致的严重的心理焦虑，使其执着于当下性，否则便意味着空虚和无意义，于是用媚俗性的行为拼命占有当下时间的每一刻而绝对的现代，以在瞬间美的惊颤中产生一种现代性的眩晕而忘却现代性那恼人的时间意识。因此正是这种现代性隐含的相对时间意识，使尹丽川产生那惊世骇俗的诗歌写作的个人化行为艺术，并使其二十世纪九十年代的诗歌写作呈现一种断裂性的现代性转型。同时也正是这种现代性隐含的时间焦虑，凝成了尹丽川另一首现代主义风格的诗作：《老》。

老

我站在路上
犹豫了一下
从这头，走向那头

路边的老太太
坐在两头的中间
一动不动

第二天
老太太不见了
我犹豫了一下

第三天
在两头的中间，一动不动地
我坐下来

    这首诗写得是如此沧桑、美丽、含蓄、内敛，以至于我们忘却了那个惊世骇俗的以后现代个人化无深度身体写作而著称的尹丽川；那个"左一点""右一点""上一点""下一点"，满口淫词秽语、嗲声嗲气而令人无所适从的尹丽川；那个如此招摇作秀的尹丽川，仿佛因了这份沧桑的美丽、这份含蓄的内敛，而在猝然间变得是如此遥远，遥远得如同隔世。正是在这种遥远得如同隔世所造成的审美距离中，我们才走进了作为真正诗人和女性的尹丽川。在走进的同时，真正理解了她二十世纪九十年代以来那种激进的酷儿式的个人化的诗性艺术行为，理解了尹丽川和她二十世纪九十年代以来的诗歌写作。但是，正像翟永明在写完《女人》后追问自己，"完成以后又怎样？"一样，我们也想追问尹丽川的是："再舒服一些以后又怎么样呢？"难道诗歌真的能从肉体开始，到肉体为止吗？在身体写作上，同时，也是在诗歌个人写作才华显露上，尹丽川已在一起笔之际，就触到了极限，那么，她以后的路该何去何从呢？她是激流勇退，还是改道他行、另辟江山？不过，担心都是多余的。我们相信尹丽川自有她的抉择！祝愿她能拿出更好的诗歌版本、生活版本，为我们的时代再制造出更精彩的看点，展示她永不枯竭的艺术才华与生活热情。

第五章

诗歌本体的变革：叙事取代抒情

第一节　现代性诗歌观念的变革：从抒情到叙事

一、叙事化：时代转型与现代性理念的投射

二十世纪九十年代，对中国而言是个极为特殊的时代。正是在这一时期，中国市场经济高速发展，中国经济文化开始转型，历史进入以后现代主义为特征的大众消费文化时代。迅速到来的消费文化时代引起了人们在思想行为、价值观念、意识形态等诸多方面呈现一种断裂性的变化，急剧的历史转型导致了许多社会领域的变迁。二十世纪九十年代女性诗歌写作领域的断裂性的变革转型正是时代历史这种急剧转型导致的一个重要结果，也是时代历史转型的精神表征。因为诗歌在任何时代都是一个时代的精神窗口，透过这个窗口必然可以看到时代历史精神的生活画卷。而二十世纪九十年代女性诗歌写作艺术转型变革的一个重要向度首先体现在诗歌观念的变革上。由于诗歌是一种语言的艺术，因此诗歌观念的变革即体现在诗歌语言观念的变革上——由传统抒情性质的语言形式转变为叙事化的语言形式。因此，叙事化，即是二十世纪九十年代女性诗歌写作艺术转型变革后的现代性先锋写作理念。

二十世纪九十年代，急剧的历史转型使以往那种宏大、统一意识形态的历史在猝然间出现一种中断，而呈现为一种晦涩、暧昧、迷离的表意态势，呈现为一种多元性、复杂化、综合发展的非历史化趋势。这种断裂性的、非连续化、非历史化的发展态势表明：以往那种线性的历史时间意识被打破了，与之相对应的文化美学观念也必然发生断裂性的变化与转型。因此，这种断裂性的、非连续性的历史发展态势将意味着："事物不再以同以往一样的方式

被感知、描述、表达、刻画、分类和认知了。"（福柯语）① 于是，面对历史这种断裂性的非连续化的发展态势，面对九十年代这种迅速变化了的时代形势，以及变化了的时间历史意识，敏感的诗人们意识到以往传统那种单一抒情性质的诗歌语言形式已经明显不再适合于表现这个有着多重意向、多种发展态势的社会历史时代情境，而产生了严重的思想焦虑，这种思想焦虑引发了诗人们寻找一种新的具有包容性质的诗歌语言形式。这种包容性质的诗歌语言形式必须具有一种综合性的特征，它必须能够将二十世纪九十年代这种晦涩、暧昧、迷离、零乱、破碎、非中心的表意态势，以及由这种表意态势构成的多元性、复杂化、综合发展的非理性、非历史化的后现代性情境综合、混杂地包容进去。因此它需要的不再是以往那种富于逻辑性的理性化单一的抒情性质的诗歌语言形式，而是首先要求对以往逻辑化、理性化语言形式的拒斥和打破。也就是说，它需要的是一种非理性化、非逻辑性的语言，只有在这种语言形式里，那种兼容多重意向的、多种意味的、后现代性情境特有的零乱的、破碎的、复杂化的、混合性的、多元化的迷离、暧昧性质的综合语义内容才能被包容进去。

而这种非逻辑化、非理性化的语言恰好就是被西苏和伊瑞格瑞称为"阴性写作"和"女人话"的女性化叙事性质的语言，于是这种新的富有女性化气质特征的叙事化语言就成为二十世纪九十年代女性诗歌和二十世纪九十年代诗歌的主要语言形式。因此二十世纪九十年代女性诗歌语言是以一种新的不同于传统抒情形式的叙事化的诗歌语言形式出现的，叙事化是二十世纪九十年代女性诗歌写作语言观念的一个重要变革。这就是女性诗歌在二一世纪九十年代为何会独领风骚，走在那个年代诗歌写作的前列，成为断裂性的时代先锋写作，这主要是因为女性化那种包容性的、非逻辑化、非理性化的语言恰好与二十世纪九十年代这种混杂、多元性的后现代性历史时代情境在内在特质上相契合。这等于时代为女性进行诗歌写作在语言上提供了一次最佳的特殊性机遇，而二十世纪九十年代的女性诗人果然没有错失这个千载难逢的机遇，一批敏感的女性诗人如翟永明、王小妮等率先在诗歌写作中进行了叙事化语言的尝试与转型，并且取得了良好的效果，最终达到了一种个体化诗学的成功转换，标志着个体诗歌写作风格的成熟，并将这种叙事化风格迅

---

① 凯尔纳，贝斯特.后现代理论［M］.张志斌，译.北京：中央编译出版社，2004：57-58.

速推广，形成一个特定时代，即二十世纪九十年代诗歌写作风格转型的大气候。如翟永明由于采用小说般客观叙事的语言方式，使她在处理二十世纪九十年代的新题材如《咖啡馆之歌》时，获得了成功的语言风格转换和前所未有的自由与信心。它带走了她过去写作中受普拉斯影响的自白语调，而带来一种新的细微而平淡的叙说风格。而王小妮则以叙事化语言对激情的惊人节制而著称，并因此形成她冷静、克制、精炼的个性化诗歌叙事写作新风格，如她的《与爸爸说话》一诗则是其典型代表。

同时除了时代转型的大的背景因素导致诗歌观念叙事化的变异以外，女性诗歌自身也始终存在着一种现代性的变革需要。如女性诗歌二十世纪九十年代已经出现了种种写作的困境和危机，在题材的单一性别取向上，在写作审美的媚俗取向上，在写作技巧的粗制滥造上，以及在写作内容层面体现的精神旨趣上，都存在着严重的危机，使写作陷入困境。这些危机和困境的存在，使女性诗歌的本身面临着现代性变革的需要，需要一种现代性的技术主义思想意识来修正改革现有的诗歌写作观念、写作手法，重新和诗歌写作传统建立一种新的对接关系，以突破目前诗歌写作的困境，为传统注入新的活力，以激发其新的创造力，使之在这个特殊的时代焕发出在新的生机，以适应这个新的时代情境，表现出其无所不能、无事不成、四面开花、八面玲珑的强大艺术本性功能。于是在二十世纪九十年代特定的时代背景和女性诗歌自身现代性变革的合力因素综合作用下，就使二十世纪九十年代女性诗歌在诗歌观念和功能上，最终实行了一种叙事性的现代性变革，而这种诗歌观念的变革正是一种诗歌本体意义上的变革，一种不同于技巧技艺方面的，一种质的变革。于是诗歌一反传统抒情的面目，开始以叙事化的陌生面孔走进当代大众的艺术视野，开始一场个人化也是时代化的先锋艺术实验。

二、断裂与转型：从情感走向意识

而这种本体化上的变革，即诗歌观念上的现代性叙事化变革，必然导致诗歌性质、功能、结构、审美，以及创作、阅读、欣赏与批评等诸多方面的一系列变化。所以诗歌观念的叙事化，这种本体意义上的现代性变革，将直接导致一种与传统诗歌的现代性断裂。从此，中国诗歌在观念、性质、结构等诸多综合方面，都开始伴随着时代现代性的变革，而不得不进行一场断裂性的、现代意义上的艰难转型。于是中国诗歌开始真正意义上从传统走向现代。这种叙事化诗歌观念的变革也是一场现代性意义上的本体变革，它使二十世纪九十年代女性诗歌走向一种断裂性的变革与转型。

所以叙事化在当代诗歌中的出现，它首先表明的是，诗歌已由传统的抒情过渡到现代意义的表意，即诗歌在观念意义上发生了一种内在性质的变革：由情感转向意识。于是由于诗歌内在性质的变化，与之相对应的是诗歌的功能就从抒情转变为叙事，即从单一的情感的抒发走向综合意识的表现与创造，这种综合意识的表现与创造即是叙事化。因此，叙事在这里（即诗歌中的叙事），与日常生活中的叙事不同，它不具有约定俗成的表意性，不指向现实的可能性，而是指向一种过渡性、一种不可能性，即叙事在这里有意在表意上造成一种不可通约的含混、歧义化的效果，使本来约定俗成的表意变得破碎、零乱，充满空白的间隙，进而让多重意义、多种情境、多种意味走进诗歌，拓宽了诗歌的表现空间，增加了诗歌的诗性内涵，从而提高了诗歌表现生活的韧性和能力，并增强了诗歌的悟性美。

这样，这种叙事化语言形式具有的多重意向、多种情境、多种意味组合所造成的内容上的含容性，就使二十世纪九十年代女性诗歌在结构上突破了传统诗歌单义性线性结构，而呈现为一种多声部的立体性的对话性的复合化结构。如果说传统诗歌的语义结构是一条线，那么在二十世纪九十年代女性诗歌中，这种叙事化的现代诗歌的语义结构则是一个横切面。伴随这种复合化的横切面式结构的出现，诗歌在内容含义上从单义走向复义、从一维走向多维。如果说传统诗歌是借助语言的外在声音、物理形象造成的韵律形式来抒发诗人内在个性化的情感，也即它必须借助于个性化声音的朗诵来达到它情感上的渲染效果，因此这种诗歌它主要侧重于"感"，并且由"感"而终止于"情"；那么二十世纪九十年代女性诗歌中这种现代性叙事化的复义诗歌，则主要借助于读者在与作者对话似的阅读交流中，展开丰富的想象力和深刻的悟性，来对诗歌语义层面的内容进行多重深刻的体悟，这种丰富的想象力和深刻的悟性也就是一种所谓的诗性的智慧，因此这种诗歌它不再借助于一种声音的朗诵而借助于一种智慧的阅读，不再侧重于"感"而侧重于"悟"，它要完成的实际是从"感"—"情"到"悟"—"义"的转换。这样，就使诗歌的审美特征发生了一种变化，即从一种外在声音韵律的节奏美转变为一种内在意义的节奏美。这就是二十世纪九十年代女性诗歌审美倾向为什么会侧重于一种内在意义的节奏美，并且它的鉴赏方式已从朗诵走向阅读。如果说在二十世纪九十年代的诗歌活动中仍然保留了传统诗歌的朗诵形式，那么这种朗诵除了延续对传统的怀旧以外，已经不再是侧重于声音传达的情感的节奏，而是倾向于体味诗歌内在多重性的意义节奏。

因此，如果说传统抒情诗歌鉴赏需要的更主要的是个人化的个性感情，因为传统诗歌可以说是典型的读者式的文本；那么二十世纪九十年代这种叙事性的现代化女性诗歌需要的则是一种细致解读的智慧，也即这种叙事化的现代诗歌它特别强调的是一种细读的能力，它要求读者必须在与作者对话交流中所形成的阅读场中，投入全部的智力，积极地探索、反复细致地体悟诗歌中每一个细节的呈现所具有的特殊意义，因为这种现代性诗歌是典型的作者式文本。因此这种新的叙事化的现代性诗歌就对读者提出了较高的要求，它要求读者至少要具备和作者等同，也即与文本相关的最基本的文化知识背景，这样就改变了诗歌阅读关系的格局。它使读者从一种传统性的被动消极的接受、鉴赏状态走向一种现代性的主动积极性、生产性的解读状态，从一种大众性鉴赏式的阅读走向一种圈子式的小众性细读式专业阅读，并且伴随着读者解读活动的加深，读者与作者之间对话的深入，它的意义总是处在一种不断生成的变化中，而永无止境。也就是说，它的意义处在一种流动性的生产性状态。因而二十世纪九十年代这种现代化的叙事性的女性诗歌写作，在这个大众化的时代，必然只能是像翟永明所说的："献给无限的少数人。"

三、叙事化：传统的修正与重构

实际上，在二十世纪九十年代这个特殊的历史时代里，要求诗人用叙事化的语言策略手段节制自己的个性化激情与才能而顺应时代和历史的大要求，顺应诗歌现代化的要求，它体现的是诗人作为一个诗歌写作者的个体，他或她不仅要有进行诗歌写作所必需的独特的个人化才能，即内在天赋的诗性激情禀赋和独特的个性气质，然而仅有这些还显得很不够；它还要求诗人，作为一个生活在由传统和当下时代所构成的历史中的诗人，必须具备一种深刻的历史意识。这种历史意识表现为：他或她在特定的历史时代里要学会审时度势，明察秋毫而随机应变。这种随机应变即体现为对已有的诗歌观念随时进行自动的现代性变革、更新，他或她要学会隐忍节制、逃避甚至是牺牲自己的个性化才能、情感，而深刻地意识到自己和诗歌在历史中的位置，以在当下对既是作为个人艺术行为，又是社会精神工作的诗歌写作做出一种策略性的调整，从而使自己的诗歌写作既参与到大时代的社会历史的精神建构中来，又融入整个诗歌写作构成的有机历史当中去。这一点，翟永明和王小妮、安琪以及尹丽川等在二十世纪九十年代所进行的转型性质的诗歌创作可以说都是其典型、卓越的代表。而这一点也正是托马斯·斯特恩斯·艾略特（T. S. Eliot）在《传统与个人才能》中强调的一个核心内容，在某种意义上说，艾略特的《传统与个人才能》正体现了现代派诗歌欲与传统建立一种新的关系。而这种新的关系首先就是通过诗歌语言叙事化观念变化体现出来的。这也正如程光炜在《90 年代诗歌综论》中所说的"叙事性的主要宗旨是要修正诗与传统性的关系"①。所以二十世纪九十年代女性诗歌写作的现代性变革的一个重要体现首先就是诗歌语言形式的叙事化，这正是它与传统相断裂的一个重要体现。

第二节　艺术手法的变革：综合性、跨文体、多元化

一、综合性、跨文体、多元化

这样，伴随着诗歌叙事观念的现代性变革，即从抒情到叙事，由情感到意识的置换，诗歌在功能、结构、审美、阅读与欣赏等诸多方面都发生了一系列断裂性质的、全面意义上的变革与转型。而这种断裂性质的、全面意义上的变革与转型，必然导致诗歌在艺术手法上，呈现出一种综合性、跨文体、多元化的局面。正是在这种现代性诗歌观念所导致的诗歌艺术手法的现代化变革上，我们在二十世纪九十年代女性诗歌中看到：叙事、抒情、戏剧化等多种艺术手法同时走进诗歌，诗歌从纯粹单一的抒情走向了综合性的阐释与创造的叙事；这样就使二十世纪九十年代的女性诗歌，在呈现出散文化、戏剧化、小说化等综合性因素的同时，实现融诗歌、散文、小说、戏剧于一体的跨文体写作，呈现出一种多声部的戏剧性效果。它对于表现二十世纪九十年代那种晦涩、暧昧、迷离、零乱、破碎、非中心、多元性、复杂化，综合发展的非理性、非历史化的后现代性情境是一种最佳的艺术手段。而这一切都是诗歌叙事观念现代性变革的结果。正是叙事化使诗歌语言突破了逻辑化、理性化线性结构状态，呈现出一种非逻辑、非理性化的一种复义性的结构状态。

----

① 王家新，孙文波. 中国诗歌：九十年代备忘录［M］. 北京：人民文学出版社，2000：348.

　　而又只有在这种非逻辑化、非理性化性质的叙事性语言形式里，才能把二十世纪九十年代那种兼容多重意向、多种意味的、后现代性情境特有的零乱的、破碎的、复杂化的、混合性的、多元化的迷离、暧昧性质的综合语义内容包容进去。而以往那种富于逻辑性的理性化单一的抒情性质的诗歌语言形式，已经不能表达二十世纪九十年代那种复杂、暧昧、迷离、多元性、非中心的后现代情境。所以在这种意义上说，诗歌观念叙事化现代性变革，是时代使然。

　　当然，叙事化的结果不仅使二十世纪九十年代女性诗歌呈现出上述种种方面的变化，而且更为重要的是，在这种非逻辑化、非理性化的叙事性语言里，由于它能同时包容散文化、戏剧化、小说化等综合性因素，这样就使异质事物彼此进入成为可能，因此它必然还会使诗歌呈现出一种戏剧性的反讽、悖论的黑色幽默特征，以及由这种黑色幽默特征导致的必然性的喜剧化效果，而使二十世纪九十年代女性诗歌和二十世纪九十年代诗歌，在这种喜剧化的效果中呈现为一种个人化的词语的游戏和欢乐。这种特点在二十世纪九十年代的女诗人翟永明的诗中得到了尤为鲜明的体现，如在她的《咖啡馆之歌》《乡村小酒馆的现场主题》等诗中就集中体现了上述的戏剧性特点。翟永明在其诗论中也多次提到过她对诗歌创作中戏剧性因素的重视，指出它甚至使其诗歌具有了一种小说所不能达到的那种张力。这样，由于叙事性语言能同时包容散文化、戏剧化、小说化等综合性因素，就增强了诗歌表现生活的能力，丰富了诗歌表现生活的手段，拓宽了诗歌表现生活的视野，使女性诗歌写作在二十世纪九十年代这个多元化的后现代性时代情境里，以一种独特的巨大包容能力来处理表现，这个充分复杂化了的现实世界里的各种纷繁复杂关系和含混暧昧的多元化情境。

　　另外，由于这种叙事化的诗歌采用的是一种非逻辑性、非理性化的语言结构形式，因此与理性逻辑语言的线性思维结构相对的是，这种叙事性的非逻辑性语言采用的就是一种非线性的发散性思维结构，使多样性的含义有可能在词语的间隙处，因非逻辑化思维的顿悟而在猝然间放射出来，产生一种刹那间的茅塞顿开的喜悦，而获得一种飞翔的感觉。这在翟永明和王小妮的二十世纪九十年代以来的诗歌写作中都可见到，而尤其以王小妮更为典型。在王小妮二十世纪九十年代以来的诗歌写作中有许多这样的例子，这里不再一一例举。当然，当诗歌写作进入这一境界时，就已突破了技巧的层面，而从一种自觉的写作境界飞升到一种自由的状态。这种自由的状态就已不再受技巧的束缚与支配，而进入了一种出神入化的禅境。这是一种更高级意义上的诗，是一种禅诗，是用日常理性语言无法表达的，一种文字的禅，所谓心思寻不到而语言不能表，其妙处只可意会而不可言传，这就是二十世纪九十年代的王小妮为何会被徐敬亚称为"禅师"的原因，这主要是因其独特的富于禅思的诗歌审美创作风格而致。

这样，就使二十世纪九十年代女性诗歌因叙事性语言变革，采用散文化、戏剧化、小说化等综合性因素，使诗歌呈现出一种戏剧性喜剧化的反讽、悖论的黑色幽默特征效果的同时，又具有一种禅意妙悟之美。

并且我们还应该知道：在二十世纪九十年代，由于诗歌叙事观念的现代性变革，由于以解构主义为代表的后现代主义思潮的盛行，在二十世纪九十年代，还存在一种采用叙事性手法的拼贴、戏拟、反讽等解构性手法，作为一种行为艺术的后现代主义诗作，这就使二十世纪九十年代女性诗坛，呈现了一种更加复杂、含混、繁复的多元化的景观。

二、散文化、非诗化、边缘化

当然，二十世纪九十年代女性诗歌观念叙事化的变异，就必然使诗歌在外在形式上朝向散文化、戏剧化、小说化的非诗化的方向发展，即朝向一种解构自身的方向发展。"五四"以来的诗歌发展证明：新诗始终在两种因素的矛盾斗争中开始发展。一种是诗歌自身的本质性因素即诗性因素，也即它的歌唱性因素，这种歌唱性因素使诗歌在外在特征上，倾向于呈现为一种显著的声音韵律节奏形式；另一种因素即现代性因素，这种现代性的因素，使它倾向于西化，倾向于变革，使它倾向于突破它自身传统的固定性的韵律节奏形式特征，而追求一种异于自己的差异性，追求将散文性、小说性、戏剧性因素混杂糅合在一起的综合性特征。而能将散文性因素、小说性因素、戏剧性因素综合融合在一起的就是一种非诗化的叙事性语言形式，因此现代性因素必然使诗在形式上朝向一种异化的、非诗化的倾向，也即散文化、戏剧化、小说化的方向发展。所以现代性所造成的叙事化的结果，必然对诗歌自身在形式上造成了一种异化、非诗化倾向。同时，再加上客观上，二十世纪九十年代解构主义思潮在理论上宣扬一种消解一切差异与界线的文化氛围，就使诗歌、小说、散文之间的形式界限愈加含混模糊，进而使得二十世纪九十年代的非诗化倾向更加严重，而使诗与非诗变得混淆不清。因为真诗与伪诗在外在形式上，都呈现出非诗化的叙事性语言形式。这样似乎就真假难辨了。

而这种由诗歌叙事化观念变革所造成的诗歌自身的异化、非诗化，在客观上就必然使诗歌朝向散文化发展，而最终走向边缘化。

三、现代主义与后现代主义的吊诡：两种意义上的叙事

但是实际上，由现代性的叙事性变革所造成的非诗化和二十世纪九十年代以解构主义为代表的后现代主义思潮所造成的叙事性的非诗化，在内涵上并不能完全等同。因为，无论是在二十世纪九十年代诗歌中，还是在二十世纪九十年代女性诗歌中都存在着两种向度意义上的叙事，即一种是现代主义向度意义上的叙事；另一种是后现代主义向度意义上的叙事。正是这两种向度意义上的叙事，将诗与非诗、真诗与伪诗彻底地鉴别开来。在现代主义向度的诗歌写作中，叙事主要是作为一种诗歌复义化的策略、手段和技巧而出现的，它的目的是为了将散文、戏剧、小说等多种因素综合性地糅合在一起，从而让特定时代的多重意义、多重意味、多种情境走进诗歌，而形成传统单纯的抒情诗歌所无法表达的一种复义化的诗性效果。因此这种叙事主要是为了表现多元化时代的复杂情境而进行的一种综合性创造，如翟永明和王小妮二十世纪九十年代以来的叙事诗，绝大多数是属于此类。因此这种叙事是一种诗意的叙事，它是一种亚叙事，它的实质仍是抒情的，只不过是一种婉转的抒情，且这种情感也不再是一种传统单一的感情，而是一种综合性的、复杂化了的、掺杂了许多智性因素在里面的情感，这种含混、暧昧的情感也就相当于意识，如臧棣在《90 年代诗歌：从情感转向意识》中所说的认为二十世纪九十年代诗歌中的情感"不再是一种简单的混同于公众心理或情绪的情感，而是对人所可能有的情感的一种概括"①。因此，进入诗歌中的这种叙事就不再是一种日常沟通和交流意义层面的单纯叙事，而是指向一种综合性的创造。我们本文中所说的叙事也主要就是在这个意义上来指称的，所以这种叙事，它不指向现实的任何可能性，而主要是作为一种复义化的诗性手段、策略和方式而出现的。而对这种诗意叙事特征给予较清晰阐释的是男性诗人孙文波和西川。孙文波在《生活：写作的前提》中说：

　　我们现在叙事，在很大程度上是一种亚叙事，它的实质仍然是抒情

---

① 臧棣. 90 年代诗歌：从情感转向意识 [J]. 郑州大学学报（哲学社会科学版），1998（1）：70~71.

的。……当代诗歌中的叙事，是一种"亚叙事"，它关注的不仅是叙事，而且更加关注叙事的方式。这几年我们反复谈到话语方式以及话语策略，谈到诗歌写作中的"话语处理"的重要性；我们不断地说着在诗歌写作中的形式分类——反讽、戏剧性等——的必要性，意图是什么？就是想让人们了解我们作为当代诗人正在以一种不同以往的方式看待语言的功能（其实，这也是本世纪以来，世界范围内诗歌写作的最为重要的特征）……在当代诗歌中，故事本身对于诗歌的构成并不是真正重要的，真正重要的是我们说出它的方式……我们应该知道，正是叙述的方式赋予了诗歌独特性，使它能够以一个独特的"话语空间"出现在读者面前。……诗歌，尤其是好的诗歌应该是诗人深思熟虑的产物。这也是我们过去一直说的"专业写作"与一般意义上的写作的区分。①

同样诗人西川在《90年代与我》中也说：

在抒情的、单向度的歌唱性的诗歌中，异质事物互破或相互进入不可能实现。既然诗歌必须向世界敞开，那么经验、矛盾、悖论、噩梦，必须找到一种能够承担反讽的表现形式，这样歌唱的诗歌便必须向叙事的诗歌过渡。

叙事并不能解决一切问题，叙事，以及由此携带而来的对客观、色情等特色的追求，并不一定能够如我们所预期的那样赋予诗歌以生活和历史的强度。叙事有可能枯燥乏味，客观也有可能感觉冷漠，色情有可能矫揉造作。所以与其说我在20世纪90年代的写作中转向了叙事，不如说我转向了综合创造，既然生活与历史、现在与过去、善与恶、美与丑、纯粹与污浊处于混生状态，为什么我们不能将诗歌的叙事性、歌唱性、戏剧性融于一炉？一个灵感打开另一个灵感，一个幻象启动另一个幻象，一种形式向另一种形式渗透，一种语调与另一种语调并置。这并不是为了展示诗歌的排场，而是为了达到创造力的合唱效果。偏于一隅，虽然可能有助于风格的建设，却不利于艺术向着复杂的世界敞开。②

---

① 王家新，孙文波. 中国诗歌：九十年代备忘录［M］. 北京：人民文学出版社，2000：256-260.

② 王家新，孙文波. 中国诗歌：九十年代备忘录［M］. 北京：人民文学出版社，2000：265.

通过他们对叙事的性质、功能和目的的阐释，我们应该对这种现代主义向度上的诗歌叙事有了较为清晰的认识。但是二十世纪九十年代受以解构主义为代表的大的后现代主义时代思潮的影响，无论是在二十世纪九十年代的女性诗歌中，还是在整个二十世纪九十年代的诗歌写作中，还存在另一种后现代主义向度写作意义上的叙事。这是一种真正非诗化的叙事。如果说现代主义诗歌写作向度上的叙事化，造成的是一种形式上的非诗化，而其真正目的则在于象征、隐喻诗歌背后的一种复义性的深度存在，因此这种叙事化的写作是属于一种立体性的深度写作，始终期待着读者的走近，而且时刻向读者发出期待的召唤，并向未来无限地敞开着，是一种面向未来的写作；那么这种后现代主义诗歌写作向度上的叙事化则是一种彻底地摧毁诗与非诗界限的非诗化，它完全放弃了深度，消解了意义，放弃了诗歌，它的手段本身就是目的。因此这种叙事化就是非诗化，它就是要通过这种非诗化的叙事化手段途径来完成对诗与非诗等所有二元对立等级观念意识的摧毁。

所以，这种后现代主义诗歌写作向度意义上的叙事化只是解构二元对立观念意识的手段之一，它的深层目的是通过非诗化的叙事化来进而解构二元对立。因此这种后现代主义性质的叙事化，从根本意义上来讲，是属于一种非诗化的行为艺术。它就是要通过这种非诗化的行为艺术来消解一切深度，解构社会中一切优势特权等级的地位、意义和价值，而达到一种彻底的解放和自由的狂欢状态。因此，它暗示表达和传递的实际是一种反文化、反社会的意态信息倾向，是一种面向现在、面向当下、面向此刻的狂欢性质的平面写作。所以这种后现代主义诗歌写作向度上的叙事化就是一种彻底的摧毁诗与非诗界限性质的非诗化，如上节的尹丽川就是二十世纪九十年代女性诗歌中进行后现代主义非诗化叙事写作的典型代表，一如我们对她及其诗歌文本进行的解构性分析与阐释。所以这种后现代主义诗歌写作向度意义上的叙事化必然造成一种词语的散播游戏和超级词语消费倾向。在这种写作里，词语挣脱了一切文体成规、界限和差异、属性、特征的束缚，而呈现一种深度解构后的，平面写作性质的狂欢状态。二十世纪九十年代的女诗人安琪的诗歌写作也是这方面的典型代表。

综上，由于二十世纪九十年代历史转型、诗歌语言观念叙事化的变革，由于在二十世纪九十年代女性诗歌中，乃至二十世纪九十年代诗歌中，这两种意义叙事的存在，这就使二十世纪九十年代女性诗歌乃至二十世纪九十年代诗歌中的叙事，在诗意的含义上显得真假难辨、鱼龙混杂。同时，上述两种意义叙事的存在，使二十世纪九十年代女性诗歌在外在诗歌艺术形式上，必然呈现出一种鱼目混珠的、散文化的、个人化的写作态势。因而在客观上必然加剧了诗歌艺术形式上的非诗化倾向，从而使二十世纪九十年代的女性诗歌写作，乃至二十世纪九十年代诗歌写作必然朝向一种个人化、散文化、多元化、边缘化的方向发展。

这样，由于诗歌自身语言观念叙事化的现代性变革，由于二十世纪九十年代历史转型，也由于二十世纪九十年代女性诗歌在跨文体、综合性、多元化艺术手法方面的变革，一方面必将导致二十世纪九十年代女性诗歌朝向散文化、非诗化、边缘化的方向发展；另一方面也必将导致二十世纪九十年代女性诗歌写作朝向一种个人化、口语化的多元化方向发展，并使日常生活大量进入诗歌，而且得以审美性呈现，也即出现日常生活审美化，从而使二十世纪九十年代女性诗歌走向一种综合性、多元化的美学道路。关于这些内容，我们将在第六章专门论述。

第六章

技术性的变革：走向技术和网络

第一节　思想意识层面的技术性：从艺术走向技术

一、技术主义思想意识的影响：从艺术走向技术

现代性的一个重要维度，或者说物质层面的一个重要特征即是技术主义。在某种意义上，它也是现代性所注重的工具理性主义的一个表现，也就是强调手段技术的有效性，强调技术性能。在某种意义上，甚至可以说，现代性就是技术性，现代化就是技术化。而这种现代工具理性技术主义思想具体来说，主要体现为两方面的内容，也即作为思想理念层面的技术性和作为手段技术本身层面的技术性。因此，当现代性的技术主义面对中国当代诗歌时，也主要是从上述这两方面对当代诗歌发生作用。

一是作为一种理念，从思想观念意识层面进行精神渗透，即作为现代性工具理性主义的技术主义，体现为诗歌观念层面中的一种技术主义思想意识。在诗歌观念中，灌注一种技术主义思想意识，突出强调诗歌中写作技术、技巧的重要性，强调词语修辞手法等艺术形式写作技巧方面的重要性。二是作为纯粹物质媒介器介手段的技术性，技术性摆脱了思想意识理念，直接以"物"的形式现身，直接体现为技术手段的物质媒介器具本身。这就是现代性工具理念主义的技术主义两个主要或说重要层面的内容，当它与当代诗歌相遇时，是如何施加作用于当代诗歌，或说是通过哪两种途径来施加它的作用，使之在与现代性相遇时，而发生现代性的变革与转型，进而使当代诗歌，尤其是当代女性诗歌，完成它的现代性改造；而使当代女性诗歌，乃至当代诗歌、当代文学，在与现代性相遇时，脱下蓝衫、换新颜，而呈现出先锋、颓废、媚俗、现代主义与后现代主义，多元共存的"现代性的五副面孔"（马泰·卡林内斯库《现代性的五副面孔》）。

这样，当现代性的技术主义作为一种理念，从思想观念意识层面进行精神渗透，即作为现代性工具理性主义的技术主义，体现为诗歌观念层面中的一种技术主义思想意识，施加作用于当代诗歌，尤其是当代女性诗歌时，它就体现为诗歌中技术主义思想意识的强调。也就是说，在诗歌中，开始灌注一种技术主义思想意识，突出强调诗歌中写作技术、技巧的重要性，强调词语修辞手法等艺术形式写作技巧方面的重要性；突出对写作技术、写作技巧的强调。

在当代诗歌中，这种强调似乎达到了无以复加的程度，甚至强调到了诗歌本体意义的高度。这种受现代性工具主义理念的影响，而强化对写作中技术主义思想意识的精神渗透、突出强调，就使二十世纪九十年代女性诗歌、当代诗歌，甚至是整个中国当代文学，都在二十世纪八十年代末期到二十世纪九十年代以来，迅速地从"写什么"过渡到"怎么写"，从注重主题内容题材的强调走向注重修辞形式技巧的强调。

而这种作为现代工具理性主义核心的技术主义思想意识的精神渗透与强调，对二十世纪九十年代女性诗歌作用与影响的结果之一，就是使当代女性诗歌在二十世纪九十年代直接发生变革性质的转型，从一种面向性别的写作走向了面向词语的写作，在写作中突出强调了对词语修辞的强调、对写作技巧的强调，使诗歌写作从表现情感的艺术走向复杂意识的综合创造，也即从艺术走向技术。从而使当代女性诗歌从一种意识形态性质的对抗型写作转为一种真正诗歌意义上的本体写作，完成了从"女性"到"诗歌"的转型。

这种意识层面的现代性技术主义思想精神的渗透，导致的对诗歌写作技巧的强调，无论是在二十世纪九十年代的男性诗歌中，还是在女性诗歌中都会看到，如男性诗人臧棣认为：技艺（或技巧）就是现代诗歌的特征和本质（《后朦胧诗：作为一种写作的诗歌》）。而在女性诗人无论是翟永明还是王小妮的有关诗歌论述和具体诗歌文本写作实践中，也都可以看到以词语写作技巧节制激情的写作策略的一致性理论强调和具体文本写作实践。

如果说，第一方面的影响，即现代性技术主义是作为一种理念，在思想精神理念上作用于现代诗歌，尤其是当代女性诗歌，而使当代女性诗歌在二十世纪九十年代女性诗歌从艺术走向技术，从一种面向性别的写作走向了面向词语的写作，从一种意识形态性质的对抗型写作转为一种真正诗歌意义上的本体写作，完成了从"女性"到"诗歌"的转型的话；那么，作为现代工具理性主义核心的技术主义对二十世纪九十年代女性诗歌作用与影响的结果之二，则是从作为纯粹手段、方法和技巧的意义上，对当代女性诗歌，乃至当代诗歌发生的媒介技术性影响。这种纯粹作为手段、方法和技巧的意义上的技术性，直接导致了诗歌传播媒介的变化，即使诗歌从纸质印刷传媒开始走向电子网络传媒，导致网络女性诗歌的兴起。（关于这一点，我们将在下节专门论述）

现在，我们来看看现代工具理性技术主义第一方面，即作为现代工具理性主义核心的技术主义，或说技术性，是如何在思想意识层面，对二十世纪九十年代女性诗歌进行精神渗透与强调，而导致当代女性诗歌在二十世纪九十年代直接发生变革性质的转型，而使当代女性诗歌在二十世纪九十年代，从艺术走向技术，从一种意识形态性质的对抗型写作转为一种真正诗歌意义上的本体写作，完成了从"女性"到"诗歌"的转型。

伴随着诗歌观念叙事化的变革，伴随着诗歌观念类型由情感到意识的置换，诗歌功能从抒情到叙事的转换，诗歌结构由单义性线性结构到多义复合型结构的转换；审美方式从"感"—"情"到"悟"—"义"的转换。阅读模式从朗诵到阅读的转变。当代女性诗歌写作在二十世纪九十年代，从单一情感的表现转变过渡到了复杂多维含义的综合创造，也就是从情感走向意识；那么现在，当现代性工具理性技术主义思想意识，作为一种内在精神理念诉求，直接作用于当代女性诗人和诗歌写作时，它就与现代性的叙事化观念合在一起，在诗歌中突出强调诗歌写作观念中写作技术、艺术手法技巧、艺术形式创新在诗歌中的重要性，强调一种凭借技术性思维和手法而达到一种综合意识量的最大获得，也就是强调一种多维立体的多义复合型结构的诗歌，而不再是传统单一性质的抒情。这种诗歌观念就与二十世纪三四十年代中国现代新诗所提倡的思维复杂化、情感线团化的现代思维方式与情感方式遥相呼应。因此这种现代性技术主义思想意识强调的结果，就使当代女性诗歌写作在二十世纪九十年代出现了一种多维立体的、以深度为突出特征的多义复合型结构的现代主义类型的诗歌写作文本。这无论在翟永明的诗歌，还是在前面我们对王小妮诗歌所作的文本细读分析中，都可以看到。同时，由于这种技术主义思想意识的作用与强调使得无论在中国当代女性诗歌中，还是在当代诗歌散文、小说、戏剧中，也都突显了艺术手法、形式技巧的重要性，也即强调"怎么写"比"写什么"的重要，也就是从对内容主题的强调过渡到了对形式技巧的强调。

　　而当代诗歌中，这种对艺术手法、艺术形式技巧的强调，则表现为一种现代性的创新意识、综合意识。如当代女性诗歌在二十世纪九十年代，在诗歌艺术观念、艺术手法、形式技巧、艺术文体一系列花样翻新的现代化意识的强调与转型：诗歌观念上的叙事化，以叙事取代抒情；在诗歌手法上的多元化，采用诗歌、散文、戏剧等多种艺术因素同时融入诗歌创作，表现为一种综合复杂意识的创造；在诗歌形式文体上，使诗歌与散文、小说、戏剧在文体形式上互相结合渗透，出现了诗剧、散文诗、叙事诗等一些综合性体裁，尤其是进入新世纪以来这种倾向更加发展、深化和扩大化。

　　诗人李轻松的诗剧《向日葵》，诗人从容的诗歌剧《百年中国》《诗与歌的怀念》等大胆尝试，以及在此基础上又开创的"诗剧场"这种崭新的艺术样式，将诗与剧融合在一起，既强化了诗歌中的叙事功能和情节感染力，又使戏剧具有浓厚的抒情性，使观众在视觉、听觉和感觉相互的和谐统一中，领悟感受多种艺术韵味的效果。同时，更为重要的是在一种体裁中，同时兼容了小说的叙事性、戏剧的情节性、散文的随意性、新闻报道的现场性与真实性。这正是技术主义思想渗透下，多种技术因素作用于诗歌所产生的综合性的现代性效果。

　　所以，现代性工具理性技术主义思想意识，与现代性的叙事化观念合在一起，直接作用于当代女性诗歌，二者合力作用的结果，就是进一步激化，或者说是强化了当代女性诗歌中的技术主义思想倾向，使当代女性诗歌无论是在诗歌内容观念上，还是在写作形式技术、技巧方面，都突出了现代意义上的技术性成分，而进行的现代意义上的技术化改造，此即被称为"现代化"。并且，它直接导致的一个结果就是促使形成一种多维立体的、以深度为突出特征的多义复合型结构的现代主义类型的诗歌写作文本。

　　在这种意义上，诗歌意义上的"技术性"也就可被称为"现代性"。因此，这种改造就可被称为"现代性"的改造；这种变革，也就被视为"现代性"的变革。在这个意义上，现代性就是技术性，技术化就是现代化。正是这种技术性的现代化改造与变革，就使当代诗歌与当代女性诗歌在二十世纪九十年代，从艺术走向技术，而呈现出先锋、颓废、媚俗、现代主义与后现代主义，多元共存的"现代性的五副面孔"（马泰·卡林内斯库《现代性的五副面孔》）；使当代女性诗歌在二十世纪九十年代不仅从情感走向意识，而且直接从艺术走向技术，从一种面向性别的写作走向了面向词语的写作，从一种意识形态性质的对抗型写作转为一种真正诗歌意义上本体写作，完成了从"女性"到"诗歌"的转型。

现代性工具理性技术主义思想意识，与现代性的叙事化观念合在一起，直接作用于当代女性诗歌，二者合力作用的结果，不仅使当代女性诗歌写作在二十世纪九十年代从情感走向意识，从艺术走向技术；而且使当代女性诗歌写作在二十世纪九十年代，从内在性情的天才流露转变到对外在诗歌词语技巧性的修辞，从一种激情的宣泄过渡到一种艺术的节制。当代女性诗歌写作进入了一个对激情进行艺术节制的时期，进入了一个激情与词语的磨合时期。在这一时期里，它要求诗人必须把内在充溢着的激情有效的、艺术性的节制在词语的修辞性技巧里进行强调。这就是现代性工具理性技术主义思想的内在精神诉求，也是直接激化作用于当代女性诗歌的必然性结果。

二、个案例举释义

正是站在作为现代性核心理念——工具理性技术主义的角度，于是我们就会明白，随着二十世纪九十年代现代性观念的深入发展，当代女性诗人翟永明在二十世纪九十年代为什么会倡导词语与激情共舞；王小妮在二十世纪九十年代何以要对激情进行语言的节制。这都是现代性技术主义思想意识观念指导下，在诗歌词语技巧方面，进行词语写作的修辞学，以适应现代性观念在诗歌中的深入、发展和强调，也是现代性技术主义观念深入人心，而内化为诗人写作技巧修辞学的一种自觉意识和思想精神追求的结果和体现。因为现代性观念愈深入，愈发展，作为现代性技术主义的诗歌技巧修辞学，就将愈加得到强调和重视。因此，诗歌写作在此一阶段必然突出了对修辞技巧的强调，甚至在某种意义上说，技巧就构成了二十世纪九十年代女性叙事化的现代诗歌本身。这也就是戈特佛里德·本恩（Gottfried Benn）在《抒情诗问题》中为什么会认为：技艺是现代诗歌的"一个关键性的概念"，是现代诗歌"在内容普遍的颓败中，把自身当作内容来体验"① 的所有艺术努力的标志。

同时，这也是男性诗人臧棣为什么也会认为"后朦胧诗是作为一种写作的诗歌"，而之所以把称为后朦胧诗的现代诗界定为一种"写作"的诗歌，则意在突出对写作中技巧的强调，并且臧棣在《后朦胧诗：作为一种写作的诗歌》一文中直接说：技艺（或技巧）就是现代诗歌的特征和本

---

① 伍蠡甫，胡经之. 西方文艺理论名著选编［M］. 北京：北京大学出版社，1986：350.

质……很难设想，没有技巧，现代诗歌的本文会堕落成什么样子。他在该文中还婉转地认为中国现代诗歌之所以没能很好地处理好本文和主体之间的关系，就在于诗人对写作中技巧的重视不够或缺乏足够的耐心，并认为诗歌写作的道德也就在于诗人把他的内心世界组织进语言的肌体，因此这种道德困境体现为一种写作的技巧，即词语与激情之间彼此磨合、进入、转化的技巧。

这就是二十世纪九十年代女性诗歌写作为什么会从一种面向性别的写作，转向为一种面向词语的写作的深层原因，这正是现代性工具理性技术主义思想作用于诗歌影响的结果，也是现代性作用于诗歌，使诗歌观念发生内在现代化变革导致的结果。因此无论是当代女性诗歌在二十世纪九十年代发生的从面向性别的写作到面向词语的写作的转型，从"女性"到"诗歌"的转型，从情感到意识、从艺术走向技术的转变；还是诗歌观念的叙事化转型及其带来的对叙事节制激情的技巧的强调……一系列变革转型，都是现代性，尤其是现代性中的工具理性技术主义作用于诗歌影响的结果，因为现代性，在某种意义上，是以工具理性技术主义为核心特征的。

三、现代性就是技术性：技术即艺术

现代文明在某种意义上，是科技文明，也即技术主义文明。在诗歌中强调技术主义，强调形式修辞技巧的重要性，正是现代性工具理性技术主义作用于诗歌影响结果的直接体现。对技术主义的直接强调，正是现代性的体现。正是站在技术性的角度，我们甚至可以说现代性就是技术性；现代化就是技术化，它将导致现代社会领域里，一切主体本体的技术化，并通过这种技术化，最终导致主体的异化，而使主体走向被技术改造的客体，而丧失主体的神性之光、艺术之光。艺术性遭到解构最终沦落为技术性，使一切艺术最终走向技术。这个技术化过程，就是被我们称为的"现代化"，也即现代性，实际上它是一个异化的过程。当然，由于它会带来物质生活的极度便利与丰盛，并且它的作用过程是一个极其缓慢的过程，因而对所谓的现代人就具有极大的麻痹性与欺骗性。一如现在，我们仍沉迷在现代性技术主义制造的迷梦幻影中而不能自省，更无力自拔。

这样，当我们回到诗歌中来，回到当代女性诗歌中来，我们就会理解翟永明在二十世纪九十年代为什么会在《再谈"黑夜意识"与"女性诗歌"》中申明"女诗人将从一种概念的写作进入更加技术性的写作"，这种"技术性

的写作"也就指的是诗歌的技艺。在现代诗歌变革中对诗歌技艺给予高度重视，甚至是本体化重视这一点上，可以说他（她）们，即臧棣、翟永明等可谓是英雄所见略同。如翟永明在与臧棣、王艾对话所形成的《完成之后又怎样》一文中表述：技巧始终是其写作中苦苦经营的部分，它是对其汉语诗歌写作空间的严格限制，并且认为由技巧而获得的和谐才是汉语诗歌的魅力，它恰似我们在古典诗歌的技术中享受到的那种完善品质。这种对诗歌叙事技巧的突出强调，一方面体现了二十世纪九十年代女性诗人对诗歌在二十世纪九十年代所进行的现代性转型的敏锐领悟；另一方面也可以说是抓住了现代诗歌的本质性要素或者说关键性因素。因为诗歌，当谈到情感时，会令人感动；然而只有谈到技艺时，诗歌才真正走向成熟，并因这种成熟而进入现代性的境地。因为技术手段是现代工具理性的一种典型体现，而工具理性则是现代性的核心思想。

实际上，这种看法也正是韦伯的观点。在韦伯看来，现代性从根本上讲是工具理性的胜利，手段的有效性成为判断认知对象的决定性标准。它变得越来越像是一个新的权力并具有支配权。因此，在现代性工具理性技术主义所带来的对诗歌技巧的强调这一点上看来，它正体现了现代性的内在精神在诗歌写作观念上产生的深刻影响。这种诗歌观念技术性质的变异，并由此带来对技巧性的特殊强调，它正是现代性直接作用于诗歌的一种体现。正是在这样的意义上说，现代性工具理性技术主义作用于诗歌影响的结果之一，就是使二十世纪九十年代女性诗歌直接发生变革性质的转型，从一种面向性别的写作走向了面向词语的写作，在写作中突出强调了对词语修辞的强调，对写作技巧的强调，从而使当代女性诗歌从一种意识形态性质的对抗型写作转为一种真正诗歌意义上本体写作，完成了从"女性"到"诗歌"的转型，并进一步使二十世纪九十年代女性诗歌不仅从情感走向意识，而且最终从艺术走向技术，出现了一种多维立体的、以深度为突出特征的多义复合型结构的现代主义类型的诗歌写作文本，从而使诗歌写作在艺术品性上提升到现代性的艺术境地。这就是现代性在技术主义思想意识层面对当代女性诗歌写作所产生的转型变革性质的影响与作用。

第二节 媒介手段层面的技术性：从纸媒走向网络

一、电子互联网络的出现：网络女性诗歌的兴起

如果说，现代性技术主义作为一种理念，在思想精神理念上作用于现代诗歌，尤其是当代女性诗歌，而使当代女性诗歌在二十世纪九十年代从艺术走向技术，从一种面向性别的写作走向了面向词语的写作，从一种意识形态性质的对抗型写作转为一种真正诗歌意义上的本体写作，完成了从"女性"到"诗歌"的转型的话；那么，作为现代工具理性主义核心的技术主义对当代女性诗歌在二十世纪九十年代作用与影响的结果之一，则是从作为纯粹手段、方法和技术的意义上，对当代女性诗歌乃至当代诗歌，所发生的媒介技术性影响。作为纯粹物质媒介器具手段的技术性，摆脱了思想意识理念，直接以"物"的形式现身，直接体现为技术手段的物质媒介器具本身，即电子互联网络。它直接导致了诗歌传播媒介的变化，使诗歌从纸质印刷传媒走向电子网络传媒，进而导致二十世纪九十年代末网络女性诗歌的兴起，并在进入二十一世纪以后迅速发展、繁荣、壮大，而且在创作、传播、阅读欣赏、接受、批评等各方面，呈现出一种不断更新、发展、变异的繁荣景观。

二、写作、传播、接受方式的变革

如果说诗歌作为一种艺术，它主要是包括创作构思、传播接受、阅读解析、审美批评等几个主要环节，那么就让我们具体看看，大众网络电子传媒的出现，它为当代网络女性诗歌在创作构思、传播接受、阅读解析、审美批评这几个主要环节方面，都提供了哪些便利性、实用性、新奇性、娱乐性、游戏性，以及它们具体是怎样发生和作用的。

首先，在诗歌创作构思方面，由于互联网络属于大众性、电子性的媒介技术手段，因此它为普通大众提供了一个便利性的、几乎是免费性的虚拟电子写作平台。在这一点上，它就使传统诗歌的写作，摆脱了实物印刷纸媒的束缚，为写作提供了一种直截性、便利性，而使诗歌写作具有一种实用性、自由性、大众性、普泛性。并且，由于在网络上发表时可以实名，也可以匿

名，也不像以往传统诗歌写作，要通过投稿、编辑的审查、刊发、读者接受、专业批评者的批评判断等专业性的烦琐环节，这就为所有大众，无论是具有专业诗歌文化写作知识技能的大众，还是非专业的普通平民大众，都可以以或游戏、或庄重、或正式、或业余、或搞笑的目的和方式，在这个虚拟的隐匿的电子媒介平台进行游戏性质的诗歌创作，从而获得一种新奇性和娱乐性，使诗歌创作脱掉神圣的外衣，走下神坛，成为一种个人性、全民性的轻松游戏与写作狂欢，使当代诗歌在写作上更加趋于个人化、自由化的现代性、游戏性倾向。这样就在客观上解构了诗歌写作的庄严性、神圣性，使诗歌的神性之光慢慢趋于消失而不被人觉察，从而使诗歌逐渐世俗化。

尤其针对当代女性而言，由于现代社会里，女性和男性一样要出去工作，同时又要承担大量家务和养育孩子等男性无法代替的任务，这就使当代女性诗人几乎没有更多的时间、精力与条件，进行专门专心的诗歌创作。而现在网络电子媒介的兴起，由于它使用操作上的便利性与实用性，就可以为当代女性摆脱种种现实不利因素的限制，可以不受家庭、地域、时间等诸多不利因素的限制，而在网络这个便利虚拟的电子媒介平台，尽显风光，随心所欲地进行自己个人化的自由诗歌抒写，而即刻实现生活即审美，此岸即彼岸，达到一种审美性自如自娱的游戏性的解放、轻松与快乐。在这个意义上，电子网络媒介的兴起，对当代职业女性而言，提供的不仅是一种艺术性的诗歌抒写，还是一种审美性的游戏和解放，而且具有艺术的超然性，使得日常生活审美化，这样就在客观上改变了诗歌的性质。

由于网络电子媒介具有上述种种便利性，并且是一个如此廉价的平台，它就在诗歌写作的内容题材上、表达方法技巧上、创作方式上、诗歌的艺术文体形式上，以及写作审美风格上等诸多方面提供了多样化的选择，大大丰富了诗歌的表现手法、艺术功能，拓宽了表现生活的视野，拉近了诗歌和现实的距离，增强了诗歌和大众的亲和力，而使当代诗歌脱掉了神秘的外衣，开始具有人间烟火气，具有了以往传统纸媒印刷诗歌在写作上所无法比拟的诸多优越性。这样就在客观上，大大增加了诗歌创作的队伍人数与诗歌写作的数量和诗歌读者、诗歌批评者的数量，进而在相对性的意义上，提高了诗歌创作的质量。这一点，通过当代女性诗歌写作的繁荣兴盛情况，都可以得到充分的证明。

其次，在诗歌传播接受方面，网络电子媒介平台，由于它省去了以往诗歌投稿、审查、校对、印刷、刊发、销售等诸多环节，这就使诗歌突破了以往纸媒带来的种种束缚，而在时间、时效、空间、地域、文化、政治、经济等诸多方面，得以及时、迅捷、自由、广泛性地传播与接受。一如当代女性诗人翟永明创作的"在古代 我只能这样/给你写信 并不知道/我们下一次/会在哪里见面/现在 我往你的邮箱/灌满了群星 它们都是五笔字型/它们站起来为你奔跑/它们停泊在天上的某处……"（翟永明《在古代》）。正是当代网络诗歌在传播接受上，具有种种便利性条件，就使当代诗歌能够得到各种渠道、各种不同方式、不同风格、不同性质和不同层面的反馈信息，从而在客观上，为当代诗歌写作提供了不同角度的意见或诗歌视野，而使诗歌可以朝向一种多元化、综合性的写作态势发展。而针对当代女性诗歌而言，女性网络诗歌虽然起始于二十世纪九十年代末，但在进入二十一世纪以后，却乘着网络化的东风，尤其是女性博客诗歌平台的助力，以及诗歌传播与接受的种种快捷、便利条件，而使诗歌创作在主题、内容、表现手法、文体形式、艺术风格等各方面，呈现出一种层出不穷、花样翻新的变化。

并且这种传播和接受的快捷与便利，使诗歌最大程度地走向大众、走向现实、走向日常生活。这样的结果，一方面消解了诗歌和普通大众和日常生活现实的距离，而增强了诗歌的现实性、亲和力，使日常生活得以审美地呈现，出现了日常生活消费美学的倾向；并且另一方面，使诗歌专业知识写作技能可以深入民间，深入大众，消解诗歌的专业性与神秘性，而使诗歌的专业知识技能和有关诗歌新兴的各种风格写作流派，可以在最短的时间内，走向民间，走向大众，为其普及到普通大众成为一种可能。如进入新世纪以来，通过网络，通过女性博客诗歌，"下半身""第三代""梨花体""新红颜"等诗歌写作潮流现象，很快在普通大众中得到传播与接受，并形成一种新的写作潮流和创作倾向，而引起热烈地讨论与争议。同时，在普通大众的广泛参与过程中，一方面为普及诗歌写作知识，提高普通大众诗歌写作和欣赏能力，提供一种可能；另一方面，也在诗歌的广泛传播与接受中，在普通大众的热情参与跟帖过程中，诗歌创作者和接受者，都在新的诗歌写作风尚所具有的新奇性、先锋性、现代性中，而获得了一种传统诗歌所不具有的在双向互动中，所体验到的游戏性、娱乐性的轻松，而达到一种后现代性质的在诗歌写作、传播与接受三者之间所产生的游戏性的狂欢。这正是后现代主义艺术的一个特点。

所以，这种网络媒介所提供的传播与接受的便利，就在客观上，不仅使当代诗歌和当代女性诗歌在最短的时间内走向大众、走向现实、走向日常生活，使诗歌知识得到普及，另一方面也为多种诗歌艺术流派、多种创作艺术风格、多种诗学观念，种种不同的诗歌美学，得到迅速的传播与普及，创造了条件，同时也在这种迅速传播与广泛讨论参与中，在不同程度上，提高了所有参与者的诗歌艺术素养，并获得一种后现代主义性质的游戏性、娱乐性的轻松与快感。

综上，我们主要侧重网络作为一种新兴的现代性电子媒介，它为当代女性诗歌在写作、传播与接受上带来的正面有利之处。当然，网络作为一种现代性的媒介，它除了带来尽人皆知的便利，同时也带来一些不可避免，甚至是致命的负效应。在一定意义上，我们可以说网络作为一种现代性的媒介，它对诗歌、对诗人，甚至是对人类自身都造成了超出想象的严重危害性后果。如果说，现代性通过媒介化，给诗歌在写作、传播与接受上带来了巨大的便利性、实用性、新奇性、娱乐性、游戏性，但是它在带来便利性、实用性、新奇性、娱乐性、游戏性的同时，也造成了诗歌和人类自身主体的异化，而走向诗歌和人类自身主体性的解构，使诗歌和人类自身陷入巨大的网络虚拟的时空里。这一点，将会随着网络诗歌和网络的无限运用与发展，得到愈益明显的证明。

再次，在阅读解析上，由于现代性先进技术的发展，电子网络媒介直接为诗歌提供了便捷性的平台，就使当代诗歌在阅读接受的广泛性上、即时性上、便利性上、作者与读者的双向互动性上，具有了以往传统诗歌所无法比拟的优势。进而使得诗歌，尤其是当代女性诗歌在二十世纪九十年代以来，特别是进入新世纪以后呈现出各种流派风格艺术手法，同时竞相亮相在当代网络诗歌的平台上，而呈现出先锋、颓废、媚俗、现代主义与后现代主义，多元共存的"现代性的五副面孔"（马泰·卡林内斯库《现代性的五副面孔》）。一如我们专章分析论述的翟永明、王小妮、尹丽川，以及安琪等诗人的现代主义诗歌文本和后现代主义诗歌文本。并且进入新世纪以后，凭借着网络博客平台，当代女性诗歌的创作，更将这种先锋、颓废、媚俗、现代主义与后现代主义，多元化的现代性倾向，进一步深化、细化和扩大化。从而使当代网络女性诗歌高潮迭起、争议不断，而充满新奇性、消费性、游戏性与娱乐性，并引起了诗歌传统与诗歌标准的大讨论。如尹丽川的"下半身写作"、赵丽华的"梨花体"、阿毛的《当哥哥有了外遇》引起的有关"口语诗的写作"问题。这些都为阅读提供了更广阔的空间和新的视野、角度。

由于电子网络媒介的采用，当代女性网络诗歌呈现出了先锋、颓废、媚俗、现代主义与后现代主义，多元化的现代性倾向。它一方面增加了诗歌阅读解析的即时性，拓宽了读者的阅读视野，革新了读者的诗歌观念，丰富了读者的阅读经验，提高了读者的审美鉴赏能力；另一方面，更为重要的是，它增加了诗歌阅读解析的难度。因为网络一方面为诗歌创作、传播接受提供了便利性的平台，另一方面也由于这种便利性和诗歌观念本身现代性的变革，以及一些非专业网民消遣性的游戏和恶搞，而导致当代网络诗坛，鱼目混珠、良莠并存、真假共生、优劣难分。这使诗歌在本身观念上、结构功能上、创作方式上、艺术风格上、表现手法上、审美标准上，都打破了传统的既有成规，出现了现代性的陌生化面孔，而使当代网络诗歌写作传播变得异常复杂，这就为当代诗歌的阅读解析增加了难度。观念的落后、理解的错位，甚至会使当代诗歌的阅读解析，一度陷于迷茫、不知所措，进而失语的尴尬地位，而无法在深层次上，与文本展开多维度的对话，使优秀的诗作由于不能得到及时正确的解读，而得不到认同肯定。这样就不利于优秀作品的创作与弘扬，同时也使假诗、滥诗、伪诗充斥诗坛。这一切都为阅读解析带来了不便与难度。同时，另一方面，由于网络的即时性，使一些有深度的作品，很快被不断更新的后来者替代、淹没、掩盖，而在客观上得不到与之相应的阅读与阐释。

综合上述，我们主要论述了网络媒介为当代女性诗歌在创作、传播接受、阅读解析上，提供了传统印刷纸媒无法比拟的便利性、实用性、新奇性、娱乐性、游戏性；同时，也简单概述了这种便利性、实用性、新奇性、娱乐性、游戏性，所产生的不可避免的负效应。而这些由于网络媒介的便利性、实用性、新奇性、娱乐性、游戏性，产生的不可避免的负效应，最终必将促使当代女性网络诗歌在这种充满便利性、实用性、新奇性、娱乐性、游戏性虚拟时空里，由于过度性依赖网络这种便利化的工具性的媒介而盛极至衰，在诗与歌双方面，不断异化，最终走向朝向诗歌和人自身的解构，而在网络这个虚拟的时空里自戕与灭亡。关于这一点，我们将在下节内容展开详细的论述与阐释。

第三节　技术性媒介化的后果：异化、解构、非诗化

一、技术性媒介化的后果：主体性的异化与解构

这样，我们在前面就主要论述了电子网络媒介为当代女性诗歌在创作、传播接受、阅读解析上，提供了传统印刷纸媒无法比拟的便利性、实用性、新奇性、娱乐性、游戏性；同时，也简单概述了这种便利性、实用性、新奇性、娱乐性、游戏性，所产生的不可避免的负效应。而这些由于网络媒介的便利性、实用性、新奇性、娱乐性、游戏性，产生的不可避免的负效应，最终必将促使当代女性网络诗歌在这种充满便利性、实用性、新奇性、娱乐性、游戏性的虚拟时空里，由于过度性依赖网络这种便利化的工具性的媒介而盛极至衰，在诗与歌双方面，不断异化，最终走向朝向诗歌和人自身的解构，而在网络这个虚拟的时空里自戕与灭亡。

但是，关于网络媒介是怎样通过它的这种便利性、实用性、新奇性、娱乐性、游戏性来解构和异化人的主体性和诗歌主体的艺术性，即诗歌写作的神性的呢？这正是我们要论述和阐释的关键性问题。

可以说，标志现代性技术性的进步与变革的电子互联网络的出现，对当代诗歌，尤其是当代女性诗歌而言，甚至对人类社会本身来说，都具有着重大的意义，在某种意义上，它可以说是一场划时代的变革。正是现代性技术主义向度的变革、媒介化、技术化导致了社会的转型、时代的转型、文化的转型、诗歌写作的转型。它是现代性技术主义向度媒介化的直接后果。这也正是现代性在物质技术层面激进性、极致性演变发展的必然性结果，而它直接导致的结果就是媒介化，是从精神到物质、从思想到行为、从意识到方法手段上，都彻底的技术化、媒介化。而这种媒介化的最终后果，就是终将造成主体自身的异化，也即无论作为"物"自身的主体（如网络诗歌），还是"人"自身的主体，无论愿意与否，都将最终被异化。如果说，现代性就是技术性，现代化就是技术化，技术化在技术手段的意义上就是媒介化，媒介化又导致主体自身的异化；那么现代化最终的结果就是主体自身的异化。在这个意义上，现代化就是异化。

当然，这种由媒介化直接导致无论"物"自身主体的异化，还是"人"

自身主体的异化，都将是一个极其漫长的过程。正是因为过程的"极其漫长"，它才具有一种隐蔽的麻痹性与欺骗性，用它暂时处于初始时的肤浅性的便利、新奇、游戏、娱乐，俘获人们，让人们深陷其中，沉沦享乐而不能清醒认识它对主体自身构成的自戕性的威胁与危害。因为它初始时，是以一种便利性、实用性、新奇性、娱乐性，甚至是游戏性的面孔和手段而出现的，具有麻痹性。而它对人类或物类自身的异化，就是在这种便利性手段媒介的漫长使用过程中，一点一点地逐渐演化变异而发生的。

现在就让我们来看看，作为现代性先进技术手段的网络媒介，是如何以它的便利性、实用性、新奇性、娱乐性，甚至是游戏性，麻痹解构我们人自身的主体性和诗歌自身的"神性"，而对我们"人"自身主体的"我们"和"神性"自身的"诗歌"进行双方面的异化，使我们和诗歌同时走向异化，走向朝向自身的解构的。这种麻痹性、解构性是怎样发生和作用的？怎样使人和诗歌在网络的频繁使用中因陷于工具化、媒介化的困境而走向异化和解构的呢？

我们知道作为人类重要艺术创作活动的诗歌创作主要是通过诗性艺术思维活动来完成的。正是在人的诗性艺术思维作用下，才使一首诗歌最终形成，或说得以成就，这个过程就被称为诗歌艺术创作。可见诗歌的创作主要指一种艺术性思维活动，而这个艺术思维也就恰恰代表了作为创作者的一种主体性。但是现在现代性便利性工具网络的出现却逐渐改变了这样一种基本事实。因为网络媒介本身具有便利性、实用性，人们在运用过程中又产生一种新奇性、娱乐性、游戏性。于是，人们为贪图这种便利性、实用性、新奇性、娱乐性、游戏性，就在网络作为新的便利性写作与传播媒介的频繁使用过程中，逐渐形成了一种模式化的思维，产生了一种对手段工具技术媒介的严重依赖性而懒于思想、懒于思维，甚至于根本不思维。这样，由于贪图这种现代性媒介工具技术的便利性、实用性、新奇性、娱乐性、游戏性；由于对工具的依赖性、思维的不作用性，导致思维被抽空，技术媒介取代了思维，人的主体性就逐渐被解构，最终失去了人的主体性。完全依赖作为手段工具性质的技术媒介，完全由技术性的网络媒介工具取代人的思维，形成媒介化的思维、工具化的思维、符号化的思维，也就是机械性质的工具模式化的思维方式。这样的结果，人就在这种贪图媒介技术的便利性、实用性、新奇性、娱乐性、游戏性的使用过程中，使得人逐渐被媒介化、技术化、工具化、符号化，进而被异化了。在大的意义上说，现代性也就这样以技术性、媒介性解构人的主体性，以机械性模式化的思维取代人的主体性思维，从而使人遭到解构与异化，沦为技术化和媒介化所制造的游戏性和娱乐性的奴隶。

当人的主体性被解构，被媒介化、技术化以后，人的主体性就异化成为媒介性、技术性，那么作为人艺术思维产物的诗歌也就消解了艺术的神性之光，消解了诗歌写作的艺术性，使诗歌写作变成一维性质、平面性质的技术，即从艺术变成技术，而不再具有艺术性。这样，作为现代性手段工具的媒介技术就通过思维方式的置换，即以这种一维性质、平面性质的、机械性质的模式化思维方式置换诗歌艺术创作主体人的充满直觉、想象和情感的多维立体的诗性思维方式，使人的思维异化，进而解构了作为诗歌创作主体人的主体性和物自体诗歌的神性，而使诗歌和人同时走向自身的解构与消亡。在媒介所带来的这种便利性、实用性、新奇性、消费性、游戏性、娱乐性中，走向诗歌和人主体自身的消亡，也即所谓的"娱乐至死"（尼尔·波兹曼《娱乐至死》）①。

当诗的艺术性神性被作为现代性手段工具的媒介技术通过思维方式的置换而解构异化以后，诗歌就彻底地被异质化，走向非诗化、散文化，进而走向边缘化，消解了它作为诗歌艺术的最本质性的特征，不再是充满直觉、情感、想象、灵性的诗性艺术，而变得不伦不类，出现了诗不再像诗，歌不再像歌的"诗不伦，歌不类"的"后现代主义文本"现象。在诗歌写作艺术上更加随意化、个人化、口语化、大众化、世俗化、平面化、无难度化、无深度化、无意义化，审美视角也从个人内心情感的抒发转向日常生活的大俗大媚的世俗化层面，从而使得日常生活美学迅速兴起并成为时代的主导美学倾向。这就是典型的后现代主义诗歌文本。所以，如果说思想意识层面的技术性形成的是深度性质的现代主义诗性写作，那么，作为手段媒介技术层面的技术性对当代诗歌，尤其是当代女性网络诗歌在写作上直接的影响就是直接促使形成了这种后现代主义向度的非诗化诗歌写作文本：世俗化、个人化、口语化、无难度、无深度、无意义，日常审美向度的非诗化诗歌写作文本。这就是现代性技术主义媒介化、技术化对诗歌写作造成的后果和影响。

所以，尼尔·波兹曼在《娱乐至死》中认为：媒介并不是像马歇尔·麦克卢汉（Marshall McLuhan）所说的仅仅是一种信息那么简单，而更是一种隐喻。媒介的变革，就意味着社会文化的变革，思维方式、意识形态等诸多方

---

① 尼尔·波兹曼. 娱乐至死 [M]. 章艳, 译. 桂林：广西师范大学出版社, 2011.

面系列性、跨越性、连锁性的变革，它意味着娱乐业的兴起，意味着我们终将因这种媒介带来的娱乐，在媒介所提供的这种便利性、实用性、新奇性、娱乐性、游戏性中，而走向艺术如诗歌和我们自身的解构和消亡。因为文化是语言的产物，但是每一种媒介都会对它进行再创造。我们的文化正处于以文字为中心向以形象为中心转换的过程中，某个文化中心交流媒介对于这个文化精神重心和物质重心的形成有着决定性的影响。一切公众话语都日渐以娱乐的方式出现，并成为一种文化精神。我们的政治、宗教、新闻、体育、教育和商业都心甘情愿地成为娱乐的附庸，毫无怨言，甚至无声无息，导致我们成了一个娱乐至死的物种……所以他认为：并不是所有话语形式都能够从一种媒介转换成另一种媒介……通信模式中的技术变化比交通模式中的技术变化更能影响人们的意识形态……传递方式变了，传递的信息就极有可能也不一样了……照片（图像）需要辨认，看文字却需要理解……照片把世界表现为一个物体，而语言则把世界表现为一个概念。①

从尼尔·波兹曼对文字语言与照片图像的差异性效果对比中，我们可以作进一步引申性的说明，产生差异性的原因在于：作为概念性质的文字语言需要人类主体性的思维去理解，而符号性质的照片图像由于其符号物化属性（如照片把世界表现为一个物体）则只需要辨认，不需要思维，此其一。其二，对于语言艺术的诗歌的特殊意义在于：符号性质的照片图像由于其符号物化属性，是可以脱离语境、情境，但作为文字语言性质的诗歌则不能脱离语境、情境的。因为对于文字语言艺术的诗歌而言，特定的语言形式形成了它特殊的艺术情境，而这个特定的语言形式构成的艺术情境，它形成了人类情感活动与交流的精神性的话语场域，即一个精神情感活动存在的精神空间，类似人类的精神情感家园，类似一个隐形的精神情感的磁场，它虽然是存在于看不见的精神性层面，但一旦人们进入它的形式情境场域，即开始阅读时，它就在隐性的形式构筑的隐形情境场域里，时刻发射出精神、情感的"微波""微光"，而滋养、抚慰着人们的心灵和情感。而现在随着技术性高度发达、媒介化高度发展，人们在频繁的网络使用中，在网络所创造的便利性、实用性、新奇性、娱乐性、游戏性中，就不仅以一种机械工具模式化的思维异化、解构了人的主体性思维，使人的主体性和诗歌的神性被解构和异化，而且使得符号物化属性的照片图像或以符号物化的文字信息取代了那个诗性语言艺

① 尼尔·波兹曼. 娱乐至死 [M]. 章艳, 译. 桂林：广西师范大学出版社, 2011.

术情境，阉割了那个由诗性语言形式艺术情境构筑的人类情感活动与交流的精神性的话语场域，即人类心灵精神情感活动交流的园地，进而造成了心灵的失语、情感的萎缩与精神的干枯。

所以，如果说人被媒介化的后果之一，是造成艺术创作的人的主体性和诗歌艺术性神性的解构，使代表诗性艺术创造主体性的人隐没、解构、消失在网络巨大的隐形虚拟时空中，而作为工具性质的技术和媒介本身则以符号、图像的形式代替人出场，这样就形成了一个真正"无主体"的时代，形成了人被机器技术媒介取代和操控的尴尬现状。那么，人被媒介化的后果之二，是人类主体之间互动性的情感交流场域的解构破坏与消失。这是因为，工具性机械性质的模式化的思维方式是一维性、平面性的符号化、图像化思维方式，人们文字语言的思维方式则是充满直觉、情感和想象的多维立体空间。而现在由于媒介所带来的便利性、实用性、新奇性、娱乐性、游戏性，人们就在网络媒介的频繁使用中，通过思维方式被置换，而形成一种工具性机械性质的模式化的思维方式。

于是出现的结果是：人们不再交流思想，只是交流符号；不再交流情感，只是交流图像；不再思维，只是娱乐；不再探索，只是游戏；不尚深度，只讲新奇；不讲意义，只顾搞笑。人类主体之间那个充满情感、想象、浪漫而温馨的互动性的情感交流场域，就这样遭到阉割、解构、破坏而走向消失。人的主体性和诗歌的艺术性神性也就这样慢慢在这种符号化、图像化的娱乐游戏新奇搞笑过程中走向解构，而被媒介化、技术化、图像化、娱乐化，而陷入符号、图像所构成的巨大的虚空性的影像世界中。这也正是尤尔根·哈贝马斯（Jürgen Habermas）为什么会批判工具理性，反对工具理性交往模式，而把凭借语言来进行的交往形式，当作一种理想的交往模式，并且认为真正的交往互动过程比工具型行动中包含着更多的合理性的深刻原因之一。

伴随着人对现代性工具手段性质的网络媒介的频繁使用，网络媒介产生的无限便利性、实用性、新奇性、娱乐性、游戏性，就对诗歌创作主体的人和诗歌写作自身产生了巨大、隐形的异化与解构性的后果。一方面作为艺术创作主体的人本身那种富于直觉、想象的感性诗性的艺术思维就逐渐钝化、消失、异化；另一方面，诗歌主体的神性之光也随着创作主体的钝化、异化和解构而逐渐萎谢消失殆尽，而失去了艺术的灵光，失去了诗歌本质的艺术审美品性，变得只有形式没有内容，只有技术没有情感，只有新奇没有难度，只有游戏没有深度，只有娱乐没有意义。这就是近年来网络诗歌颇受诟病的一个重要原因，并形成了一系列的批评性文章，如收入杨克主编的《2009—2010 中国新诗年鉴》中朵渔的《诗人不应该成为思想史上的失踪者》、陈仲义的《网络诗写：无难度"切诊"》、张立群的《当前诗歌的"现实问题"》、刘波的《当下先锋诗歌应拒绝表演》等。① 并且，马知遥在《重视诗歌写作的深度和难度》一文中明确说："当前诗歌弊病主要是：重形式轻内容，重技术轻情感，重表达少深度。"②同时，这也是进入新世纪以来的当代女性诗歌中如赵丽华的"梨花体"、阿毛的《当哥哥有了外遇》引起的有关口语诗的写作、诗歌传统、诗歌写作标准、诗歌艺术形式问题大讨论的根本原因。媒介变了，文化变了，时代语境变了，诗歌标准、艺术文体形式、写作方式、艺术风格、审美感知方式等一系列相关问题，自然也就变了，这是由现代性自身内在一体化逻辑所导致的必然性结果。

在这个时代，因为现代性媒介技术的侵袭与介入，造成文化的转型，日常美学的兴起，娱乐游戏的兴盛，身体写作的盛行，诗歌不可避免地自然在诗与歌双向上都背离了传统，在游戏中自戕，在娱乐中至死。诗歌伴随写作传媒阵地从纸媒向网络的转移而从一种艺术沦落为一种技术，既失去了艺术形式上韵律所特有的歌唱性，也在内容层面失去了诗意的难度和深度，并因意义解构抽空而苍白贫血，造成了诗不伦、歌不类的非诗化后现代情形。一如我们今天当代的网络女性诗歌，流派竞起，却各领风骚没几天，迷失于游戏和娱乐的歧途而找不到归路。而真正的诗人在这个时代只能成为游戏的观望人、时代的隐匿者，或者像海子一样选择逃逸性的早夭与自杀。在某种意义上，海子的自杀也是某种时代夭亡的象征性预言。

我们面对今天诗歌这样种种的问题与困境，既不要抱怨诗人，也不要抱怨诗歌，更不要报怨时代，我们要知道问题的症结在于现代性自身一体化的逻辑，在于现代性自身那种直线型无限向前不可逆转的动态线性时间观导致了这样的时代，导致了时代、社会政治经济文化思想艺术如诗歌等系列性、连锁性、跨越性的转型，所以现代性是造成社会文化诗歌等一系列转型变革的根本性因素。在这个意义上，当代女性诗歌，甚至是当代诗歌，尤其是网络女性诗歌写作所出现的大众化、平面化、世俗化、无深度化、无难度化、

① 杨克 . 2009—2010 中国新诗年鉴［M］. 重庆：重庆大学出版社，2001：425，430，436，439.

② 杨克 . 2009—2010 中国新诗年鉴［M］. 重庆：重庆大学出版社，2001：471.

个人化，简单说俗化、滥化、泛化、口语化、日常化的后现代主义非诗化倾向都与现代性，尤其是现代性技术主义向度的过度性媒介化有关。所以，我们应该对现代性这种过度的媒介化引起警惕与反思。我们应该深刻地认识到：现代性正是通过这种技术性的媒介化手段，而造成人自身主体性的异化和诗歌自身神性的异化。过度性使用这种媒介化的方式，使人类产生一种依赖性，渐渐地懒于思索，而被媒介化、工具化、符号化，被异化，并直接促使诗歌写作趋向于一种无深度性、平面化、世俗化、个人化、口语化、日常化的后现代主义向度的审美倾向。

在这种媒介化的过程中，也就是媒介所带来的便利性、实用性、新奇性、娱乐性，甚至是游戏性的使用过程中，它正以一种轻松、迷不知觉的隐蔽的方式，麻痹我们的神经，使我们沉浸在感官轻薄肤浅的享乐中，而丧失我们清醒的判断力，而渐渐地朝着异化的方向，走向诗歌和我们自身的解构，逐渐消解我们人类自身的主体性，听其摆布，沦落为媒介化的工具和符号，而在这种媒介化带来的便利性、实用性、新奇性、娱乐性，甚至是游戏性过程中，诗歌也遭到解构，渐渐诗歌的神性之光消失殆尽。所以，媒介化的直接结果就是造成人类和诗歌自身的解构。在媒介化的意义上，现代化的尽头，就是人类自身的解构。现代性就是通过这种技术性的媒介化，而使人类和一切具有主体性的事物，包括诗歌在内，大而言之，就是使人类社会最终走向解构，走向自身的灭亡。这就是现代性技术主义向度上媒介化的终极性意义。

所以，在网络诗歌写作方面，不仅是当代网络女性诗歌写作方面，而且是所有当代网络诗歌写作方面，富有鉴赏力正确导向的批评与批评家就显得尤为重要。至于揭示这种异化和解构，并说明它是如何发生和作用的，正是诗歌批评和批评家在这个时代不可推卸的责任与义务。因为，在某种意义上说，对于诗歌而言，富有鉴赏力而又导向正确、切中肯綮的批评就是诗歌的正法眼，是诗歌的照妖镜；而真正的批评家就是诗歌的切脉者，是艺术的守护者。如果说诗人是时代的先知者，是夜莺，那么优秀的诗歌批评家则不仅是诗歌的切脉者、艺术的守护者，还应该是时代的良心、社会的心灵医师，在某个意义上，也将是时代的预言家。他们不应该随波逐流，淹没在工具理性模式化的思维方式和后时代大众化社会商品化、媒介化、消费化的浪潮中来消费诗歌、消费娱乐而做出不负责任的批评。批评家在任何时代都应该既保持理论家的清醒、理性与深刻，同时又保持诗人一般永不衰竭的灵性与激情，他、她应该既生活在时代之中，又在思想上超然于时代之外，而和时代保持一定距离。如此，才能不被时代和世俗所淹没，而对艺术、对诗歌、对我们时代的文化，做出恰到好处与切中肯綮的艺术批评、诗歌批评、文化批评。这无论对于当代女性诗歌写作，还是对于整个当代诗歌写作都是极其重要的。

前面我们主要是从理性、理论层面来论述和阐释现代性技术主义向度媒介化、技术性造成人类自身主体性和诗歌艺术性神性的异化与解构性影响。如果理性、理论层面的论述与阐释未免显得抽象而不易理解和认知；那么下面，我们将通过一种诗歌文本细读的感性阅读实践，在感性上，在诗歌文本细读的感性实践中，来再次深刻地认识与体悟现代性技术主义媒介化对人类自身主体性和诗歌艺术性神性的异化与解构性影响。下面，就让我们透过对男性诗人于坚的一首小诗做出跨越性别的诗歌文本细读实践，来完成对现代性、技术性、媒介化的社会文化反思与批判。进而，以使我们能够站在更高的现代性视角，以更开阔的理论文化视野，来对当代诗歌写作，当代女性诗歌写作，尤其是当代女性网络诗歌写作引起的种种争论与问题，做出更深刻、更理性、更本质性的认识判断与评价；并能对未来当代女性网络诗歌的发展状况了然于胸，对现代性在技术主义向度的技术性、媒介化给诗歌写作和人类自身造成的影响做出感性的认知与理解，做出准确的预见与判断，给予及时的纠偏，以使我们人类自身和诗歌写作朝向一种健康和谐的方向发展，而避免误入现代性技术主义媒介化的歧途。如果说诗人是时代的先知，是时代的夜莺，那么就让我们看看作为时代先知和夜莺的男性诗人于坚，在其先知性的诗歌预言中，是怎样以一种隐喻的方式来形象地表达现代性技术主义的媒介化和技术性对人类主体性造成异化和解构性影响的先知性的预见、判断、认知和理解。

二、现代性技术主义的文化反思：符号化的虚空影像世界

没有人会否认我们今天在物质上取得的巨大成就，也没有人会否认我们今天在现代科学技术上所获得的惊人突破。机器代替了人力，网络缩短了距离。电脑、电话、电视更是让我们足不出户，就可视通万里而走在时间的前面。然而我们在为此欢欣的同时，却悲哀地发现我们越来越生活在一个用技术理性所制造的仿真世界里，一个符号化的虚空影像世界里。科技文明在给我们带来便利的同时，也严重地侵蚀异化了我们的精神和情感。我们在趋向以机械物质文明为核心的现代性高峰的同时，也越来越趋向一个精神和情感

的平面化世界。我们的精神变得越来越贫瘠，情感变得越来越淡漠，心灵变得越来越隔膜，我们正在变成思维情感都模式化的单向度的人。这就是于坚《在时代的电梯上》组诗中的一首小诗带给我们的启示。

　　这是一首极其精短的小诗，然而细读之后，却发现它辞约意丰，意蕴丰厚而又深刻，具有多维的阅读视角。整首诗因为不长，可陈列如下：

　　　　我对女儿说
　　　　给爸爸一个苹果
　　　　她就画了一个
　　　　在纸上
　　　　从一个点开始
　　　　到一个圆结束
　　　　她的苹果。

　　这几行诗句初看上去，极其简单平淡，简单到似乎不能再简单，平淡到似乎乏味的地步。然而在经过层层剖析和破解后，我们就会发现这是一首典型的现代主义诗作，是属于现代主义向度的深度诗歌文本，在意义上具有极大的包蕴量，具有多维的解读意义。作者的笔力才气实在是简约到了刻薄的地步，因为全诗已经做到了无多余一字可删的地步，并且几乎诗中的每一个字皆蕴含着深刻的喻义。诗中陈述的事实是爸爸向女儿索要一个苹果，女儿却为爸爸在纸上画了一个苹果，这是诗句陈述的最表层意思。然而在这个最表层的事实陈述中，经过我们仔细的阅读和破解，就会发现其中隐含着丰厚的喻义。

　　首先，诗中"我"是以爸爸的身份出现的，他和诗中的另一人物女儿构成的是一种父女关系。而这种父女关系在诗中，从大的方面来说，它暗示的实际是两种不同的含义。第一，暗示的是一种情感关系；第二，象征着两个不同的时代。于是诗歌深刻而又丰厚的隐喻意义就在这种情感与时代的错位理解所形成的戏剧化的矛盾冲突张力中，巧妙地潜隐着并等待展开。深入阅读必会发现它是理解全诗深厚隐喻的关键所在。甚至可以说不能充分把握父女关系在这里所暗示的两种隐喻含义，就不能很好地对全诗展开破解与阐释。

　　其次，让我们具体对诗句展开解读。诗中"我对女儿说/给爸爸一个苹果/她就画了一个/在纸上"，这是全诗陈述的主要表层意思。然而这四句诗却既是全诗的表面题旨，也是全诗的深层喻义所在，因此它是全诗的诗眼。甚至可以说这四句诗中的每一个字都蕴含着深刻的喻义，它们应是作者精心构思，巧妙运笔的结晶。作者的诗笔功力和才气，在此可见一斑。让我们对其进行具体展读逐字剖析。

诗中第一句中"我对女儿说"，它表明的是一种姿态，暗示着：发出的是一种话语邀请。这种邀请主要是由"对……说"句式来承担。同时由于进行这种话语的双方是父女，就暗示出它既是两个不同时代的人之间的对话，又暗示出这种话语的性质，即话语主体希望建构的是一种情感话语。它隐含的契机可能是借这种情感话语的邀请姿态，来继而展开一种温馨的情感对话与心灵的交流，期待建立的是一种试图沟通的话语场域。这里话语场域的建立主要是通过"对"字暗示出来，"对"字，不仅牵引出对话双方的主客体，而且暗示出空间上的对话场域。而"说"字由于是发自心灵的话语，又使对话的场域洋溢着一种温馨流动的情感氛围，使对话隐含一种可能的多维立体空间深度，从而暗示出话语主体希望建构的是一种充满生气的情感对话场域。

而在作为主体的爸爸发出这种邀请之后，接下来的诗句却是"她就画了一个/在纸上"来作为应答。这两句诗从整体上阅读的效果，它暗示的是邀请没有得到应答，从而使建立温馨流动的情感话语场域的意图失效而落空。于是暗示出话语的失落，情感的沟通遭到阻塞，暗示的是两代人之间在精神和心灵上开始产生隔膜。而这种隔膜在诗中是通过具体的话语隔膜造成的。这种话语的隔膜要通过诗句中逐字的品读体味，才会敲打挖掘出简单诗句表面下隐藏着的深层喻义。诗句中的"就"字，不可小看，作为对应答的回应，它在这里实际暗示的是一种即刻性，而这种即刻性，它暗示的是一种思维的模式化，只有模式化的思维，才会呈现出这种时间上的即刻性，在这样的意义上说，模式化就是机械化；即刻性就是机械性。这就是区区一个"就"字所蕴含的丰富而又深刻的含义。那么诗人用一个"就"字所引出作为女儿的她即刻做出的回答是什么呢？这就是"画了一个"。这里"画"字别具深意。诗人正是通过一个"画"字，暗示出两代人在话语使用上的隔膜，进而暗示出两代人在精神、心灵和情感上的隔膜。

那么缘何"画"字会暗示着如此的深意，发生如此的作用呢？首先"画"字与前文的"说"字相对应。如果说上文的"说"字暗示的是不需要借助任何技术性质的媒介，而是直接发自心灵的情感话语；那么我们就会在这里发现与之相对应的"画"字则暗示的是一种需要借助媒介手段的技术话语。诗人隐而不说的是需要用笔来画，而笔在这里是作为媒介技术的象征。因此一"画"字暗示的是技术话语，它与情感话语的"说"字相对应。这样一"说"一"画"所代表的情感话语和技术话语，就在这里构成了尖锐的对立矛盾冲突，阻塞了预期建构的情感与心灵交流的话语场域，造成了话语的隔膜，进而造成了精神、心灵和情感的隔膜。于是情感的隔膜、时代的隔膜都通过这种话语的隔膜而形成，而这种话语的隔膜又是通过对心灵和情感的省略和缩减，过分依赖技术和媒介（以诗中没有出场的笔为代表）而造成的，也就是通过具体的技术化的过程而实现的。那么这种过分的技术化，它导致的严重后果就是人的机械化，就是人的精神、心灵和情感的萎缩、枯减，造成人的精神心灵世界的高度麻木与冷漠，造成心灵和情感的钝化，并最终导致人的异化。所以技术化、机械化的最终结果就是人的异化，而人的异化首先是通过思维的异化来形成的，思维的异化又是通过思维的模式化来形成的。这种模式化的思维就直接体现在人的一切动作行为的机械性上，具体就是体现在时间的即刻性上。这种机械性在诗中正是通过一个表达即刻性的时间程度副词"就"字来暗示的，因此"就"字在这里就相当于古汉语的"旋"字，因为顺应白话诗歌的要求，诗人取"就"而舍"旋"。这样"就"字看似清浅平白，实则意味深厚。

这样如果我们接着往下对"在纸上"一句进行分析，我们又会发现这看似清浅平白的几个字，绝非赘笔，而是蕴含着深厚的喻义。如果说诗的首句是通过爸爸向女儿索要苹果，而暗示的是一种话语的邀请，期待建构的是一个能够进行情感、心灵沟通和交流的，具有深度的多维立体话语空间场域的话，那么这里的"在纸上"一句暗示的则是一种平面化的、一维性质的情感交流状态。这里"纸上"代表的是平面，它不仅象征着平面化的情感。同时"纸上"也象征着媒介和技术，象征着作为女儿的我们生活的是一个技术化的平面时代。于是诗的深层喻义就在这里婉转地浮现出来：在技术时代里，人们的情感和精神遭到严重的削弱和异化，变得没有厚度，缺少诗意的深刻，而只能处在一种平面化的肤浅平庸状态。它暗示的是人性正处在一种萎缩和枯减状态，人性正遭到技术理性主义的严重摧残、侵蚀和异化。那么这种技术理性主义对人性的摧残、侵蚀和异化是如何实现的呢？诗人又是如何通过具体的诗句暗示出来的呢？这就需要我们对诗句进行进一步的深入阅读和解析。

这里的"在纸上"一句，与诗的首句"我对女儿说"相对应。二者可进一步简化为"在……上"与"我……说"的句式。这样二者两相对照，意义就自然在对照中不显自彰。这里"在……上"与具有主体的"我……说"相对应，缺少动作的执行者、发出者，暗示的是主体的缺失、隐没和不在场，暗示着话语的缺失，暗示着技术对话语的阉割。如果说"我……说"暗示的是一个主体在场的人性化时代，那么"在……上"则象征的是一个主体隐没的无主体性的技术化时代。在一个主体隐没和缺失的无主体的技术化时代，代替主体出场的则是技术，技术代替了人去出场，这在诗中是以笔和纸为代表。于是主体隐没，技术出场，技术就通过这种替代关系，通过这种替代过程，对作为主体的人造成了一种无形的、看不见的压抑，使人的精神和情感在对技术不断的替代使用过程中变得越来越钝化、越来越缩减与萎靡。在另一种更深刻的意义上说，正是技术的出场导致了主体的淡化，乃至最终隐没，并最终造成了对主体的异化，也即人性和诗性的异化。所以技术化的结果就是人性的异化、诗性的异化。因此，简而言之，技术化就是异化。那么这种技术化的具体细化过程的展示则是通过后半部分的诗句来完成。

在后半部分诗句中，诗人写道："从一个点开始／到一个圆结束／她的苹果。"这简单的诗句却颇为耐人寻味。这里"从……开始""到……结束"，暗示出的则是一个过程。是一个什么过程呢？通过联系上下文的解读，我们就知道：它暗示的是一个技术化的过程。而这个技术化的过程之所以会如此在迷不知觉中麻痹我们，是因为技术化的过程是一个异常缓慢细微的过程，这在诗中是通过"一个点"来得到暗示的。正是这"一个点"，一点点地麻痹了我们本来鲜活的感觉能力，让我们的心灵和情感逐渐地丧失了其本有的诗意的丰富性和深刻性。我们正是从这"一个点开始"，逐渐走上了异化的路途，让技术化逐渐蒙蔽了我们的双眼，异化了我们的心灵和情感。我们也正是从"这一个点开始"了我们现代化的征程，迷恋于那被称为"现代化"和文明的技术与科学。然而在那现代化所构成的文明尽端，等待我们的却是一场终了的虚空。这正是诗人要透过简洁的诗句婉转地暗示给我们的深刻道理。因此"点"字在诗中别有深意，运用得堪称巧妙而又高超。它在诗中暗示的正是一个"渐"的过程，因此"点"字又可理解为一个时间的意象。因为宇宙中万事万物的一切都要在过程中来实现。没有人可以逃离作为过程的时间。这是诗人在诗中用"点"字的第一重含义。

此外，"点"字在诗中又与"圆"字形成对照，正是在这种对照中凸现出了"点"字的第二重含义。如果说"圆"字在诗中象征着虚空，那么与之相对的"点"字则象征着精神和情感的圆满与充实，于是二者之间构成了鲜明的反讽。而诗句暗含的深层隐喻意义就在这种对照所形成的反讽中凸显出来：我们从精神的圆满充实状态出发，开始了对现代化的追求，而在现代化的尽端等待我们的却是一种圆满的虚空；在那现代化的尽端，我们的精神和情感将被掏空，由于技术理性主义导致的高度异化，我们将身陷科学技术所制造的隐形精神囹圄，变成没有情感和精神的现代空心人。这就是诗人通过重重的暗示和反讽所要表达的核心意旨。

全诗解读至此，似乎它所有的含义已经被我们穷尽无疑。然而如果我们有足够的耐心和悟性接着对"圆"字进行进一步的破解，那么诗中所隐藏的另一层含义又会对我们显露出来。这样当我们把目光拉长，把"圆"字放在整首诗所构成的上下文语境中进行观照，我们就会发现"圆"字又与"画""苹果"发生了意义上的关联，产生了新的关联域。当它与"画"字相联时，我们会发觉它暗示着图像的含义，而图像在这里又代表着一种符号，符号的作用主要是媒介的替代作用，那么这种媒介性质的图像符号"圆"代替的是什么呢？无疑它代替的就是诗中的"苹果"。于是父亲所要的真实"苹果"就被虚空化的图像符号"圆"代替。它暗示的深层含义是我们今天生活在一个符号化的虚空影像世界里，现代性的技术化已经对我们的思维造成了严重的异化，异化的结果之一是造成我们精神情感的萎缩和坍塌，造成我们心灵世界的彻底钝化；结果之二就是我们完全生活在一个由符号化所构筑的虚空影像世界里面。

全诗就是这样通过父亲向女儿索要苹果，女儿却为父亲画了一个苹果，通过这种由两种不同时代所造成的错位理解来深刻地暗示技术化对我们的思维和心灵所造成的严重侵蚀和异化，从而让我们对身处的以机械技术为核心的现代性的机械科技物质文明，对所谓的现代性进行一场深刻的反思和省察：我们不能再沉溺于技术化所制造的辉煌的符号化的虚空影像世界里，我们应该从对周遭正在符号化的惊人现实中猛醒，我们应该力斥现代化的技术理性主义对我们精神情感、心灵世界的侵蚀和异化。我们应该惊觉这种现代性的高度技术理性主义正在把我们异化为精神和情感的平面人，而成为现代社会里的单向度的人。这种单向度正是诗中反复四次出现的"一个"所暗示的含义。以上，就是于坚《在时代的电梯上》组诗中的一首小诗带给我们的启示。

如果说，于坚通过小诗向我们启示：现代性技术主义向度的媒介化、技术性使我们生活在技术性所制造的符号化的虚空影像世界里，侵蚀和异化了我们的精神情感，使我们在精神情感上成为一个单向度的平面人，那么，由此我们就可推理出现代性技术主义则不仅会使网络女性诗歌写作通过从艺术走向技术，从纸媒走向网络，而使诗歌写作走向散文化、边缘化；更会随着这种现代性技术主义影响的加深，随着网络媒介技术的高度发达与频繁运用，而从散文化、边缘化彻底地走向技术化、非诗化、异质化，并最终走向自身的解构。造成这种非诗化、异质化的解构的根本性原因则是现代性自身那种无限向前不可逆转的动态性直线型时间观。这正如我们前面在现代性总论一章中所论述、阐释和说明的。同时，这也正是作为时代先知的诗人于坚要透过其诗所做出的先知性预见和判断，对现代性技术主义向度对人类自身和诗歌写作产生负面影响的诗性警示，以及由此完成对现代性技术主义媒介化、技术性的社会反思与文化批判；也是我们通过现代性技术主义对网络女性诗歌写作产生变革与转型影响，进而来完成一次超越诗歌自身的现代性的文化反思与批判，以使未来的当代诗歌写作，尤其是当代女性诗歌写作朝向一种更为健康和谐的方向发展。

综上，我们就通过对于坚诗歌的感性文本细读实践，和前面的理性、理论层面的论述与阐释，将感性与理性两个层面结合在一起，对现代性技术主义向度的媒介化、技术性对人类自身和诗歌写作艺术性神性的异化和解构性影响有了深刻的体悟认知与理解。进而对当代诗歌，尤其是当代女性诗歌写作的转型变革与未来的发展状况了然于胸，而能够做出适时恰当切中肯綮的判断、评价与抉择。

并且综合前面思想意识层面的现代技术性和作为手段媒介技术层面的现代技术性，即两方面的现代主义技术主义含义对当代女性诗歌写作产生的作用与影响，我们可以说，思想意识层面的现代技术性它形成的是深度性质的现代主义诗性诗歌写作文本，它使中国当代女性诗歌从一种面向性别的写作转向一种面向词语、面向诗歌本身的写作，从一种概念性的写作转为一种更加技术性的写作，完成了从"女性"到"诗歌"的一种本体转型，使当代诗歌从抒情走向叙事，从情感走向意识，从艺术走向技术，创造的是一种充满深度、多维立体复义型的现代主义诗性文本；那么，作为手段媒介技术层面的现代技术性对当代诗歌，尤其是当代女性网络诗歌在写作上的影响就是直接促使形成了这种后现代主义向度的非诗化无深度的诗歌写作文本：世俗化、个人化、口语化、无难度、无深度、无意义，日常审美向度的非诗化，并在这种后现代主义向度的诗歌文本写作中彻底走向散文化、边缘化、非诗化，走向朝向诗歌和人类自身的异化与解构。

　　所以，现代性在技术主义两个层面的含义就使当代女性诗歌写作在整体上呈现出一种以后现代主义为主而兼有现代主义与后现代主义的综合性、多元化、跨文体的后现代多元化审美写作状态，即呈现出"现代主义、先锋、颓废、媚俗、后现代主义"五个阶段共存的后现代性状态，也就是马泰·卡林内斯库所说的"现代性的五副面孔"（马泰·卡林内斯库《现代性的五副面孔》）。这就是现代性技术主义在思想意识层面和作为手段媒介层面的技术性层面对当代中国女性诗歌写作造成的转型与变革性质的后果和影响。

第七章

艺术变革的向度

第一节　个人化：反本质主义的诗歌观念

一、时代转型与诗歌写作的个人化

如果说，叙事化是当代女性诗歌于二十世纪九十年代在诗歌艺术观念层面实现的重要突出变革转型的话，那么，二十世纪九十年代女性诗歌写作在艺术层面上的一个重大变革转型，就是从一种单一意识形态的集体对抗转向多元化的非意识形态的个人化抒写。二十世纪九十年代女性诗歌写作这种断裂性的个人化转向一方面是由诗歌艺术内部主观上始终存在的现代性变革要求所导致，即女性诗歌艺术自身发展现状已在实际上预示着变革的要求，它表现为女性诗歌自身的发展现状已呈现出一种困境和危机，这就是女性诗歌在题材、表现方式、创作理念、精神旨趣上存在着诸多弊端；另一方面这种断裂性的个人化转向也是由二十世纪九十年代复杂多元的经济情境所构成的散文化现实和后现代的多元文化情境所构成的客观外部时代因素使然。

二十世纪九十年代中国经济高速发展，伴随着中国经济的高速发展，一方面社会实现了急剧的历史转型，中国进入了以商品经济为主导的大众消费文化时代。另一方面二十世纪九十年代，中国在经济高速发展的同时，还在实际上存在着地区发展中的不平衡现象。这样，正是这种经济发展不平衡导致的散文化现实使二十世纪九十年代历史呈现出一种包容、混杂的后现代性多元化情境，表现为一种暧昧、迷离的表意态势，呈现出一种多元化的生活方式、多元化的生活理念、多元化的文化价值取向。同时加之西方后现代文化理论的介入，更在实际中，在文化上加剧了这种复杂多元的后现代性情境。正是二十世纪九十年代这种复杂多元共生的后现代性情境，使得意识形态弱化，文学失去了整合社会和时代的强大功能。这样就决定了传统单一意识形态的诗已不能表达多元复杂的散文化现实，诗歌要想不脱离现实，就必须更新既有的传统诗歌观念，才能对二十世纪九十年代复杂的散文化的现实做出有力回应。于是面对二十世纪九十年代这种多元化的后现代复杂现实情境，二十世纪九十年代的女性诗人迅急地做出了断裂性的现代变革：这就是从单一意识形态的集体写作转向多元性的个人化抒写。

因此正是二十世纪九十年代这种急剧的历史转型、迅速到来的大众消费文化时代，使整个社会弥漫着浓厚的商业化气息，而使精神和思想呈现严重的缩减趋势，同时加之西方后现代解构文化理论思潮的介入，更在客观上加剧了这种缩减的趋势，这样就使一向依赖精神思想写作的传统单一抒情型诗歌在一时间失去了时代精神向度力量和理论背景的支撑，并且由于时代处于一种转型过渡时期，意识形态呈现出一种含混、迷离、暧昧、晦涩的弱化趋势，文学失去了整合社会和时代的强大功能，以往那种作为现代性宏大叙事话语的国家性、民族性、阶级性话语，在二十世纪九十年代这个大众消费文化盛行的特殊时代里就转化为一种消费性的个人性话语。因此，如果说二十世纪八十年代中后期的女性诗歌的崛起是这种个人性话语即将崛起的一种最早、最明显的征候，那么在二十世纪九十年代，在这种特殊的后现代性社会文化语境下，二十世纪八十年代中后期女性诗歌那种高昂的单一向度的集体性别对抗话语，就转化为一种更具时代性的真正意义上，即去性化以后的个人性话语。这样种种合力促成的现代性结果就使整个九十年代女性诗歌写作呈现出一种反对一切宏大叙事的个人化的转型倾向趋势。

因此，如果说以往的诗歌写作是以时代为倾诉对象和参照背景，个人性的感情、思想必须转化、融合在时代集体生活的宏大叙事中的话，那么，二十世纪九十年代的诗歌写作情形则恰好相反，它要求把时代公共性的共通化的感情、心态、经历转化成私人化个人性经验的表述。所以，以往的诗歌写作发现的是时代、国家，而二十世纪九十年代以后的诗歌写作则是对个人的一次重大发现，个人开始突破时代意识形态的束缚而正式浮出历史地表。这样就对以往的那种宏大叙事的本质主义写作观念构成了反讽、颠覆和解构，从而在诗歌写作的方法上发生了一种从宏观集体讴歌到微观个人叙事的变异。这就是二十世纪九十年代在诗歌写作观念方法上发生的重大变异。正是在这种大的诗歌写作观念发生变异的背景下，女性诗歌也一反过去意识形态性质的性别对抗写作，而在写作观念和方法上发生了一种明显的个人化转向。

二、个人化之表现

二十世纪九十年代女性诗歌这种多元性的个人化抒写，首先体现在诗歌观念的变革方面，也即二十世纪九十年代女性诗歌写作为了适应多元化时代的要求，突破了传统以情感为核心的诗歌观念的束缚，使诗歌从单纯情感的抒发，现在转入到复杂意识的综合表现与创造，这样诗歌在功能上就从抒情走向叙事，在外在形式上，就突破了传统诗歌统一的抒情韵律节奏形式，而发生了一种个性化的逆转、变奏，呈现出一种叙事性的非逻辑化、非理性化的个人化语言形式。因此由单一情感的抒发到复杂经验意识的综合叙事是二十世纪九十年代女性诗歌写作个人化倾向转变的一个重要变革。

其次，由于诗歌观念的变革，叙事开始走进诗歌，进而必然导致诗歌艺术手法也发生了相应的断裂性的现代性变革。这种现代性变革突出体现在诗歌中小说性、戏剧性因素的引入，它使诗歌不仅具有一种戏剧性的张力和小说所特有的意境美，而且使诗歌从传统的主观抒情走向现代的客观叙事，开始朝着戏剧性、小说性的散文化和个人化方向发展，从而使诗歌开始呈现出一种现代性的复义特征，为表达二十世纪九十年代暧昧多元、散文化的复杂日常现实提供了有力手段。这样由于叙事化策略的采用不仅在诗歌写作观念上产生了一种断裂性的现代变革，而且在艺术手法上可以将散文、小说、戏剧等综合性因素混杂地糅合在一起，使异质事物彼此进入成为可能，这样就使二十世纪九十年代女性诗歌写作不仅在客观上形成了一种与传统相断裂的现代性先锋写作特征，而且呈现了一种多元共存的综合性美学特征。这种戏剧性、小说性的散文化倾向突出表现在女诗人翟永明二十世纪九十年代以后的诗歌中。

在二十世纪九十年代翟永明正是通过个人化冷静、客观的叙事，成功地实现了个人风格的转变，使她摆脱了过去受普拉斯影响而形成的过于沉浸个人内心的自白性语调风格，而带来了一种新的个人化的细微而平淡的叙事风格。正是这种个人化的冷静、客观的叙事风格才使她在个体诗学上真正走向成熟。同时也正是这种叙事性的语言形式手段的采用，使她的诗歌有力地将小说、戏剧、散文等其他相关文体因素有效地综合进诗歌中，从而大大增加了诗歌表现生活的能力，在丰富诗歌表现手段和加大诗歌语言陌生化的同时，增加了诗歌作为一种艺术文本的可读性，加速了传统诗歌向现代诗歌迈进的步伐，使诗歌创作趋于现代性的成熟境地。

　　由此可见这种个人化的叙事性诗歌写作，在远离时代、远离中心，回到个人而疏离传统抒情为主要诗歌手段的同时，却在个人化诗歌写作艺术发展上，达到现代性的成熟境地，从而在客观上，促进了个人诗歌写作艺术水平的提高，使诗人的个体诗歌风格最终趋于成熟。所以艺术上个人化的结果，是使诗歌真正回到了艺术。这样这种个人化的叙事，就使女性诗歌从二十世纪八十年代的性别对抗的政治意识形态写作转入到了诗歌自身的词语修辞学。这就是二十世纪九十年代的女诗人们为什么纷纷从面向性别的写作转向面向词语的写作，并且在叙事性的词语修辞学上而各显其能，各有千秋，最终达到了艺术上炉火纯青的地步。同是叙事，翟永明的叙事表现出明显的小说的复调性特征和戏剧化风格；而王小妮的叙事则以精练、冷静、富于克制、几近禅境而著称；尹丽川的叙事则表现出一种作为行为艺术的彻底的非诗化的解构主义意图；而安琪的叙事则呈现出一种词语挣脱规则锁链后的游戏性狂欢。所以在叙事的使用态度上，大体存在着现代主义的诗性深度叙事和后现代主义的平面非诗化叙事两种写作倾向。它们在写作上都呈现出一种个人化倾向的自由，但一种是艺术化的自由；一种则是非艺术化的自由。

　　再次，由于二十世纪九十年代个人化的诗歌抒写风格，就必然导致大量日常生活性质的语言，也就是口语入诗。因为这种日常生活性质的口语最能体现个体化的性情相状。它鲜活而灵动、活泼而简短、生动而传神，机巧而多变，最能体现一个人的个性化风格和这个时代瞬息多变的精神面貌。所以个人化的诗歌抒写，就必然导致大量日常生活性质的口语走进当代女性诗歌。在某种意义上，可以说正是这种口语化的诗歌语言才成就了二十世纪九十年代以来当代女性诗歌的个人化风格，正是这种口语化才让女性诗歌在二十世纪九十年代转型，铸就了当代女性诗歌千人千面、风格迥异，先锋、颓废、媚俗、现代主义与后现代主义多元并存的局面。

　　正是口语化的采用，女性诗人安琪才能以歇斯底里的语言去写《像杜拉斯一样生活》而《任性》的《越过奔跑的栅栏》；王小妮才能只为自己的心情重新做一个诗人，成功地完成了个人化的诗歌写作转型，写下"老远跑我家来的朋友/他们把目的给喝忘了（《他们把目的给喝忘了》）""吃半碟土豆已经饱了/送走一个儿子/人已经老了（《一个少年遮蔽了整个京城》）"，并《在白纸的内部》《通过写字告别世界》去《回家》《和爸爸说话》，《坐在下午的台阶上》体悟《活着》的意义，在《晴朗》中惊叹"春天跟指甲那么短"；同时，也正是口语化诗歌语言的运用，让二十世纪九十年代的尹丽川在《老》中通过身份角色的互换，以口语直捷、简白的方式，惊叹青春的仓促与时光的易逝、命运的无常与光阴的无情；同时，也正是口语化诗歌语言的运用，让陆忆敏率性地写下"汽车开来不必躲闪/煤气未关不必起床/游向深海不必回头 可以死去就死去/一如/可以成功就成功"（《可以死去就死去》）这样任性的诗；同样，正是口语化诗歌语言的运用，让女诗人蓝蓝在《歇响》中看见"知了叫着 驴子在槽头/甩动尾巴驱赶蚊蝇……丝瓜架下一群雏鸡在阴影里间或骨碌着金色的眼珠"，在《正午》中发现"正午的蓝色阳光下/竖起一片槐树小小的阴影/土路上 老牛低头踩着碎步/金黄的夏天从胯间钻入麦丛 小和慢，比快还快/比完整还完整"，在《柿树》中的"郑州商业区喧闹的大道电影院的栏杆旁"，欣喜地看到"有五颗红柿子在树枝上"，并温柔地告诉人们："它是这座城市的人性。"

综上，我们会发现正是这些各具特色的口语化诗歌语言的运用，让二十世纪九十年代以来的当代女性诗歌呈现出千姿百态、各有千秋、风光独具、风景万千的个性化风格与面孔，真正实现了一种随情、随性、随心、随意、随缘、随愿的随心所欲的高度个性化自由境地。并在这种高度自由化的口语化诗歌语言运用中，超越了性别，超越了女性自身的局限，书写了她们对人生的思考，对生活的热爱，对世界的哲思，对诗意自然的向往，对生命本真意义的诗意探寻，在诗歌艺术才华上登峰造极，完成了女性到诗歌的本体意义上的转型。中国当代女性诗歌通过这种个性化的口语抒写，在历经挫折与彷徨之后，登上艺术的奇峰，可谓"铅华洗尽，豪华落尽见真淳"。正如翟永明所言："……中国当代'女性诗歌'在历经璀璨与浮沉、喧嚣和彷徨之后，终究会出现'洗尽铅华'的成熟阶段。"①

我们如果把目光拉长，还会发现，这种口语化的倾向，在进入新世纪以后，得到更加长足的发展，可以说愈演愈盛、登峰造极，使进入新世纪的当代女性诗歌呈现出花开锦绣，万紫千红、杂花生树，群莺飞舞、满园春色的局面。正是口语化诗歌语言的运用，让新世纪的女诗人春树在《我只是一个女孩子》中惊疑"写诗也许是在滥写感觉"，生活仿佛随处都在经历着"漫不经心的死亡/无处不在的死亡"（《在等待一个神谕》），而无法抉择《自由和平等，我该选哪个》；也让诗人海男在"即使康德来临也解决不了深度"的"云南西部之井"的《井边》与恋人浪漫的《相遇》："不想借飞机高速公路

---

① 翟永明. 纸上建筑·完成之后又怎样［M］. 上海：东方出版中心，1997：236.

那样快的速度去见你/不想借蝶翼蜜蜂的甜那样快地见你/不想借深渊悬崖的两极去见你/不想借天鹅山茶花的姿容去遇见你……"，而只"想去乘历史上最慢的火车/……想在弯曲的盐水中回到你身边/回到你停顿的片刻/那里正有一群白鹭/因戏水而创造了快乐……想回到你身边/回到那座檐下的巢穴/回到吟诵 回到唐时代的我们的前世。"

正是口语化诗歌语言的运用，让女诗人安琪在进入新世纪以后，在《人人皆可为圣贤，人人也皆可为暴徒》的时代，以后现代的方式质问《与哈姆雷特有关的几个问题》"哈姆雷特的古典主义问题：爱，还是不爱/哈姆雷特的后现代主义问题：性，还是不性/哈姆雷特的写实主义问题：安，还是不安/哈姆雷特的莎士比亚问题：生存，还是毁灭"，并在《一首诗该有多长》中惊疑"所有人都孤零零地悬在空中不是吗？"又让《落日以杨炼的方式》去慨叹《绝望是个轻词，太轻》……

也正是口语化诗歌语言的运用，进入新世纪以后，翟永明以口语化的个人化风格去抒写《在春天想念传统》，在《四种爱情》中《忆故人》，让《画中人》在《道具和场景的诉说》中创作《宽窄韵》……而在新世纪将传统与现代进行创造性的有机融合，从而让当代女性诗歌在进入新世纪以后，以别致的面孔出现，焕发出新的生机。尹丽川在《阿美》中发出告诫："我们必须学会在泪水里兑一点烈酒/而不是在酒里掺杂眼泪"；诗人寒烟以个人化的口语抒写了《那个人》在《冬夜》《殉道》的《命运》；女诗人郑小琼在《可疑》的《风暴》中追求《真理》的《词语》；施施然"常常走在民国的街道上，步履轻盈而优雅……"（《我常常走在民国的街道上》）；横行胭脂在《人间深处》书写《女性物语》，在《我知道我的汉语》中《哀歌》"我知道我的汉语和我一起生病了"；余秀华不再《就做一朵落败的花》，不再《以疼痛取悦这个人世》，而是《捂不紧，内心的风声》要《穿过大半个中国去睡你》，表达《我爱你》，因为《我的身体是一座矿场》……

同样，口语化的诗歌语言，也让男性诗人在新世纪的写作，焕发了新的生机，如男性诗人李少君在《虚无时代》中《眺望》，继《隐士》之后，还要做一个《新隐士》，以《渡》过"黄昏的渡口"，因为"黑夜即将降临"；泉子在《永恒的星辰》下《听琴》，因为《唯有无言才配得上这生命之寂寞》；舒洁在后现代的末世穿着《永世》的《青衣》《阅尽苍茫》；树才浪漫的斥责"春天只顾开花/春天没有方向"（《春天没有方向》）；伊沙悲叹《诗国不堪回首月明中》……

可以说，进入二十一世纪以后，这种口语化的诗歌语言写作倾向，使当代女性诗歌和当代男性诗歌的个人化书写无所不用其极，别开生面、绚烂多姿、愈演愈盛、登峰造极。但是，口语化必须有节制，否则，就会损害和消解诗歌的基本审美属性。如由于过度的口语化，无节制的口语化，致使新世纪的当代女性诗歌写作和当代男性诗歌写作，出现了杂花生树、群莺乱舞的局面。一些假诗、非诗、伪诗，以恶搞的方式趁机混淆其中，消费着诗歌的基本审美性，在口语与口水的大战中，将诗歌的基本属性彻底解构架空。如赵丽华的"梨花体"、阿毛的《当哥哥有了外遇》所引起的诗歌形式、诗歌传统与标准、口语入诗等一系列问题的讨论。可见口语化在给当代诗歌、当代女性诗歌带来写作的个人化、自由化、现代化的繁荣绚烂景观与局面的同时，也带来了一定的弊端与问题，它让我们重新思考传统与现代应该如何更好地有机融合，以让新诗在进入新世纪以后焕发出新的写作生机。因此可以说：口语化预示着挑战与机遇并存。

最后，二十世纪九十年代特定的后现代文化背景，又必然使拼贴、戏拟、反讽等其他后现代性手法开始大量进入诗歌，使二十世纪九十年代的女性诗歌在以叙事为主要表达手段而兼有小说、戏剧、散文等现代性风格的同时，呈现出复杂多样的后现代性特征，又呈现出现代与后现代亦庄亦谐的两种不同风格的写作模式，进入鱼龙混杂的现代性与后现代性双重写作时期。

但是，以上这些写作变异基本上是属于在诗歌写作观念上和艺术手法上的个人化变异的倾向，它基本上体现的是"怎么写，如何写"的问题，实际上二十世纪九十年代女性诗歌的个人化倾向还不仅体现在"怎么写，如何写"的艺术技巧层面上，它更体现在"写什么"的层面上，也即体现在诗歌写作思想内容题材的个人化变异上。这种思想内容题材方面的个人化变异主要体现在二十世纪九十年代的女性诗歌已告别了二十世纪八十年代中后期高昂、单调的性别对抗而进入了一个激情和词语磨合的时期，并在激情和词语的磨合过程中，转入对日常生活的散文化抒写和个体内在生命的沉思。同时，在日常生活的散文化抒写和对个体内在生命的沉思中展示现代主义与后现代主义共存的丰富多彩的多元化的美学写作态势。

正是由于这种内容层面上的多元性个人化抒写展示，于是在二十世纪九十年代的女性诗歌写作中，我们既会看到翟永明、王小妮和陆忆敏等充满哲理深度的现代性诗作；也会看到安琪、尹丽川等充满游戏消遣的后现代性平面诗作。既会在安琪的《诞生》中看到"爱情的碎片"，也会在郑玲的《渴望麒麟》中看到爱情的神圣；既会看到陆平的《烦恼细细密密》，也会看到唐亚平的《形而上的风景》；既会看到扶桑的《乡土戏》，也会看到徐久梅的《阵痛的城市》；既会在陆平的《城市歌谣》中体会城市的喧嚣与浮躁，也会在蓝蓝的始终充满神性的写作中领略乡村的宁静和幽美。由于二十世纪九十年代女性诗歌在内容层面上的多元性个人化抒写展示，使得无论是抽象的形而上的生命沉思，还是形而下的具体微观日常生活的细小角落都在二十世纪九十年代的女性诗歌中得到了巨细无遗的展示。因此，个人化抒写的结果必然造成精神生活和物质生活的多样性表现。同时，这种内容上多样性的个人化展示自然也就带来了良莠并存的诗歌写作现象，使得一些不合时宜的、平庸、不健康的内容也混杂着走进诗歌中，如"我是个平和的女子/能吃开心的食物/我的手指上有绿色的斑点/那是一个日子变的/那是日子好看/并纪念一个杰出的人/我在大街上穿着大摆裙/腰肢纤细/动不动说一句漂亮的英语"（邵薇《过日子》），这样的诗呈现的是大俗大媚的人间烟火的凡俗取向，它几乎就是日常生活的复制。还有的诗歌甚至直接就以日常平庸的心态来命名诗歌，如蓝蓝的《让我接受平庸的生活》。此外，像海男的《翻开今天的报纸》、林珂的《酒这东西》、路也的《两个女子谈论法国香水》也都是表现平庸的日常生活俗事。

这样由于时代转型和诗歌写作自身变革合力促成的现代性结果，就使整个二十世纪九十年代女性诗歌写作，无论在思想内容层面，还是在艺术写作形式、手法、样态、审美选择上，都呈现出一种反对一切宏大叙事的个人化的转型态势和倾向。以往那种作为现代性宏大叙事话语的国家性、民族性、阶级性话语，在二十世纪九十年代这个大众消费文化盛行的特殊时代里就自然转化为一种更具时代性的个人性话语。如果说，二十世纪八十年代中后期女性诗歌的崛起是这种个人性话语即将崛起的一种最早、最明显的征候，那么只有在二十世纪九十年代，在这种特殊的后现代性社会文化语境下所造成的真正个人化时代，女性诗歌那种高昂的单一向度的性别对抗话语，才能真正转化为一种更具时代性的、真正意义上的，也即去性化以后的个人性话语。

总之，由于二十世纪九十年代在日常生活和文化理念上，呈现为一种多样性的散文化现实和多重性的文化价值选择、多元化的生活方式所造成的非中心的个人化的后现代性情境，于是与其相应的诗歌写作，在思想内容和艺术写作手法形式上，在诗歌审美呈现样态上，必然体现为一种驳杂相间、现代性与后现代性共存的散文般的多元性个人化写作态势，并且这种多元性个人化写作态势不仅存在于不同的写作者身上，而且还存在于相同写作者的不同创作时期以及不同创作题材方面，兹不赘言。

但是，无论女性诗歌在二十世纪九十年代呈现出怎样斑驳错杂的多元性个人化写作态势，也无论它的主题是什么，有一点我们必须深信，二十世纪九十年代女性诗歌在对诗歌文本的纯粹文学意义上的追求，即艺术见解和写作技巧方面的追求是与男性作家相一致的，并且女性诗歌在经历璀璨与浮沉、喧嚣和彷徨之后，一定会达到"洗尽铅华"的成熟境地。这正如翟永明在《再谈"黑夜意识"与"女性诗歌"》一文中所说："无论我们未来写作的主题是什么（女权或非女权的），有一点是与男性作家一致的，即我们的写作是超越社会学和政治范畴的，我们的艺术见解和写作技巧以及思考方向也是建立在纯粹文学意义上的，……我们有理由相信，中国当代'女性诗歌'在历经璀璨与浮沉、喧嚣和彷徨之后，终究会出现'洗尽铅华'的成熟阶段。"[①]

正是秉承着这样的理念与信心，进入新世纪以后，我们会看到当代女性诗歌在个人化的道路上乘风飞翔、如鱼得水，在多元化艺术化的书写上绚丽多彩、姿态万千，将女性在诗歌写作方面的艺术才华，发挥得淋漓尽致、至顶至极、尽显无余、风光独湛。

第二节　口语化：后时代的诗歌语言观

一、口语化：时代转型与诗歌自身的选择

一定的时代，总是决定着一定时代的语言。在某种意义上，我们可以说，语言就是一个时代的晴雨表，是一个时代的表情。时代的变革，总是最先发端于它语言的变革。时代变了，语言就变了，所以语言的变革昭示着时代的变革。由于诗歌是语言的艺术，因此，当时代发生重大变革转型时，诗歌的语言，最先发生变化，它是一个时代精神生活的窗口。这正如加布里埃尔·拉韦尔当在《艺术的使命与艺术家的角色》中所言："艺术是社会的表现，当

[①]　翟永明. 纸上建筑·完成之后又怎样［M］. 上海：东方出版中心，1997：236.

它遨游于至高境界时，它传达出最先进的社会趋向；它是前驱者和启示者。"① 因此透过诗歌这个窗口，人们必可以窥视到时代精神生活的心理动态和征象。而在历次文学变革中，诗歌又总是充当变革话语的先锋。因此在时代变革之先，诗歌语言必将率先发生变革，诗歌语言的变革，就意味着社会的变革。在某种意义上，我们可以说，诗人是时代的预言家，是时代的夜莺，在其先锋性质的诗歌语言中，总是传达着最先进的社会变革趋向，诗歌语言的变革即是时代社会即将发生巨大变革的象征。正是在这个意义上，传达先进先锋性的诗歌语言，被称之为"预言诗"。

众所周知，二十世纪九十年代中国在社会生活各方面正处于现代性的急剧变革中。当历史进入二十世纪九十年代，中国无论在政治、经济、文化等各方面，都发生了断裂性转型，开始进入了一个大众消费文化时代，在社会意识形态上，呈现出多变、复杂、暧昧、含混、迷离、多元共生的后现代性社会情境。现代性观念理性意识的追求，商品经济的确立，市场经济的转型，造成经济的高速发展，与之相应的是政治经济文化社会生活诸多方面一体化的转型，历史开始进入以商品经济为主导、杂糅并包、多元共生的以后现代主义为特征的后现代大众消费文化时代。它意味着传统计划经济体制以及与之相应的宏观社会政治意识形态话语、宏观政治、沉重型的宏大叙事话语开始失效，历史开始进入一种侧重于消费性、个人化的后大众化时代，即一种微观政治时代。与之相应的是一种侧重于个人性微观意识形态的话语，以一种小轻松、小清新、新奇化、个人化面孔的微观叙事，开始出现和确立，并在整个社会精神生活的领域里轻灵地流动着、弥漫着，随时随地地创造表现并描述着，这个时刻处在现代性变革时代里的"微生活""微动态""微精神""微信息"……，也即以这种"微叙事"时刻记录着这个时代的正在进行的现代性的"微变化""微表情"。

在某种意义上，可以说，伴随着二十世纪九十年代现代性意识的追求，商品经济的确立，整个社会后现代主义向度的转型，我们就已经开始从传统的宏观政治时代、宏大叙事时代，进入了一个现代性的微观政治时代、微观叙事时代，简称为"微时代"。如我们这个时代盛行的许多"微话语"命名："微波""微机""微信""微文学""微小说""微运动""微生活""微诗

---

① 马泰·卡林内斯库. 现代性的五幅面孔［M］. 顾爱彬，译. 北京：商务印书馆，2002：
115.

歌"……一系列"微话语"就是这个以现代性的后现代主义多元性为特征的"后时代""微时代"精神话语的标志。这一系列"微话语"的出现与盛行，正表明时代进入一个以"崇微"为特征的微观话语时代。具体言之，"崇微"时代，也就是以"崇微""崇细""崇小""崇轻""崇灵""崇巧""微俏""崇变""崇动"为风尚、为特征的时代，因此这种"崇微"时代必然是一个崇尚微细化、小巧化、多元化、个性化、唯自我的个人主义之风盛行的个人化时代。因此与这种个人化时代最相适应的诗歌语言，就必然是具有随意性、个人化、千人千面的、最具个性化、具有最大包容量的口语性质的语言。

同时，由于时代转型造成的多元性后现代"微话语"的出现、存在与盛行，在社会生活的诸多审美风尚方面，开始呈现出先锋、颓废、媚俗、现代主义与后现代主义多元并存的局面。这正是马泰·卡林内斯库在《现代性的五副面孔》中所描述的"现代性的五副面孔"。

二十世纪九十年代中国社会断裂性的现代性转型，就使传统儒家那种"大一统"式的宏观、宏大、统一、完整、一致、连续性、永恒性、完美性社会政治文化审美意识形态，以及那种轮回性质的圆形时间观念在西方现代性意识观念的侵袭下，瞬间碎裂、崩塌、打破，取而代之的是以断裂性线性的直线型时间观念，与之相应的是在社会政治文化生活审美意识形态上出现了即时性、当下性、世俗性、碎片性、微观性、断裂性、无连续性、无规则性、破坏性、新奇性……现代性的断裂性的时间观念和审美风尚话语的盛行。

因此，二十世纪九十年代中国社会这种断裂性的、非连续化、非历史化的发展态势表明：以往那种线性的历史时间意识被打破了，与之相对应的文化美学观念也必然发生断裂性的变化与转型。这种断裂性的、非连续性的历史发展态势表明："事物不再以同以往一样的方式被感知、描述、表达、刻画、分类和认知了。"（福柯语）①

所以，从另一种意义上而言，面对二十世纪九十年代这种迅速变化的时代形势，面对这种断裂性的时间历史意识和非连续化的发展态势，作为一个具有现代性意识的诗人，也必须寻找一种新的具有一种包容性、随意性、个人性、非理性化、非逻辑性的语言，因为只有非逻辑化、非理性化性质的语言形式，才能把二十世纪九十年代中国社会那种兼容多重意向、多种意味的后

---

① 凯尔纳，贝斯特. 后现代理论 [M]. 张志斌，译. 北京：中央编译出版社，2004：57-58.

现代性情境特有的非中心、无规则、零乱、破碎、缺少统一性、连续性、复杂含混、暧昧、迷离、多元化的综合语义内容包容进去。而这种非逻辑化、非理性化，能够包容多重意味、多元意义的语言就恰好是一种叙事性质的口语性的语言，也就是被西苏和伊瑞格瑞称为"阴性写作"和"女人话"的女性化的叙事性质的口语性语言。

所以，二十世纪九十年代中国当代女性诗歌在诗歌语言观念方面的一个首要的现代性先锋变革就是叙事化诗歌观念的变革，即以叙事取代抒情。而这种能够包容多重意味、多元意义的、非逻辑性、非理性化的叙事性质的语言，正是一种口语性质的语言。在某种意义上说，正是这种口语性质叙事性语言的选用，才使二十世纪九十年代当代女性诗歌，乃至当代诗歌开个人化风气之先河，也才使具有个人性、多元化的日常生活走进当代诗歌，而使日常生活得以审美地呈现，也即日常生活消费美学得以在这个个人化时代盛行，并成为这个时代主流的审美风尚。因此说，口语性质的叙事性语言，正是这个后时代里诗歌语言注定的选择。在另一种意义上，口语性质的语言即口语化，正是这个个人化时代的最佳自由性选择，它正是这个后时代的诗歌语言观。

因此，诗歌观念和诗歌语言书写法则的变化、变革，就预示着社会主导思潮和社会法则的变化、变革，也即诗歌法则的变化，标志着社会法则的变化。正是在这个意义上，先哲们说，诗人为世界立法，诗人是一个时代的前行者和预言家。在一个时代变革之先出现的诗，往往被称之为"创世诗"或"天启"。所以，在这个意义上而言，诗歌语言观念的变革，就不仅仅意味着诗歌自身的变革，而是意味和昭示着整个社会和时代的重大变革。因此，二十世纪九十年代在当代诗歌、当代女性诗歌这场从诗歌语言观念到诗歌艺术风格等诸多诗歌书写法则方面的现代性变化与变革，就有着重大的社会时代意义，它不仅关乎着诗歌自身，还关乎着时代、关乎着整个大的社会生活。它是时代社会生活的一面折射镜，在其中折射着社会时代生活的诸多变化与变革。在这种意义上，二十世纪九十年代在当代女性诗歌这场诗歌语言观念口语化倾向的变革中，它正是整个社会即将发生现代性转型、变革的一个重大标示和信号。同时在另一种意义上它也是现代性一体化理念逻辑的一种体现，也即现代性在政治、经济、文化、社会生活、意识形态等方面的一体化理念逻辑在诗歌艺术领域里的一种精神投影和折射。

同时，诗歌语言口语化变革，不仅是时代转型的历史要求，也是当代女性诗歌自身现代性变革的一个内在现代性诉求。这正像我们曾经表述过的：随着女性诗歌写作的不断发展，女性诗歌写作最初那种过于关注内心情感的狭隘题材和大量传声筒似的直白宣泄所形成的固定写作模式，已经对自身形成了一种新束缚，成为女性诗歌写作的局限和弊端。如果任其发展，它将使女性诗歌走向深渊。正如诗人翟永明在《完成之后又怎样》中所说："……事实上'过于关注内心'的女性文学一直被限定在文学的边缘地带，这也是'女性诗歌'冲破自身束缚而陷入的新的束缚。……这亦是女诗人再度面临的'自己的深渊'。"

在另一文章她又明确表述："女性自身的局限也给'女性诗歌'带来灾难性的后果。题材的狭窄和个人的因素使得'女性诗歌'大量雷同和自我复制，而绝对个人化的因素又因其题材的单调一致而转化成女性共同的寓言，使得大多数女诗人的作品成为大同小异的诗体日记，而诗歌成为传达说教目的和发泄牢骚和不满情绪的传声筒。……'女性诗歌'正在形成新的模式。"①可以说，在当代女性诗歌写作中，这种对诗歌语言意识的自觉与变革，不仅仅见之于翟永明一个人的表述，在王小妮、唐亚平等人的诗歌写作论述中，都可见到，兹不赘述。

所以，无论从时代因素来讲，还是从当代女性诗歌写作为了摆脱那种狭隘的内心题材及其附带的自白方式所产生的弊端，为其自身发展寻找新的出路而言，女性诗歌都需要重新寻求一种新的现代性的与时代和诗歌自身发展相适应的，能表达新的个人化性质、富于灵活变化、轻松、流动、机巧、灵妙、随性、善变、动态的，又柔软、又随意性的，随时处于生长、变化中的动感性的语言。而能够容纳这种变化性质的动态性语言，恰恰就是来自生活中的鲜活的口语。可以说这种来自人们日常生活口头性质的语言，正是随时可以追踪生活和时代的变化，具有包罗万象、容括大千的能力。因为来自日常生活的口语，它的生动、灵活、富于动感、变化、随缘、随性、随机的变化性，正可以适应中国二十世纪九十年代处于现代性变革中，在社会生活方面，现代性那种无处不变、无时不变，时时恒常追求变革、断裂、创新，时时在流动、变化、生长中的一种流动性、变化性。因此，二十世纪九十年代当代女性诗歌这种口语化的语言，正与这个富于流动变化的现代性质相适应，

---

① 翟永明. 纸上建筑·完成之后又怎样［M］. 上海：东方出版中心，1997：232.

也即与齐格蒙特·鲍曼所说的"流动的现代性"① 相适应,它正是"流动的现代性"的一种体现。二十世纪九十年代当代女性诗歌语言的口语化,无论从时代转型因素,还是从诗歌自身现代性变革诉求而言,都是一种必然性、注定性的最佳选择。在某种意义上而言,它正是这个大众化的后时代里最佳的诗歌语言观。

二、口语化的结果

这样,二十世纪九十年代当代女性诗歌语言采用叙事性质的口语化语言,首先就丰富了当代女性诗歌的主题题材,使当代女性诗歌摆脱了过去传统单一抒情性质语言造成的,只能表达单一情感、单一题材的狭隘视角,而迈向了日常生活、大千世界的广阔而丰富的自然社会现实。它像一个多棱镜,也像一个万花筒,折射着自然大千世界和社会现实生活的林林总总。于是,正是由于这种口语化的诗歌语言,我们既看到了娜夜《形在何方、风的耳语》中的"现代文明";也看到了蓝蓝自然乡村叙事里《雨后》《春夜》中的《野葵花》;既在安琪《诞生》中看到了"爱情的碎片",也在陆少平的《城市歌谣》中体会了陆平的《烦恼细细密密》,体味到了李轻松《比命运更深》的《羁旅》;既看到了邵勉力《桃花遮蔽落满鸽子的神殿》,也在郑玲的《都市角落里》里看到了扶桑的《太平盛世的战争》;既在翟永明的《脸谱生涯》中看到了《祖母时光》,也在王小妮的《活着》中体悟到了《西瓜的悲哀》;既听到了翟永明的《咖啡馆之歌》,也听到了安琪的《世声》中蒲钰的《时代的绝唱》……总之,"时代的漂流瓶/倾倒了一切/我们开始在浪尖上奔跑",而"鱼已潜入深水/只有我们在岁月的表面/轻若鸿毛"(蒲钰《时代的绝唱》)。因为"完美的人已经厌倦/就像在文明中文明显得多余"(安琪《关于错误的一句话》)。而"幸福不过如此"(娜夜的《幸福不过如此》)。

这样,口语化诗歌语言的采用,就在客观上大大丰富了当代女性诗歌的主题题材,拓宽了当代女性诗歌的视角,增强了当代女性诗歌表现生活现实的能力,提高了女性自身的诗学素养和对生活、对诗歌自身的领悟力,而摆脱了单一情感、单一题材的狭隘视角,及其形成的固定模式,从一种意识形态性质的对抗性写作,而走向了一种面向人生、面向现实、面向生命本身的超越性别的诗性写作,完成了女性到诗性的转型。同时,也正是在这种面向

---

① 齐格蒙特·鲍曼. 流动的现代性 [M]. 上海:上海三联书店,2002:

人生、面向日常现实、面向生命本身的超越性的诗性写作中，女性完成了自身现代性的思想升华，轻轻化解了由性别对抗而带来的内心冲突，而进入了一个更加开阔的日常生活与自然现实人生的领域。

其次，口语化诗歌语言的结果，不仅丰富了当代女性诗歌的主题题材，也使小说、戏剧、散文性因素同时走进当代女性诗歌，从而丰富了当代女性诗歌的艺术表现手法，增强了当代女性诗歌的艺术表现功能，拓宽了当代女性诗歌的艺术表现空间。可以说，二十世纪九十年代以来的当代女性诗人在口语化的运用上，是各有所长、各具风格、各有千秋。下面，让我们看看二十世纪九十年代几位主要的诗人翟永明、王小妮、尹丽川等诗歌的口语化语言特点。

翟永明在二十世纪九十年代成功地完成了艺术转换，摆脱了过去写作中受普拉斯影响的自白语调的束缚，而获得了前所未有的自由与信心，这种成功与其采用叙事性的口语化诗歌语言有很大的关系。可以说，在当代女性诗人中，翟永明的口语化语言是独具特色的。她诗歌中的口语运用既显示了一种生活调子的亲切和自由，又不失艺术的简练、节制与张力。阅读翟永明二十世纪九十年代以来的口语化诗歌，在其貌似简白、亲切的口语运用中，词语间充满了巨大的空白性间隙，并因这种空白间隙的存在，充满了戏剧性的反讽和小说结构所不能达到的张力，使诗歌文本的多重意义在其中自由穿行，如八面来风，彼此构成一种多声部的对话，从而将二十世纪九十年代那种后现代性特有的混杂、暧昧的多元化时代情境，得到淋漓尽致的表现。

在她的《咖啡馆之歌》《盲人按摩师的几种方式》《脸谱生涯》《祖母时光》等诗中都有精粹的表现，如在这些诗作中通过日常口语的貌似随意性的松散组合运用，使诗歌词语间因空白间隙的张力，充满了一种小说性和戏剧性的多声部对话性情境，使现代与传统的对话、世俗与神圣的对话、青春与爱情的对话、个人与时代的对话、当下瞬间与永恒彼岸的对话，在诗歌中都得到充分的展示与表现，从而让生活的各种意义在诗歌中自由穿行，彼此对话碰撞冲突，而最终使那种形而上的意义失去统一性、完整性而变得支离破碎，在艺术的最大限度上表现出了个人客观生活和主观命运意志之间的一种不可化解的矛盾和冲突，并在这种不可化解的矛盾与冲突中，使诗歌所具有的内在张力，达到了一种诗歌写作技术上的极限，诗歌的审美效果和蕴含的深刻奥义也就在这种极限中得到最大效果的发挥，无声的、不能诉诸单一语言的，得以进行多向度的、多种可能的、多重意味的阐释。

而二十世纪九十年代另一位女诗人王小妮的口语叙事则在贴近生活的同时，将诗意的智性思索投射在词语的断裂空白处，让一种形而上的精神光芒照射穿行其中，伴随着读者的思索，将世俗形而下的琐屑、晦昧和尘污一扫而净，而让生活在诗歌阅读的智性思索中露出其本身平凡、光亮、纯洁与庄严的样态，如她二十世纪九十年代以后的《我看见大风雪》《月光白得很》《十枝水仙》等。这些诗歌中的口语词语的运用，都达到了一种艺术性的高度自由境地，在词语的空白裂隙处，不但闪现着形而上的精神光亮，而且达到了一种言说不尽、出神入化的禅境，并显示出了一种独特性的个人化的口语写作风格。

正是这种独特的个人化口语写作风格使其虽生活在时代之内，又超然游离于时代和世俗之外，犹如一个文字的禅师，在二十世纪九十年代这个世俗化的时代里，活在由文字所制造的另一度精神空间里而气定神闲自成一家，看尽时代潮起潮落，声名富贵若柳絮烟花。如果说翟永明的口语诗歌写作令人在后现代性的间隙中睹见的是生活的多种样态和意义变异的多种可能性，也即体现出一种不断流动变化的现代性，让人看见的是一种意义间正在变异的过程；那么王小妮的口语叙事则让人在词语的间隙处瞥见缕缕神性的光亮，体悟到一种言说不尽的禅意，令人在不能述诸的语言思维的顿悟中领悟到一种智慧花开的喜悦，以及打破正常语法规则后在语言中临风飞翔的感觉。

因此说翟永明的口语运用使人感觉到词语间各种意义间的流动变异生长情形，宛若一条正在行进着的汩汩流动的河水，而王小妮的口语运用情形则如风行水上，大化无痕。也就是说翟永明的口语运用体现的是一种诗歌写作的词语修辞技艺，而王小妮的口语运用体现的则是一种诗性的艺术，在这种艺术里语词因忘却了尘世的自我而生出翅膀，最终回归到心灵的故乡，并在归乡的途中放射出无限喜悦的光芒，将世俗现实里种种缠缚着心灵的迷惘和晦暗照亮。

同样，如果说翟永明和王小妮的口语叙事是属于一种现代主义写作向度上的口语诗歌写作，因而这种口语是一种艺术意义上的自由化的口语写作；那么二十世纪九十年代还存在着一种非艺术化的非诗化的口语写作，这就是二十世纪九十年代的那种抹平一切界限、差异，解构任何深度和本质的后现代性的作为行为艺术的非诗化口语写作，这种口语写作不是为了制造一种诗性的陌生化效果，而是有意混淆诗歌语言和日常语言的界限，是作为一种解构二元对立等级观念制度手段和策略的行为艺术。因此这种口语写作它不是艺术化的自由，不是没有经过艺术提炼和加工的过程，而是一种解构主义的，作为一种反文化、反制度、反社会的手段和策略的平面诗歌写作。

当然这种消解一切差异、本质的解构性非诗化口语写作，在一个特定的社会阶段（如思想高度禁锢时）和二十世纪九十年代的特殊过渡性时期，有一定积极意义和其合理性因素存在，但是超出一定界限，则会走向消极的反面而造成自身的解构性自杀。从口语诗到口水诗的发展泛滥就恰好在客观上证明了这个道理。所以口语化的真正目的是通过一种个人化的方式，实现一种艺术上的自由，而不是艺术行为的放纵和泛滥。当然二十世纪九十年代乘着后现代主义的"西风"，同时由于个人理解的偏差，就导致了一种庸俗思想和艺术行为暂时同流合污、混淆是非、迷惑大众的现象。但只要沉住气，站稳脚跟，擦亮眼睛，假象终会烟消云散的。

尹丽川一些典型诗作的口语化就属于这种后现代的平面性写作，但它在更大的意义上是作为一种解构性的策略和手段，它不只在破，也在立；如果我们就此认为她就是口语化般的浅薄和庸俗则是不恰当的，至少只是对她的一种片面性的理解，因为她除了故意制造出那些口语般肤浅的身体诗歌外，还有写得相当漂亮、含蕴优美而诗意无穷的口语诗，一如我们在她的《老》中所见那青春仓促的惊艳。可以说尹丽川在现代性与后现代性的双重文本的写作中，她都显出了惊人、极致的"个人化"，这在二十世纪九十年代的女诗人中是不多见的，而且起笔出手不凡，写诗的诗龄又不长，堪称诗歌奇才。在她写作时间不长，且为数不多的文学创作中，似乎让人们看到了她向各个方向发展的无限可能性，或说蕴含着各种潜在的艺术素质。她的作品是真正将精英与大众、学院与民间、高雅与媚俗、先锋与颓废完美结合一身的后现代性文本，她的后现代性个人化口语诗歌文本充分、恰当地体现了后现代文化的夹生、杂拌、混杂、拼凑的多元共生的特点，一如我们看到的在其诗歌中反讽、戏拟、拼贴、口语、叙事无所不用其极的表现。艺术在她那里通过极端个人化的方式而无限地趋近于普遍性的大众，它们是那么完美又是那么矛盾地结合在一起，她仿佛生来就是一个矛盾的特殊体。在艺术写作上她好像没经过起跑的锻炼就已经烂熟了，没经过先锋的激进就直接腐朽颓废了。因此她是这个时代快餐文化的一个产儿，或说是典型文本。

综上，我们通过二十世纪九十年代几位主要代表性女性诗人诗作口语化运用的分析，就可以看出，口语化诗歌语言的采用对当代女性诗歌完成自身现代性变革有着重大的意义。正是由于二十世纪九十年代女性诗歌写作观念口语化的变革，在客观上，丰富了当代女性诗歌的主题题材，使小说、戏剧、散文等综合性因素，更加自由地运用于当代女性诗歌，从而丰富了当代女性诗歌的艺术表现手法，增强了当代女性诗歌的艺术表现功能，拓宽了当代女性诗歌的艺术表现空间，拉进了诗歌和生活的距离，增加了诗歌和普通大众的亲和力；另一方面也在口语化的运用中，完成了诗歌语言自身现代性变革的要求，使当代女性诗歌写作在艺术上达到了一种高度自由的境地，从传统迈向了现代，并在进入新世纪以来得到长足发展，从而使当代女性诗歌进入一个凌空飞翔、随心所欲的自由飞升的境地。

第三节　日常生活审美化：消费文化时代的美学观念

一、日常生活审美化：时代转型与诗歌自身现代性变革因素

二十世纪九十年代，伴随着中国商品经济的高速发展，大众化、商业化、世俗化气息愈益严重，同时加之西方后现代主义文化在此时的广为传播，历史进入以后现代主义为特征的大众消费文化时代，与之相应的是日常生活美学兴起。因此，日常生活美学的兴起，一方面，可以说正是文化世俗化、消费化的直接结果，它是现代化进程的直接产物。现代化的进程，必然伴随着消费文化和市俗化的出现，必然导致在美学上发生一场深刻的断裂性现代变革，使得象征消费文化的大量日常世俗生活和城市生活题材走进艺术创作，最终消解了艺术和生活的界限与距离。因此日常生活的后现代美学转向正象征着我们的时代——二十世纪九十年代经历了一场深刻的现代性社会变革，标志着我们进入了一个与此前不同的大众消费文化时代。另一方面，日常生活美学的兴起，在美学上又标志着我们进入了一个后现代化时期，它将使以往现代性的那种统一、完整、连续性的美学体系产生中断，而进入了一种碎片性、断裂性、非连续性的美学感知时期。因此，它必将使现代性的那种体现内在统一美学的宏大叙事话语被一种碎片性、缺少连续性的日常生活的凡俗琐事话语取代，使得平面化的日常生活开始得以审美呈现。所以日常生活的审美化就是大众消费文化时代主导的美学观念。正是在这种时代美学观念转型的大的历史前提背景下，二十世纪九十年代女性诗歌写作也顺应时代变革的美学要求，开始从对内心个人化情感和性别压抑问题的关注，转移到对

外在日常世俗生活的抒写，使日常生活得以审美性地呈现。从而在继叙事化、个人化向度的艺术现代性变革转型之后，实现了二十世纪九十年代女性诗歌写作的又一重大现代性变革转型。

另一方面，二十世纪九十年代女性诗歌这种面向日常生活的转向，不仅是时代美学后现代性转向的大趋势所致，同时它也是女性诗歌写作自身面临着的危机和困境，而在主观上存在进行现代性变革因素所致。女性诗歌最初起源于对女性自身内心精神情感压抑的强烈诉求与呐喊。由于受时代条件等多种因素制约，这种来自男性几千年的性别压抑，只能使女性们将这种被压抑的情感长期积郁在内心里。而当中国进入经济高速发展的二十世纪八九十年代，历史终于为女性表达自己的心声、申诉自己的权力、展示女性自身的魅力提供了一种最佳的契机。于是女性们敏锐地抓住了这千载难逢的历史机遇，用一种特定的意识形态话语——身体写作来大胆地抒发她们积郁在内心的几千年的压抑愤懑之情，这就是最初以对抗话语、倒置话语著称的女性诗歌。而在这种抒写内心、面向男性的性别写作中，一方面由于普遍受美国女诗人普拉斯影响；另一方面也由于自白这种方式便于宣泄内心积郁的情感，女诗人们在诗歌写作之初普遍选择了自白的表达方式。这种自白的抒情方式在最初也确实为女性抒发自己的心声、建构女性话语起到了积极的作用。

但是随着女性诗歌写作的不断发展，女性诗歌中这种过于关注内心情感的狭隘题材和大量传声筒似的直白宣泄逐渐形成了固定的写作模式，暴露出了它的局限，并遭到了人们的苛责，对女性诗歌写作的自身发展产生了新的束缚。敏感的女诗人们很快意识到了这种过于关注内心情感题材和自白表达方式的弊端。女诗人翟永明说："女性自身的局限也给'女性诗歌'带来灾难性的后果。题材的狭窄和个人的因素使得'女性诗歌'大量雷同和自我复制，而绝对个人化的因素又因其题材的单调一致而转化成女性共同的寓言，使得大多数女诗人的作品成为大同小异的诗体日记，而诗歌成为传达说教目的和发泄牢骚和不满情绪的传声筒。……'女性诗歌'正在形成新的模式。"① 在另一篇文章中她又说："……事实上'过于关注内心'的女性文学一直被限定在文学的边缘地带，这也是'女性诗歌'冲破自身束缚而陷入的新的束缚。……这亦是女诗人再度面临的'自己的深渊'。"②于是为了摆脱这种狭

---

① 翟永明. 纸上建筑·完成之后又怎样 [M]. 上海：东方出版中心，1997：232.
② 翟永明. 纸上建筑·完成之后又怎样 [M]. 上海：东方出版中心，1997：235.

隘的内心题材及其附带的自白方式所产生的弊端，女性诗歌在二十世纪九十年代在题材方面所做出的一个突出转向就是：从关注内心转向日常生活。这样就与二十世纪九十年代盛行的后现代美学精神——日常生活审美化相契合。这样，就是在时代美学实行后现代转型与女性诗歌自身现代性变革的合力因素作用下，女性诗歌写作在九十年代实现了日常生活审美化的转向。

二、日常生活审美化之表现

二十世纪九十年代女性诗歌日常生活审美化主要表现之一是二十世纪九十年代女性厌倦了宏大题材，而让大量日常生活的平实题材走进诗歌，造就了一种平民化视角、平淡写实、激情内敛的诗歌叙事风格。因此，二十世纪九十年代女性诗歌这种日常生活的审美表现主要体现在平民化的取材、平民化的视角、平民化的叙说风格等艺术处理方式方面。在二十世纪九十年代，随着艺术与生活界限的彻底消解，作为诗人的艺术家们不再把目光投在高远的别处，而是将笔触投诸日常生活的此岸，正是在对此岸日常生活的独特关注和审美呈现中，让人惊觉作为日常生活的此岸亦是风景万千、意味繁复。因此，在二十世纪九十年代女性诗歌对日常生活的审美化处理中，存在着现代主义与后现代主义两种艺术观照视角。以现代主义视角来观照处理日常生活的诗作，主要揭示了日常生活细节中所蕴含的生活的平淡、意义的虚无、爱情的无着、青春的仓促、存在的荒诞等略带悲怆性的主题。如王小妮的《看到土豆》《活着》《西瓜的悲哀》，翟永明的《咖啡馆之歌》《盲人按摩师》，安琪的《世声》《诞生》等都属于二十世纪九十年代特有的转向日常生活诗作的代表，都是在日常生活的精微瞬间捕捉个人生活和生命体验的力作。在这些日常生活的题材中，诗人们善于捕捉生活的细节，而将激情含蓄内敛地节制在对日常细节的平淡温情的叙说视角、风格中，并在这种平淡化的叙事风格中，将生活的多重意义与命运的无常性巧妙地蕴含其中，从而使人看到生活的平淡、人生的无意义、爱情的虚空与青春的易逝，进而揭示了生命最为平凡、朴素的真实存在状态，如王小妮的"一日三餐/理着温顺的菜心/我的手/漂浮在半透明的白瓷盆里/ 在我的气息悠远之际/白色的米/被煮成了白色的饭"（《活着》）。

而在后现代主义视角观照下日常生活的审美化处理则表现为，一部分二十世纪九十年代女性诗歌在对日常生活的审美呈现中缺少了一种对日常现实反思和内省的维度，而表现出一种对平庸的日常现实生活的妥协、认同、欣赏的泛化审美态度，沉湎于世俗化的乐趣，满足现状，因循保守，丧失主体的批判理性，而一味苟且、容忍、顺从现状的无聊、琐屑和平庸，成为赫伯特·马尔库塞（Herbert Marcuse）所说的只为物质欲望所规定的"单向度的人"。这方面的题材如我们上节所例举过的，像邵薇的《过日子》、蓝蓝的《让我接受平庸的生活》、海男的《翻开今天的报纸》、林珂的《酒这东西》、路也的《两个女子谈论法国香水》以及安琪的《关于错误的一句话》等，都是表现平庸的日常生活俗事。因此这种美学价值取向的写作，一反以往宏大题材的叙事，也厌倦大悲大喜的艺术处理方式，表现了一种庸常知足的平凡心态。这一如娜夜在《幸福不过如此》中对生活和爱情平淡的诠释："我喜欢这样的时刻/就像喜欢你突然转过身来/为我抚好风中的/一抹乱发/幸福不过如此。"这正是二十世纪九十年代以商业物质主义为基础的大众消费文化所倡导的反美学伦理或说审美泛化的必然性结果。正如丹尼尔·贝尔（Daniel Bell）在《资本主义文化冲突》中所认为的：以物质主义与消费主义为根基的文化表现为"反对美学对生活的证明，结果是对本能的完全依赖，只有冲动和乐趣才是真实和肯定的生活"①。

这种日常生活的选材取向，必然导致的一个艺术结果是理性对激情的有效节制。正是这种激情的节制，才会使诗歌更适合表现日常生活状态下那种平淡庸常的真实境界，并且有利于女性诗歌写作摆脱受普拉斯影响的那种过于内倾的自白性语调。因此对激情的节制也是二十世纪九十年代女性诗歌为了最大限度表现日常平凡生活现实情境的一种特殊的策略化的艺术手段。而对激情进行节制的结果就是促使诗歌语言叙事化的转向，但这种艺术性的叙事，它不同于那种非诗化的平淡叙事。在这种意义上，它标志着一个诗人或说一代诗人度过写作上的青春期阶段而在个体诗歌写作上达到一种中年期的成熟状态。而在二十世纪九十年代女性诗人中以语言对激情的惊人节制见长而著称的是王小妮，如她在《和爸爸说话》一诗里，她将亲情的丧失、生离死别的巨大悲痛，惊人地克制在平淡的诗歌叙说中，从而将死亡的悲剧、存在的荒诞以轻描淡写的方式在平淡温情的叙事里逐渐舒缓释放。

日常生活的选材取向，导致的另一个必然的艺术结果是口语在诗歌中的大量运用，也即诗歌写作的口语化。因为口语是日常生活表达中最有力的语

---

① 贝尔. 资本主义文化矛盾［M］. 赵一凡，蒲隆，任晓晋，译. 北京：生活·读书·新知三联书店，1989：96-130.

言。当日常生活在诗歌中得以审美呈现时，它首先就体现在诗歌语言的口语化变异上。由于口语摆脱了日常语法逻辑的束缚与控件，因此它能最大限度地表现复杂的生活情境和时刻处于流动变化生成中的生活意义。这样口语化的诗歌写作就不仅增加了诗歌与普通大众的亲和力，拉近了艺术与生活的距离，而且在重新造成了诗歌语言陌生化的同时，提高了艺术表现复杂日常生活现实的能力，使日常生活得到最大限度的审美呈现。二十世纪九十年代女性诗人在口语写作方面运用比较成熟的是翟永明和王小妮，当然二十世纪九十年代还同时存在着另一类型的口语写作，即彻底非艺术化的口语写作。此内容在上节有所阐释。

二十世纪九十年代女性诗歌日常生活审美化主要表现之二即是城市生活场景在诗歌中得到突出表现。在某种意义上，城市化生活正是消费文化的重要体现，同时也是现代化文明的一个重要标志和象征。正是在城市生活中，商业和文化才如此紧密而又矛盾地结合在一起：文明与人性的冲突、物质和精神的较量、时间与永恒的追思、当下瞬间快感的眩晕与眩晕后的巨大虚空和碎片性的记忆所产生的生命中不可承受之轻。这一切都集中、鲜明而又富有意味地展现在城市化的生活题材中。因此，在二十世纪九十年代女性诗歌的城市化生活题材中，我们必可以看到历史转型期种种观念的冲突和较量，以及人们矛盾错综复杂的心态，看到文明碎片化的呈现。因此，在二十世纪九十年代女性诗歌的城市生活题材中，必然存在着现代主义与后现代主义两种写作模式。

在现代主义抒写模式的日常生活的审美呈现中，我们看到的是对文明的质疑和反思，看到的是对生命、对深度和永恒存在的形而上思索；在后现代主义模式的日常生活的审美呈现中，我们看到的是深度的解构、意义的消解、差异消弭后的平面性虚空的颓废状态，我们看到的是对生活和当下过程本身的沉醉。现代主义美学观照下的日常生活体现了一种线性时间观所产生的对生命终极意义的深度探求和时间焦虑；那么，后现代主义美学状态下的日常生活展示的则是焦虑终结后的一种颓废、媚俗乃至狂欢的末世心态，呈现的是一种文明终结后的碎片化精神存在状态。现代主义写作模式下的城市日常生活体现的是对意义深度迷恋追寻的生命悲凉之重，那么，后现代主义写作模式下的城市日常生活体现的是意义解构后的生命不可承受之轻。因此一个是略带悲剧风格，一个是略带喜剧风格。

如鲁西西的《我把信系在风的脖颈》中："我住的城市则是一些拼凑起来

的复制品。我看到的实情是人人都在闹饥荒，人人都做出饱餐餍足大腹便便的样子。"郑玲在《都市角落里》："偌大的城市/并非没有空旷的美/而是被金钱霸占了/月色很贵/一般人买不起。"李南在《他们或她们》中："他们生活的城市看不到蓝天/肮脏、缺少公德/他们呼吸的是尘土，而不是空气/他们喝的是纯净水/得用押金来赎买/他们的孩子有做不完的作业/他们的小区，遍地是晒太阳的老人/他们带着一大堆烦恼去工作。"娜夜的《形在何方、风的耳语》中："现代文明/桃杏嫁接不酸不甜/孤独迅速转移/寂寞及时慰藉/风流话嘀嘀嘟嘟/敲响话筒/我听得见你摸不着你……人人大喊/真爱/人人都是过客。"而最为典型的体现都市现代人支离破碎的日常精神生活心态的是翟永明的《咖啡馆之歌》，其中通过戏剧性、叙事性的处理，高度表现了一种现代城市文明里那种惝恍迷离、一切皆支离破碎的后现代性日常生活情境。在安琪的一些表现城市生活的后现代诗作中，一方面让我们看到了"爱情的碎片"（安琪《诞生》）；一方面让我们感到了身处文明中，对一切都感到厌倦与虚空的颓废心境。因为"完美的人已经厌倦/就像在文明中文明显得多余"（安琪《关于错误的一句话》）。总之"时代的漂流瓶/倾倒了一切/我们开始在浪尖上奔跑"，而"鱼已潜入深水/只有我们在岁月的表面/轻若鸿毛"。（蒲钰《时代的绝唱》）这样，我们就在二十世纪九十年代女性诗歌所呈现的城市日常生活审美表现中；感受到了在后大众消费文化时代里，城市人的一种生命中不可承受之轻的日常生活精神状态；感受到了一种只要过程，只重当下，变化频繁，而不要意义、思索和内容的生活状态，一如女诗人陆少平在《城市歌谣》中的句子："昨天的歌今天就老了/城市更像一个哼着小曲/而又心不在焉的赶路人/当夜晚滚滚而来泡胀一切/褪尽喧哗的城市/我辨认不出/你的思索和内容。"因此如果说现代性的审美感觉是注重文字逻辑和推理的深度感受，那么后现代性的审美则是一种犹如图像型的超越深度逻辑而只注重过程的平面展示。

二十世纪九十年代女性诗歌日常生活审美化主要表现之三是身体美学的兴盛。日常生活审美化的结果必然导致日常生活实践主体自身也成为审美化的对象，于是二十世纪九十年代女性诗歌中的身体写作就不再是二十世纪八十年代中后期的性别政治的手段和策略，而是在延续的同时产生了一种变异，成为一种大众文化性质的追求身体自身快感的青春写作的行为艺术。因此，在二十世纪九十年代女性诗歌身体写作中呈现的身体不再是伊曼努尔·康德（Immanuel Kant）、勒内·笛卡尔（Rene Descartes）的承载道德、理性、价值以及意志等的社会政治学符号，而是德勒兹和加塔利所呼吁倡导的欲望解域后的"无组织躯体"。它反对加载在身体上的一切社会性的"辖域化"束缚，而更多强调的是身体符号自然维度上的意义，强调的是对身体原始本能、快感的展示与追求，强调这种身体本能快感的正常合理性以及其产生的革命性、生产性意义。因此，承载这种性质的身体写作的诗歌文本也不再是罗兰·巴特（Rolard Barthes）所说的"作者式文本"，这种文本代表精英文化；而是约翰·费斯克（John Fiske）所说的代表大众文化的"生产者式文本"。一如尹丽川二十世纪九十年代以来创作的类似《为什么不再舒服一些》等性质的身体写作诗歌文本。

这种"生产者式文本"的诗歌文本，它的意义就不再局限于诗歌文本本身，而在于它在阅读流通过程中产生的生产性意义。它真正的意义在于一种媒介化的意义，也即文本本身充当了流行文化、意义和快感流通的社会中介，而作为文本对象本身，它的意义则是贫乏的。也就是说，这种大众文化的文本是被使用、被消费、被弃置的，它的主要功能在于在文本的互文关系中引起意义和快感的流通，所以大众文本是行为人、资源而不是对象，如尹丽川和她的《为什么不再舒服一些》，作为诗歌文本本身它几乎没有值得深刻挖掘的意义，它本身在文本的意义上是贫乏的，它具有大众文本明显的过渡性与浅白性的特征。但是尹丽川和她的《为什么不再舒服一些》却在读者阅读和人们对它的争议、评论等活动所构成的互文性关系环节中产生着潜在的生产性意义。当尹丽川和她的《为什么不再舒服一些》在女权主义者之间流通时，它代表对男权文化价值观的叛逆和挑衅；当它在一些男性中间流通时，它是获得窥视快感的对象；而对众多被压抑的女性来说，尹丽川以她的《为什么不再舒服一些》则又成为赋予权力与获得解放的行为人。

因此，尹丽川和她的《为什么不再舒服一些》的意义不在于文本本身，而在于意义和快感的互文性流通，在于一种互文性的流通过程中所产生的生产性意义，它本身并不是一个自足的文本，而是一组正在发生着的意义。也就是说，它的意义时刻处在一种扩充、更新、转换的生成变换过程中。在这种意义上，文本本身指向的不是对象，而是大众文化的行为人、例证和资源。它的目的不指向文本自身，而是以一种诗性写作式的行为艺术倡导一种诗性的艺术行为。在某种意义上，尹丽川创作《为什么不再舒服一些》的目的正在于此，这正如她诗的题目本身就隐含一种号召性的质询。因此，她就是以这种自戕自虐的身体写作的行为艺术来完成对社会规训权力的解码，从而获得一种解放的快感，并号召人们产生一种诗性的艺术行为。正如她在《挑逗》一诗中所说："女人越坚贞呵，我越要坚决勾引你们的男人。"在这样的意义上，尹丽川以身体写作的诗歌文本所构成的行为艺术，充当了大众文化快感、身体美学和先锋意义的行为代言人。由此我们也可以看出，这种生产者式的文本必须首先提供与大众相关性的大众性意义和大众性快感。否则，则不能进入意义和快感的流通领域，不能产生互文性的意义。而身体美学之所以能成为二十世纪九十年代大众日常生活美学的内容，则主要依赖于消费文化对理性深度和意义精神维度的拆除和解构。

在二十世纪九十年代，这种消费文化对理性和意义精神维度的拆除和解构，使得女性诗歌中的身体写作以一种完全泛化了的审美形式出现，即完全以一种日常生活的形态呈现出来，如上面尹丽川的一些典型诗作。此外，其他一些更年轻的女性诗人也直接将身体和快感的展示以一种日常生活的形态呈现出来，而缺失一种必要的批评维度和审美意识，如二十世纪九十年代唐丹鸿的诗歌围绕无所不在的性展开，"红窗帘扭腰站定到角落/白窗帘'哗'的一声敞开胸襟/扁平透明的玻璃乳房/朝老板和秘书响亮地坦露"（《看不见的玫瑰的袖子拂拂着玻璃窗》），再如贾薇的《吸毒的赵兵》《掰开苞米》《老处女》等都以同样的方式对身体做了日常形态的展示。

如果说二十世纪八十年代女性诗歌中的身体写作还带着一种与男性相抗衡的强烈性别政治意味，那么二十世纪九十年代女性诗歌身体写作中的身体则丧失了任何社会学、政治学的色彩与含义，而只剩下了日常生活形态下的赤裸裸的令人感到恐惧的原生态意义上的身体。这就是现代性极端发展下的结果，导致最后只剩下了这个赤裸裸的并被批评家们号称为身体美学的"性"。而早就对此给予透视性阐释的是伊丽莎白·威尔逊（Elizabeth Wilson）。他在《时尚与后现代身体》中指出：在赞美我们文化中最庸俗、最堕落的方面之时，后现代主义表达了对西方消费主义社会的破坏性过剩的恐惧，但通过对这种恐惧的审美化，我们莫名其妙地将恐惧转换成令人愉悦的消费对象，对商业文化那些最粗俗的方面赋予了一种不应有的可敬性，结果文化批评家们就随意地去探讨通俗文化的意义，在分析时常为诸如肥皂剧、浪漫小说之类的低劣艺术品辩护。①

由于二十世纪九十年代消费文化时代里日常生活美学的盛行，就使二十

---

① 罗钢，王中忱. 消费文化读本［M］. 北京：中国社会科学出版社，2003：287.

世纪九十年代的女性诗坛以及二十世纪九十年代的中国诗坛上，充斥了大量平庸的表现日常生活的诗作，而以往那种现代性的宏大题材则受到贬损和抑制，从而使伟大题材在庸常生活的浅滩上濒临绝境。一如舒婷的《伟大题材》所形容的：

> 伟大题材伶仃着一只脚
> 在庸常生活的浅滩上
> 濒临绝境
> 救援和基金将在许多年后来到
> 伟大题材
> 必须学会苟且偷安
>
> 从前的果酱作坊
> 都改成语言屠宰场
> 经过各流水线的重新组装
> 拼凑现代恐龙
> 见风茁壮成长
> 吞噬读者
> 排泄诗人
>
> 麦子、乌鸦、蝙蝠
> 从旋转舞台一一隐去
> 灯光再亮时
> 骷髅被评为最佳主角
> 演员们各领三五天风骚
> 评委声名鹊起
>
> 这些尖利的铧齿
> 耙痛我们秩序井然的神经
> 却是彻底有效的翻耕
> 回头看那伟大题材
> 未尝不是它发动的一场

自焚

至于火焰为我们接生了什么

摧毁了什么

不必注意祭师的皮影仪式

　　这种日常生活的审美化处理，抛却它的后现代主义维度，在现代主义的维度上，它仍有着积极的意义。这主要表现在：二十世纪九十年代女性诗歌中这种日常生活的转向，不仅使普通平凡的日常生活得到了一种审美呈现，而且这种日常生活的审美呈现对女性诗歌写作产生了重要的意义，即它一方面直接拉近了女性和诗歌的距离，使诗歌从精英文化的小众艺术走向凡俗大众生活，变成了大众文化艺术，增加了诗歌的亲和性和表现生活的能力；另一方面它使女性摆脱了最初诉诸内心倾诉自白的这种单调视角和语调，而将目光伸向日常生活的广阔领域，拓宽了表现视野，丰富了诗歌的表现内容，提高了女性诗歌处理诗歌与现实问题的能力。同时在对日常生活的诗化处理过程中，复杂了诗歌与现实的关系，为二十世纪九十年代女性诗歌在表现方式上走向散文化，在诗歌艺术表现上走向现代化、成熟化，在艺术取向上走向多元化，做下了铺垫。这样，对日常生活的转向，不仅扩大了二十世纪九十年代女性诗人的艺术视野，增强了女性诗人表现日常现实生活的能力，而且还在客观上提高了女性诗人领悟生活和艺术的能力，使女性走出了局限于内心世界的狭隘视野，而迈向了日常生活的广阔天地，从而最终使二十世纪九十年代的女性诗人摆脱了狭隘的性别写作而走向真正的超越一切性别局限的诗歌写作。但是，我们也应看到大量的日常生活入诗和日常视角的诗歌处理方式，也最终淡化了诗味，消解了诗性，致使诗歌最终走向散文化、非诗化、个人化的边缘化境地。

第八章

变革之后的回归：走向综合的美学道路

第一节　从性别的超越到心灵的回归：思想演变轨迹

一、对自我的探寻：在性别的视域里寻找身体的自我

1984 年，女诗人翟永明发表组诗《女人》及其序言《黑夜的意识》，标志着女性诗歌诞生和女性自我意识的觉醒与确立。女性诗歌就这样起始于女性意识的觉醒，并和女性意识紧密联系在一起。这种女性意识的觉醒表现在对女性自我的识别与追寻，而这种自我的识别与追寻首先是在性别视域里展开，如在 1992 年第 12 期《星星》上，登载有姜华的《那一天下午"三八"放假半天》一诗，明显地体现了女性对自我意识在性别视域中差异性的敏感与觉悟。

> 性别的差异如一记
> 邮戳
> 从生寄到死
> 些微的波澜
> 在貌似解放的酒杯里
> 双唇麻木
> 五千年的沉重
> 换得了一个下午的轻松。
>
> 拒绝做第二性的悲哀
> 是不能不成为第二性
> 西蒙波娃的宝典里

不识秦砖汉瓦

君不知

玉环飞燕皆尘土

留春怨春春不语

春归去

女人是一滩祸水

褒奖贞节是一根锁链

勃死的灵魂面带笑容

古往今来圣贤的词典里

女人是创造历史的羁绊。

永远的西西弗斯

诠释着有史以来女人的历程。

中西文化在女人这一章里

高度统一

被侮辱被损伤的永远是女性。

因此正是在充满政治差异的性别视域里，女性发现了那被尘封了的自我，这个自我就是被打上了太多社会化、政治学印迹的"身体"。这也就是以翟永明为代表的女性诗歌为什么以身体写作为逻辑开端。于是对自我、对身体的重视与追求，让女性进一步发现了身体、权力和政治之间的关系：以理性为代表的传统男权统治正是通过笛卡尔的精神对肉体的二元对立式的压抑来实现男性优势地位的确立。这就是翟永明为什么会借普拉斯之口对男性发出身体的控诉："你的身体伤害着我，就像世界伤害着上帝。"于是身体成为女权主义和后现代主义攻击传统思想和理性主体的关键所在，抒写身体就成为东西方女性解构男性传统，反对二元对立、反对形而上的一项重要写作策略。女性主义者认为"身体和快乐的修辞，可以以高度戏剧化的方式，揭露和反抗现代西方文化中占据优势地位的主体、升华、理念诸如此类的概念"①。同

① FRASER N. Unruly Practices：Power，Discourse and Gender in Contemporary Societies Theory［M］. Minneapolis：University of Minnesota Press，1989：62.

时福柯的"身体政治权力学说"、埃莱娜·西苏的"阴性书写"、凯特·米勒特"性政治"学说等西方女权主义理论都直接为女性诗歌的身体写作提供理论话语资源。所以，在女性诗歌写作中涌现出大量的身体修辞学，以身体写作为突破口的女性诗歌写作就成为女性确立自我意识、寻找自我、反对男权政治的一种策略和手段。

于是身体在女性诗歌写作崛起的初期就成为女性"自我"的代名词。她们在热衷于抒写身体，去除身体上的性别歧视压抑的心理印迹，对身体进行性别政治"解域化"的同时，实际上是要通过性别领域的身体政治革命，完成对那个真正超脱一切性别束缚与界限定义之本真自我的追寻，因此她们首先要去除加载在身体上的一切性别政治含义，而让身体恢复到无任何性别差异带来的政治压抑的本能自然化的躯体状态，也就是德勒兹与加塔利所强调的"无组织躯体"状态。由于福柯的话语权力理论使女性主义者认识到，这种身体政治权力主要是通过语言话语秩序建构起来的，因此摧毁男权身体权力政治必须也通过话语权力秩序的解构来实施，所以摧毁男权统治必须先解构男权话语。这就是女性诗歌写作初期为什么会充满了大量的与男权传统观念意识形态相对抗的"倒置话语""对抗话语"的原因。

如伊蕾的早期诗作中有"妙龄时期在三月里复苏/走出没有性别的深渊"（《黑头发》），"我身上的羊毛裙已经发黑/我脚下的牛皮鞋已经开裂/我为什么要在意，为什么要修饰呢/那吃着野果的大象身上沾满厚厚的泥巴/松鼠披一身长长的土色的毛/它们以自身为荣，从不刻意伪装/也不懂得互相嘲笑/这样自由自在地生活该有多好"，"像需要呼吸，需要吃饭一样，我需要身体所需要的一切"（《流浪的恒星·七》）；以及唐亚平在《黑色沼泽》中的诗句，"我披散长发飞扬黑夜的征服欲望/我的欲望是无边无际的漆黑/我长久地抚摸那最黑暗的地方/看那里成为黑色的漩涡"，"想躺在你身上呼风唤雨"（《眼下情形》），"每一个夜晚是一个深渊/你们占有我犹如黑夜占有萤火/我的灵魂将化为烟云/让我的尸体百依百顺"（《黑色金子》）；翟永明"今晚所有的光只为你照亮，今晚你是一小块殖民地"（《渴望》）以及"身体波澜般起伏/仿佛抵抗整个世界的侵入/把它交给你/这样富有危机的生命，不肯放松的生命"。这样女性诗人们就通过对传统男权身体话语的颠覆与解构，清理了在性别上隐含的政治歧视的概念淤积，使身体在性别政治牢笼的束缚、压抑下解脱出来。而伴随着身体挣脱性别束缚的锁链，也就意味着女性主体的自我已摆脱了性别政治的压抑，而在性别领域里获得了自由和解放。

　　这就是女性自我解放的身体话语逻辑，女人通过征服男人、征服男人的身体而征服世界。因为女性身体在男权话语里是男性欲望符号的象征，而不是女性自身欲望和爱情的表达。它对女性自身不具有意义，而只是一具空荡荡的社会学、政治学的符号，是男性欲望的殖民地。这就是翟永明为什么会在《渴望》中发出低迷的幽怨："今晚你是一小块殖民地"，并且要"用爱杀死你""以最仇恨的柔情蜜意灌注你全身"（《独白》）。在这种意义上，即在正常性的欲望层面上，女人只是一种符号化的存在，她们的欲望实际是被阉割而不存在的。因为她们的身体已不属于自己，不是自己自然生命欲望的载体，而是各种社会化观念，尤其是男性观念的载体。因此，她们的身体是一种被书写了的身体，她们真正的身体，自然属性意义上的身体，丢失了，丢失在各种社会观念和男权意识的话语逻辑中。

　　由于她们的身体是被书写的身体，在这种被书写了的身体意义上，女性自我主体的存在实际上只是一种符号化、社会化的存在，她们并没有真正的自我和主体。于是找回那个充满正常生机欲望化的身体，找回那个作为爱情载体的身体，就构成了女性建构自我话语的焦虑；找回那具充满正常生机欲望化的身体，找回那个作为爱情载体的身体，也就等于找回了女性主体的真正自我。这就是伊蕾在《给我的读者》中为什么会说："朋友，我要告诉你，你的一切渴望都是天经地义的。"同时，这也是唐亚平为什么会在《征服》中说："除了纯真的男人和不纯真的女人/谁也不能征服我/除了心底的爱情和舌头上的仇恨/谁也不能征服我。"

　　进一步说，男性眼中的女性身体只是欲望的符号，而不是那唯一性的爱情载体，因此，在男性眼中，此一身体和彼一身体并不具有实质的区别，所以翟永明在《你》中说："爱情永远是爱情/你有欲望三千/我只有我自己。"于是重新建构女性的身体话语，去除女性身体上的各种政治社会学含义，对于女性主体的自我建构就有着迫不及待的重要意义。这样我们就会理解了翟永明《渴望》中"怎样的喧嚣堆积成我的身体/无法安慰，感到有某种物体将形成/梦中的墙壁发黑/使你看见三角形泛滥的影子/全身每个毛孔都张开/不可捉摸的意义/星星在夜空毫无人性地闪耀/而你的眼睛装满/来自远古的悲哀和快意"的内在含义，以及伊蕾的"让我的灵魂睡起/让肉体睁大眼睛"（《无名的小巢》），这样，女性的身体就越过性别的歧见、社会政治观念的束缚，经由被动的书写走向主动的书写，且由女性自我来书写，从而最终浮出历史的地表，补足了那欲望层面上始终缺失的女性身体话语。从此女性就在身体和心理上越过了那看不见的性别的栅栏，而不再是那个"迷途的女人"（翟永明《迷途的女人》）。这种通过身体话语的颠覆与建构，来走出性别的栅栏的话语行为，在女性历史上，可以说是具有着重大的意义。因为女性深深意识到"没有栅栏的囚所/比栅栏更坚硬"（伊蕾《流浪的恒星·一》），它标志着女性终于在身体话语上，摆脱了性别的束缚，找到了真正自然生命意义上的自我，而完成了性别的超越。并因这种性别的超越而使时代进入一个真正个人化、女性化的微观政治时代。因此，女诗人李小雨会在这个前所未有的女性化、个人化时代即将到来之际，如沐春风般地在《让我们爱吧》一诗中歌唱："让我们爱吧/这是两点间最短的距离。……鲜花正开满大地/鸟儿在飞翔歌唱/太阳温柔而甜蜜。"①

二、从性别的超越到心灵的回归：差异与认同

当女性通过身体写作在性别视域里，找回了那个失去的身体层面的自我，而在性别差异的意义层面上完成对男性的征服和超越以后，她们又面临着一座新的顶峰。正如虹影在《形象》中所说："我征服的顶峰/记录浮云/古堡上空，群山莽然升起/再次成为一个运动。"这新的顶峰就是寻找并表现一个女性自然灵魂上的自我，一个体现全部人性的自我。如二十世纪九十年代的女诗人张烨在《亲爱的灵魂》的题记中说"每一个女人都体现全部人性"，并在序诗中说"在我的诗中有一个灵魂/比我更真实与勇敢/智慧、幽默、豁达、反正比我强/亲爱的灵魂/我死亡/你永恒"。正是这种对自然灵魂和人性意义上自我的寻求，使女性诗歌在二十世纪九十年代平息了由性别对抗而带来的话语喧嚣，实现了一种去性化的转型，并在转型之后，呈现出了一种向心灵和自然回归的趋势。

二十世纪九十年代女性诗歌去性化转型主要表现在，二十世纪九十年代女性诗歌由一种激烈地宣扬女性性别优势的性别对抗写作转变为淡化性别差异，试图消解性别倾向的无性别写作。如女诗人张烨在其二十世纪九十年代的《无性别写作》中写道："白昼和黑夜不过是一种秩序/形状不同，之间没有玻璃/世间的万事万物是一个整体/创造的轮子是没有性别的，只有无穷无尽的生命痕辙。"并且这种无性别写作在二十世纪九十年代又进一步演化、发展到走向性别差异的认同与回归，如匡文留在《男人的光芒》中写道："既然

---

① 李小雨. 让我们爱吧 [J]. 诗神，1985（2）.

仅有女人构不成世界/我便构不成自己/男人啊/以你生命的神髓完成我的一半/以你的博大精深创造着天宇/我发育健长的过程/就是你荫护热爱滋润的过程/就是你与日月同辉的过程/我完美的成熟/是你的杰作。"这样就使女性诗歌由对性别差异的强调转化为对性别差异的认同。

于是，当这种去性化的转型完成以后，二十世纪九十年代女性自然要进行的就是展开对女性自然灵魂上的自我，一个体现全部人性的自我的探寻与表现，这样就使二十世纪九十年代女性诗歌在超越性别差异后，在一方面转向日常消费生活的同时，另一方面也转向日常生活的自然世界，将诗歌写作笔触深入到母爱、自然、人性、亲情、童心等题材的表现，并在这种日常生活自然世界题材的表现中，实现了心灵的自我回归，同时也正是在这种回归中走向深化与成熟。而这种对自然心灵回归的突出表现个案诗人之一，就是女诗人蓝蓝。

在二十世纪九十年代的女性诗人中，如果说，翟永明代表的是时代的心灵，王小妮代表的是个人的心灵，尹丽川代表的是社会的心灵；那么，女诗人蓝蓝代表的则是自然的心灵。正是她那颗永远清纯无染、与世无争的自然性心灵，让我们看到了女性在自然层面上的全部含义，那就是：人性、亲情、母爱、童心和自然。而这全部的含义集中到一处，也就是一个"爱"字。这一"爱"字，是自然赋予女性最初也是最终的含义；也正是这一"爱"字，它使女人成为爱的化身。因此，爱是女性与世界关系的最初出发点，也是最后的落脚点，女性无论经历多少坎坷，怎样在性别上张扬女权的意识，最终都要回到她心灵的归宿地——自然清纯无染的爱，那是女性自身心灵的最终归宿。世界正是在女性爱的回归中获得圆满，女性也正是在爱的回归中走向心灵的成熟。二十世纪九十年代女性诗歌更是在女性回归心灵的大爱中走向深化与成熟。

在这样的意义上，蓝蓝歌唱自然心灵，歌唱人性、自然、亲情、母爱、童心，歌唱爱的诗歌在二十世纪九十年代的出现，就有着重要不可或缺的意义。因为它代表着人性生存的自然维度，它是对这个物欲喧嚣的时代一个最重要的精神清凉的平衡剂。很难想象，在二十世纪九十年代，如果没有蓝蓝的诗歌存在，我们的时代和我们时代的诗歌将会怎样令人失望，并因这失望而失落、因这失落而怅惘。因为，人性的全部存在真理就是超脱一切差别与纷争的爱，爱就是人性，就是神性，也是物性。正是在爱的追求、向往与回归中，使人性、神性、物性获得统一，并在这统一中，重新回归到心灵，回归到自然，消泯了一切差别的对立与纷争。因此，蓝蓝歌咏爱、歌咏自然、歌咏人性和生命的诗歌，在二十世纪九十年代的出现，既代表着其个人的一种诗歌精神旨趣风格，更代表着时代和诗歌暗含的一种对女性化心灵和自然的企盼、呼唤与回归。在这样的意义上，蓝蓝不仅属于她个人，更属于整个时代。如果说，二十世纪九十年代注定是个女性化的时代，那么蓝蓝将和她的诗歌一起，让我们看到女性化时代的真正内在含义。

还是让我们回到蓝蓝的诗歌中，让我们在她具体的诗歌中去体会那份在自然中永恒的亲情、人性以及对生命和生活的热爱。首先，看她在亲情中对爱的诠释，蓝蓝有一首诗叫《一切的理由》。诗中这样写道：

> 我的唇最终要从人的关系那早年的
> 蜂巢深处被喂到一滴蜜
>
> 不会是花朵
> 也不会是星空
>
> 假如它们不像我的亲人
> 它们也不会像我。

诗中就这样把人类的亲情放到了宇宙中先于自然的第一位。在这里，"我的唇"以及"人的关系那早年的"，代表的是起始于人类幼儿时的亲情，"蜜"则代表亲情甜蜜的慰藉。而"不会是花朵"和"也不会是星空"，则代表的是与亲情相对的自然，而这自然只能居于亲情之后。"不像我的亲人"，"也不会像我"两句则表明："我"是依赖于亲情的慰藉而不是自然的力量而成长并存在。在这里，亲情影射的深层含义是人类最远古的，也是最长存的"爱"。由此，阐发的真理是：爱先于宇宙自然，没有爱的存在，载满花朵和星空的自然对于人类而言，则是没有意义的。从而阐发的深层真理是：人是在爱的关系中生活并存在着的。这同时也就是泰戈尔诗中的含义："当我们热爱这个世界时，我们才生活在这个世界上。"没有爱的存在，世界将变得毫无意义，个体的我也将不存在。因此，世界始于充满亲情的爱，正如诗的标题所揭示的，它是存在的"一切的理由"。

再让我们看她在《柿树》中，对处于现代都市文明中的人性和自然的阐释。

柿树

下午。郑州商业区喧闹的大道。
汽车。人流。排长队人们的争吵。
警察和小贩争着什么。
电影院的栏杆旁。
——亲爱的，这儿有棵树
有五颗微红的果实。
灰色的天空和人群头顶
五颗红柿子在树枝上
亲爱的，它是
这座城市的人性。

在这里，人性就是自然，就是与世无争，就是一尘不染，就是与"喧闹"和"争吵"相对的，充满生机的寂静无语；就是独处的包容与智慧，就是闲闻"庭院争吵"，静观"街市喧闹"而超脱于城市"灰色天空和人群头顶"，长"在电影院栏杆旁"的"五颗红柿子"。因此，人性就是与文明相对，而本来无一物，更不惹尘埃的清静自然本性，就是拒绝商业电子时代的喧嚣与机械文明的异化，而回归到清静本色的自然。不过，她对这种作为超脱世俗的清静自然本性的人性表现得最为生动、贴切至极，并将人性、母爱、童心、自然融合无间的作品，是另两首小诗，《歇晌》和《正午》。

歇晌

午间。村庄慢慢沉入
明亮的深夜。
穿堂风掠过歇晌汉子的脊梁
躺在炕席上的母亲奶着孩子
芬芳的身体与大地平行。

知了叫着。驴子在槽头
甩动尾巴驱赶蚊蝇。

丝瓜架下，一群雏鸡卧在阴影里
间或骨碌着金色的眼珠。

这一切细小的响动——
——世界深沉的寂静。

正午

正午的蓝色阳光下
竖起一片槐树小小的阴影

土路上，老牛低头踩着碎步
金黄的夏天从胯间钻入麦丛

小和慢，比快还快
比完整还完整——

蝶翅在苜蓿地中一闪
微风使群山猛烈地晃动

　　首先我们看到在《歇晌》和《正午》中对人性之爱的表现超脱了性别、物种之界限。而这种超脱界限差异与分别的爱是通过身体的描写展示的，如"汉子的脊梁""奶着孩子的母亲""甩动尾巴的驴子""骨碌着金色的眼珠的雏鸡""低头踩着碎步的老牛""在苜蓿地中一闪的蝶翅"。在这里，身体再也不是充满性别政治差异的社会学符号，也不是德勒兹和加塔利的"无组织躯体"，而是真正消除了一切文明与社会政治印迹的，与宇宙万物和谐融为一体的，健康、清新的自然性躯体。这样的躯体却能以"细小的响动"，让心灵感知"世界深沉的寂静"。因为"小和慢，比快还快/比完整还完整——"，所以"蝶翅在苜蓿地中一闪""微风（就）使群山猛烈地晃动"。相反，后革命时期的"无组织躯体"掀起的"千高原"运动，却只能使身体充满社会斗争的喧嚣，而不能损自然于纤毫。这样就在一种无声的反讽中，将后现代文明对人性的异化、对身体和心灵的戕害，给予深刻的批驳和讽刺，并在批驳和讽刺中导向对心灵和自然的回归。因此，在这里体现了蓝蓝对现代性的深刻反思，这当是蓝蓝诗歌创作的深意。

蓝蓝另有一诗名为《自波德莱尔以降》更为直接地表现了对现代性所造成的城市文明的深刻反思和对业已逝去的自然的悲悼。全诗如下：

自波德莱尔以降

自然之物远了。在一场告别仪式中
不是与动物和植物。
城市的广场有修剪过的绿地。
有整齐的街树。是的
人屈服于此。

没有什么进入我们的生活——
几颗星从遥远的夜空投来光
从一扇楼房的窗口望去
——已是过去式。

我们不再走出自己的手。
不再走出皮肤和眼睛。花香和
杂草丛，它们从未有过？
每一个定律都令我恐惧。但我感到它
——这是值得的。我活着
双手紧紧抓住谷子的
呼吸——在风中……

诗中写得尤为精彩的是："我们不再走出自己的手/不再走出皮肤和眼睛。"这里"自己的手"代表的是与心灵相对的作为技术主义的手段，并进而引申为人用技术的手段而不是心灵来获得物质。因而必然造成功利主义的喧嚣和技术手段对心灵的漠视与异化的浮躁社会现实。在这种意义上，"走不出的自己的手"，就是走不出物欲的束缚，就是对心灵的疏离，对技术手段的迷拜，并进而导致对商品和功利崇拜的拜物教主义。而诗中的"不再走出皮肤"，则隐含着人对外在感官身体快感享受的追逐与沉溺。这种追求终将导致崇高精神的颓败，而世俗生活的颓废、媚俗、浮躁与堕落，将导致对形而上的精神的追求和心灵的厌离、背弃与放逐。诗中的"不再走出自己的眼睛"，则象征现代人在电子技术文明的影响下，贪恋外在色相所造成的视像、幻影世界，而不能用心灵去感知描绘那本来存在于人内心中的丰富的大千世界。因为从深层次上讲，心正是万物的主宰，大千世界无一不是心的影现，心能含万物色相。正所谓："心如工画师，能画诸世间。五蕴悉从生，无法而不造"（觉林菩萨偈）。所以这里的"手、皮肤、眼睛"代表的是人通过身体外在官能技术去建立自我和外界的关系，而不是用内在的心灵来进行诗性智慧的思索体悟世界，因此这里揭示的是现代人感知世界的方式发生了本末倒置的变化，即依靠官能技术而不依赖内心诗性智慧艺术，不善于发掘内在心灵的宝藏，因此导致歧见频生，是非斗争峰起，各种灾难频发。正是由于人感知世界，与世界交流方式的变化，即人和世界的关系置换为一种质碍性的、技术性的功利性关系，这样就使人的存在不再是一种"智慧的存在""诗意的存在"，而只能是作为一种手段的符号化的存在，只能"在风中，抓住谷子的呼吸"，因而最终只能走向异化和自我灭亡。这就是蓝蓝此诗中所蕴含的深刻的现代性的隐喻。她正是用这种反讽性的隐喻来完成对现代物质技术文明的纠偏，并使现代人最终导向心灵和自然的皈依。

因此，我们的时代——二十世纪九十年代，应该庆幸蓝蓝和她诗歌的出现，蓝蓝诗歌是对我们时代喧嚣的物质消费主义的纠偏。我们应该感谢蓝蓝，感谢她在使诗歌恢复到抒情维度的同时，也让我们、让九十年代的女性诗歌，走出性别视域的小我而走向与自然相融合的大我；让我们的心灵和她的诗歌一起回归到了心灵和自然，回归到了人和世界最初相遇时的初始性和谐关系境遇中，而充满了感恩、博爱、静穆与默契的和谐。

在蓝蓝的诗中，虽然我们看不到那个狭义上的社会化范畴的小我，然而，我们却在她充满爱的笔触诗语中看到一个个朴素、自然、高贵、幽雅而与万物、自然相含融、共和谐的心灵上的自我，一个真正女性化意义上的、灵魂上的"自我"。因此，这个"我"在诗中，既是"奶着孩子的母亲""裸露着脊梁的汉子"，也是"甩动尾巴的驴子""骨碌着金色的眼珠的雏鸡""低头踩着碎步的老牛""在苜蓿地中一闪的翅蝶"，更是"午间的村庄""正午的阳光""世界深沉的寂静"。同时它还是《春夜》里"那堆金黄的草、熟睡的小虫的巢"，《雨后》唱着生命情歌的"泥蛙"以及秋天里那棵悲哀的《野葵花》。因此，这个"我"正是一个摆脱了一切小我的狭隘、纷争、差异与束缚的真正女性化的"大我",这也正是诗人蓝蓝对女性化自我的诗性诠释。

因此真正的女性化的自我就是不可述诸线性逻辑语言的有限表达,而只能用心灵去体会和感悟的,与自然相契合、与万物相对话、与天地相含融而一体化,也即超脱了一切历史时间与社会空间束缚的自我,即所谓的大化无形、不可定义,它不在时间内,也不在时间外。这也正是女性主义者朱丽亚·克里斯多娃在《妇女的时间》中对女性与时间关系所作的诠释。所以女性是世界的起点,也是世界的终点,世界是从这里开始,也终将在这里谢幕。女性化的过程也就是一个通过诗性化而重新复归生命最原始的博爱化、神性化、人性化的过程,也就是一个让人性、物性与神性同在和合一的过程。因此女性化运动最终促使世界走向和谐、宁静与美好。这也正是以蓝蓝为代表的女性诗歌在二十世纪九十年代由性别的超越走向生命的回归所揭示的内在深层含义。在二十世纪九十年代女性诗人中,还有两位诗人,即沙光和鲁西西,由于宗教信仰的缘故而使诗歌呈现一种神性的光辉,并在这种神性的写作中,同样也使诗歌导向对心灵和生命的自然皈依。这里不再详述细论。

此外,翟永明、王小妮等也一如我们前面所揭示的,于二十世纪九十年代也都在性别的超越以后,致力于走向内在生命和心灵的回归。翟永明在经过女性主义的喧嚣革命以后认识到:"活跃于纸上的身体是多么轻/从远处警告生命/一点骨血在体内奔腾/抓不住/抓住的只是/一个女人/贴近/能看清皮肤以外的各种含义"(《颜色中的颜色·五》)。因而表现出了对女权主义的叛逆与厌离,而决定转向一种"面向心灵的写作",让词语与激情共舞,从一种概念的写作进入一种更加技术性的写作,表现那些艺术中最为广泛和深刻的问题——人类普遍的命运及人生的价值,而将诗"献给无限的少数人"。而王小妮则通过个人化的写作风格方式在日常生活的转向中,让心灵得到诗性的滋润和沉潜,而焕发出生命的灵光。如她在《晴朗》中感悟到生命的碎片性存在;在《十枝水莲》中"沉得住气,学习植物简单地活着";用最宁静的心情,"预知四周最微小的风吹草动"(《活着》),因为她凭借女性的诗一般的直觉深刻地醒悟到:"酒再深也要回到浅"(《重庆醉酒》)。正是这种对生命的透彻性的了悟,使她能够"独自/穿过喧嚣的街市"而"世上唯我心静如月"(《火车站》),从而不与世俗相合流,决定只为自己的心情,重新做一个诗人。此外,娜夜、郑玲、扶桑、徐久梅,甚至是安琪等也都不同程度上,在诗歌中对理性工具技术主义和物质功利主义维度上的现代性做出了诗性的反思与含蓄的批驳,而表现出一种向内在生命回归的趋势。因此,二十世纪九十年代的女性诗歌也就是在这种对生命和世俗的深刻感悟醒察中,从性别的超越走向生命和心灵的自然回归。

第二节 从后现代的词语游戏到现代生命艺术的超越:艺术发展历程

一、后现代性时刻里的诗歌书写:词语在意义裂隙间的散播性游戏

二十世纪九十年代,由于现代性理念导致经济的高速发展,人们在精神文化上提前进入一个物质主义高涨、精神文化低迷的大众消费文化的时代。这样由经济的高速发展所导致的传统精神理想的抛空,使人们仿佛在仓促间一脚跌入了那个被称作"后现代性"的时刻里,而造成了人文精神的失落,这就是在二十世纪九十年代文化思想界重新呼唤人文精神的内在深层原因。它反映了知识分子作为时代文化精英的一种现代性的敏感和焦虑。这样,当时代在仓促得来不及理顺、反思的瞬间转入到一个前所未有的后现代性时刻时,它使以往那种关于完美、统一、内在、精神、崇高、深度等现代性的连续性的美学神话观念在仓促间化为一地的碎片。昔日那完美相守如一的爱情、依靠逻辑推论和深思才能呈现的释义美和深度性的内在意义,在这个一切都支离破碎而变得表层化、平面化的后现代性时刻里,都变得如此的陌生和遥远。传统和意义在突然间产生了断裂、失落、抛空,万物皆不复存在,存在的只有无穷无尽变化后所呈现出的碎片性。于是面对这种时代的转型巨变和传统精神的断裂,许多人在一时间陷入了一种茫然无措的心理状态。这正如虹影在那隐喻性的诗句中所形容的:"失去黑暗,我们不知所措/像胶卷拉出暗盒"(《眷恋黑暗》)。

正是这种时代急剧转型过渡所造成的茫然无措的心态,使二十世纪九十年代的女性诗人面对现代人的线性时间观,面对日常生活现实所构成的一切包括爱情、青春、生命、幸福、友谊等存在问题本身产生了深深的现代性的焦虑,这种焦虑就在诗歌上首先演化为一种疯狂的后现代性的词语游戏,使破碎的意义在词语的裂隙间疯狂张扬、奔走、游戏、起舞,从而使精神的焦虑在词语的爆炸性游戏消费中得以弥散、消逝和释怀,并由于这种后现代性的词语游戏而造成了一种女性诗歌写作在二十世纪九十年代的断裂性时代转

型，即从一种高昂的性别对抗的意识形态写作转向了在日常生活中进行后现代性向度的诗歌词语游戏写作，也就是从性别的视野转向日常生活的视野。这样由于遭逢这种突然性的时代变革所产生的一种现代性的精神焦虑，同时加之此时，在文化思潮上，一种宣扬解构一切意义、深度、在场，消解一切二元对立等级制的西方后现代主义文化理论之西风劲吹，就使二十世纪九十年代女性诗歌写作在对日常生活的抒写中呈现出一种超级的词语消费现象，也就是使词语呈现一种后现代性的狂欢游戏状态，并在这种后现代性的词语狂欢性游戏中重新抒写那种后现代特有的碎片化的爱情、碎片化的时间、碎片化的政治、碎片化的感受、碎片化的记忆。在那碎片化的记忆和感受中体味一切均在过程中变化和流动，没有固定的边界与定义，万物不复常在，存在的只是一种意义无限散播和延宕的过程，从而最终体会到意义的无限流动性、生成性、变换性。这种意义的无限流动性、生成性、变换性，也就构成了齐格蒙特·鲍曼所说的那种"流动的现代性"。而我们此刻也就恰好生活在齐格蒙特·鲍曼所说的那种"流动的现代性"之中，这也正是二十世纪九十年代转型后的女性诗歌写作，所向我们展示的一种重要的后现代性含义。

在二十世纪九十年代女性诗人中，比较鲜明地体现了这种后现代性向度诗歌写作的是女性诗人安琪等。也许诗人在任何时候都生活在时代精神生活的针尖和麦芒上，所以她们比任何普通人都显得神经过敏，她们无比的敏感，并将这敏感所带来的必然性的精神焦虑化作词语的游戏隐含和倾泻在诗歌中。作为一个天生就感性的女性诗人安琪，就尤其体现了这种对时代精神变迁的高度敏感，这种敏感正体现在她那凌空高蹈、亦歌亦舞、亦庄亦谐的后现代性的诗歌词语写作游戏中。在这个意义上，我们在走进安琪诗歌的同时，就不仅走进了安琪个人的精神世界，也走进了二十世纪九十年代，整个时代的人们的后现代性样态的精神世界。在谛听安琪诗歌中词语尖叫的同时，体会到后现代性那种不复完整的碎片性心境。

在二十世纪九十年代的女性诗人中，甚至可以说在整个二十世纪九十年代的诗人中，也许再也没有谁，比安琪，更准确地把握和体现了这个时代敏感不安的、躁动性的后现代性精神内核，因此她能让词语一路狂奔尖叫，率意《越过奔跑的栅栏》而《任性》的《像杜拉斯一样生活》，摆脱种种"影响的焦虑"，无论是在诗歌写作中还是现实生活中，不断突围，不满足既有的现实，而追求永不停息的时尚变化，成为中间代诗派和第三条道路诗歌流派的代表诗人。正如她在诗歌中写道："明天将出现什么样的词/明天将出现什么样的爱人/明天爱人经过的时候，天空/将出现什么样的云彩"（《明天将出现什么样的词》）。在这个意义上，可以说，安琪不仅仅是用身体更是用心灵，用全部的身心经历，体验并书写记录着时代迅速转型变化的全部过程。因此她的诗歌最为敏感、大胆、真实地书写并展示暴露了二十世纪九十年代——时代急剧转型变化给人们带来的内在精神性的狂躁性撞击与疼痛。

她在《关于错误的一句话》中所写："我说出了错误的一句话/你最先懂得疼痛""关于错误的一句话/我愿意接受指责，但要暧昧一些/至少在我窃喜的时候"，因为"完美的人已经厌倦/就像在文明中文明显得多余""关于错误，你只能在规定的范畴内/指责我。你的规定太多/你的规定使你错过春天"。这不愿被错过的"春天"，显然就是后现代主义所着意强调的作为过程体现的"当下性""此刻性"，也就是一种典型的后现代性的"唯现在主义"式的生活存在态度。因为作为一个生活在二十世纪九十年代特有的后现代性历史情境中的诗人，诗人安琪也许比其他任何人都会更深刻地感受到齐格蒙特·鲍曼在《流动的现代性》中引用的保罗·瓦勒里（Paul Valéry）的话所表述的后现代性境遇："突然中断，前后矛盾和出其不意，是我们生活中的普遍情况。对许多人来说，这些东西甚至已经成了他们的现实需求，除了突然变卦和接连更换自己的刺激物之外，他们的想法不再得到满足……我们不再能够承受任何具有持续性的事物。我们也不再明白如何使厌倦乏味去产生出结果。"① 因此，正是这种断裂性的后现代性情境，才导致了注重"过程性""当下性""此刻性"的"唯现在主义"式的生活存在态度在二十世纪九十年代的畅销，使以往完美、统一、连续性的爱情、深度和意义在二十世纪九十年代遭到解构，而处在一种永远未完成的状态，呈现出一种后现代性的碎片化。

于是我们在安琪二十世纪九十年代以来的诗歌中会看到那"爱情幻影的碎片"，理解了她为什么会说"灰尘的存在像真实的谎言"（《诞生》）。也正因为如此，她会将"永远的西西弗，他的永远就在未完成中"作为她的诗作《未完成》的题记，把诗歌视为"文明的最后一叶碎片"（《未完成》）。这样我们就会理解安琪何以在诗歌中进行疯狂的后现代性词语游戏，如在《未完成》中"用语言消解你的意识、行动/你所认为的本质和非本质"，说"你看到我精美地走来，但那不是我/我将自己变形、扭曲，你看到我/但那不是我！

---

① 齐格蒙特·鲍曼. 流动的现代性［M］. 上海：上海三联书店，2002.

我从来没有固定的形状!"并公然声称"我写作，我只是在构造不在场的在场/我睁大眼睛睡眠，从四个方向做梦/没有任何附加成分"，因为她深知"激情能维持多久/一切都在未完成中"。所以她高呼："不要让我为了这虚幻的解救/放弃我曾有过的前夜、诗歌和罪恶/在我的生命之树我开始流亡/预言的可怕，勾勒出存在与毁灭/我感到巨大的飘带给我的愉悦/和超脱！我要这死亡的陷阱/这荒谬的坍塌的幸福"(《未完成》)。而这种激情造就的词语的游戏狂奔是源于诗人敏感地意识到："爱，完整和散开的空间/任何一种解释都有裂缝。你秉有的天赋/你的深度只能使你陷得更深"(《未完成》)。而更深的原因是来源于诗人深层的对时间和自由意识的敏感，如其所言："自由破灭，自由死在自己的追逐中/我们向时间打的传呼没有得到回音/也许有过，也许精神的旗帜再次招扬/我们已老得太快！我们与未来赛跑/那不是真实的我们/在现代的长鞭下我们是被动的！"(《未完成》)

所以归根结底，这种后现代性的词语狂奔性的游戏，所反映的是一种现代人在现代线性时间观面前，所产生的对人存在、自由和永恒问题的一种深深的精神焦虑感和虚无感。正是这种焦虑感和虚无感导致了以安琪为代表的二十世纪九十年代女性诗人在对日常生活的抒写中呈现出一种后现代性的碎片性，导致了对当下、此刻的过程性的极端占有以掩饰内在精神的空虚与焦虑的现象。正如安琪在诗《未完成》中所说，"时间是我的心腹之患"，当"时间垂下绳子，字里行间有着荒凉忙乱的意味/我写了然后我活着——"以及"他是过程，过程的流动/他是你，是我，是每一个象征/我必须抛弃记忆的概念/让文字永远滚动/我必须抛弃我们，让万物自己播撒"。由此，我们不难看出在安琪进行后现代性诗歌词语游戏狂奔背后深深隐藏着的现代性意识：由时间不能永恒所造成的关于青春、生命和爱情的悲哀和无奈。

因此，正是这种现代性恼人的时间意识，这种深陷于时间有限性的恐慌中而造成的严重精神焦虑，使二十世纪九十年代以来的女性诗歌写作产生了一种断裂和转型，呈现为一种后现代性词语狂奔游戏状态。二十世纪九十年代女性也正是在这种后现代性的词语狂奔游戏状态中，形象地表现了处于时间断片性的当下性、此刻性里的人存在的精神状态：拼命地占有、抓住每一刻，以不错过每一刻，通过对每一刻时间的占有赋予虚空的生命以实体存在的形式，以摆脱现代时间对人造成的精神压抑。这种即刻性的时间意识使二十世纪九十年代以来的女性诗歌写作在呈现词语狂奔性游戏的同时，甚至造成了一种类似于天气预报的即刻性效果。女诗人宇向的一些诗就典型而又生动地体现了这种风貌。她的《8月17日天气预报》就是典型的一例。

8月17日天气预报

各位观众，大家好！
现在向您播报今夜和
明天的天气状况：
23点至凌晨3点左右
两条在黑暗中
交媾的蛇将降临泺源大街，
它们经常尾随刺客入室
请该街的住户关好门窗，
同时《幻想即兴》会随风起舞，
并伴有W形闪电。
请大家上网时注意东经40，
北纬117.9的逆向时速，
一定避开后现代女权思潮。
另外，明晨气温将继续下降，
处女膜修补术，
男性生殖器二次发育液
将同西伯利亚寒流一起
从报纸中缝向偏南方向移动，
并在泉城广场上空停留，
短时有流星雨，
提醒大家注意防范爱情，
不然幸福会令你吃尽苦头。
今天的天气预报播送完了，
谢谢收看。

二、从后现代词语游戏到现代生命艺术的超越：时间焦虑与生命意识

二十世纪九十年代女性在时代文化发生断裂转型的形势下，由于敏感地意识到了存在和时间的关系，而致使诗歌写作呈现出一种形而下的、平面性质的后现代性向度的游戏狂欢写作，但是在这种后现代性质的平面性狂欢游戏的诗歌写作状态中，并没有给敏感的诗人即写作者带来一种永恒的精神解脱和彻底的生命超越。相反，这种沉溺于形而下的后现代平面性狂欢写作游戏，给人带来的只是一种暂时的写作快感和精神上的轻松与解脱，当这种精神上的游戏和狂欢过后，使人产生的却是一种滞重的生命无法承受之轻。于是一部分女性诗人很快跳出了这种在日常生活视野中，大肆进行着的个人消遣性质的后现代平面性词语狂欢性的写作游戏，而转向了在日常生活中对个体内在生命的沉思，并在这种日常生活中进行对个体内在生命沉思的过程中，使二十世纪九十年代的女性诗歌写作完成了从后现代性平面词语游戏性写作到现代生命艺术的超越。这样就使二十世纪九十年代女性诗歌写作在整体上，呈现出一种现代主义与后现代主义共存的综合性美学风貌，进而使二十世纪九十年代女性诗歌写作走上了一条现代主义风格与后现代主义风格等多元共存的综合性美学道路。在一定意义上，二十世纪九十年代女性也正是通过这种对个体内在生命沉思的现代主义风格的写作才最终完成了对性别和世俗生活的超越，而在内心思想世界产生一种精神性的飞越，而这种对个体内在生命的沉思主要体现在一种强烈的时间焦虑和生命意识。

当女性第一次在内心中审视自己时，她们发现的是与她们发生直接关系并导致其压抑的男性，于是她们进行了反抗男性压抑的性别写作，而当她们走出内心世界，从性别指向转向日常生活时，庸常、繁杂、琐屑的日常世界又让她们与男性共同感受到了来自生活本身的压力和对存在的共同困惑。于是她们在抛弃了性别的压抑、生活的重负之后，直接将思考的矛头指向存在自身，而再次勇敢地回到内心世界，开始了对存在自身的追问、对生命本身的沉思。如果说，女性第一次在内心中审视自己时，让她们发现的是男性的压抑；那么当她们第二次回到内心世界时，她们则在越过性别的困惑与束缚、越过日常世俗生活的羁绊，透过世俗的尘烟，要进行的是完成对存在自身的追问、对生命本身的沉思。因此女性通过诗歌写作在思想认识上经历了这样三个阶段，即从内心世界出发，开始性别写作；经由日常生活多重体验与思悟，进行包蕴复杂、含义多维的反性别写作；再次回到内心世界时，则深入到生命和存在的拷问，完成生命尖端、高峰体验的现代性深度创作和碎片性的后现代平面之作的无性别写作。而后两个阶段的转向与完成则是在二十世纪九十年代女性诗歌的创作中体现的。

二十世纪九十年代女性诗歌这种对生命沉思体现之一表现为一种突出的

时间内省意识和强烈的时间焦虑感。在某种意义上，生命的存在是以时间为标志的。因此只有对时间自身构成的过程和意义进行思考时，才能抵达生命的深层本质，在这样的意义上说，对时间自身的关注与思考，是二十世纪九十年代女性在认识上走向深化和成熟的标志。正是通过对时间问题的关注与思考，才使二十世纪九十年代女性诗歌从最初性别质疑的肤浅感性层面和后现代的平面性写作过渡到生命沉思的智性探索层面，从一种世俗社会政治、欲望、文化性别差异层面的质疑升华到内在自然个体生命哲思境界的探寻。因此，二十世纪九十年代女性诗歌这种现代主义向度的时间态度与后现代主义向度写作的时间态度不同。如果说，后现代主义向度的诗歌写作表现的是人由于无力战胜时间，而最终导向对当前此刻物欲世界和身体世界的疯狂占有、狂欢、游戏、消费乃至颓废性质的末世态度；那么现代主义向度的诗歌写作则表现出一种在对时间冥思后，对生命和存在等形而上问题进行的深度思考的精神求索和超越。如郑玲在《高峰之迷》中所说："不作精神的登高/便为肉体的囚徒/啊　心未死　我活着/我要继续赶路。"因此正是这种在路上的心情，这种对精神高峰的始终迷恋和求索，使二十世纪九十年代的女性诗歌在呈现后现代主义词语游戏的同时，又呈现出一种现代主义对生命精神探求的深度。而二十世纪九十年代女性这种对时间的内省意识和焦虑感主要表现在三方面：一是关于时间易逝性、碎片性、幻化性和无常性的认识；二是人在时间中的孤独感、脆弱感，以及由此引起的焦虑意识；三是对死亡的深层探寻和超脱玄思。由于这几方面是经常交结在一起，因此我们也将对其进行综合性的阐释和论述。

　　二十世纪九十年代女性诗人在关于时间的内省意识和焦虑感方面用力卓著，给人印象较深的是王小妮、翟永明、海男和陆忆敏等。可以说，王小妮在二十世纪九十年代诗歌的一个突出主题就是对时间自身的追问与沉思、对死亡生命终极问题的探寻和关怀，例如她的《晴朗》表达的就是时间的易逝性、碎片性与幻化性。她在诗中写道："短短的晴朗，只是削两只土豆的时间/晴朗 好像我写诗/写到最鲜明菲薄的时候/脆得快要断裂"，晴朗在诗中无疑是时间的意象。因此整首诗表达的是一种具有现代感的惊颤的时间意识。再如她在《最软的季节》中写道："春天跟指甲那么短。"而在送儿子去京城读书的《一个少年遮蔽了整个京城》一诗中则用"吃半碟土豆已经饱了/送走一个儿子/人已经老了"来形容母爱的操劳，导致在心理感觉上时间具有一种惊人的仓促性。这样就使时间从一种广义的时间范畴进入狭义的相对性时间范畴，从而使时间突破了世俗的层面而进入了一种文学所表现的那种精微心理精神层次。正是在这种心理精神的层次上，诗人成功地传达了现代性那种惊颤的时间意识。而在《和爸爸说话》一诗里，她仿佛又是在幻化的时间里和死者进行一种既虚拟又真实的言说，从而让亲情在幻化的时空里，在抽象的精神世界中获得永恒，进而超越死亡给人造成的孤独感、超脱时间的有限性，将死亡的悲剧、存在的荒诞以轻描淡写的方式在幻化的时空里击碎。

而翟永明在二十世纪九十年代关于时间意识的表现则与王小妮不同，如果说王小妮表现的是一种力图超脱具体空间的碎片性、易逝性的悲凉时间意识。翟永明则侧重于表现一种苍凉孤独、惝恍迷离、若梦若幻、轮回不止的时间意识，如她的《祖母的时光》《咖啡馆之歌》等诗中重点突显了人在犹如梦幻的时间轮回中彼此进进出出，而却在内心里深刻隔膜、毫不相干、互不相知的生活精神情态。犹如她在另一首诗《壁虎和我》中所进行的内心倾诉："隔着一个未知的世界／我们永远不能了解／你梦幻中的故乡／怎样成为我内心伤感的旷野。"这里壁虎悲悯的经验，正象征着女性对人类隔绝、孤独、寂寞命运的沉痛思索。而另一位诗人海南则将时间完全赋予可感的形式，而使时间具有一种触手可及的质感性，如她在《时光翩然而至》中写道："时光翩然而至：像残片一样／被风吹来吹去，宛如一管长箫／托到落日面前，照亮了最暗淡的一日。"与前面几位诗人不同，女诗人陆忆敏在面对时间的无常性时，则表现出一种始而惊叹继而超越的旷达潇洒态度。这正一如她的诗《可以死去就死去》："汽车开来不必躲闪／煤气未关不必起床／游向深海不必回头／可以死去就死去／一如／可以成功就成功。"陆忆敏在其独特的诗性思维中甚至将死亡想象成一种"球形的糖果"，如她的诗《死亡是一种球形糖果》所表述的。正是在这种"球形的糖果"的抽象诗思中使严峻的死亡问题变得像球形糖果一样香甜可口、"圆满而幸福"，因而使死亡摆脱常态的悲哀性恐惧而变得可以被愉悦地接受。

也许正是由于女性对时间的易逝性、碎片性、幻化性和无常性的天生敏感，使这个时代的女性诗人——二十世纪九十年代的女性诗人是如此青睐写作，热衷于写作，迷恋于写作，并在词语的写作中进行疯狂的游戏以躲避这种由时间的易逝性、碎片性、幻化性和无常性所带来的存在的空虚感和不可避免的死亡性。因此，写作在这个意义上，也就被赋予了生命存在的某种象征，它是时间和生命存在的形式，它甚至是西苏所说的"载体"。因此写作表达的是女性对时间焦虑和生命困惑的摆脱和超越，体现的是女性强烈的生命意识与时间焦虑。它是以话语的形式对存在的空间重新进行形式分割的表现，因而也是女性进入历史、进入存在、进入时间的一种体现。所以在我们这个时代有这么多的女性，无论是体制内的，还是体制外的；无论是公开的，还是私下的；也无论是专业的，还是业余的；都在不约而同地进行着一种彼此心照不宣的写作。总之，她们都如雨后春笋般地，在二十世纪九十年代——这个千载难逢的女性最为风光的女性化时代里，浮出历史地表，抢占山头，分割历史，独霸话语先锋权，进行着一场具有生命形式和存在意味的写作。在这个意义上，她们是在用写作进行着话语空间的争夺，以期进入历史、进入存在，在某种意义上也就象征着进入永恒。因而写作在女性那里也就具有某种独立而超脱于世俗的生命存在的超然性意义。诚如诗人海男所说："写作是独立的，它像是一个迷宫，一旦走入迷宫，外面的现实就跟作家不发生关联。"① 她在《我是一个女人》中写下了这样的句子。

> 我是一个女人，用来写作的时间
> 比睡眠的时间更长，用来战栗的时间，
> 比奔跑的时间更长，所以，我此刻
> 滑落了披肩，筑起了一只鸟巢。

所以正是女性这种令人惊颤的现代性时间意识，这种敏感于时间的易逝性、碎片性、幻化性和无常性，使诗人海男的生命是如此地依赖写作，迷恋于写作，并在写作的深度迷狂中形成了对死亡问题的形上焦虑，使她急于想象、安置自己死亡的形式，以避免时间的焦虑和生之恐慌。并将对死亡问题的形上焦虑，演化成那一行行节奏急促的诗句，作为诗歌抒写者本人的她，也就在那节奏急促的诗句中将死亡带来的形上焦虑，将时间的易逝性、碎片性、幻化性和无常性造成的紧张精神心理情绪释放和舒缓。这一如她在《女人之三》中写到的：

> 我握不住天空的黑虹
> 那时，苍白的梦壁独自合拢
> 一面裙铺在地上叠着花草

---

① 张晓红．海南的诗：云南、女人、死亡［J］．诗探索，2004（1）：245-255．

那个方向上不仅有死亡还有沉寂的泥土

铜像被我们埋入清泉，头发贴着头发

我不在你啜泣的风衣下死去

我不在你碎语的阴影中死去

我不在朔风的地上死去

我不在你黑暗的三角网上死去

我不在你黎明的钟楼上死去

　　这样诗人就通过诗意的幻想形式，通过一系列的否定性诗句，消解并超越了死亡的种种常规世俗的形式，而使生命的终结因对世俗和常规的否定和消解而获得诗意的超越，并因这种诗意的超越而重新获得一种神圣的庄严和高贵，同时也因这种诗意的超越而获得一种无法想象的神秘感，而变得像诗一样充满了想象的美丽和期待。这种以诗意的想象来营造死亡的美丽和神秘得无法想象的结局，使得死亡因摆脱了世俗的常规形式以及悲凉的意味，而变得充满了诗意的甜柔和美丽可以期待，使生命获得超越的方式，可以说，是二十世纪八九十年代以来的中国女性诗人在死亡问题上，富有创意的现代生命艺术想象形式。这种超越生命的死亡艺术处理方式，为生命终结的死亡蒙上喜悦、诗意、美丽、神秘色彩，从而使死亡充满了像生命一样神圣、庄严而可以期待的诗意想象，这在我国"五四"以来的新诗抒写中也是不多见的。因而是富有独特性和超越性的。这也是我国二十世纪八九十年代以来的女性诗人在这方面的一个独特性贡献，在这一点上，它体现了我国二十世纪八九十年代女性诗人丰沛而又卓越的艺术想象力。它令人再次想起诗人张烨创作的长诗《鬼男》以及其中的诗句："死亡很深很远。"因而对生命的探索也必将很深很远。

　　二十世纪九十年代女性诗歌这种对生命的沉思体现之二即表现为一种强烈的生命意识，也即对存在本身意义的直接拷问。正是在对存在本身的直接拷问中表达了一种强烈的生命意识。而这种存在的意义在诗中或体现在对生命本身过程的追问，或体现在对幸福人生的探寻，或体现在对青春以及爱情意义的思考。如安琪在《节律》中的追问："我们为什么炫耀，为什么毁灭/又为什么爱着！""我们为谁死去？"，以及《未完成》中的"什么才是真正的今天/世俗是什么/是我们拒绝又纠缠我们的？"；施伟在《幸福》中"祝福那些辛苦活着的人"，并为了追求幸福而"始终站在起始之地/扑扇着翅膀/高歌理想/满怀豪情地做些振翅欲飞的模样";而郑玲则在《渴望麒麟》中抒写对纯真爱情的歌咏。总之,二十世纪九十年代的女性是在摆脱了性别和日常世俗的困惑与束缚以后,又面临着对存在自身的困扰,而进入新一轮的形而上的思考。

　　同时,也正是在对上述问题的这种进一步的思考中我们又看到了李轻松《比命运更深》的《羁旅》、陆平的《烦恼细细密密》、扶桑的《太平盛世的战争》、邵勉力的《桃花遮蔽落满鸽子的神殿》、娜夜的《幸福不过如此》。正是通过这一系列的诗作,二十世纪九十年代的女性诗人彻悟了存在的荒诞、时间和历史记忆的碎片性、生命的虚空与青春的易逝。于是尹丽川在《老》中惊见青春的仓促以后,推出后现代的游戏之作《为什么不再舒服一些》;王小妮在《活着》以后宣布"只为自己的心情"去《重新做一个诗人》;伊蕾在《孤独者》以后抒写《三月的永生》;安琪要在《世声》中《唤醒》"那个沉睡的人",向他追问"生存与生活究竟是不是同一概念、同一进程"。而翟永明则在经过生命和诗歌的艺术沉思以后决定将诗"献给无限的少数人"①,因为"日渐请衰老的女诗人经过多年跋涉,如今已不再有倾向性。不再关心阳光和岁月的侵袭,她的相貌就是她充满威力的心灵。她清洗这个世界,为死亡写诗,与自己做爱"②。

　　这样,正是这种在对生命、存在、幸福、爱情、意义等问题的追问、思考、探寻中,二十世纪九十年代的女性获得了对生命、人性的彻悟和对生活的朴素性认识,回归到心灵和自然的平静、恬淡,并在这种回归中认识到自我的渺小,感到生命犹如无语的阳光一样在平静地流逝,从而与宇宙天地大化自然共相融合。如诗人杜涯站在《冬天的树林》里这样表述自己对生命和造化彻悟后的静穆和谐的心情:"这时我感到心中有什么在静静流去/我感到冬天里我不会再说出话来/生命像阳光一样流逝。"而学者诗人周瓒则更为内敛、谦逊地表白道:"我时常想象自己抬起头,从书页上/我想象自己,看到了一片海/有蓝色的液体,游过窗棂/但我所能领受的,只是一小片海域/我告诉自己,那从来就不是/全部的深广,况且/我坐在一个固定的地方/它提醒我,想象也不能是无限的。"(周瓒《窗外》)安琪则在《节律》中幽幽地说:"我们的孤独是孤独的全部/我们醒了,醒在青草巨大的呼吸里。"老诗人

---

① 翟永明. 纸上建筑·完成之后又怎样 [M]. 上海:东方出版中心,1997:193.
② 翟永明. 纸上建筑·完成之后又怎样 [M]. 上海:东方出版中心,1997:192.

郑敏则以更恬淡的心情在诗《隐去》中写道："只有当纷纭的现实和生命的川流/隐去时/我才真正感受到它的冲击/我用符号记载了冲动的强烈/然而我要读给你的却是/符号之外，那永不消逝的回声/请静静地听/那山谷自远方走近的风的脚步/它们永远不会被捕捉到/像一只鸟、一朵花/它们是光影/只告诉你/存在的信息。"二十世纪九十年代的女诗人就是这样通过对时间和生命存在的追问与玄思，在强烈的生命意识与现代性时间焦虑中，从最初的性别质疑以及后现代的平面狂欢写作走向现代主义艺术的深层生命沉思，并在这种沉思中获得一种精神的回归、提升和超越。这正如王小妮在诗《活着·台风》中表述的："现在我想飞着走/我想象我的脚/快得无影无踪。"这样就在客观上，使二十世纪九十年代的女性诗歌在艺术创作风格上，走上了一条现代主义与后现代主义多元共存的综合性美学道路。

第三节　二十世纪九十年代女性诗歌与二十世纪九十年代诗歌：从先锋到边缘

一、女性诗歌与先锋写作：女性化时代的先声

女性诗歌写作崛起于二十世纪八十年代中后期，它的崛起无疑是以与男性相对抗的身体写作的先锋面目出现的，身体写作成为女性摆脱男性政治话语焦虑、浮出历史地表、建构自己性别话语的一种重要手段和策略。由于这种身体写作出现在当时政治意识形态尚未完全瓦解和松动，以宏大、崇高、严肃型为核心的现代性美学观念尚居统治地位的形势下，因此它在当时文坛的出现是惊世骇俗的，它因此也就以这种惊世骇俗的写作方式和风格而被命名为先锋写作，同时也以这种惊世骇俗的身体先锋写作为即将到来的高度个人化、女性化、消费化的二十世纪九十年代鸣锣开道。所以在这种意义上说，女性诗歌先锋写作的重要深远意义在于它以大胆、反抗、叛逆的身体写作的先锋姿态开创了一个前所未有的真正女性化、个人化、消费化（也即日常生活审美化）的时代——二十世纪九十年代。在这个意义上女性诗歌充当了即将而来的女性化、个人化、消费化时代的先声，它是为那个即将到来的女性化时代——二十世纪九十年代所做的报晓性歌唱。因此它的歌喉既充满了暂时的哀怨，又充满了对不远未来的深情期待。这一如唐亚平在《忍耐着》之

中所发出的自信与期待，"忍耐着呀　忍耐着/在陡峭的悬崖和迷蒙的深渊忍耐着呀/每一个刹那的静穆/就是花开的时辰……每一刹那的沉默/就是每一个果熟的时候"，以及诗人海男所说的"而现在，此刻我们必须忍耐，要成为一个了不起的人必须忍耐"①。这就是二十世纪八十年代中后期崛起的女性诗歌这种身体写作的先锋意义。

因为任何一个具有时代政治敏感的人，当它面对二十世纪八十年代中后期女性诗歌这种大胆、激进、叛逆先锋姿态的身体写作时，他或她都会敏锐地意识到：我们即将在不久的将来——二十世纪九十年代，进入到一个与此前绝不相同的政治意识形态时期。也即将从一个以宏大叙事话语著称的宏观政治意识形态时期进入到一个以性别话语、欲望话语为突出标志的微观政治意识形态时期。在这一时期里，以身体、权力话语为标志的性别政治、欲望政治将取代以往以宏大叙事话语著称的阶级斗争政治。这就是敏感的诗评家唐晓渡先生为什么会在二十世纪八十年代中后期，女性诗歌刚刚开始崛起时，即给予女性诗歌的先锋使者——翟永明及其诗歌充分敏感的关注、肯定和高度评价的内在原因，并旋即写下了女性诗歌史上具有历史意义的批评之作——《女性诗歌：从黑夜到白昼》这篇高屋建瓴的预见性评论，并在这篇预见性的评论中预言：如果说，翟永明是通过"创造黑夜"而参与了"女性诗歌"的话，那么可以期待，"女性诗歌"将通过她（翟永明）而进一步从黑夜走向白昼。②

在这种意义上，它体现了唐晓渡作为一个诗评家，同样也是作为一个诗人的天赋性的诗性智慧和独特性的诗意敏感。因为诗人在任何时候，都是一个时代的先知。透过其诗歌先知般歌喉的歌唱，我们必会在其中感受和预见到另一个未来不同时代精神生活的气候和音息。这正如唐晓渡在其中所言："透过翟永明的诗歌，正透露出某种深远的消息。"③同时，这也正如拉韦尔当在《艺术的使命与艺术家的角色》中所言："艺术是社会的表现，当它遨游于至高境界时，它传达出最先进的社会趋向；它是前驱者和启示者。"④因此，以身体的先锋写作而著称的女性诗歌写作，也可以说是通过身体话语的喧嚣

---

①　海男. 空中花园 [M]. 昆明：云南人民出版社，1995：146.

②　唐晓渡. 女性诗歌：从黑夜到白昼 [J]. 诗刊，1987（2）：58-60.

③　唐晓渡. 女性诗歌：从黑夜到白昼 [J]. 诗刊，1987（2）：58-60.

④　马泰·卡林内斯库. 现代性的五幅面孔 [M]. 顾爱彬，译. 北京：商务印书馆，2002：115.

在性别、欲望的领域里，掀起了一场看不见硝烟的战争和革命，它预示着未来的一个不远的女性化时代、一个高扬欲望化、消费化、感官化、平面化旗帜的个人化时代——二十世纪九十年代即将到来。在这个充满看不见硝烟的战争性革命时代里，由男女性别构成的两性关系、地位将发生一种戏剧性、颠覆性的变化，并且伴随着这种两性关系、地位的变化，时代也将进入一个微观欲望政治、话语政治的后革命时代。在这个后革命时代里，男女两性将消除性别所造成的天然的以及后天的社会政治差异而握手言和，真正平分秋色、共同抒写时代历史的华章——历史赋予二十世纪九十年代特有的喜剧化篇章。

二、二十世纪九十年代女性诗歌写作：另一种意义的时代先锋写作

如果说二十世纪八十年代中后期女性诗歌中的身体写作最初是以内心精神、情感、欲望的压抑而发出反抗性的激情自白，因此女性诗歌中的身体写作在最初是带有强烈的形而上色彩的精神追求，那么在时代转型加剧后的二十世纪九十年代，即真正的女性化、个人化、消费化时代到来时，女性诗歌中这种以高扬性别对抗精神而著称的身体写作则已消失了其性别锋芒带来的先锋色彩，彻底摒弃了其内在批判、对抗的精神质素和向度，而产生了一种含义多维的综合性变异，并因这种含义多维的综合性变异而与此前单一意识形态，即单纯性别对抗性质的身体写作形成一种断裂性的转型，二十世纪九十年代女性诗歌中的身体写作，一方面演变成真正诗性的女性身体写作（如唐亚平、娜夜等人一些二十世纪九十年代以来的诗作）和与技术主义相对抗的身体写作（如安琪等人的一些诗作）；另一方面则顺应二十世纪九十年代大趋势，变得完全平面化、欲望化、消费化了，也即演变成一种追求躯体快感的青春写作，并因这种躯体写作的平面化、欲望化、消费化、感官化所构成的后现代性向度的青春写作而再次成为时代的先锋写作，也即二十世纪九十年代的先锋写作。

当然，二十世纪九十年代女性诗歌写作这种断裂性的先锋转型既不单纯体现为身体写作含义多维的综合性变异方面，也不单纯体现为这种呈现为后现代向度的追求躯体快感的青春写作方面，而是随着整个二十世纪九十年代的大的时代历史文化环境、背景的变迁，即随着二十世纪九十年代复杂、含混、反讽、暧昧、多元化、个人化、消费化、女性化的后现代性历史情境所造成的一个不同以往的大众消费文化时代的到来，体现在整个诗歌写作观念、诗歌艺术表现手法、诗歌的艺术表现功能、诗歌美学价值类型、取向等一系列方面，呈现出一种综合性、混杂多元化的先锋性变异与转型。

二十世纪九十年代，对于中国而言，可以说是个极为特殊的年代。它既不是历史上轰轰烈烈的多事之秋，也不是一个沉寂到波澜不起、宁静无声的时代，而是伴随着经济文化的转型，呈现为一种多声部的众声喧哗现象，呈现为一种暂时的暧昧、迷离的表意态势。在许多领域里，一股共同的转型激流正在潜波暗涌地向前推进着，并逐渐走向成熟。因此，崛起于我国二十世纪八十年代中后期的女性诗歌，在二十世纪九十年代也正面临着相同的转型趋势。表面上，崛起并喧嚣一时的女性诗歌在二十世纪九十年代逐渐变得沉寂并消散了。但在女性诗歌写作内部，一场重要的诗歌整体性的宏观类型置换，正在悄悄地发生着。这就是：二十世纪九十年代的女性诗歌已告别了二十世纪八十年代中后期高昂、单调的性别对抗而进入了一个激情和词语磨合的时期，并在激情和词语的磨合过程中，转入对日常生活的叙事性散文化抒写和对个体内在生命的沉思；从一种面向性别的写作，转向面向词语的写作；从过去的集体对抗，转向多元化的个人抒写。从而使二十世纪九十年代的女性诗歌写作呈现出一种表面沉寂而实际上是现代主义与后现代主义共存的多元化写作态势。

女性诗歌进入二十世纪九十年代后，就以一种去性化的写作姿态、以与传统诗歌不相类同的写作观念、语言观念、艺术表现手法、艺术表现功能和审美价值取向、风格而与此前传统的诗歌写作形成了一种现代性的断裂转型，并因这种现代性的断裂性转型而形成另一种意义的时代先锋写作。因此如果说二十世纪八十年代中后期女性诗歌是以一种高扬性别差异的身体写作成为时代的先锋写作，那么在二十世纪九十年代女性诗歌则以这种综合性、去性化的现代性断裂转型写作，而再次成为时代诗歌的先锋写作，也即二十世纪九十年代诗歌的先锋写作。这对于女性诗歌自身而言，是个颇有戏剧性的变化，它似乎呈现了一种喜剧化色彩的结果，正是这种喜剧化色彩的结果，使它在内在精神上与二十世纪九十年代的时代精神特质深相暗合。因为二十世纪九十年代恰恰就是一个力图乘着后现代主义解构一切差异、界限的西风，而在精神上和实际生活中，抹平一切差异、消泯一切对立、纷争与冲突，进而取消一切优势特权等级生活和制度的时代，并因这种对优势特权等级界限、差异的取消而呈现出一种边界移动、融合，江山重新划分、历史重新定义的喜剧化效果。

三、二十世纪九十年代女性诗歌与二十世纪九十年代诗歌：从先锋到边缘

而具体说，二十世纪九十年代女性诗歌这种由宏观整体、多元化、综合性、去性化的变异与转型所构成的断裂性时代先锋写作，首先体现在诗歌观念上，女性诗歌适应二十世纪九十年代含义多维、复杂包容、多元化的后现代性历史情境特点，更新了既有的传统诗歌观念，使诗歌由传统的对单一意识形态、情感的再现发展到对复杂意识形态、经验的综合性抒写与表现。这样由于时代复杂多元化的后现代性历史、文化情境变迁导致的诗歌观念的变迁，即由再现单一情感到表现综合意识的转变，就必然导致了诗歌语言艺术观念的变革。这就是以一种现代性、非逻辑化、非理性化的，也即能够包容二十世纪九十年代这种特定时代的复杂、含混、暧昧、多元化情境、具有多维含义的叙事性语言取代传统那种狭隘单一性的抒情性质的语言。而这种现代性、非逻辑化、非理性化的，能够包容复杂、含混、暧昧、多元化情境、具有多维含义的叙事性语言，正是一种与女性思维、精神、情感气质相契合的女性化语言，即埃莱娜·西苏所说的那种"阴性书写"和伊瑞格瑞所说的"女人话"。于是女性诗人几乎不费吹灰之力就在诗歌语言上获得了时代赋予的优势，而夺得了诗歌的先锋话语权，并进而成为时代诗歌的先锋写作。这就是二十世纪九十年代女性诗歌为什么会领先于男性诗歌而再次成为时代先锋诗歌写作的重要原因之一。同时女性诗歌也就以这种女性化的现代性先锋叙事化诗歌语言为二十世纪九十年代，开创了一个真正女性化的时代。所以诗歌语言的女性化色彩是二十世纪九十年代作为一个女性化时代的又一个重要标志。

其实，如果我们细心观察，我们会发现，我们这个时代——二十世纪九十年代，种种迹象都表明这是一个女性化的时代。由于诗歌是一个时代精神生活最敏锐的征兆和窗口，因此二十世纪九十年代的女性化色彩和特征首先就在诗歌语言的女性化性质特征上表露出来。其次对于诗歌自身而言，这种女性化色彩我们还可以从我们这个时代——二十世纪九十年代女性诗人和男性诗人的关系以及态度上得到启示：如我们这个时代的许多男性诗人都对女性诗人形成了一种非常尊敬乃至仰慕、求教的虔敬关系和态度，如欧阳江河之于翟永明；臧棣之于安琪以及翟永明；何小竹、沈浩波之于尹丽川等。而男性诗人与女性诗人建立这种充满友谊、学习的虔敬关系的结果是二十世纪九十年代诗歌愈发向女性诗歌靠拢，表现在二十世纪九十年代诗歌吸收了女

性诗歌中的先锋因素。这样，九十年代的男性诗人和女性诗人们就在一种共同认同的诗歌美学理念原则的感召下，为表现二十世纪九十年代这个具有特殊意义的、喜剧性的、复杂的历史时代进行一次喜剧化的诗歌抒写。

如果说，女性诗歌在一开始崛起时的二十世纪八十年代中后期是以一种高扬性别差异对立性质的性别对抗写作向男性《独白》（翟永明）宣战；那么二十世纪九十年代，随着一个真正女性化时代的到来，女性则已放弃了那种由翟永明的《独白》所形成的高昂热情的挑战姿态，而表现出一种对性别差异的认同与回归趋势，并随着这种认同回归，而使二十世纪九十年代女性诗歌写作最终消融于二十世纪九十年代诗歌写作，而从先锋最终走向边缘。当然这种认同、回归趋势是在女性的性别政治革命已取得了胜利的情况下，即已在实际上创造了一个女性化时代，也即二十世纪九十年代已成为一个女性化时代的革命前提下。因此二十世纪九十年代女性诗歌写作这种认同回归不是表现在政治文化心理上，而是表现在一种生理差异和其他方面的认同上。因而这种认同、回归也就表现在一种去性化的无性别写作。

当然诗歌语言观念的女性化性质的叙事化向度变革的重要先锋意义不仅在于它在客观上开创了一个女性化的时代，而且其更重要、更深远的先锋意义在于，由于这种叙事性语言的采用，它使二十世纪九十年代诗歌呈现一种综合性的散文化、戏剧化、小说化的非诗化倾向。因此这种女性化、叙事性语言的先锋意义在于它为二十世纪九十年代开创了一代非诗性的散文化诗风，并因这种现代性、非诗性的散文化诗风而使二十世纪九十年代女性诗歌以及二十世纪九十年代诗歌最终从先锋走向边缘。

这是因为，由于叙事化语言的采用，就使诗歌可以将戏剧性、小说性、散文性等综合因素融入诗歌，这样就改变了传统诗歌单一的抒情手段，而扩大了诗歌的艺术手法，丰富了诗歌表现现实、人生的手段。同时，在客观上使诗歌的功能发生了重要的变化，它使诗歌从传统的单一主观抒情走向现代的客观综合叙事。因此，女性化叙事性语言的采用，它标志着诗歌已从传统的抒情性的主体诗学置换到对他者进行综合分析性的客体诗学。于是，诗歌的功能不再是对自我主观抒情的再现而是对他者的综合客观叙事表现。并且，如果说从前传统的诗学审美视角是向内的，那么现代叙事性诗学的审美视角则是向外的；从前传统的诗歌性质是单一型抒情性质的纯诗，那么现代叙事性质的诗歌则是综合型的复义诗歌。这样，由于叙事语言的采用使诗歌的审美视角发生了一种由主体到客体、由内倾向外转的变化，就使诗歌必然从单纯地表现内在的情感走向表现外在复杂日常生活的广阔世界。这可以说是由这种先锋性的女性化叙事性语言给二十世纪九十年代以来诗歌所带来的重要变化。

二十世纪九十年代女性诗歌也就在这种诗歌表现功能、表现手段、自身性质、审美视角发生外转的形势下，在对二十世纪九十年代丰富复杂的日常社会生活现实构成的广阔世界的表现中，广泛采用散文化、戏剧化、小说化等综合性手段，并在对时代生活的综合性表现中，在诗歌的外在形式上，逐渐消泯了诗歌与散文的界限。这样，由于叙事化语言的采用，就导致了二十世纪九十年代诗歌在艺术手法、审美价值取向、表现功能和艺术风格等一系列方面都发生了一种连锁性的变化。并因这种连锁性的变化使二十世纪九十年代诗歌在外在形式上，不断朝向一种散文化、戏剧化、小说化的非诗化方向发展。同时，由于西方后现代解构主义理论的引入，又使一些反讽、戏拟、拼贴等后现代性艺术手段一同走进了诗歌，使二十世纪九十年代诗歌的叙事又呈现为一种无深度的后现代主义平面性质的非诗化叙事。这样就一方面促使二十世纪九十年代女性诗歌写作和二十世纪九十年代诗歌呈现为一种现代主义与后现代主义共存的鱼目混珠的多元化、散文化的写作态势；另一方面，在客观上又加大了二十世纪九十年代诗歌的非诗化、散文化的程度，并在这种散文化、非诗化向度的写作中，最终将二十世纪九十年代诗歌推向边缘化。这样，二十世纪九十年代女性诗歌与二十世纪九十年代诗歌之间就形成了一种从先锋到边缘的关系。

站在二十世纪九十年代女性诗歌与二十世纪九十年代诗歌之间这种从先锋到边缘的关系上，我们可以说：二十世纪九十年代的女性诗歌写作是二十世纪九十年代诗歌写作的一面镜子，从中可以透视到二十世纪九十年代诗歌的精神面貌和所发生的断裂性变化，二十世纪九十年代的女性诗歌写作的特征在一定程度上即是二十世纪九十年代诗歌写作的特征。在一定意义上，二十世纪九十年代诗歌的先锋性特征是以二十世纪九十年代女性诗歌的意义来命名的。二十世纪九十年代女性诗歌是二十世纪九十年代诗歌的一面旗帜，它的先锋性写作直接推动了二十世纪九十年代诗歌写作朝向高度个人化、散文化的倾向发展，加速了二十世纪九十年代诗歌写作走向边缘化，并且增大了边缘化的程度。在一定意义上可以说，正是二十世纪九十年代女性诗歌的先锋性写作使二十世纪九十年代的诗歌迅速从中心走向边缘。

二十世纪八十年代中后期女性诗歌由于其性别视角，使其在写作起步之初面临的是男性话语的压抑和挑战，因此这是一种面向男性的写作。随着二十世纪九十年代女性主义话语的确立，女性诗歌写作迅速从面向男性的写作转变为"面向词语的写作"（翟永明），面向诗歌本身的写作。因此，相对于二十世纪九十年代诗歌而言，二十世纪九十年代女性诗歌又是一场从边缘到中心的运动，所以二十世纪九十年代的女性诗歌和二十世纪九十年代诗歌之间又存在着一种互动的关系。女性在最初通过诗歌写作来反抗性别压抑和社会政治制度的压抑，而当性别压抑解除后，女性和男性一样仍然面临着共同的社会政治压抑和对存在本身的迷惘与困惑，正是这种同一性的压抑与困惑必将使二十世纪九十年代女性诗歌最终消融于二十世纪九十年代诗歌中，而使它从反男性中心的意识形态性质的女性主义写作走向去性化的、解构一切二元对立的二十世纪九十年代诗歌的反本质主义写作，即肖瓦尔特所说的真正同一性意义上的女性写作。因此二十世纪九十年代女性诗歌和二十世纪九十年代诗歌之间是一种既对立又统一的关系。

四、对女性诗歌写作的概要回顾与述评

女性诗歌在二十世纪九十年代与男性诗歌无疑已经实现了一种喜剧化的认同与融合。而当我们站在二十世纪九十年代女性诗歌与男性诗歌实现喜剧化的历史大融合、大团圆的时刻，也即女性诗歌从差异走向认同的回归性时刻，对女性诗歌所走过的思想历程做一概览性的回顾时，我们会发现：女性诗歌所走过的历程与法国女性主义理论家朱利亚·克里斯蒂娃在《妇女的时间》一书中对女性写作所经历的三个阶段的划分与描述完全吻合，即女性创作要经历一个对男性词语世界的认同学习的阶段；之后要经历对男性词语世界的反叛书写阶段，即二元对立式的词语立场阶段；最后是回到词语本身，直面词语世界的阶段。如果说，在新时期的女性主义诗歌的写作历程里，舒婷等女性诗人一代和翟永明、伊蕾、唐亚平一代分别完成了女性写作觉醒、确认的前两个阶段，那么新时期二十世纪九十年代以来的女性诗歌则进入了回归词语本身、直面词语世界的语言写作时期。这正如翟永明在二十世纪九十年代已从一种面向性别的写作飞速地转向面向心灵的写作、面向词语本身的写作。这就是翟永明在二十世纪九十年代为什么会倡导"词语与激情共舞"。可以说，翟永明通过二十世纪九十年代自身个体写作诗学的转换，使女性诗歌在她一个人身上即体现了女性诗歌写作的两个阶段的写作风貌变化。因此，如果说女性诗歌在二十世纪八十年代关注的是"写什么"的内容思想

层面的问题，那么在二十世纪九十年代，女性诗歌则已开始进入到"怎么写"和"写得怎样"的词语写作修辞策略的艺术技巧问题；或者说，如果女性诗歌在从前的二十世纪八十年代侧重的是一种高扬性别基调的激情宣泄，那么在二十世纪九十年代，则已经进入了激情和技术的对接与磨合时期。因此，如果说，女性诗歌写作包括女人写作、女权主义写作与女性主义写作三个阶段，那么，二十世纪八十年代中期以前的女性诗歌写作是属于女人写作；八十年代中后期的女性诗歌写作是属于典型的女权主义写作；而二十世纪九十年代的女性诗歌写作则属于性别差异认同后的女性写作。

二十世纪八十年代中后期的女性诗歌写作是以身体写作为突出标志，这种身体写作标志着这一时期的女性诗歌写作处于女权主义写作阶段。这种身体写作虽然也延伸到二十世纪九十年代，但二十世纪九十年代的身体写作已主要从侧重于性别意识的深度写作转变为大众文化注重快感消费的平面性青春写作。因而二十世纪九十年代的女性诗歌写作会表现为一种对女权主义的厌离与超脱，表现为超越性别意识的女性写作，在思想内容、审美价值取向上表现为从对时代的抗争发展到对时代悄无声息、敛首低眉的顺从性合作，在诗歌写作的内容层面和技术方面表现出性别意识的淡化，呈现为一种对性别的认同与回归，但这种认同与回归是对女性生理属性的认同与回归，是在经历了对差异的体验之后的认同与回归，是觉悟后的回归，是一种智性的回归。因此在认同回归阶段的女性诗歌写作，强调与男性的差异仅限于生理层面，而在其他方面则追寻与男性的同一。因此这个阶段的写作，是属于肖瓦尔特所说的寻求同一性的女性写作。

这种同一性体现为努力淡化、超越性别意识，向接通女性视角和人类普泛精神意识的双性同体理想迈进，在坚守女性的敏感细腻之外立于寻求思想的哲理，王小妮的《不要帮我，让我自己乱》、张烨的《无性别写作》即是两例。这一阶段，对女性的界定仅限于生理层面，而女权主义写作阶段对女性的界定则侧重于心理层面，在诗歌内容上表现为侧重于性别意识和性别经验的表现与开掘，典型的标志即是身体的抒写。女性写作阶段的诗歌写作，在诗歌表现内容上从过于关注内心的边缘地带走向日常生活和宇宙人生的广阔视野，摆脱女权主义写作阶段的躯体写作中的急躁、焦虑和轻浮色彩，从对躯体感性的迷恋升华为对生命本身的理性的沉思与质疑。从诗歌内容和艺术形式上看，女性写作阶段的诗歌写作，属于反本质主义的女性写作；女权主义阶段的女性诗歌写作属于高扬性别差异优势的反意识形态的本质主义的写作。因此，女权主义写作阶段的诗歌写作，在艺术上明显存在着粗糙、直白的特点。而女性写作阶段的诗歌则出于对躯体诗学的警觉，在完成女性意识觉醒、确立的阶段后，进入激情和语言技术磨合的阶段，因此这一阶段的写作艺术水平较高，所以女权主义写作阶段的成就突出体现在内容层面，女性写作阶段的成就则侧重于艺术技巧的提升上。这就是女性诗歌写作所经历的大体思想艺术历程走向和创作上所具有的不同特点。

第九章

传统在当代的回声：女性诗歌与
"五四"新文学传统

第一节　女权主义与"五四"新文学革命：跨越历史的回应

一、女性诗歌、女权主义与"五四"新文学革命

女权主义似乎是伴随着女性诗歌的崛起而兴起，但实际上，女权主义思想在"五四"时期新文学革命的思想内容里就已得到充分的彰显和强调。在这种意义上，女权主义与"五四"新文学革命传统是一次跨越历史的回应。在"五四"时期，女权主义是作为建设现代性国家里具有现代性思想意识国民的精神而得到强调和重视的，这种现代性的思想直接演绎为"五四"时期新文学革命中人的解放与个性解放的思想主题，而女权主义所要解决的女性解放主题也就直接体现在这种人的解放与个性解放的思想主题中。因此，虽然在诗歌意义上讲，女性诗歌是在二十世纪八十年代成为一个突起的现象而崛起并在二十世纪九十年代成熟。但是女性诗歌的崛起，作为一种现象，它并不是单纯属于女性诗歌自身的问题，而在更深的意义上，标志着女性现代性意识的觉醒、复苏与成熟，标志着对"五四"时期新文学革命中尚未得到彻底解决的女性现代性问题的历史性回溯。这种现代性的意识就是女权主义所要解决的女性自身的解放问题。正是在现代性的意义上，女性诗歌才具有一种更为深远的启示意义，这就是：它要透过诗歌这情感和精神的喉咙，呼喊的是女性自身的解放问题。因此正是女性诗歌这种现代性的内涵，使它成为现代性的重要标志和重要组成部分之一。这就是恩格斯为什么会认为：看一个社会进步和文明的程度，可以从其妇女解放程度上看出。所以作为现代性重要标志和组成之一的女性解放问题，也即是女权问题，虽然是伴随着女性诗歌在我国二十世纪八十年代中后期开始再次突起，并在二十世纪九十年

代真正得到深化和落实，从而使二十世纪九十年代成为一个前所未有的女性化、个人化的时代。但是可以说女性解放问题，也即现代性和女性发生关系是从现代性真正介入中国的"五四"时期，就已作为体现现代性精神的人的觉醒和个性解放、自由的重要组成部分而被广泛关注和讨论。这突出地体现在"五四"新文学革命的内容里。因此，站在这种角度上，我们可以说，女性诗歌所呼唤的女权主义与"五四"新文学革命是一种跨越历史的回应。

二、"五四"新文学革命与妇女解放

由于"五四"新文化运动主要是一场现代性的思想文化革命，而思想文化的要义又主要通过文学革命来实现，因为文学是最关注人性的问题，也即人的个性思想文化问题。这就是周作人为什么在《人的文学》中会把文学作为重新发现人的一种手段，其目标就在于重新铸造一种现代化人道主义精神的健康人性。因此文学革命就成为铸造具有现代性思想文化理念国民的发轫点和主要途径，成为新文化运动的主要途径。"五四"新文学革命的一个重要革命动机就是对全体国民进行一场现代性的思想启蒙，它体现在鲁迅终身都在探讨的国民性改造问题，也就是"立人"问题。而女性又是占人口的绝大比例，直接关系着现代性国民人性思想的解放与铸造，因此"五四"初期在文学革命论争的内容中，女子解放的问题曾得到先驱者们的普遍注意与重视，如周作人曾在妇女解放问题上做过专门深入细致的探讨，他把女性问题不只看作妇女自身的问题，而是看作整个人类的问题。他在《妇女问题与东方文明等》中说："妇女问题是全人类的问题，不单是关于女性的问题。"李大钊也对妇女解放问题极为重视，他在《妇女解放与 Democracy》一文中指出："社会上一切阶级都可变动……独有男女两性是一个永久的界限，不能改变，所以两性间的 Democracy 比什么都要紧，我们要的是要求两性间的 Democracy，这妇女解放运动，也比什么都要紧。"因此，从"五四"新文化运动一开始，妇女解放就作为"人"的解放的重要组成部分，而被鲁迅、陈独秀、周作人等人纳入到了现代民族国家建构的现代性视野中。也正是在这种思想认识下，新文学先驱们纷纷创刊立说，宣扬女子解放问题。在"五四"新文学革命中，许多著名的刊物，如《新青年》《每周评论》《少年中国》《新潮》等，先后发表了许多有关妇女问题的文章。许多妇女也创办了妇女刊物，如《劳动与妇女》《新妇女》《妇女杂志》《妇女评论》《女界钟》等，其中贡献最大的应属《新青年》。胡适、陈独秀、李大钊、鲁迅、周作人这些新文学先驱都曾撰文对女子解放问题发表过重要言论，力主女子在婚姻、教育、就业、恋爱上的平等与自由。而概括起来说，这些思想言论，即"五四"妇女解放问题，主要体现在政治思想文化、经济、教育、性等方面。

在思想文化上，他们力主反对封建礼教奴役，争取妇女个性、人格的平等和独立。在思想文化上争取妇女个性、人格的平等和独立，体现的也就是男女平权的政治诉求。陈独秀在《新青年》上发表的《一九一六年》一文中沉痛地向青年男女，尤其是处于被压迫的女性喊道：自居征服地位，勿自居被征服地位……尊重个人独立自主之人格，勿为他人之附属品……儒者三纲之说，为一切道德政治之大原，……一九一六年之男女青年，其各奋斗以脱离此附属品之地位，以恢复独立自主之人格！并且"五四"文学革命先驱们的伟大之处在于他们深刻地认识到女性的独立解放必须依托于整个社会制度的变革、整个被压迫阶级的解放，才能最终实现。也即个人的解放必须依托于阶级的解放、国家的解放、社会的解放。正是在这种思想指导下，李大钊、陈独秀等人确立了通过阶级斗争，改变社会制度，实现"社会主义"，来实现妇女问题的"根本解决"与妇女的"彻底解放"的革命战略。

陈独秀曾明确指出：要解决妇女问题，非用阶级斗争的手段来改革社会制度不可。他在《妇女问题与社会主义》一文中认为：妇女与劳工是社会上最没有能力的、受压迫最深的，妇女问题离了社会主义，是"断不会解决的"。因为现有的社会制度是造成一切不平等的根源，但"在社会主义之下，男女都要力作，未成年时候，受社会公共教育，成年以后，在社会公共劳动。在家庭不致受家庭压迫，结婚后不会受男子压迫，因社会主义认为男女皆有人格，女子不能附属于父，也不能附属于夫"。所以，"如果把女子问题分得零零碎碎，如教育、职业、交际等去讨论，是不行的，必要把社会主义作唯一的方针才好"。这样陈独秀就一方面确立了自己的妇女解放思想，另一方面又回击了与其相左的胡适的妇女解放观点。早期的革命者李大钊也在其几篇文章中表达了与陈独秀相同的思想，如他在《现代女权运动》中认为：二十世纪是被压迫阶级的解放时代，亦是妇女的解放时代。在《战后之妇人问题》一文中表述：我以为妇人问题彻底解决的方法，一方面要合全体妇人的力量，去打破那男子专断的社会制度；一方面还要合世界无产阶级妇人的力量，去打破那有产阶级（包括男女）专断的社会制度。这样李大钊、陈独秀等"五四"革命先驱们就为妇女解放确立了通过集体革命、阶级斗争，改变社会制度，实现"社会主义"，来实现妇女解放的战略理论思想，从而为妇女解放实践在理论上指明了具体的途径。他们的这种先锋思想理论在新中国成立后妇女解放的历史实践中得到了最好的验证。新中国社会主义制度下妇女社会地位的大幅度提高，为这一妇女解放思想作了最好的历史注解，充分证明了这一先锋思想理论的伟大和正确。

　　"五四"时期新文学革命先驱探讨女子解放问题的第二方面反映在经济方面。"五四"革命先驱们深刻地认识到：经济权力的取得是女性解放的重点和难点，女性只有在经济上获得独立权力，女性解放才能获得最终保证并得到真正落实，否则其他一切的解放都无从谈起。如周作人在《谈虎集·北沟沿通信》中说："妇女问题的实际只有两件事，即经济的解放与性的解放。"并且将经济的解放列在性的解放的前面。而鲁迅在《娜拉走后怎样》中表述道："钱，——高雅的说吧，就是经济，是最要紧的了。""要求经济权固然是平凡的事，然而也许比要求高尚的参政权及博大的女子解放之类更烦难。""一说到经济的平均分配，或不免面前就遇见敌人，这就当然要有剧烈的战斗。"当"五四"的大批女青年在当时女性思潮高涨的政治思想情境下，由于受易卜生个性主义影响，充满激情而又浪漫地纷纷走出家庭搞象征着思想解放与个性独立的婚姻恋爱自由，然而却很快在现实中碰壁、遭到失败时，"五四"的革命先驱们很快意识到了经济解放与独立在女性解放中的重要性。对此有着最为清醒认识的人是鲁迅。

　　鲁迅在《娜拉走后怎样》一文中一针见血地指出，出走后的娜拉"或者也实在只有两条路：不是堕落，就是回来"。他并且把这种思想观点演绎成小说《伤逝》，《伤逝》中那个为寻求个性爱情解放、婚姻恋爱自由的子君的结局最鲜明地说明了鲁迅这一思想。子君的故事是"五四"当时千百个中国社会女性在没有经济基础的前提下搞婚姻恋爱自由而失败的真实现实的写照。翻开"五四"当时中国的报刊，因争取独立或恋爱自由而出走的女性，而获得更加悲惨失败结局的比比皆是。她们不是以恋爱失败告终，就是以谋生无着而"堕落"或"回来"，甚至像子君那样悲惨地死去。为此，鲁迅在《娜拉走后怎样》中告诫女孩子们："万不可做将来的梦。""梦是好的，否则，钱是要紧的。""在目下的社会里，经济权就见得最要紧了。""人不能饿着静候理想世界的到来，至少也得留一点残喘，正如涸辙之鲋，急谋升斗之水一样，就要这较为切近的经济权，一面再想别的法。"面对中国一时难以改变的现实情境，鲁迅指示当时年轻的女性革命者们要有韧性精神，做好"壕堑战"的准备："要治这麻木状态的国度，只有一法，就是'韧'，也就是'锲而不舍'"（《两地书》）；在争取经济权上，则要她们发扬天津"青皮"的"无赖精神"，也即是韧性精神。"有人说这事情太陈腐了，就答道要经济权；说是太卑鄙了，就答道要经济权；说是经济制度就要改变了，用不着再操心，也仍然答道要经济权"。（《娜拉走后怎样》）可见鲁迅对经济问题在妇女解放中的重要性有着何等敏锐清晰而犀利的认识。

当鲁迅指出经济权对女性解放的重要性时，陈独秀等一些革命者则呼吁通过建立新式现代生活家庭制度以使女性获得经济上的独立地位与权力。这样客观上也可以把女性从过去旧式买卖婚姻的封建大家族制度中解放出来，使她们获得相对的经济自主权。陈独秀在《孔子之道与现代生活》一文中指出："现代生活，以经济为之命脉，而个人独立主义，乃为经济学生产之大则，其影响遂及于伦理学。故现代伦理学上之个人人格独立，与经济学上之个人财产独立，互相证明，其说遂至不可摇动""西洋个人独立主义，乃兼伦理、经济二者而言，尤以经济上个人独立主义为之根本也"。而"中土儒者，以纲常立教。为人子为人妻者，既失个人独立之人格，复无个人独立之财产"——此非个人独立之道也，中国的大家族制度已不再适应现代生活，到了非打破不可的时候了。严恩椿的《家庭进化论》则提到要将原有大家庭的财产分给各个小家庭，各小家庭在经济上保持独立。晏始在《家庭制度崩坏》一文中，提出了实行欧美小家庭制的主张，认为父权的大家庭制在中国已难以维持，应代以"欧美式以个人主义思想为中心的小家族主义的新生活形态。发表于《新青年》二卷二号上的《新青年之家庭》一文，主张小家庭的"出纳庶务，均由主妇主张之，男子无干涉之权"。刊登于《妇女杂志》七卷一号上的《新家庭》一文，更要求"新家庭之中财产，属之于得产之人，其义在养成个人主义，发达自立之能力，而铲除依赖根性也"。

而除了这种通过建立新式现代生活家庭制度以使女性获得经济上的独立地位与权力的方式外，"五四"当时的一些革命者还倡导通过探讨谋求妇女职业的方式来解决妇女经济地位与权力问题。如陈问涛在《提倡独立性的女子职业》一文中认为，妇女职业问题，要算是妇女问题的中心问题，因为"照唯物史观，一切精神的变动，都是由于物质变动……倘使不能把妇女经济问题解决，其他什么'社交公开''婚姻自由'等，皆是空谈了！"此外，他还为妇女们开列了 12 个就业方向，即各种商业、工场上的工作、合作的手工业、各级学校教师、书记、新闻记者、邮电管理、铁路职员、戏剧家、音乐家、农业等，并补充说，"凡现社会所有的职业，除一二男子特别职业，女子生理上万不能经营外，其余都是女子职业的领域"。这就在理论和具体途径上为妇女谋求职业奠定了基础，指明了方向。而"五四"当时思想界颇有名气的张竞生也主张妇女参加社会工作，他在《美的社会组织法》一书中提到了妇女的职业问题，他在该书中指出："凡妇女不管父家夫家富的贫的，自己总当勉力谋得一件职业以养生。但在这样社会，女子的职业甚少，故最重要的应由女界共同组织各种妇女的职业机关。……如茶楼酒馆与各项商业的经营。""若说女子应该谋一比此较高尚的事业，则我想女子应该组织'女子教员会'，互相提携。"并且，从二十世纪二十年代初期开始，许多报刊也在密切关注探讨妇女的职业问题，这些观点有主张从女子职业教育入手的，有主张创办"女子共作社"等女子职业组织的，有要求社会向妇女开放一切职业，并同工同酬的，加之二十世纪二十年代弥漫于知识界的各种新思潮下的各种社团组织，如属于工读主义的"工读互助团"、属于新村主义的"平民学校"等，也为妇女跨入社会求职提供了一些实验基地。与此同时，各大报刊杂志还大量介绍了欧美各国妇女所从事的职业，有的还配上插图详加说明，这就为知识妇女谋职打开了眼界，提供了帮助。"五四"运动后，上海等大城市各行业都开始有女职员出现，而以医疗、银行、商店、文艺、电讯等部门更为突出。

　　"五四"时期新文学革命先驱探索妇女解放的第三个层面体现在文化上，即在思想文化上，提高妇女自身独立自觉的解放意识，摆脱对男性及男权文化的依赖，也即摆脱"天人合一""男主外妇主内""三纲五常""三从四德"；摆脱在家从父、出嫁从夫、夫死从子，而从来没有自己独立空间、自我意识的以儒教为核心、男尊女卑的中国传统文化观念的束缚。为此，"五四"新文学革命先驱们呼唤女性们走出男权家庭、解放男权专制思想，呼唤女性独立解放权力意识。周作人发表《人的文学》将女性意识觉醒作为人的觉醒的重要内容组成来表述，在《妇女问题与东方文明等》中强调妇女的解放必须是建立在妇女个体观念的"自觉"之上的，这是妇女摆脱男性束缚的第一步，并指出，"我觉得中国妇女运动之不发达实由于女子之缺少自觉"；胡适译介《易卜生主义》，将女性娜拉"健全的个人主义的人生观"介绍给中国妇女，指出女性个性意识觉醒的重要性；鲁迅发表《我之节烈观》抨击封建男权道德专制文化观念的虚伪性；李大钊发表《妇女解放与民主》指出妇女独立解放于整个社会解放的关键性。这样"五四"新文化先驱们，也是新文学先驱们就在思想文化观念上为女性的独立自觉解放意识奠定了必备的理论思想文化基础。

而他们这种在思想文化观念上倡导女性的独立自觉解放意识一方面是通过批驳传统封建男权专制文化观念来进行，另一方面是通过引进西方先进妇女解放思想观，介绍西方女权运动发展现状的情况来进行。这样就双线并重、破立结合，使女性思想解放有的放矢，不致落到空处。如周作人在《妇女运动与常识》中，将最能代表西方文化精髓的"知道你自己"译介给中国女性做思想解放的参照："我相信必须个人对自己有了一种了解，才能立定主意去追求正当的人的生活，希腊哲人达勒思的格言道，'知道你自己'，可以说是最好的教训。"胡适引进介绍欧洲的"易卜生个性主义"作为中国妇女解放的参照。吴虞以欧美妇女解放为中国女性做对照，他在《女权平议》中指出，"以欧美妇女之趋势证吾国家庭之现象，诚有不忍言者"，"愿通达古今之君子，览世界之大势，勿徒吟咏咀嚼二千年以上之陈言"，从而对中国传统封建的"男主女从"的妇女观发起猛烈攻势。李达在《女子解放论》中指出，世界女子过去一大部分的历史，是被男子征服的历史；如今欧美的男子，知道了女子的本领，承认女子有独立的资格，以男女两性为本位；依中国的国情，比欧美更加有解放女子的必要，为女子的应该知道自己是"人"，为男子的则应顺乎时代潮流，帮助女子实现"人"的解放。

"五四"时期新文学革命先驱的女权主义思想还体现在对女子教育的重视上。"五四"新文化先驱们认识到，要最终实现女性的解放必须大力发展女子教育，改变"女子无才便是德"的传统观念。这样就将女性解放推向深入，为女性在教育上与男性获得平等接受教育权力提供了有力的保证；使"五四"时期广大女性成为一代新的有文化、受教育的女性，并与男子一同踏入上层文化教育机构，从而使女性遭到几千年压抑的聪明才智有机会得到彰显。1922 年 11 月 6 日，梁启超在为南京女子师范学校所作《人权与女权》的讲演中强调，人权运动含有三种意味：一是教育上的平等权，二是职业上的平等权，三是政治上的平等权。"若以程序论，我说学第一，业第二，政第三。近来讲女权的人，集中于参政问题，我说是急其所缓，缓其所急。""女权运动的真意义，是要女子有痛切的自觉，从知识能力上力争上游，务求与男子立于同等地位。这一着办得到，那么，竞业、参政，都不成问题；办不到，任你搅得海沸尘飞，都是废话。"这样在梁启超等人的倡导下，"五四"运动以后兴起了一批批各级女子学堂、教会女子大学，以及勤工俭学在内的各类女子教育机构。这可以说都是"五四"先驱们在共同的女子教育思想指导下所产生的具体教育实践成果。

　　而在"五四"女子教育问题上，走得更远的是对女子特殊教育的提倡，如梁实秋、马寅初等有识之士进一步将女子的教育从男女平等同化推进到注重女性自身特点、差异的特殊教育。1926 年，梁实秋介绍卢梭的女子教育观以给中国女子教育做参照。他表述道："卢梭论女子教育是根据于男女的性质与体格的差别而来"，"如其教育是因人而设的，那么女子当然应有女子的教育"。他并进一步指出："男女平等观念影响于近代女子教育趋势者，至大且深，现代女子教育最显著的趋势，就是把女子训练得愈像男子愈好，这真是徒劳而无功的事。"而 1927 年，马寅初在对北京女子学院中学部的讲演中，也从女子具有"爱""道德""精细""节省"等特长讲起，论述了男女差异及与之相关的教育观念，指出："女子自有其所长，自有其特性，正不必强学男子，跟着他跑。"这种根据受教育者自身不同特点而因势利导、因材施教的教育方法，在二十世纪初的"五四"时期，不可不说为见解英明、独到中肯而富有远见卓识，即使在今天看来也仍不失其深远的借鉴意义。

　　"五四"时期新文学革命先驱女权主义思想最后一点还体现在其先锋的现代女性性爱意识观念上。"五四"时期学贯中西的新文学革命先驱们不仅在政治、经济、文化思想、教育等方面为女性的觉醒与独立摇旗呐喊、创刊立说、批旧立新、开拓解放空间，而且其深刻之处还在于他们将女性解放从政治、经济、教育等构成的物质上的形而下层面推进到文化、情感、精神、心理的形而上层面。而对女性性爱意识权力观念的先锋性倡导和重视，就是其典型体现。"五四"新文学革命先驱们指出女性不仅在经济政治等方面上没有独立的权力与意识；而且在性生活及性文化上，也被剥夺了"做女人"的权力与意识。作为"食色，性也"的传统文化也不过是对男性的满足而言，而女性则是提供其满足的对象。在一个以男性为中心的单性一元化社会里，女人被看作是没有性欲的，女人的性欲是缺失的。这样从最基本的生理生存意识层面而言，女性就被剥夺了最基本的生存存在权力。从而使女性生活不是生活在无性的爱，就是生活在无爱的性的反讽性的现实情境中。于是为了改变突破女性这种性爱分离的现实情境，建立一种性爱合一的文明和谐的女性性爱生活意识，"五四"先驱们大胆译介、引进了西方外来的先进性爱意识观念来烛照幽冥、洞幽阐微，发人所未发，道人所未道。从而以先进的理念为女性性爱权力意识进行正本清源，彻底肃清男性封建专制文化对妇女身心的钳制。

　　如周作人为向人们说明，女性不仅有性欲，而且是与男人有差异的；女性无论是身体上还是心理上的性欲，都是正当与健康的这一观念，特意翻译引进《贞操论》，介绍蔼理斯的性心理学及西方近代文学中的妇女观。告诫人们要真正尊重妇女，就应把女人也当作有情有欲的正常的"女人"来看待，男女都应如此。真正尊重妇女应从了解女性的性欲求与性心理，了解男女两性的性欲差异开始。可以说在"五四"传统男权文化尚未完全冰消解冻的时刻，周作人的此种思想是十分前卫和先锋的。周作人甚至对妇女问题中的性问题给予突出的强调。他曾在《谈虎集·北沟沿通信》里中肯地指出："妇女问题的实际只有两件事，即经济的解放与性的解放。""相信在文明世界里，这性的解放实是必要，虽比经济的解放或者要更难也未可知。"他认为男女两性结合的立足点是爱，认为男女生活在一起是需要爱的，而女性也不再是简单的传宗接代的生育机器。"恋爱……是两性间的官能的道德的兴味，一面是性的牵引，一面是人格的牵引。""欲是本能，爱不是本能，却是艺术，即本于本能而加以调节者。"一方面是性的牵引，欲是爱的基础，但它不等于爱，因为欲是本能而爱是艺术。理想的爱应该是灵与肉结合的爱。对于把女性当作传宗接代的生育机器的传统观点，鲁迅也曾给予过尖锐的揭露与批判。鲁迅说中国的妇女只有母性、女儿性却没有妻性。妇女在家庭中一直扮演传宗接代的角色。鲁迅认为妇女的解放就是要恢复她们的妻性，包括满足她们的内在欲望。而"五四"时的浪漫主义者张竞生，也曾在《美的人生观》与《美的社会组织法》中，欲用女人天性中"爱"与"美"的特性来主导社会，欲图建立一种男女两性和谐的"艺术的生活"。在《美的人生观》中，张竞生将法国浪漫主义与性科学引进中国，为人们描画了一幅美丽而生动的两性生活蓝图，其中既有高尚纯洁的性观念，也有健康的艺术性技巧，这样就不仅为人们重构了一种新型的女性形象，使女性成为自己身体、情感的主人和社会的主角，而且建构了一种灵肉合一的两性生活图景。

三、现代性视野中两次女权主义运动的历史性比照

综上所述，我们不难看出，虽然这些"五四"先驱们对妇女解放的思想有各自不同的侧重点，如鲁迅侧重于思想启蒙；李大钊、陈独秀侧重于阶级斗争；周作人偏重于素质教育；张竞生热衷于性学普及等，但是女权主义思想所涵盖的女性现代性思想的各个方面，在"五四"新文学革命思想内容中都已作为建设具有现代性国民思想意识的女性思想而得到体现和强调。只是由于中国当时的现实情况和中国文化特点，使中国的现代性问题，尤其是中

国女性的现代性问题，有一个本土化的过程，使它在一开始表现为一种宏大叙事话语的民族性、革命性、社会性、阶级性等问题，由于当时迅速到来的革命形势，女性解放的主题很快湮没在民族救亡、阶级革命、国家解放的巨大历史洪流中。女性现代性的意识在当时演绎为民族救亡、阶级革命、国家解放，女性解放的意识表达为人民的解放、国家的解放、民族的独立、革命的胜利，女性的现代性话语也被理解为上述的革命话语（女性即是阶级性、国家性、民族性）。女性现代性意识的表达被湮没在"民族/国家"的宏大叙事中。女性意识被压抑在当时的革命形势下，遭到了淡化处理。新中国成立以后的二十世纪五十到七十年代由于特殊的历史政治形势，女性几乎进入了一个无性化的时期。二十世纪八十年代初进入经济建设的高潮，女性解放意识仍无法得到彰显。只有在二十世纪八十年代中后期以及二十世纪九十年代在我国经济文化发生转型和后现代文化思潮大量涌入的条件下，女性才得以摆脱政治经济文化的重负，开始反思自我、解放自我、重塑自我、实现自我，从实现世纪初的解放梦想。也只有在这种经济文化转型的历史条件下，现代性才真正和女性自身直接发生关系，现代性也才从一种体现宏观政治的宏大叙事话语的国家性、民族性、阶级性，转型为一种体现微观政治的个人性话语的个人化、女性化。它的典型表现就是二十世纪八十年代中后期女性诗歌的崛起。正是在这种象征微观政治的个人性话语意义上，现代性在此时，就可理解为女性。因此现代性和女性之间的演变关系，即是现代性—国家性—民族性—革命性—阶级性—女性。也正是在这种意义上，我们说：女性诗歌是现代性的产物。无论是女性诗歌在八十年代的崛起还是在九十年代的转型，它都是现代性思想进一步发展并最终导致的必然结果。而站在女性诗歌以身体写作为突破点，愈演愈烈的性写作倾向上，现代性和女性的逻辑关系又可进一步演化推论为：现代性—国家性—民族性—革命性—阶级性—女性—性。因此，站在现代性的意义上，西方女权主义理论在二十世纪八九十年代中国的走红，是女性现代性意识发展的必然性结果，它是对"五四"新文学革命传统的跨代回应。同时由于女性诗歌中愈演愈烈的性写作倾向，在性方面登峰造极的抒写，也标志着女性在现代性的问题上，已经走到了尽端，一个只能后退不能前进的尽端，它已经到了英雄末路的时刻。

这样，当我们将两次女权主义运动也即女性解放运动对照来看时，我们就会发现：与二十世纪初女性解放侧重于追求婚姻、教育、就业、恋爱上的平等和侧重于争取政治文化思想和人格方面的独立不同，世纪末的女权主义所呼唤的女性解放表现在对女性群体话语权力的争夺，从对社会政治思想层面的认同，发展到文化心理意识层面的认同，从对"民族/国家"的宏大叙事转变为对个人躯体感官欲望的抒写，并且二十世纪八九十年代以来的女权主义与二十世纪初"五四"时期的女性解放不同，还体现在二十世纪初"五四"时期的女性解放是由男性掀起并领导的，而新时期的女性解放则是由女性自身掀起的，它是在后现代大众消费文化时代来临前，作为个人性话语的一种先锋标志，因此，它是二十世纪九十年代即将来临的高度个人化、消费化、女性化的时代先声。正是在这种意义上，高呼女权主义的女性诗歌成为时代的一种先锋写作。因此纵观二十世纪初到二十世纪末的女性解放运动的历史，女性解放的运动经历了"思想、话语到实践"这三个阶段。而当我们将从"五四"新文学革命时期就开始呼唤的女权主义放到整个世界妇女解放运动的历史中，来对照观看时，我们会发现我国的妇女解放运动所走过的革命历程与世界妇女解放运动革命历程是大体相似的，即大致都先从侧重于思想文化启蒙、政治选举、经济、职业、教育等社会政治物质福利方面，而后发展到个人精神文化心理等意识欲望层面，即从形而下的物质政治层面起步最终走向形而上文化心理精神层面的诉求。

同时，站在整个"五四"以来的女性解放运动历程的基点上，我们会发现，八九十年代以来女性诗歌所呼唤的女权主义，并没有超越于"五四"时期女性解放的基本思想框架，它是对"五四"新文学革命中碍于当时历史情境而尚未解决的女性现代性问题的一种跨越历史性的回应。因此，它是对"五四"新文学革命中女性现代性思想的一种历史性回溯。在现代性的视野和逻辑推论演变关系中，它们具有一种内在一致性的互动关系。而我们说女权主义从"五四"新文化运动以来即是作为女性现代性的重要标志，是在于它是作为建设具有现代性国民意识的女性思想而发端的，而这种现代性的思想内涵主要是参照于西方外来的具有现代性思想的先进妇女解放思想观理论。因此，在一定意义上，现代性也就是西方性；现代化也就是西化。从我国两次女权主义思潮的掀起，我们可以看出它们都是在西方现代性妇女解放理论、也即女权主义理论的烛照下而酝酿发起的。纵观"五四"以来的妇女解放运动历史，无论是二十世纪初的"五四"妇女解放运动，还是二十世纪八九十年代借女性诗歌而掀起的女权主义思潮运动，我们不难发现，它们的理论源头都是西方妇女的解放理论，也即西方女权主义理论影响的产物。只不过是由于不同时期的社会历史革命情境，和女性自身的具体现实条件，使两次女权运动的侧重点不同而已。

第二节 二十世纪九十年代女性诗歌与
"五四"新诗革命：断裂与重合

一、二十世纪九十年代女性诗歌与"五四"新诗革命关系概说

女性诗歌写作在二十世纪八十年代突起而在二十世纪九十年代成熟，无论是就其女性自我主体意识的张扬性，还是就其艺术表现上高度个人化、散文化的断裂性先锋写作特征而言，都并非凭空而起，而是"五四"新文学革命传统、新诗革命传统在当代的回声。这是当代诗歌对"五四"新文学革命传统、新诗革命传统一次跨越历史的遥远回应，也是"五四"新文学传统、新诗革命传统在当代的断裂性延续与重合。

当我们把目光进行回溯性的放远、拉长，考察二十世纪九十年代女性诗歌在思想内容和文体形式方面的个人化、平民化、散文化先锋写作倾向的历史根源时，我们会发现，二十世纪九十年代女性诗歌艺术创作的一系列先锋倾向，并没有与"五四"新诗历史断流，它不是凭空而起，而是"五四"思想革命和新诗革命要求在当代的断裂性延续。"五四"思想革命、新诗革命为二十世纪八九十年代女性诗歌写作提供了思想资源和具体的写作理论资源。在思想方面，女性诗歌写作在内容上体现出的强烈的思想自由解放、性别自我独立意识和诗歌文体上高度个人化、随意化的写作理念是"五四"思想革命中思想解放、个性自由要求的变异，对男权的反叛亦是"五四"思想革命反传统要求在当代的重现。在具体诗歌写作形式上，二十世纪九十年代女性诗歌在文体形式上高度个人化、散文化、口语化、叙事化的先锋实验行为，又是"五四"新诗革命理论要求在当代的具体实践和重现。"五四"新诗革命就是要冲破古典诗歌文体形式上的束缚，用口语性质的白话以完全自由的散文化形式来表现解放了的思想情感，这种要求体现在胡适、废名和郭沫若等人的诗论中。胡适的"不拘格律、不拘长短，有什么话做什么诗，诗该怎么做就怎么做"（胡适《谈新诗》）；郭沫若的"已成的形式是自由的镣铐，形式方面我主张绝端的自由、绝端的自主"（《三叶集》）；废名的"新诗的内容是诗的，而形式是散文的"（废名《谈新诗》）即是新诗文体形式革命

理论的核心体现。这种诗歌文体形式革新的要求后来在二十世纪三十年代的现代派诗歌理念中再次得到重申和实践，然而迫于当时的社会政治历史情境，文学凸显的是强大的意识形态功能，这种诗歌文体革新的现代性要求无法充分实践，而是被压抑下去了。这种被压抑的诗歌文体革新的现代性意识和要求，到了历史转型、后现代主义兴起、意识形态弱化、大众消费文化来临的二十世纪八九十年代，就再次被彰显出来，它直接导致了二十世纪八九十年代女性在诗歌文体艺术形式方面的先锋性实验写作。在这个意义上可以说当代女性诗歌写作在艺术形式上的先锋实验是被压抑的"五四"新诗革命要求在当代的断裂性延续和实践。

二、女性诗歌与"五四"新诗艺术发展历史规律的比较

如果我们将女性诗歌短暂的艺术发展历程与"五四"新诗发展做一对比，我们会发现，女性诗歌在二十世纪八九十年代里短暂的思想艺术发展历程体现并遵循了"五四"以来新诗思想艺术发展传统的历史规律。如果说二十世纪八十年代中后期女性诗歌更多在思想内容上继承了"五四"新诗革命反叛传统、崇尚自由的精神，那么二十世纪九十年代女性诗歌则更多在诗学艺术理念上承续了"五四"新诗革命的精神。当女性诗歌经历了二十世纪八十年代性别反叛的激情喧嚣以后，它过于注重抒发内心压抑的自白语调以及性写作上的媚俗倾向，使它在艺术创作方面暴露了严重的问题。在艺术上显得粗制滥造，极欠艺术技巧的锤炼与规约，一大批诗作或是像日记体的自白，或是简直成了性别政治观念的传声筒。因此，这一阶段的女性诗歌在艺术上明显存在着粗糙、直白的特点。于是为了摆脱这种性别题材泛滥的写作倾向，女性诗歌在二十世纪九十年代随着时代社会的转型，迅速从一种面向性别的写作转向面向词语的写作、面向诗歌本身的写作。用女诗人翟永明的话说，也即女性诗歌在二十世纪九十年代从一种概念的写作进入一种更加技术的写作。因此如果说二十世纪八十年代的女性诗歌因侧重于宣泄男权文化传统的压抑而在内容上明显存在着粗糙、直白的特点，那么二十世纪九十年代的女性诗歌则已告别了性别意识的自白宣泄，而进入激情和词语磨合的艺术写作锤炼阶段。因而二十世纪八十年代的女性诗歌，也即起步阶段的女性诗歌成就更多体现在思想内容上对性别传统文化的叛逆、对文化心理上获得与男性平等、自由的渴望和要求方面，那么女性诗歌在二十世纪九十年代的成就则更多地体现于诗学艺术写作技巧的进步与成熟上。

这样如果我们将女性诗歌这种在二十世纪八九十年代所呈现出的不同写作倾向,与"五四"新诗诞生初期发展的历史情况作对比,我们就会发现二者呈现出了几乎是一致和相似的发展态势,即都是先侧重于思想内容上反传统的表达抒写(因而忽略艺术技巧的提升)而后侧重于艺术技巧的研习与提升。如在思想内容上,"五四"新诗在初期侧重的是反对整个封建文化传统,而女性诗歌在起步期是侧重于反对男权文化传统;在艺术方面,"五四"新诗在诞生的初期,由于急于宣泄、呐喊几千年封建传统文化的压抑,使它在诞生初期,只顾及反抗压抑的自由之情的表达,即通行的狂喊狂叫而无暇顾及艺术创作方面的研习与探讨,这使得"五四"初期的新诗在艺术创作方面明显存在着粗疏、直露、浅白、不够含蓄的艺术弱点。如周作人曾在《扬鞭集·序》中批评新诗初期这种艺术上的弱点,他说:一切作品都像一个玻璃球,晶莹透彻得太厉害了,没有一点儿朦胧,因此也似乎缺少了一种余香与回味。甚至因新诗诞生期这种艺术上的明显缺憾而导致一批人重新回头作古诗。于是为了摆脱这种艺术上存在的弱点,新诗很快由这种通行直抒的狂喊狂叫性的自由抒写进入到对诗歌外在形式进行艺术性规约、整饬的格律化调整、规范阶段。正是这种在艺术上的不断规约与调整,就使新诗由初期胡适、郭沫若等人开创的自由诗派逐步发展到徐志摩、闻一多等人的格律派以及戴望舒等人的象征派、现代派等诗派,从而在艺术创作上把新诗不断推向前进、提升的艺术境地。正如诗人兼评论家朱自清在《新诗的进步》中认为:在新诗诞生的第一个十年中,这三派(即自由诗派、格律诗派、象征诗派)是一派比一派强的,因而新诗是在进步着的。由此可见女性诗歌在短暂的二十世纪八九十年代的艺术发展态势正在客观上与"五四"新诗初期的艺术发展情况相吻合。这说明女性诗歌在自身的艺术发展历程上遵循着"五四"以来的新诗艺术发展历史传统规律。

三、二十世纪九十年代女性诗歌与"五四"新诗思想内容风格的比照

女性诗歌在二十世纪九十年代在思想内容上所呈现出的高度个性化、平民化、大众化、通俗化与社会化特征,在艺术上所呈现出的高度个人化、散文化、戏剧化、小说化的综合性艺术写作倾向,亦是"五四"新诗革命艺术传统的体现和断裂性延续。进入二十世纪九十年代,随着时代社会转型,女性诗歌在写作上亦发生了一种转型。这就是二十世纪九十年代的女性诗歌已告别了二十世纪八十年代中后期高昂、单调的性别对抗而进入了一个激情和

词语磨合的时期，并在激情和词语的磨合过程中，转入对日常生活的散文化抒写和对个体内在生命的沉思；从一种面向性别的写作，转向面向词语的写作；从过去的集体对抗转向个人化的抒写。二十世纪九十年代的女性诗歌写作呈现出一种表面沉寂而实际上是现代主义与后现代主义共存的多元化写作态势，并成为一种断裂性的时代先锋写作。

从二十世纪九十年代女性诗歌这种转型趋势，我们可以看出，二十世纪九十年代女性诗歌写作这种转型主要体现在思想内容层面和艺术创作技巧层面的转型上。在思想内容上，即体现为对日常生活的散文化抒写和对个体内在生命的沉思。因此，日常生活的转向构成了二十世纪九十年代女性诗歌在思想内容维度上的一个重要转向。正是在对日常生活的转向中，二十世纪九十年代女性诗歌呈现出一种形而下性质的高度平民化、大众化、通俗化与社会化的后现代平面狂欢写作特征（如安琪的《像杜拉斯一样生活》、施伟的《幸福》、尹丽川的《为什么不再舒服一些》等）；而对个体内在生命的沉思则构成了一种形而上维度转向的现代主义深度写作（如王小妮的《活着》、郑玲的《高峰之迷》、徐久梅的《阵痛的城市》等）。这样，无论是在对日常生活的形而下转向中，还是对个体内在生命意识的形而上转向中，二十世纪九十年代女性诗歌在艺术上都呈现出一种高度个人化、散文化的艺术写作倾向，并且尤其是在对人类个体内在生命沉思的形而上现代主义转向中，二十世纪九十年代的女性诗歌呈现出现代主义诗歌所特有的散文化、戏剧化、小说化的综合性艺术写作倾向。二十世纪九十年代的女性诗歌也就在这种思想艺术层面转型的同时，进而实现了艺术写作上现代主义与后现代主义多元共存的个人化写作风格的转型。

而从二十世纪九十年代女性诗歌侧重于对形而下日常生活取材的后现代性平面狂欢写作向度来看，它在思想内容题材的价值取向层面上所体现出的高度平民化、大众化、通俗化与社会化的写作风格倾向，是对"五四"新文学革命思想、新诗革命思想的断裂性延续与重合。"五四"新文学革命、新诗革命的一个重要核心思想就是要将文学从过去对封建贵族统治阶级，尤其是对帝王将相的歌功颂德，才子佳人的吟风弄月、舞文弄墨的陈旧、迂腐桎梏性灵的写作模式套路束缚中解放出来，而实现一种具有新鲜生活气息的个性化、平民化、通俗化、社会化的大众化题材风格的文学写作，并且这种平民化、大众化的诗歌运动在二十世纪三四十年代的诗歌领域中又再次掀起。在"五四"新文学革命中，先有胡适发表《文学改良刍议》批判旧文学，尤其是旧体诗词徒有形式而无精神：无病呻吟、因循守旧、模仿古人、桎梏性灵、无真情实感、缺乏个性化色彩的陈腐贵族气息；后有陈独秀在"五四"新文学革命之初的《文学革命论》中，对平民化、通俗化、大众化、社会化文学启蒙思想进行开宗明义的阐扬。

　　陈独秀在《文学革命论》中倡议道：推倒雕琢的阿谀的贵族文学，建设平易的抒情的平民文学；推倒陈腐的铺张的古典文学，建设新鲜的立诚的写实文学；推倒迂晦的艰涩的山林文学，建设明了的通俗的社会文学。这样陈独秀就将平民文学、写实文学、社会文学所构成的"三大主义"作为"文学革命"征战的目标。同是"五四"新文学大家和开创者的周作人针对束缚人性的封建贵族旧文学，在1919年1月《每周评论》第5号上发表《平民文学》，并在其中进一步指出：平民文学是"研究平民生活——人的生活——人的文学""为人生的文学"。这样就将"五四"时期作为重新发现"人"的手段、助成健全人性发展的新文学，也即周作人所说的"人的文学"进一步具体化为"平民文学"。正是在这种平民文学观念的思想指导下，周作人具体指出平民文学应以通俗的白话语体描写人民大众生活的真实情状，忠实地反映"世间普通男女的悲欢成败"，描写大多数人的"真挚的思想与事实"，"目的是想将平民的生活提高，得到适当的一个地位"。这样，周作人就通过平民文学的具体阐发使他的"五四"新文学观——"人的文学""为人生的文学"，既是建立在个性主义基础之上的，又是建立在以人道主义、人间本位为基础之上的平民化、大众化、通俗化、社会化的文学。

　　而1920年1月茅盾在《小说月报》第11卷第1号上发表的《新旧文学平议之评议》一文中也同样指出：进化的文学"为平民的非一般特殊阶级的人的"。如果说上述这些平民化理论是侧重于文学的整体性上来呼吁平民化，那么诗人俞平伯等人则在新诗领域里呼应这股平民化思潮。他认为"平民性是诗的主要素质，贵族的色彩是后来加上去的"①，因此诗必须还淳返朴，将诗的本来面目从脂粉堆里显露出来。如果诗失去了平民性这一主要的素质，就会导致诸国的覆亡。因此他主张推翻诗的王国，恢复诗的共和国，努力创造平民化的诗。正是在这种平民化诗潮的倡导下，"五四"诗坛上涌现了一大批反映普通平民生活的诗作，如胡适的《人力车夫》、刘半农的《相隔一层纸》、沈尹默的《三弦》以及俞平伯的《冬夜》中的一些诗。这样在这些

---

① 潘颂德. 中国现代新诗理论批评史［M］. 上海：学林出版社，2002：66.

"五四"先驱们身体力行的倡导下，"五四"诗坛掀起了一股平民化的创作诗潮。同时在1921年1月，"五四"文学研究会在北京成立，它在宣言中宣称："将文艺当作高兴时的游戏或失意时的消遣的时候，现在已经过去了。我们相信文学是一种工作，而且又是于人生很切要的一种工作。"① 在这种文学思想宗旨下，文学研究会强调文学与人生、社会现实的密切关系，重视对现实社会人生的实地观察与写实。这样文学研究会实际上就倡导了一种"为人生而艺术"的平民化的现实主义文学。这就使注重对现实人生社会进行写实主义的平民化文学思潮成为"五四"新文学的主导思潮，"五四"新文学革命先驱也就通过这种平民文学思潮的宣扬，在"五四"一开始，就为新文学奠定了平民化、写实化、通俗化、社会化的基调。

　　而在"五四"时期，对平民主义思想理论进行更为扩大和公开阐释的是李大钊。李大钊在1923年发表的《平民主义》一文中最为清楚地阐释了平民主义理论的思想："把政治上、经济上、社会上一切特权阶级，完全打破，使人民全体，都是为社会国家作有益工作的人，不须用政治机关以统治人身，政治机关只是为全体人民，属于全体人民，而由全体人民执行的事务管理工具。凡具有个性的，不论他是一个团体，是一个地域，是一个民族，是一个个人，都有他的自由领域，不受外来侵犯与干涉，其间全没有统治与服属的关系，只有自由联合的关系。这样的社会，才是平民的社会；在这样的平民的社会里，才有自由平等的个人。"由此可见，这种体现高度个人化、平等性、自由主义精神的平民主义思想是一种最为彻底的平民主义。在这种平等主义思想理论中个人性与社会性因自由性、平等性而获得统一，它与我们今天所崇尚的消解一切二元对立差异、特权等级制的解构主义，在内在精神上是何其相似。

　　如果说，"五四"时期这种平民主义思想理论的倡导使新文学开创了现实主义的平民化、大众化、通俗化、社会化的文学诗歌风格；那么解构主义思想理论的倡导则使女性诗歌在二十世纪九十年代实现了一种后现代主义向度的平面化写作的转型，并在这种后现代性向度平面写作的转型中，二十世纪九十年代女性诗歌由于日常生活的转向而使诗歌再次朝向个性化、平民化、大众化、通俗化、社会化，从而与"五四"新文学革命、新诗革命所倡导的平民化文学传统在内在思想精神上接轨。正是在这个意义上说，二十世纪九

---

　　① 　文学研究会宣言［J］. 小说月报，1921，12（1）.

十年代女性诗歌是对"五四"新文学所创造的平民化文学传统的一次断裂性延续和遥远回应。它与"五四"新文学革命、新诗革命的主要思想宗旨是一脉继承、暗相吻合的。

但是这种延续与回应在承续的同时，又产生了微妙的变异，因而并不完全相同。这种变异体现在"五四"时期诗歌和文学的个性化、平民化、大众化、通俗化、社会化的风格取向宗旨，它要使诗歌文学从传统封建贵族文化所形成的桎梏性灵的模式套路束缚中解放出来，表现一种普通平民生活那种富有个性化色彩的新鲜活泼的真情实感；而二十世纪九十年代女性诗歌在对日常生活后现代性向度的抒写中，所体现出的个人化、平民化、大众化、通俗化、社会化的旨趣则倾向于体现一种对日常物质消费性生活所构成的现实情境的一种顺应和认同性的满足快感。因此前者的个性化是一种充满诗意深度的个人化；后者的个人化是一种非诗意的、平面化的、无深度、散文性的个人化。并且，前者的审美情趣是积极向上的，有一种隐含的潜在深度希求；后者的审美情趣是消极、媚俗的，是一种与现实的物质消费情境相认同的无深度的平面性欲望性快感的满足。因而前者是属于形而上精神维度的，它是在对平民化现实生活的皈依中获得一种精神和思想的解放，并因这种解放而获得心灵的愉悦与轻松；而后者是属于形而下的物质和欲望维度的，它是在对平民化日常物质消费现实的抒写表现中，反映了一种因欲望在瞬间获得满足而产生的一种眩晕性的快感，并因这种眩晕性快感而产生了一种生命中无法承受之轻，又进而因这种精神上的无法承受之轻，生出一种认同、无奈、低迷、没落、空虚、消极淡漠的心态。

因此二十世纪九十年代女性诗歌在日常生活转向的后现代性抒写中，也即在对物欲现实的认同性、平民化写作中，表现的恰好是一种末世里因时间历史终结而产生的媚俗性的无欲狂欢状态；而"五四"新诗的个人化、平民化、大众化、通俗化、社会化价值取向则体现的不是一种末世性质的媚俗性狂欢，而是一种世纪初的生命伊始、万物复苏、百废待兴、蓬勃向上的青春朝气。因而虽同是平民化、个人化、大众化、社会化的思想倾向，但由于二者在时间上所处的不同时代，即一个是二十世纪初，一个是二十世纪末，因而在诗歌的审美情趣上恰好相反，甚至可以说是大相径庭的。一个是大众性的、媚俗性的末世狂欢；一个是为大众代言、充满青春奔放朝气的女神那天马行空般的天才抒写。这就是二十世纪九十年代女性诗歌在承续"五四"新诗革命传统的同时所产生的变异。

四、二十世纪九十年代女性诗歌与"五四"新诗艺术风格的历史比照

二十世纪九十年代女性诗歌一方面在对日常生活的转向中，实现了一种形而下向度的后现代主义写作；另一方面又在对日常生活转向的同时，对个体内在生命进行追问与沉思，并在这种追问与沉思中发展了另一种形而上向度的现代主义写作。正是在这种形而上向度的现代主义写作中，使二十世纪九十年代女性诗歌在艺术写作风格上，不但呈现出一种与后现代性向度的平民化写作所共同具有的高度个人化、散文化特征，而且还在呈现个人化、散文化特征的同时，又将戏剧化、小说化因素糅合进诗歌中，从而使二十世纪九十年代女性诗歌呈现出一种散文化、戏剧化、小说化的多元共存的综合性艺术写作倾向。这样就使二十世纪九十年代女性诗歌在艺术写作形式上，与"五四"新诗革命在艺术形式的散文化、个人化、戏剧化、小说化风格理念遥相呼应。如果说二十世纪九十年代女性诗歌在思想内容上侧重于对第一个十年"五四"新诗思想内容风格的继承，那么二十世纪九十年代女性诗歌在艺术形式上则不仅侧重于第一个十年对个人化、口语化、散文化风格的继承，也侧重于对新诗第二个十年戏剧化、小说化艺术风格的承续。

当我们把目光回溯到世纪初的"五四"新诗革命时期。我们会发现：在"五四"新诗革命发展的第一个十年中个性化、口语化、散文化的诗学理念得到了突出的张扬和强调。"五四"新文学革命的一个重要思想宗旨就是要摆脱封建传统文化束缚，创造一种富有个性化、口语化，充满青春气息的白话新文学，而这一思想主张在诗歌方面必然导致新诗散文化局面的出现。这在胡适的《文学改良刍议》《建设的文学革命论》、刘半农的《我之文学改良观》、陈独秀的《文学革命论》、周作人的《人的文学》《平民文学》中都得到了集中表述。如胡适在"五四"新文学革命一开始，就认定白话是新文学的利器，新文学必须打破古典文学的一切外在形式束缚。新文学必须从语言文体形式两方面下手进行改革。因为深谙文学历史经验的胡适知道"文学革命的运动，不论古今中外，大概都是从文的形式一方面下手，大概都是先要求语言文字文体的解放"。因此，胡适在《建设的文学革命论》一文中，审时度势地提出要创造一种"文学的国语和国语的文学"，这种国语就是口语性质的白话。而一旦采用口语性质的白话，那么形式自然就相应地获得了解放，而成为白话的新文学，因为形式是由语言的性质决定的。所以他在与任叔永的唱和诗中

说："诗国革命何自始？要须作诗如作文。"①这里所谓"作诗如作文"就是指作诗采用散文性的语言，即白话语言，从而才能创造一种冲破一切旧诗词外在格律束缚的散文化的新诗形式。这就必然使新诗在语言和形式上形成一种散文化的新局面。

而这种散文化的语言文体的新诗观念思想，作为一种革命诗学理念也就最为集中地体现在胡适的诗学理念体系中，被称为白话诗开山始祖的胡适针对旧诗词在语言、形式上严重束缚新思想、新内容表达的现实，在新诗革命一开始就提出废除旧诗词束缚人的文言和格律形式而解放诗体的主张，并以这一主张为核心思想带头掀起了一场轰轰烈烈的"五四"新诗革命。这一观点体现在他的《文学改良刍议》《建设的文学革命论》《谈新诗》以及与梅光迪、任叔永等人的书信中，尤其体现在《谈新诗》一文中。如他在《谈新诗》一文中开宗明义指出："形式上的束缚，使精神不能自由发展，使良好的内容不能充分表现。"因此，"若想有一种新内容和新精神，不能不打破那些束缚精神的枷锁镣铐"。只有实现诗体的解放，废除旧体诗词严谨格律的束缚，"丰富的材料，精密的观察，高深的理想，复杂的感情，方才能跑到诗里去"。而"五七言八句的律决不能容丰富的材料，二十八字的绝句决不能定精密的观察，长短一定的七言五言决不能委婉表达出高深的理想和复杂的感情"。因此胡适主张新诗不但"打破五言七言的诗体，并且推翻词调曲谱的种种束缚；不拘格律，不拘平仄，不拘长短；有什么题目，做什么诗；诗该怎样做，就怎样做"的新诗革命主张。并在这一主张的基础上指出：新文学的语言是白话的，新文学的文体是自由的，是不拘格律的。这样就打破了诗歌外在语言形式上的一切束缚而真正实现了诗歌语言文体形式的大解放。胡适的这一主张很快得到了陈独秀、李大钊、俞平伯、刘半农等人的响应和支持。于是一场白话自由诗的新诗革命就这样在胡适的倡导下，轰轰烈烈地拉开了序幕。而这种口语性白话自由新诗体的倡导，必然使新诗形成一种散文化的局面。同时也正是在这一白话自由新诗理念的倡导下，才有周作人在《小河》中那自然、清新、隽永的抒怀；郭沫若在《女神》中为时代代言那天马行空、纵情奔放的天才绝唱。

而关于新诗的散文化观念朱自清、废名以及后来的艾青等人都有过进一步的论述和强调，只不过随着新诗发展的不同阶段所强调的侧重点不同而已。

------

① 吴奔星，李兴华. 胡适诗话［M］. 成都：四川文艺出版社，1991：12-13.

他们都或直接或间接地指出过散文化是新诗发展的未来趋势。但他们所指的"散文化"的真正主旨目的仍在于以散文化的外在自由形式来使真正的诗意得以充分自由地表达与实现。所以这种"散文化"的真正内涵在于内容和形式的"自由",也即以一种貌似散文化的自由形式,来抒写内心那种真正解放了的自由化诗意情怀。这种散文化使诗歌真正冲破了古典诗律的束缚而回到了本体意义上的诗歌。因而,这种散文化的诗歌写作是一种更加高难度的诗意写作,散文化的目的是造成真正诗意的表达。在这一点上,它和二十世纪九十年代女性诗歌中那种后现代主义维度上的解构深度因而无诗意的散文化平面诗歌写作是不同的。

如废名的"新诗的内容是诗的,而形式是散文的"(废名《谈新诗》)。这"内容是诗的",则是对诗歌中诗意因素的强调。朱自清也认同诗的散文化,认为散文化是新诗未来发展的趋势。因为他认为"这个时代是个散文的时代,中国如此,世界也如此"(《新诗杂话、抗战与诗》)。他喜欢宋诗,认为可以"以文为诗",以议论入诗和说理是诗的散文化的一个要素。但他也认为诗的散文化必须有一定的"度",这个度就是指:诗中可以有散文的句式,也可以有较散文化的自由体,但不能代替"匀称"和"均齐"的诗体,也不能占到比后者更重要的地位。外国诗如此,中国诗也不会例外。这个为的是让诗和散文距离远些(《新诗杂话、诗的形式》)。为了区别诗与散文,朱自清甚至还讨论了诗素的种种问题。而后来的诗人艾青也认为"散文是先天的比韵文美"(《诗的散文美》)。但他的散文美的目的是去掉雕琢华丽的外衣,露出诗的本质的裸体的美。因此,他在"不向任何一种形式跪拜"(《和诗歌爱好者谈诗》)的同时,又反对那种排除了形象思维的散文化的诗。由此可见,新诗的散文化和二十世纪九十年代女性诗歌中,那种后现代主义维度上的解构深度因而无诗意的散文化平面诗歌写作,在内涵实质上是并不相同。可以说,在新诗散文化的诗歌理念中,无论是初期的以胡适为代表的自由诗派,以戴望舒等人为代表的象征派、现代派;还是后来以艾青为代表再次掀起的浪漫主义自由诗派,他们所倡导的诗歌散文化的真正核心目的都在于防止诗意的疏离,与诗歌本体的疏离,而找回和营造一种真正的诗意,从而使诗歌写作成为一种真正永远充满诗意的写作,而不是徒有诗之外表的形式,而无诗之精神之内核。

如果说在"五四"新诗革命发展的第一个十年中个性化、口语化、散文化的诗学理念得到了突出的张扬和强调,那么在新诗的第二个十年中,乃至第三个十年的九叶诗派中，新诗的戏剧化、小说化理念则得到了突出的强调和体现。新诗戏剧化、小说化的探索是从新月诗派开始的，二十世纪三十年代现代派的后起之秀卞之琳更是将新诗的戏剧化看作是诗歌现代化的重要标志。而九叶诗派则完全将新诗戏剧化当作了自己的行动方案、行动纲领乃至行动目的。袁可嘉有《新诗戏剧化》的专论，穆旦直到"晚年"创作《神的变形》时仍在努力地追求。作为一种诗学理念，诗歌的小说化、戏剧化，尤其是戏剧化的核心宗旨在于，以一种客观性、间接性的表现手段来使诗歌获得一种综合性的创造效果，从而达到一种对外在客观世界表现的最大意识量的获得。具体说，闻一多曾提出"新诗的前途必然是小说戏剧化"的论断。他在《文学的历史动向》中说："在这新时代的文学动向中，最值得揣摩的，是新诗的前途。"新诗"除非它真能放弃传统意识，完全洗心革面，重新做起。但那差不多等于说，要把诗做得不像诗了。也对，说得更确切点，不像诗，而像小说、戏剧，至少让它多像点小说戏剧，少像点诗。太多的'诗'的诗，和所谓'纯诗'者，将来恐怕只能以一种类似解嘲与抱歉的姿态，为极少数人存在着"。而卞之琳则在新诗戏剧化、小说化诗学理念的指导下，直接创作出了一批如《几个人》《寒夜》《酸梅汤》等颇具现代性意味的诗作。在这些诗作里因戏剧化、小说化、口语化、散文化综合在一起，从而有力地实现了新月派对情感进行节制的美学原则，使诗歌中的情感意识得到最大程度的客观化、间接化的综合创造与表现。此外，闻一多的《飞毛腿》《洗衣歌》、徐志摩的《大帅》《一条金色的光痕》、方玮德的《海上的声音》，也都在戏剧化、小说化方面收到了同样的效果。

如果说以闻一多为代表的新月派诗人采用戏剧化、小说化的诗歌美学手法目的在于平衡诗歌中那泛滥的情感，那么以袁可嘉为代表的九叶诗人致力于诗歌的戏剧化则更突出地体现了诗歌现代化的综合性效果。袁可嘉甚至把戏剧化作为实现新诗现代化的一个重要策略。他的新诗戏剧化主要包含五个方面的内容。第一，表现上的客观性与间接性，即"尽量避免直截了当的正面陈述，而以相当的外界事物寄托自己的意志与情感"（《新诗戏剧化》）。第二，戏剧化的诗是包含的诗，也即包含戏剧性矛盾对立冲突的诗。其美学观点来源于瑞恰慈（Lvor Armstrong Richards）的包容诗理论，即认为包容诗能使对立冲突取得平衡，因而最有审美价值。第三，戏剧诗是富有张力的诗。即张力会使诗中各种矛盾因素产生综合的整体效应。第四，行动性是戏剧的一个主要特点。第五，戏剧化的诗要求的是曲线的而非直线的行动。而这些概括起来说都是强调表现的客观性与间接性，从而达到一种综合创造的效果。而这种用戏剧化、小说化的散文化手段来创造诗歌的综合性效果，在以翟永明为代表的二十世纪九十年代女性诗歌的现代主义维度的创作中得到再次回应和重现。

以翟永明为代表的二十世纪九十年代女性诗歌在艺术审美观念上的一个重要变化就是以综合性的叙事取代过去单一自白性的抒情。这样由于叙事性诗歌语言观念的重大变革就使诗歌的功能也发生了相应的重大变化：从一种对过去内在单一情感的再现过渡到对外在世界复杂意识的综合性创造与表现，也即从一种主体性诗学发展到一种客体性诗学，诗歌的宗旨从对单一情感的表现转变为对外在客观世界最大意识量的获得。这样在使诗歌从传统诗学迈进到现代诗学的同时，由于叙事对抒情的取代就使与叙事相对应的现代派诗歌特有的散文化、戏剧化、小说化的综合性因素走进诗歌，就使诗歌一方面从侧重于主观情感的直接抒写转变为侧重于对外在客观意识的间接表现；另一方面使诗歌从传统的单义型诗歌走向现代的复义型诗歌。而二十世纪九十年代女性诗歌中最为显著地体现了这种由传统的单一主观抒情向现代的以戏剧性、小说性综合性因素来间接表现的这种诗歌功能转变的无疑是翟永明的诗歌。

翟永明在二十世纪九十年代创作的一系列诗歌都明显地体现了这种由主观抒情自白向客观间接表现的转变，典型的如《咖啡馆之歌》《乡村茶馆》《小酒馆的现场主题》《祖母的时光》《脸谱生涯》《莉莉、女人和琼》《盲人按摩师》等。在这些诗歌中，一个突出的共同特征，诗歌里弥散着浓郁的综合性的戏剧性、小说性的散文化气氛，诗歌中各种因素综合倾轧、彼此推斥离散，又相互吸引勾连，使诗歌充满了一种小说结构般的张力，甚至这种张力在普通的小说中尚不易获致、达到，如我们前面在翟永明一节中对其《咖啡馆之歌》的分析。正是在这种将戏剧性、小说性、散文性因素综合融入一炉的综合性创作中，翟永明对外在复杂客观世界的综合创造表现，实现了一种艾略特所说的现代派诗歌所要求的最大意识量的获得，从而表现了翟永明在现代派诗歌创作抒写方面的卓越才能。

翟永明在二十世纪九十年代的诗论中也多处提及她二十世纪九十年代以来诗歌创作的一个最大变化即是实现了一种叙事化的客观性、间接性的诗歌表现技法，叙事化的间接表现手法使她成功地摆脱了早期受普拉斯影响而形成的自白语调而形成一种更加成熟的平淡温和的叙事化风格，也即形成一种唐晓渡所说的那种"细微的张力、宁静的语言、不拘一格的形式和题材"的更加成熟的个人化风格。(见唐晓渡《谁是翟永明》) 如她在与臧棣、王艾所作的对话访谈《完成之后又怎样》一文中曾反复地、清楚地表述过这种观点。而这种技法的实现正体现在她将戏剧性、小说性因素综合性地引进诗歌,使叙事性、歌唱性、戏剧性因素融入一炉,从而使异质事物彼此进入在诗歌中成为可能。翟永明进入二十世纪九十年代以来创作的几首长诗在结构上都有着浓郁的小说化、戏剧化的结构特征。男性诗人臧棣也曾注意和提到过翟永明进入二十世纪九十年代以来诗歌的小说化特征;而批评家程光炜则更深入地指出:戏剧性历来是翟永明孜孜以求的效果,她心仪于舞台的体验,翟永明在骨子里是极其渴望"表演"的。①

这样,由于诗歌中戏剧性、小说性、散文性现代派综合性技法引入诗歌,就必然使诗歌在释义解读上产生一种晦涩的现象。这就进一步导致了对现代解诗学的呼唤及其重现。作为诗人的翟永明自身深刻地意识到了这一点。她在与臧棣、王艾所作的同一篇对话访谈,也即《完成之后又怎样?》一文中表述道:我认为目前所需要的诗歌批评应该远离那些久已看惯的哥们儿似的捧场批评,或对"潮流""主义"回顾总结似的泛泛的批评,而应该老老实实地对诗歌文本做些具体的分析,包括具体到某首诗的细读式批评。② 这种细读式的批评呼吁的就是对诗歌进行一种对话式的现代性的多维释义和解读,从而使诗歌潜在的隐含意义在对话的流动中不断得到扩展和生成。这种对诗歌进行细致解读的重视与呼唤实际也是对我国二十世纪三十年代以朱光潜等人为代表创立的现代解诗学的一次遥远的回应和重申。

同时叙事性语言的变革,就必然使诗歌在语言上越来越接近于现实生活的口语,如二十世纪九十年代的王小妮、翟永明、海男等人都极为重视口语在诗歌写作中的运用,并在她们各自的诗歌创作中得以娴熟地表现运用,正是叙事性口语化语言的运用使她们在二十世纪九十年代的诗歌创作中形成了各具特色的个性化风格,促使她们在二十世纪九十年代诗歌个体化诗学风格的成熟,从而在客观上加速了二十世纪九十年代女性诗歌个人化风格的形成。因为,诗歌首先是一种语言的艺术,它所有的外在特征最终都由表层语言的

---

① 程光炜. 不知疲惫的旅行:90 年代诗歌综论 [M] //王家新, 孙文波. 中国诗歌:九十年代备忘录. 北京:人民文学出版社, 2000:352.

② 翟永明. 完成之后又怎样 [M]. 北京:北京大学出版社, 2014:247.

抒写来决定和实现。口语化诗歌写作在二十世纪九十年代流行，并成为诗歌的主导写作语言，和诗歌语言的叙事化变革有着很大的，甚至是直接的关系。这样，叙事化诗歌语言观念的变革就必然使戏剧性、歌唱性、小说性、口语性等散文化因素综合走进诗歌，从而使二十世纪九十年代女性诗歌在迈向现代化的过程中，在客观上必然走向个人化、散文化、边缘化的境地。同时，受后现代主义学说、解构主义摧毁一切边界、界限观念（包括解构诗与非诗、诗与散文的界限）的影响，二十世纪九十年代女性诗歌中又存在着一种后现代主义维度的致力于彻底摧毁诗与非诗、诗与散文界限的，也即真正散文化的诗歌（即缺少一个诗意深度的构成）。这样，这两种意义上的诗歌创作，即现代主义维度的诗意深度写作与后现代主义维度上的平面化、非诗意、非艺术性的诗歌写作就在客观上，在诗歌的外在艺术形式上，造成了二十世纪九十年代女性诗歌乃至二十世纪九十年代诗歌那种混淆不清、真假难辨、多元共存的个人化、散文化写作态势。从而在综合整体意义上，加速了二十世纪九十年代女性诗歌走向边缘化、散文化的境地。二十世纪九十年代女性诗歌也就通过这两种形式的诗歌创作，即现代主义向度与后现代主义向度的诗歌创作，在思想内容和艺术形式两方面与"五四"新诗高度个人化、口语化、散文化、戏剧化、小说化的自由诗学革命传统做了一次跨越历史性的回应。在这个意义上，它是对"五四"新诗革命和新文学革命传统的断裂性延续与重合，并在重合中产生了微妙的变异。

第三节　二十世纪九十年代女性诗歌：革命文学的变异及当代可能性

一、二十世纪九十年代女性诗歌与"五四"革命文学传统

二十世纪九十年代女性诗歌写作实践不仅体现了"五四"文学革命的思想理念，而且也同样延续了"五四"新文学所创造的革命文学传统，它是五四革命文学传统在当代的变异。在"五四"文学革命思想理念的指导下，"五四"文学摆脱了旧文学陈腐的思想内容、桎梏性灵的艺术形式，建立了以倡导革命，追求平等、解放为主题，以民族救亡、阶级革命、国家解放为宏大叙事模式的革命文学传统。由于"五四"当时严峻的社会政治革命形势，"五

四"革命所张扬的思想解放、个性解放在当时的历史条件下直接演变为民族的解放、阶级的解放、国家的解放。于是"五四"新文学确立了革命的基调，开创了革命文学的传统。"革命加恋爱"是当时流行的革命文学题材，亦是二十世纪初女性创作的题材。二十世纪九十年代的女性诗歌创作从思想内容上看，并没有远离这一文学传统，而使这一传统在当代产生变异，这种变异体现在对二十世纪初女性解放母题的还原和承续。

"五四"迫于当时特定的历史条件，女性的革命与解放无法真正实现其本体的性别解放、性别革命的意义，只能演绎为国家解放、民族解放、阶级革命。而当所有这一切的"解放和革命"都已实现且经济发展足以提供基本的写作条件以后，这种同样被压抑的性别解放与革命的欲望，在女权主义浪潮袭击全球、以追求快感为核心的大众消费文化盛行的后现代语境下，就通过写作最初以被人们和自己认为是病态的形式爆发了（"谁能料到我会发育成一种疾病"，见翟永明《静安庄、第九月》）。这样这种革命文学的思想题材又从阶级革命、民族革命再次还原为世纪初的性别解放、性别革命。这种性别革命在诗歌写作中表现为侧重于性别意识、性别经验的表现与开掘。并且与二十世纪初的革命文学传统不同的是，这一次的女性解放的革命不是侧重于政治思想精神层面，而是侧重于身体感官的革命。革命的结果之一是身体写作在二十世纪八十年代兴起，在二十世纪九十年代延续并转型；结果之二是女性写作在一定程度上演变为性写作（尤其在小说领域）。

"五四"时期妇女解放的先驱周作人在《谈虎集·北沟沿通信》中认为：妇女问题的实际只有两件事，即经济的解放与性的解放。并说：相信在文明世界里，这性的解放实是必要，虽比经济的解放或者更难也未可知。在距离"五四"半个多世纪以后的今天，妇女在经济上早已获得了解放，而在性方面却依然存在问题。于是在政治和平和经济高速发展的二十世纪八九十年代，尤其是二十世纪九十年代，女性解放革命的最后一场战役必然在身体的领域内进行。身体成了女性革命的主要内容。这就是发端于二十世纪八十年代中后期的女性诗歌为什么以身体写作为逻辑起点。因为在任何时代，文学尤其是诗歌都是社会变革的先锋话语。在这个意义上，女性诗歌的崛起是时代即将步入一个感性解放主义高涨的女性化、消费化、个人化时代的精神征兆。如果说，二十世纪八十年代女性诗歌最初的身体写作是带有强烈的性别政治的含义，那么二十世纪九十年代的女性诗歌中的身体写作则已消解了性别对抗的政治含义，而融入世界范围内感性解放的革命潮流，转变为一种躯体感官解放革命的意义。

正是在这种感性解放革命的意义上，使"五四"以来奠定的革命文学传统在二十世纪九十年代女性诗歌的身体写作中，再次得到了回应，这种回应表现为一种变异性的延续。女性解放革命在完成了现代性宏大话语的民族的解放、阶级的解放、国家的解放、经济的解放等政治历史革命使命，终于回转还原到女性自身的性别解放的革命含义。这样，女性、现代性、革命性终于在女性自身性别解放的身体现代性问题上获得了统一，并在这种统一中，体现了革命文学在当代延续、变异及其发展的可能性和可能样态。然而回顾二十世纪初的女性解放革命，女性这种自身身体解放的现代性革命却经历了近半个多世纪的历程，即经由"现代性—国家性—民族性—阶级性—经济性—个人性—女性—性"的漫长道路，在高度个人化、消费化、女性化的二十世纪九十年代才得以实现，女性现代性革命不可谓不任重道远，也不能不令人长叹和深思。女性化和现代化在中国的本土化过程，因中国的文化特点和特殊国情而在时间上显得是何其漫长而曲折。正是这种漫长性和曲折性，女性诗歌才在二十世纪八十年代兴起，在二十世纪九十年代转型，从而使革命文学传统得以在当代延续，并在延续中产生变异，体现了革命文学在当代发展的可能性。这种可能性，也体现在一种变异性上。

二、女性诗歌与身体美学革命风暴

女性诗歌起步于性别意识的觉醒，性别意识的觉醒使她们认识到：虽然随着国家的解放、民族的解放、社会主义制度的建立，女性在政治、经济、教育和工作职业等方面摆脱了性别歧视所造成的压抑而获得了平等，但是在深层的无意识文化心理、精神意识观念上，尤其是性爱观念上，女性仍然笼罩在男权传统意识观念的无形压抑之下。也就是说，女性意识到：在政治、经济、教育和工作职业等方面的平等，她们获得的只是一种社会化的主体认同，而作为一种存在天然性别差异的主体，他们更细致、更深层的生理、心理差异并没有获得主体性的权力认同。它主要表现为在真正正常人性意义上，女性欲望化身体的缺失。也就是说，女性的身体只是一具社会化的躯干，而不是充满性别欲望的身体，身体的欲望属性被政治等社会化含义剥夺了。这等于说，女性在身体的含义上，并没有一个真正主体性的自我，这构成了新时期女性的精神焦虑。这种寻找真正主体性自我的精神焦虑话语，典型地体现在女诗人陆忆敏的那首《美国妇女杂志》的诗中：

美国妇女杂志①

从此窗望出去
你知道　应有尽有
无花的树下，你看看
那群生动的人

把发辫绕上右鬓的
把头发披覆脸颊的
目光板直的 或讥诮的女士
你认认那群人　一个一个

谁曾经是我
谁是我的一天，一个秋天的日子
谁是我的一个春天和几个春天
谁？谁曾经是我

我们不时地倒向尘埃或奔来奔去
着词典，翻到死亡这一页
我们剪贴这个词　刺绣这个字眼
拆开它的九个笔划又装上
人们看着这场忙碌
看了几个世纪了
他们夸我们干得好，勇敢，镇定
他们就这样描述

你认认那群人
谁曾经是我
我站在你跟前
已洗手不干。

---

① 陆忆敏. 美国妇女杂志 [J]. 他们, 1985 (1).

　　这样，这首诗就通过反复的追问"谁曾经是我"而表达了一种对真正主体性自我的诉求，而这种真正主体性的自我，很快就被新时期的女性转化为一种身体主体性含义自我的寻求与建构。于是为了摆脱这种"谁曾经是我"的微妙心理精神压抑所造成的焦虑，在身体维度的含义上，重新建构真正的女性自我主体意识，新时期女性终于在改革开放后，经济、政治稳步发展的二十世纪八十年代中后期，以身体写作的话语修辞方式，大胆而迫切地喊出了女性内心反抗男权传统意识压抑的焦虑话语，这就是以女性化时代的先锋歌者——翟永明以身体写作为逻辑开端的组诗《女人》，尤其是其中以《独白》为代表的女性诗歌及其一批女性诗人的崛起。身体在女性诗歌中就这样以承载女性自我主体意识建构的话语焦虑，以前所未有的勇气，鲜亮亮登场了，女诗人翟永明也就这样以 1984 年组诗《女人》及其序言《女性诗歌和黑夜意识》的发表，照亮了女性最后一角黑暗的夜空，开启了女性现代性身体美学写作的先河，宣告了女性诗歌的诞生和女性意识的觉醒，并以诗人翟永明的"黑夜意识"刮起了女性意识的黑色旋风和身体美学革命的风暴。一大批女诗人使用黑色意象，创作出具有强烈性别主体意识的身体写作诗作。在这些诗作中不仅有"充满情欲的奋不顾身的冲锋/妄想摧毁界限的行动"（伊蕾《独身女人的卧室》），而且有较为清晰的女性理念，如"爱你，是为了我活下去"（翟永明《绝对爱情》），和"能制作的人，才是真正了不起"（王小妮《应该做一个制作者》），"迎接你，即使遍体绿叶碎为污泥"（伊蕾《绿树对暴风雨的迎接》），因为"我认为碎片就是永生"（伊蕾《三月的永生》）。女性自我的主体意识就这样通过诗歌写作，通过寻找那个丢失了的身体而确立起来。它通过对自身被遮蔽状态的觉悟，通过对男权意识的批判，解构男性话语，建构女性话语，对女性的自身形象、性别主体重新进行了阐释和建构。

　　二十世纪八九十年代女性诗歌写作也就是这样通过这种对身体的叙事修辞，来表达她们鲜明的性别主体意识、性别经验，来寻找那个在身体意义上丢失了的自我，并进而完成对男性诗歌写作美学传统的颠覆与批判及对女性性别和生命本身的反思与置疑。其中翟永明、伊蕾、唐亚平等是女性诗歌的早期代表者，三人在其诗歌身体写作中表现出不同的气质风格。翟永明以自身的柔弱对女性命运沉思之后表现出无奈的认同，唐亚平以让女性生命逃离规范而表现其反抗，伊蕾则是在冷静的思考后热烈地呼唤和奋力地挣扎。她既有翟永明对女性命运的深切体验，又有唐亚平式的愤世嫉俗，但更多的是一个现代知识女性压抑的痛苦和解放的渴望。其中翟永明由于在诗艺上的一些独到之处（如对内心经验的深入开掘，对激情的有节奏的控制，对词语富于直觉的敏悟力和分寸感，将戏剧、叙事、反讽、戏仿等多种因素融于诗歌中，增强了诗歌的张力和综合表现素质）以及在诗艺上的不断求索，使她走在同行女诗人的前列，在写作上达到了同辈诗人难以企及的高度，大大提高了女性诗歌写作的素质。翟永明不仅代表了女性诗歌写作可能达到的高度，而且可以代表整个二十世纪九十年代诗歌的写作水平。透过她的诗作我们不仅可以窥视到处在转型期的人们在思想意识和价值观念等方面所发生的变化，而且可以窥视到二十世纪九十年代变换了的诗歌风貌与特征，可以说翟永明是当代诗歌的关键词。

当然，身体写作之所以成为女性诗歌写作的一个重要突破口，还由于女性诗人们深受西方女权主义理论的影响。由于身体是女权主义和后现代主义攻击传统思想和理性主体的关键所在，以理性为代表的传统男权统治正是通过笛卡尔的精神对肉体的二元对立式的压抑来实现男性优势地位的确立。因此抒写身体就成为东西方女性解构男性传统，反对二元对立、反对形而上的一项重要写作策略。女性主义者认为：身体和快乐的修辞，可以以高度戏剧化的方式，揭露和反抗现代西方文化中占据优势地位的主体、升华、理念诸如此类的概念。同时福柯的"身体政治权力学说"、埃莱娜·西苏的"阴性书写"、凯特·米勒特的"性政治"学说等西方女权主义理论都直接为女性诗歌的身体写作提供了理论资源。所以在女性诗歌写作中涌现出大量的身体修辞学。这在翟永明、伊蕾、唐亚平上述诗作中都有所体现。这也是女性诗歌写作在初期招致苛责的一个重要原因。同时女性诗歌中性别意识、性别经验的抒写也是女性作为个体生命意识觉醒、要求获得重视和尊重的一种表现。但是二十世纪九十年代女性诗歌中的身体写作已伴随着大众化、消费化、个人化、女性化时代的到来，从这种性别对抗性含义的政治意识形态性质的身体写作转变为一种消费文化性质的注重快感欲望宣泄的平面青春写作。

应该说，女性诗歌中这种大胆的、前所未有的以身体写作作为展开女性自我主体意识建构话语逻辑开端的革命性开端方式，在女性诗歌崛起的初期乃至二十世纪九十年代初的很长一段时间里，都不能获得相应的认同，遭到了甚至是来自同性别的非议和批评。如女性诗歌刚刚崛起的时期，只有少数的如唐晓渡等人及时回应给予高度肯定与认同，并敏感地指出这一现象崛起的特殊社会意义与诗歌史价值。其他响应者则寥寥无几，而更多遭到的是苛责与批评。如王小婵、蓝贝的《不要忘了诗的使命——关于部分青年女诗人"性诗歌"的对话》① 对自称是"黄色罪犯"的伊蕾、唐亚平、翟永明诗歌中的充满情欲和性意识的身体写作进行了批评。她们认为这种过分暴露的身体写作是一种诗歌审美艺术观念的堕落，会在艺术上走向绝路。任桂秋在《也谈女性诗歌——兼与曹纪祖议伊蕾黝黑的水》② 中也对以伊蕾为代表的女性诗歌中的身体写作提出了婉转批评。其指出："二十世纪的中国女性诗歌，当以充满理性和智性的精神探索，在呼唤人格的意义上开发出自由而健康的女性自身，为了中国女性哀痛的昨天和不应再哀痛的今天与明天，在西西弗斯式的足迹之端，再把石推高一点再高一点。"同时，陈慧则等在二十世纪九十年代的《诗刊》上连续发文"关于先锋派的沉思之一二三"指责先锋派与后现代派写作的种种弊端，对女性诗歌写作中的身体写作进行批判，并且在其他诗歌刊物如《星星》《诗歌报》《诗选刊》等上，也相继展开了关于传统与现代、后现代主义与先锋派的讨论，对女性诗歌进行批评。

但是无论批评、指责的风暴怎样强烈，女性诗歌中的身体写作革命风暴，因为顺应了世界范围内感性解放革命的潮流，顺应了二十世纪九十年代——即将而来的大众消费文化时代日常生活美学盛行、身体美学盛行的大趋势，而在一片苛责声中顽强地挺立起来，并由最初二三诗人的先锋写作演变为二十世纪九十年代的全民狂欢的平面性大众化青春快感性写作（如尹丽川、贾薇等二十世纪九十年代女性诗人的身体写作），由最初的诗歌领域里的先锋写作迅及推演到二十世纪九十年代小说领域里的火爆身体抒写。这样由身体写作所掀起的"身体美学热"，就由最初诗歌领域里的星星之火发展到后来二十世纪九十年代以来整个文学领域、日常生活领域、商业、体育、IT 科技等文化领域里的燎原之火。如二十世纪九十年代小说领域里美女作家们掀起愈益新奇、花样翻新的身体写作；日常消费生活中电视广告节目里的美女身体画面的相伴助销；车展的美女香车秀；体育竞赛节目里足球宝贝们的热舞助兴表演；新兴科技产品如手机、电脑等商业、科技电讯产品问世时明星美女们的形象代言，都无不拿身体做文章、做点缀、做幌子。虽然，在二十世纪九

---

① 王小婵，蓝贝. 不要忘了诗的使命——关于部分青年女诗人"性诗歌"的对话 [J]. 诗刊，1990（1）.

② 任桂秋. 也谈女性诗歌——兼与曹纪祖议伊蕾黝黑的水 [J]. 星星，1990（3）.

十年代严重商业化、消费化、物欲化的时代里，身体美学中的身体已经越来越变性，而和欲望、消费、快感、狂欢等商业诡计合谋在一起。但无论怎样，这些活动中对身体的重视、利用也好，还是美化、丑化也好，都给那曾经禁闭的身体、谈虎色变的身体带来空前解放，人们终于掀去了身体上的遮羞布，在日常生活审美化的现代性名义下，在身体美学的现代性名义下，而对身体进行一种诗意性、文学性，甚至是搞笑性、亵渎性、戏谑性、嘲弄性的解放性视觉阅读。这样伴随着对身体的利用、搞笑、亵渎、戏谑、嘲弄，身体的神秘性乃至政治社会文化的神圣性就在这种亵渎、戏谑、嘲弄中被颠覆和解构了，身体的政治神圣性、社会文化禁闭性也就在这种由搞笑、亵渎、戏谑、嘲弄所构成的颠覆和解构中获得了真正的解放。可见，由女性诗歌掀起的女性身体解放革命风暴的自我身体救赎路途是充满了怎样的戏剧性、悖论性和反讽性。

三、二十世纪九十年代女性诗歌和革命文学传统：从民族国家革命、阶级革命到身体/话语革命

因此，如果说在革命战争年代，革命文学题材的典型模式是"革命加恋爱"，那么，在政治和平、经济高速发展的后革命时代——二十世纪九十年代，作为革命文学题材变异的女性诗歌的典型模式则体现为日常生活美学革命话语模式，尤其是日常生活美学革命话语中的"身体话语"模式，也即"身体加话语"模式。它体现为女性诗歌中对身体感官的抒写和不断变异、富有意味的话语喧嚣。如我们在女性诗歌崛起初期的二十世纪八十年代中后期和二十世纪九十年代女性诗歌的身体写作中，也即在翟永明、唐亚平、伊蕾和二十世纪九十年代尹丽川、贾薇、海男等人的诗歌中，都会看到典型的"身体加话语"的诗歌写作模式。因此，如果说过去革命文学中的革命是指民族革命、国家革命、阶级革命，那么后工业革命时代，作为革命文学代表的女性诗歌中的革命指的则是由身体革命、欲望革命构成的感性革命和喧嚣不息的话语革命。如果"革命加恋爱"标示的政治模式是宏观阶级斗争政治，那么"身体加话语"暗示的政治模式则是由身体政治与话语政治构成的微观性别政治、微观欲望政治。这无论在二十世纪八十年代女性诗歌的身体写作中，还是在二十世纪九十年代女性诗歌中身体写作转型与变异上，都得到最为雄辩而有力的说明。女性诗歌，也就通过这种变异了的革命题材模式，即"身体加话语"的诗歌写作模式，以充满性别政治权力欲望和原始感官性爱欲

望的身体抒写和话语叙事策略来完成对革命文学的创造性继承。

如果说二十世纪八十年代女性诗歌主要是侧重于对身体欲望以直接性抒写的手段，也即以普拉斯似的自白语调风格抒写，来实现一种微观意义的性别政治，那么二十世纪九十年代女性诗歌似乎更侧重于对身体话语的策略性的运用来实现现实中依然存在着的女性性别政治，虽然性别政治对抗在二十世纪九十年代女性诗歌写作中已不是重点。同时这也是二十世纪九十年代女性诗歌在整体宏观上，从一种面向性别的写作转向面向词语的写作的原因之一。也就是说二十世纪九十年代的女性诗歌中的身体写作更加注重话语的修辞技巧，使"身体加话语"的写作模式从普拉斯式的直白的性别政治对抗宣泄倾向于身体话语政治的技巧锤炼。简而言之，就是使"身体加话语"的写作模式从"身体"政治的重心转移到"话语"政治的中心。这从二十世纪九十年代女性诗歌刊物《翼》的创刊可窥见一斑。这是因为，女性通过身体写作来完成的女性主体意识的觉醒与确立必将导致女性话语理论意识的确立与建构。后现代女权主义在自身的思考和实践中，并且也是受福柯、德里达影响，深刻地认识到了：语言是等级制的表现和压抑的根源，主体和权力是话语建构的产物。反抗父权制，就要首先反抗父权制的语言，要真正颠覆男权中心的意识形态的统治，必须建构女性话语。于是诗歌写作就成了反抗性别压抑，建构女性话语的重要手段。

正是在这样的指导思想下，一份专门的女性诗歌同仁刊物《翼》在1998年由女诗人周瓒和翟永明在北京创刊。《翼》在注重通过以提高女性诗歌词语修辞写作技巧的策略手段，来张扬女性意识、反抗性别歧视、培养女性诗人、提升女性艺术素质与综合素质等方面已经做出表率并发挥着重要作用。创刊人周瓒在《翼》的创刊号（1998）的前言中，这样对创刊的宗旨进行表述："女性写作，首先是写作行为的确认，是写作力量的汇聚和意识的增强，是把为女性传达她内在的、深切的生命经验与精神向往视为旨归的努力。女性写作，以一种'策略化的本质'（斯皮瓦克语）立场，关注不仅仅由于生理，而且更是由社会历史和文化所塑就的性别差异及其对女性心理和创造历程的影响，继而达到对包括性别差异在内的文化反思与批判之目的。"因此，《翼》的创刊也是女性对话语理论策略重视和强调的结果。同时，《翼》的创刊也必将进一步推动女性意识的弘扬和女性境界的提升。

这种侧重于通过话语理论策略来建构和提高女性的自我主体意识表现为：如果说在二十世纪八十年代女性诗歌是通过对身体话语中性别政治的张扬来

表达对男权传统文化的反叛，那么二十世纪九十年代女性诗歌中的身体话语写作则通过尽力抑制和消除其中性别政治的含义，来表明女性在现实的性别政治中已基本取得胜利。因而，二十世纪九十年代女性诗歌中延续下来的身体话语写作已从二十世纪八十年代中后期那种性别对抗政治含义的深度写作，转型为一种平面性质的追求感性本能欲望快感的青春写作。所以二十世纪九十年代女性诗歌中的身体写作已不再是狭隘的性别政治含义，而是一种与世界范围内感性解放潮流相呼应的平面感官欲望身体写作。它是后革命时代与机器、机械技术主义相对抗的感性革命、身体革命的精神象征。这种感性解放革命意义上的身体写作是对大众消费文化时代，是对机器、电子、媒介等高科技技术对人造成异化的一种革命策略性的抵抗。也就是说，二十世纪九十年代的女性诗歌中的身体写作话语已从狭隘的性别政治对抗含义扩大发展到与男性并肩比齐地去共同对抗技术主义时代，那愈益严重的技术主义、工具理性主义对我们整个人类感性造成的迅速异化的严峻现实。（当然，二十世纪九十年代女性诗歌中存在着的那种纯粹迎合市场文化消费性质的、物欲泛滥的感官写作，在此，是应该另当别论的。）

如果，身体在过去的革命时代里，由于种种政治革命的原因而遭受到了历史非人的迫害，如在国家革命时，它是革命的本钱、枪杆；在政治阶级斗争时代，它是阶级斗争的工具；在民族革命战争时期，它是战场上杀人的武器；在经济建设时期，它是经济学里的生产力；那么到了政治和平、经济解放的全民狂欢的二十世纪九十年代的大众消费文化时代里，身体的含义就要重新抒写，加载在身体上的种种政治诉求和非法、非人性的含义，包括无论是宏观的阶级斗争含义还是微观的性别政治含义，在现代性的名义下，就都要一一被解构、被去蔽，摆脱种种政治含义的利用，而还原到它本来非历史化的最初人性的含义上，即还原到它最初的性爱欲望意义诉求的层面上，这就是当代身体欲望革命的内在原因。因此身体的非人化历史就必然在政治意识形态解构的时代遭到一场彻底的清算，这就是女性诗歌为何在二十世纪八十年代中后期以身体写作的性别政治含义崛起，而在二十世纪九十年代又以身体写作的去性化和平面感官欲望抒写而转型的原因。

由于身体在社会政治、经济、文化、生活中，承载着、影射着这样重重的革命政治含义，因此身体在我们的社会中，一再被利用而随时被赋予不同的含义。尤其是对女性而言的性别政治含义，和对整个人类来说的感性生命象征的巨大含义，使得身体在女性诗歌中最初的性别政治革命的含义演变发展到二十世纪九十年代女性诗歌中象征后革命时代感性解放革命的含义，并以这种革命含义的逻辑演变而推动女性诗歌在二十世纪八十年代崛起，而在二十世纪九十年代转型。也就是说身体与女性、与现代性、与女性自我意识的确立之间，在现代性的含义上，存在着一种逻辑上的内在互动性的关系。正是这种现代性赋予的逻辑上的内在互动性关系，使女性诗歌从二十世纪八十年代诞生到二十世纪九十年代转型；从二十世纪八十年代标举性别政治革命的身体写作演变到二十世纪九十年代感官欲望革命的身体写作。并以这种感官欲望的身体写作完成对"五四"革命文学的创造性继承，使革命文学在当代得以变异性地延续发展。

因此，转型以后的二十世纪九十年代女性诗歌中的身体写作，在实际上是以身体写作的感性维度含义体现了女性化对物化、技术化时代的抵御。时代愈物化，愈技术化，愈理性化，文化就愈女性化、感性化，它是现代性文明自身滋生的一种有力的抵抗性反思性因素，以保证人类社会的和谐发展。它是作为对物化、技术化、理性化时代的一种平衡冲突的因素，或说作为一种制衡力量。马尔库塞（Herbert Marcuse）的感性解放，艺术作为一种拯救方式；阿多尔诺（Theoder Wiesengrund Adorno）的艺术作为一种否定性因素同物质文明激进对抗，都是在此一含义维度上展开理解。在这个物质文明高度鼎盛，技术主义甚嚣尘上，人高度理性化、机械化的时代里，四肢感官、感觉严重格式化的时代里，人，除了身体最原初的欲望，最原初的直觉，还剩下了什么？还有什么可以和物质、机械化相抗衡？所以，越是在机械物质文明高度发达，人面临被物化、异化、符号化的时刻，身体的欲望、性爱、各种感官解放的诉求就越强烈。它是反抗异化、压抑、机器的暴政的一种方式，它表现了人性在机械机器面前的可怜和脆弱。人性已经从它那与生俱来的诗意的丰富性向度被挤压到了只剩下性的可怜地步。这是一种可怕的倒退，但它和人类初始意义——为了繁衍种族的意义上的性已经不同，这是人作为一种追求人的真实体验——作为人的唯一能真实体验到人的感性意义上的性，是人类对未来对自身一种失望乃至绝望的象征，也是可怜的脆弱的象征。因为在高度物化的社会里，还有什么人的体验可以不被机器物质取代呢？大众传媒高度发达的社会里，媒介又代替了人的直接体验，消解人的体验的直接性，媒介已成为身体的延伸（麦克卢汉）。我们正面临的这场媒介革命，既是一场技术革命，又是一场消解自身的革命。因此，在这个时期适时出现的女性文化、女性解放，它直接指向的身体革命，这场文化意义上的身体革命，必然是从女性主义的身体写作开始。因此，身体写作不仅是一场文学思潮，它终将指向一种社会文化思潮。而这种文化思潮要形成氛围，必然要经过一种文化生产阶段，塑造的思想——行为艺术的出现才能标志文化生产建构的最终可能性的完成。

因此，文明是从这里开始，也终将从这里结束；从对身体的抑制上演，也终将从对身体的解放而谢幕。这难道是历史对号称人类文明的反讽吗？它让我们在历史面前，在当代文化身体盛宴的面前，充满了对人类自身文明的无尽反思，历史和文明也就这样在对身体的反思中宣告了自身的终结。因为，身体就是最初没有被符号文明异化的我们，自从进入文明，我们那个充满原始感性的身体就已丢失了，丢失在各种理性符号所构筑的人类话语文明历史中，而只剩下了一个充满肉欲和理性空壳的我们。我们的身体被各种各样的文字符号和革命政治含义所书写，成了一架被阉割的、没有灵魂的躯干符号，它已被异化得哑然无声。这具被阉割的躯干，只有在二十世纪九十年代这个充分女性化的消费文化时代里，借着感性解放的革命名义，乘着女性化浪潮的东风，才有可能在诗歌和文学所营造的诗意书写氛围中，和诗歌一起、和女性一起，踏上归乡的路。因此，我们需要女性诗歌，需要女性诗歌对身体最充满诗意的抒写，而不是性别政治含义的革命演绎。我们需要在女性诗歌对身体最充满诗意的书写中回去，回到我们那个最初的源头，世界开始的地方，揭开历史的面纱，重温那个没有遭受革命暴政的身体。在那里，身体应该充满了原始纯洁的爱欲；在那里，女性、身体和语言将在诗歌的世界中，最终合而为一，并在合一中感受世界由女性化那诗意的抒写所带来的身体的温馨与纯洁。

然而另一方面，我们必须指出的是，在当代女性诗歌中，女性诗人们尽管已经经过了卓绝努力，尽力使女性、语言、身体在诗歌的抒写中合而为一，但是我们至今还没有大面积地看到令人满意的那种真正对身体充满诗意的女性化抒写，也就是说当代女性诗人们在真正诗性维度的意义上使身体、语言、女性和诗歌融而为一这一点上，还没有形成一种群体性的写作效果。因此我们只能说，期待是绝对必要的。同时，在运用身体美学来进行身体写作方面，我们还必须警惕的是：尽管身体已从革命的本钱、枪杆、阶级斗争的工具、战场上杀人的武器、经济学里的生产力解脱出来，但是，我们却也要防止那种借着今天时尚流行的日常消费美学、身体美学的热潮，而使身体从过去年代里的革命的本钱、枪杆、阶级斗争的工具、战场上杀人的武器、经济学里的生产力，转化为我们今天自身欲望的奴隶。也就是说，我们要在对身体还原它感性功能的同时，还需要对它进行理性的节制和诗意的呵护，否则，我们很难摆脱身体自身对自身的奴役，而使它沦为我们自身欲望的奴隶。因此，当代女性诗歌中的身体写作要适度，在保持对身体感性诗意抒写激情的同时，必须始终不失理性反思的警惕。革命的变异、创新固然是必要的，但是任何革命都是有极限的。只有在限度之内，体现真正自由的美才会呈现并存在。

结　论

　　进入二十世纪九十年代，当代女性诗歌无疑已经削弱了二十世纪八十年代中后期那种激烈的性别对抗色彩，而发生一种深刻的断裂，实现了一种全面的转型。这就是：二十世纪九十年代的女性诗歌已告别了二十世纪八十年代中后期高昂、单调的性别对抗而进入了一个激情和词语磨合的时期，叙事开始取代抒情而成为诗歌的主要表达手段，同时在激情和词语的磨合过程中，转入对日常生活的散文化抒写和对个体内在生命的沉思；从一种面向性别的写作，转向面向词语的写作；从过去的集体对抗转向个人化的口语性抒写；从艺术走向技术；从纸媒走向网络（二十世纪九十年代末）。从而使当代女性诗歌在二十世纪九十年代的写作呈现出一种表面沉寂而实际上是现代主义与后现代主义共存的综合性、多元化写作态势。

　　推究当代女性诗歌在二十世纪九十年代转型的原因，无疑与二十世纪九十年代大众消费文化的特定时代文化背景有着直接关系。进入二十世纪九十年代，中国市场经济高速发展，经济的发展必然引起文化、政治、思想方面的一系列变迁，同时西方后现代主义文化思潮在彼时大量介入，这样就使中国在经济文化思想上呈现出一种急剧的后现代主义转型，历史开始进入一种以后现代主义为核心的大众消费文化时代。急剧的历史转型导致了许多社会领域的变迁，迅速到来的大众消费文化引起了人们尤其是女性在社会心理、思想价值观念、行为方式以及诗歌理念等方面的现代性冲突与变化。而这种社会心理、思想价值观念、行为方式以及诗歌理念等方面的冲突与变化必然在时代精神生活的窗口——诗歌创作上得到最为集中而鲜明的反映和投射，这就是当代女性诗歌在二十世纪九十年代发生断裂性先锋转型的直接原因。

　　二十世纪九十年代女性诗歌发生断裂性转型从根本上说则是现代性因素导致的必然结果。这是因为现代性和国家性、民族性、阶级性、消费性、个人性、女性、诗性、技术性之间存在着一种逻辑上的内在互动性关系。但是由于中国的特殊国情，现代性在中国首先呈现为国家性、民族性、阶级性的宏观革命叙事话语。只有到了国家民族革命解放事业完成、政治阶级斗争结束、商品经济发展、政治重心转移、大众消费文化来临的二十世纪八九十年代，现代性才从国家性、民族性、阶级性的宏观革命叙事话语转变为一种体现个人性、消费性的微观叙事话语而与女性自身发生联系。这就是以身体写作为标志的女性诗歌的崛起，因此女性诗歌是女性话语崛起的标志。所以，女性与现代性之间的话语演绎逻辑就是现代性—国家性—民族性—阶级性—消费性—个人性—女性—诗性—技术性。但是随着现代性的进一步发展，随着大众消费文化时代的正式来临，时代开始转型，女性在二十世纪九十年代放弃了与男性的对抗而将目光投入广阔的日常生活，并在对日常生活审美呈现的同时展开对个体内在生命的沉思，从而使二十世纪九十年代的女性诗歌写作发生了一种断裂性质的转型，摆脱了单一的性别对抗，呈现为一种多元化的写作态势，即一方面呈现为一种形而下的后现代主义平面狂欢性媚俗写作；一方面呈现为一种形而上的现代主义深度写作，进而走上了一条综合性的美学道路。

由此可见，现代性与女性的直接相遇产生了女性诗歌，而现代性的进一步发展，即由现代性理念所直接导致的以后现代主义为核心的大众消费文化时代的来临则又使得女性诗歌写作在二十世纪九十年代呈现出一种深刻的断裂与转型，使当代女性诗歌在二十世纪九十年代在美学上呈现出一种追求有别、倾向不同、尺度不一、斑驳错杂、差异丛生的以后现代主义为主，而兼有现代主义与后现代主义倾向的综合性、多元化美学写作态势。所以现代性与女性相遇的结果不仅诞生了美丽奇异的女性诗歌，而且在根本上促使了当代女性诗歌写作在二十世纪九十年代的进一步发展、深化与转型。现代性是使当代女性诗歌诞生和转型的根本因素，而由现代性所导致的二十世纪九十年代以后现代主义为核心的大众消费文化时代的到来，则是当代女性诗歌在二十世纪九十年代转型的直接因素。

因此，正是在二十世纪九十年代这种现代性导致的以后现代主义为核心的大众消费文化时代的来临所造成的一个消费化、个人化、女性化的时代语境里，当代女性诗歌写作在二十世纪九十年代才会发生断裂与转型：叙事才会取代抒情而成为二十世纪九十年代现代性的先锋诗歌理念；个人化才会成为二十世纪九十年代女性诗歌乃至二十世纪九十年代诗歌的主导写作倾向；口语化才会成为这个后时代里的诗歌语言观；日常生活才会成为消费时代的美学观念而得以审美的呈现。也正是在二十世纪九十年代这种特殊的时代转型语境里，作为诗人的个体，翟永明才会从面向性别的写作转向面向词语的写作，宣布只将作品献给无限的少数人；王小妮才会要重新做一个诗人，宣布只为自己的心情，做一个诗人；尹丽川才会以学院的出身而写出极端个人化和惊世骇俗的《为什么不再舒服一些》。

纵观当代女性诗歌在二十世纪九十年代的整个写作历程，我们会发现当代女性诗歌写作在二十世纪九十年代在艺术上大致完成了从后现代的词语游戏到现代生命艺术的超越；在思想轨迹上，则呈现一种从性别超越到心灵回归的趋势。安琪、翟永明、王小妮、尹丽川、蓝蓝等人诗作的共同书写变化轨迹都典型地体现了这种变化趋势。而当我们对当代女性诗歌在二十世纪九十年代的写作进行多维视角的观照，也即将其放在二十世纪九十年代诗歌和"五四"新文学革命传统、新诗革命传统中进行观照时，我们会发现它与"五四"新文学革命传统、新诗革命传统以及二十世纪九十年代诗歌之间呈现为一种断裂与重合、延续与变异以及从先锋到边缘的关系。二十世纪九十年代女性诗歌是对"五四"新文学革命传统的一次遥远回应，是"五四"新文学革命传统在当代的回声，是革命文学在当代的变异。如果说过去革命文学表现的是民族国家革命、阶级斗争革命，那么当代女性诗歌在二十世纪九十年代的写作作为对革命文学传统的继承与变异表现的则是性别政治革命、身体革命、欲望革命和话语革命。正是这种对身体革命、欲望革命的抒写表现使当代女性诗歌在二十世纪九十年代的写作，既完成了对"五四"新文学革命传统的历史创造性继承，又准确、生动地体现了二十世纪九十年代特有的时代精神生活风貌。

参考文献

一、中文文献

[1] 程光炜. 诗歌时评 [M]. 开封：河南大学出版社，2002.

[2] 程光炜. 中国当代诗歌史 [M]. 北京：中国人民大学出版社，2003.

[3] 洪子诚，刘登翰. 中国当代新诗史 [M]. 北京：北京大学出版社，2010.

[4] 姜涛. 新诗集与中国新诗的发生 [M]. 北京：北京大学出版社，2005.

[5] 孙玉石. 中国现代主义诗潮史论 [M]. 北京：北京大学出版社，1999.

[7] 李新宇. 中国当代诗歌艺术演变史 [M]. 杭州：浙江大学出版社，2000.

[8] 常文昌. 中国新时期诗歌研究资料 [M]. 济南：山东文艺出版社，2006.

[6] 陈晓明. 现代性与中国当代文学转型 [M]. 昆明：云南人民出版社，2003.

[9] 陈晓明. 后现代主义 [M]. 开封：河南大学出版社，2004.

[10] 陈晓明. 表意的焦虑 [M]. 北京：中央编译出版社，2002.

[11] 陈晓明. 无边的挑战：中国先锋文学的后现代性 [M]. 长春：时代文艺出版社，1993.

[12] 张京媛. 当代女性主义文学批评 [M]. 北京：北京大学出版社，1992.

[13] 曹文轩. 20 世纪末中国文学现象研究 [M]. 北京：北京大学出版社，2002.

[14] 费瑟斯通. 消费文化与后现代主义 [M]. 南京：译林出版社，2000.

[15] 杰伊. 法兰克福学派史 [M]. 广州：广东人民出版社，1996.

［16］卡西尔. 人论［M］. 上海：上海译文出版社，1985.

［17］阿多尔诺. 否定的辩证法［M］. 重庆：重庆出版社，1993.

［18］麦克卢汉. 理解媒介——论人的延伸［M］. 何道宽，译. 北京：商务印书馆，2000.

［19］王岳川，尚水. 后现代主义文化与美学［M］. 北京：北京大学出版社，1992.

［20］杰姆逊. 后现代主义和文化理论［M］. 唐小兵，译. 北京：北京大学出版社，2005.

［21］凯尔纳，贝斯特. 后现代理论［M］. 张志斌，译. 北京：中央编译出版社，1999.

［22］科恩. 文学理论的未来［M］. 程锡麟，等译. 北京：中国社会科学出版，1993.

［23］卡勒. 论解构［M］. 陆扬，译. 北京：中国社会科学出版社，1998.

［24］霍克海默，阿多尔诺. 启蒙辩证法［M］. 重庆：重庆出版社，1990.

［25］巴尔特. 符号学原理［M］. 李幼蒸，译. 北京：生活·读书·新知三联书店，1988.

［26］贝尔. 资本主义文化矛盾［M］. 赵一凡，蒲隆，任晓晋，译. 北京：生活·读书·新知三联书店，1989.

［27］詹姆逊. 快感：文化与政治［M］. 王逢振，等译. 北京：中国社会科学出版社，1998.

［28］汪民安. 后现代性的哲学话语［M］. 杭州：浙江人民出版社，2001.

［29］德曼. 解构之图［M］. 李自修，等译. 北京：中国社会科学出版社，1998.

［30］米勒. 重申解构主义［M］. 郭英剑，等译. 北京：中国社会科学出版社，1998.

［31］德里达. 文学行动［M］. 赵兴国，等译. 北京：中国社会科学出版社，1998.

［32］德里达. 书写与差异［M］. 张宁，译. 北京：生活·读书·新知三联书店，2001.

［33］汪民安. 身体的文化政治学［M］. 开封：河南大学出版社，2004.

［34］杨飏. 90 年代文学理论转型研究［M］. 北京：中国社会科学出版

社，2001.

　　［35］何锐. 前沿学人：批评的趋势 ［M］. 北京：北京图书馆出版社，2001.

　　［36］黄华. 权力、身体与自我：福柯与女性主义文学批评 ［M］. 北京：北京大学出版社，2005.

　　［37］费斯克. 理解大众文化 ［M］. 王晓珏，宋伟杰，译. 北京：中央编译出版社，2001.

　　［38］默克罗比. 后现代主义与大众文化 ［M］. 田晓菲，译. 北京：中央编译出版社，2006.

　　［39］张清华. 内心的迷津 ［M］. 济南：山东文艺出版社，2002.

　　［40］张清华. 中国新时期女性文学研究资料 ［M］. 济南：山东文艺出版社，2006.

　　［41］布尔顿. 诗歌解剖 ［M］. 傅浩，译. 北京：生活·读书·新知三联书店，1992.

　　［42］布鲁姆. 西方正典 ［M］. 江宁康，译. 南京：译林出版社，2011.

　　［43］布罗茨基. 见证与愉悦 ［M］. 黄灿然，译. 天津：百花文艺出版社，1999.

　　［44］王恩衷. 艾略特诗学文集 ［M］. 北京：国际文化出版公司，1989.

　　［45］赵毅衡. 新批评文集 ［M］. 北京：中国社会科学出版社，1988.

　　［46］帕斯. 批评的激情 ［M］. 昆明：云南人民出版社，1995.

　　［47］瓦莱里. 文艺杂谈 ［M］. 天津：百花文艺出版社，2002.

　　［48］曼德尔斯塔姆. 时代的喧嚣 ［M］. 刘文飞，译. 北京：作家出版社，1998.

　　［49］希尼. 希尼诗文集 ［M］. 北京：作家出版社，2001.

　　［50］博尔赫斯. 博尔赫斯谈诗论艺 ［M］. 台北：台湾时报文化出版社，2001.

　　［51］摩根. 金斯伯格文选 ［M］. 文安楚，译. 成都：四川文艺出版社，2005.

　　［52］李银河. 女性权力的崛起 ［M］. 北京：中国社会科学出版社，1997.

　　［53］朱立元. 当代西方文艺理论 ［M］. 上海：华东师范大学出版社，2005.

　　［54］孙文波，臧棣，肖开愚. 中国诗歌评论：语言形式的命名 ［M］. 北京：人民文学出版社，1999.

[55] 鲍曼. 流动的现代性 [M]. 欧阳景根, 译. 上海: 上海三联书店, 2002.

[56] 卡林内斯库. 现代性的五幅面孔 [M]. 顾爱彬, 李瑞华, 译. 北京: 商务印书馆, 2002.

[57] 谢冕. 中国女性诗歌文库 [M]. 沈阳: 春风文艺出版社, 1997.

[58] 王家新, 孙文波. 中国诗歌: 九十年代备忘录 [M]. 北京: 人民文学出版社, 2000.

[59] 伊蕾. 女性年龄 [M]. 北京: 人民文学出版社, 1990.

[60] 谢冕, 唐晓渡. 磁场与魔方: 新潮诗论卷 [M]. 北京: 北京师范大学出版社, 1993.

[61] 翟永明. 在一切玫瑰之上 [M]. 沈阳: 沈阳出版社, 1992.

[62] 唐亚平. 黑色沙漠 [M]. 沈阳: 春风文艺出版社, 1997.

[63] 翟永明. 纸上建筑 [M]. 上海: 东方出版中心, 1997.

[64] 海男. 是什么在背后 [M]. 沈阳: 春风文艺出版社, 1997.

[65] 海男. 虚构的玫瑰 [M]. 昆明: 云南人民出版社, 1995.

[66] 钟文. 中国当代女诗人诗选 [M]. 贵阳: 贵州人民出版社, 1984.

[67] 郭良元. 中国当代女青年诗人诗选 [M]. 武汉: 长江文艺出版社, 1988.

[68] 洪烛, 桑克. 中国女诗人名作导读 [M]. 南宁: 广西民族出版社, 1990.

[69] 崔卫平. 苹果树上的豹: 女性诗卷 [M]. 北京: 北京师范大学出版社, 1993.

二、英文文献

[1] FRASER N. Unruly Practices: Power, Discourse and Gender in Contemporary Societies Theory [M]. Minneapolis: University of Minnesota Press, 1989.

[2] BROOKS C, WARREN R P. Understanding Poetry [M]. Beijing: Foreign Language Teaching and Research Press, 2004.

[3] SHOWALTER E. A Literature of Their Own: British Women Novelists from Bronte to Lessing [M]. Princeton: Princeton University Press, 1977.